江苏高校优势学科建设工程项目资助

宋代文学评论

SONG DAI WEN XUE PING LUN

（第五辑）

文本的生成与传播专辑

曾维刚 刘京臣 ◎ 主编

人民出版社

目　录

文本与思想、生活

文以明道：9 至 13 世纪《原道》的经典化历程 …………………… 刘成国（ 3 ）
《岳阳楼记》的文脉断裂与情怀超越 ……………………………… 张　剑（ 42 ）
"乌台诗案"的审与判 ………………………………………………… 朱　刚（ 54 ）
　　——从审刑院本《乌台诗案》说起
宋代文人与墨 ………………………………………………………… 钱建狀（ 68 ）
观赏与书写：宋代绘画题跋的文本解读 …………………………… 方笑一（ 88 ）
作为宗教信徒的苏辙 ………………………………………………… 林　岩（102）
　　——一个北宋官僚士大夫的信仰轨迹
时代的强音：南宋中兴激进官宦诗人群体研究 …………………… 曾维刚（123）
大数据视阈中的明清进士家族研究 ………………………………… 刘京臣（148）
　　——以 CBDB、中华寻根网为例

文本与文体、文献

话语变迁与概念重塑 ………………………………………………… 谢　琰（171）
　　——从文体角度考察《中庸》升格
从欧阳修论小序看宋代新《诗》学的内在张力 …………………… 成　玮（187）
　　——兼与民国《诗》学比较

文本的"公"与"私" …………………………………… 浅见洋二（207）
　　——苏轼尺牍与文集编纂
《灵源和尚笔语》书简受主考释 ……………………………… 李　贵（228）
《集杜诗》：三重文本张力下的"诗史"建构 ……………… 侯体健（246）
东亚汉籍视域下的宋诗宋注 ………………………… 卞东波　陈　越（264）
　　——朝鲜本《须溪先生评点简斋诗集》考论
身老空山，文传海外：日本江户时代的陆诗选本考论 … 李晓田　卞东波（283）

文本与思想、生活

文以明道：9 至 13 世纪 《原道》的经典化历程

华东师范大学古籍所　刘成国

作为韩愈文集中的"命根"①，《原道》是中国古代文学史、思想文化史上最经典的篇章之一。1954 年，陈寅恪先生发表《论韩愈》一文，高度推崇韩愈在唐宋思想文化转型中的承上启下之功，将其历史功绩归纳为：建立道统证明传授之渊源；直指人伦，扫除章句之繁琐；排斥佛老，匡救政俗之弊害；呵诋释迦，申明夷夏之大防；改进文体，广收宣传之效用；奖掖后进，期望学说之流传。② 其中前五点，即与《原道》密切相关。理学家程颐认为，自孟子以后至北宋，只有《原道》一篇，"要之大意尽近理"。③ 同时在散文史上，《原道》也长期享有"古文之祖"的崇高地位。不过，《原道》的这种经典地位，并非一蹴而就，而是在漫长的历史进程中，由士人精英、国家意识形态、科场文化等多方建构而成。以下试图追溯 9 至 13 世纪《原道》经典化的历程，呈现出在这一历程中，围绕《原道》而激发的种种文学、思想、文化新变。

---

① 茅坤：《唐宋八大家文钞》卷九，《影印文渊阁四库全书》第 1383 册，台北：台湾商务印书馆，1986 年，第 107 页。
② 陈寅恪：《论韩愈》，《历史研究》1954 年第 2 期。
③ 程颢、程颐著，王孝鱼点校：《二程集·河南程氏遗书》卷二，北京：中华书局，2004 年，第 37 页。

一、走向经典

韩愈文集中，共有五篇文章以"原"名题，分别是《原道》《原性》《原毁》《原人》《原鬼》。通常认为，这五篇文章作于唐德宗贞元十九年（803）韩愈贬谪阳山前后，是他有感于张继来书，深思熟虑地扶树教道之作。① 其中《原道》一篇，尤其堪称韩文代表，于后世影响深远。

在文章中，韩愈首先以"仁义"来界定儒家之道，并与老子之道划清界限：

> 博爱之谓仁，行而宜之之谓义；由是而之焉之谓道，足乎己，无待于外之谓德。仁与义，为定名；道与德，为虚位：故道有君子小人，而德有凶有吉。老子之小仁义，非毁之也，其见者小也。坐井而观天，曰天小者，非天小也；彼以煦煦为仁，孑孑为义，其小之也则宜。其所谓道，道其所道，非吾所谓道也；其所谓德，德其所德，非吾所谓德也。凡吾所谓道德云者，合仁与义言之也，天下之公言也；老子之所谓道德云者，去仁与义言之也，一人之私言也。②

文章继而追溯儒家之道创自三代圣王，包涵广大，是社会秩序、文明形成、历史发展的基础。此道在古代圣王、孔子、孟子之间传承。孟子之后，由于秦朝暴政，以及佛、老异端的干扰，儒道衰微不振，导致生民"不闻圣人仁义之说"，"穷且盗焉"。欲改变这一状况，须恢复先王之道，排斥佛、老二教，"人其人，火其书，庐其居"。

无论在内容还是形式上，《原道》都体现出强烈的开拓与创新，洋溢着韩

---

① 关于《原道》的写作时间与背景、意旨，可参见罗联添《韩愈〈原道篇〉写作的年代与地点》（《唐代文学研究论集》下册，台北：学生书局，1989年，第443—452页）、张清华《韩愈的道、道统说及〈五原〉的写作时间辨析》（《韩山师范学院学报（社会科学版）》2005年第4期）、刘真伦《五〈原〉的创作与道统的确立——兼论韩愈阳山之贬与文风之变》（《周口师范学院学报》2006年第1期）、方介《韩愈五原作于何时——兼论韩愈道统说之发展时程》（《台大中文学报》2010年第33期）。

② 韩愈著，马其昶校注，马茂元整理：《韩昌黎文集校注》卷一《原道》，上海：上海古籍出版社，1986年，第13—14页。

愈炽热的卫道精神。它首次运用散体单行的形式,避开当时已趋圆熟的"论"体,而选择以"原"名篇,来论述一个儒道本原、异化或衰微、回归与重振的三部曲。它首次提出了一个儒道传承的完整谱系,对儒道的内涵作出清楚界定,并首次拈出《大学》中"正心诚意而将有为",来与儒、道的清净寂灭对峙,进而主张一种激烈的排佛举措。

《原道》问世后,一些韩门弟子及古文家,如中唐李翱、皇甫湜、赵德、林慎言,晚唐五代孙樵、皮日休、陆龟蒙、沈颜、孙郃等,接受了道统说,并顺理成章地将韩愈置于其中,与孟子、扬雄并称。①这样,从上古圣王,中由孔、孟、荀、扬,直至韩愈,就构成了一个完整的传道谱系。

不过,从现存文献看,《原道》在中、晚唐远未取得"经典"地位。这或许因为中、晚唐的主流文化依然是一种文学文化,它的核心特征为综合和兼容,尤其体现在三教关系中。②在社会生活和群体秩序方面,士人遵循儒家的社会伦理规范;而在个体心灵、内在信仰层面,则往往从佛教和道家中寻求精神解脱。③身处此种文化氛围之浸染,《原道》激进的反佛立场显得相当偏执而突兀。比如,韩愈的好友兼古文同道柳宗元、刘禹锡,就表示出与《原道》迥异的倾向。④晚唐由古入骈的文学巨匠李商隐,则对以《原道》为核心的排佛卫道系

---

① 赵德《昌黎文录序》:"昌黎公,圣人之徒欤……所履之道,则尧、舜、禹、汤、文、武、周公、孔、孟、扬雄所授受服行之实也,固已不杂其传。"(董诰等编:《全唐文》卷六二二,北京:中华书局,1983年,第6276页)林简言《上韩吏部书》:"去夫子千有余载,孟轲、扬雄死,今得圣人之旨、能传说圣人之道,阁下耳。"(董诰等编:《全唐文》卷七九〇,第8280页)

② 关于中唐文人文化的研究,可参见[美]包弼德著、刘宁译《斯文:唐宋思想的转型》(南京:江苏人民出版社,2017年,第45—185页)、邓百安(Anthony DeBlasi)《危机中的变革:捍卫中唐文人文化》(纽约:纽约大学出版社,2002年)、龚鹏程《唐代思潮》(北京:商务印书馆,2007年,第225—240页)。

③ 钱穆曾指出:"唐代人物,一面建功立绩,在世间用力;一面求禅问法,在出世间讨归宿。始终是分为两扇的人生观。"(钱穆:《中国学术思想史论丛》卷五《初期宋学》,合肥:安徽教育出版社,2004年,第6页)陈弱水则将唐代士人的心态和思想格局概为一种典型的"外儒内释"(陈弱水:《唐代文士与中国思想的转型·柳宗元与中唐儒家复兴》,桂林:广西师范大学出版社,2009年,第268—280页)。

④ 柳宗元于天台宗颇有好感,曾明确表示不赞成韩愈排佛(《柳宗元集》卷二五《送僧浩初》,北京:中华书局,1979年,第673页)。刘禹锡则对《原道》中道统话语不以为然(刘禹锡著,瞿蜕园笺证:《刘禹锡集笺证》卷二九《赠别君素上人》,上海:上海古籍出版社,1989年,第942页)。

列论述,进行了犀利批评。① 至于一般的士人群体,不妨接受禅宗的"传灯"说,可对同属权力谱系话语、以排佛为目标的儒家道统,也很难认可。

五代文坛,骈文复盛,古文衰微,甚至于韩愈文集都已流失散佚,难睹全貌。② 现存的五代文献,未见明确针对《原道》的评论或引述。③ 明显秉持骈体文学观而反对复古的《旧唐书》史臣,虽然认可韩愈的古文创作"务反近体,抒意立言,自成一家……世称韩文焉",但并不承认他的儒道传承之功,反予以指责:"然时有恃才肆意,亦有盭孔、孟之旨……又为《毛颖传》,讥戏不近人情,此文章之甚纰缪者。"④

洎赵宋开国,结束了五代几十年的干戈扰攘,文教重启。韩愈文集从断壁残垣中被发现,逐渐流行于世。柳开、王禹偁这两位宋初古文领袖,已经开始运用《原道》中的儒道谱系话语。仁宗即位后,古文运动在历经真宗朝的萧条后重振,士人群体中的"尊韩"思潮蔚然成风。⑤ 韩愈文集经过柳开、穆修、刘烨、尹洙、欧阳修等人的校勘整理,也已经完整面世。⑥《原道》一文在士人群体中开始引起广泛共鸣,逐渐走向经典。

仁宗朝天圣至嘉祐初的三十多年间(1023—1056),是《原道》经典化历程中的关键时刻。它被士人推崇为排斥异端、以文以明道的典范,与《孟子》《荀子》《法言》等相提并论,共同羽翼六经。韩愈本人则厕身孔子之后的"五贤"行列,身系道统之传,如石介曰:

> 孟轲氏、荀况氏、扬雄氏、王通氏、韩愈氏五贤人,吏部为贤人而卓

---

① 刘学锴、余恕诚:《李商隐文编年校注》第1册《上崔华州书》,北京:中华书局,2002年,第108页。具体阐述,可参见刘成国《9—12世纪的道统"前史"考述》(《史学月刊》2013年第12期)。

② 韩集在五代的流传情况比较模糊。刘真伦认为:"晚唐五代众多的文学选本中,仅《又玄集》选录韩诗两首,表明了韩文在这一时期的衰微。"(刘真伦:《韩愈集宋元传本研究》,北京:中国社会科学出版社,2004年,第27页)

③ 《旧五代史》中,仅卷一二七《马裔孙传》提及后周马裔孙,"慕韩愈之为人,尤不重佛","生平以傅奕、韩愈为高识"(北京:中华书局,2016年,第1942—1943页)。

④ 刘昫等:《旧唐书》卷一六〇《韩愈传》,北京:中华书局,1975年,第4204页。

⑤ 顾永新指出:"最晚在天圣中,尊韩在北宋的士人阶层中已经初成风气。"(顾永新:《北宋前中叶的尊韩思潮》,《北大中文研究》第1辑,北京:北京大学出版社,1998年,第160页;杨国安:《宋代韩学研究》,北京:中国社会科学出版社,2006年,第17—44页)

⑥ 北宋前期韩集的校勘整理,参见刘真伦《韩愈集宋元传本研究》(第25—26页)和杨国安《宋代韩学研究》(第196—212页)。

不知更几千万亿年复有孔子,不知更几千数百年复有吏部。孔子之《易》、《春秋》,自圣人以来未有也;吏部《原道》、《原仁》、《原毁》、《行难》、《对禹问》、《佛骨表》、《诤臣论》,自诸子以来未有也。呜呼,至矣!①

圣贤之道无屯泰。孟子、扬子、文中子、吏部,皆屯于无位与小官,而孟子泰于《七篇》,扬子泰于《法言》、《太玄》,文中子泰于《续经》、《中说》,吏部泰于《原道》、《论佛骨表》十余万言。②

石介,字守道,号徂徕先生,宋学开山之一,与孙复、胡瑗一起被后世尊为"宋初三先生"。他是仁宗朝古文运动的先锋、"尊韩"思潮的倡导者,其卫道之炽热,辟佛之激烈,不逊色于韩愈。《原道》即充当了他排斥异端的理论根据。他甚至认为,由于韩愈排佛之难远过孟子,《原道》在儒家典籍中的重要性也在《孟子》之上:

《书》之《洪范》,《周礼》之六官,《春秋》之十二经,《孟子》之七篇,《原道》之千三百八十八言,其言王道尽矣。箕子、周公、孔子之时,三代王制尚在,孟子去孔子且未远,能言王道也,不为艰矣。去孔子后千五百年间,历杨、墨、韩、庄、老、佛之患,王道绝矣。虽曰《洪范》、曰《周官》、曰《春秋》、曰《孟子》存,而千歧万径,逐逐竞出,诡邪淫僻、荒唐放诞之说,恣行于天地间,无有御之者。大道破散消亡,睢盱然惟杨、庄之归,而佛、老之从。吏部此时能言之为难,推《洪范》、《周礼》、《春秋》、《孟子》之书则深,惟箕子、周公、孔子、孟轲之功,则吏部不为少矣。余不敢厕吏部于二大圣人之间,若箕子、孟轲,则余不敢后吏部。③

石介对佛老的抨击,尤其强调夷夏之辨和伦理纲常,如谓:"夫佛、老者,夷狄之人也,而佛、老以夷狄之教法乱中国之教法,以夷狄之衣服乱中国之衣服,以夷狄之言语乱中国之言语"④。"灭君臣之道,绝父子之亲,弃道德,悖礼乐,裂五常,迁四民之常居,毁中国之衣冠,去祖宗而祀夷狄"⑤。这与《原道》中视佛教为"夷狄之法",教唆民众"子焉而不父其父,臣焉而不君

---

① 石介著,陈植锷点校:《徂徕石先生文集》卷七《尊韩》,北京:中华书局,1984年,第79—80页。
② 石介著,陈植锷点校:《徂徕石先生文集》卷一九《泰山书院记》,第223页。
③ 石介著,陈植锷点校:《徂徕石先生文集》卷七《读原道》,第78页。
④ 石介著,陈植锷点校:《徂徕石先生文集》卷六《明四诛》,第71页。
⑤ 石介著,陈植锷点校:《徂徕石先生文集》卷五《怪说上》,第61页。

其君，民焉而不事其事"，是一脉相承的。至于石介对佛教的措置应对，也沿袭了《原道》的激烈粗暴，欲将之逐出中国、摒弃四夷："或曰：'如此，将为之奈何？'曰：'各人其人，各俗其俗，各教其教，各礼其礼，各衣服其衣服，各居庐其居庐。四夷处四夷，中国处中国，各不相乱，如斯而已矣。则中国，中国也；四夷，四夷也。"①

在石介的引领下，仁宗朝士人纷纷接受了《原道》中的排佛立场，开始大张旗鼓诋斥佛教。陈善《扪虱新话》卷一一："退之《原道》辟佛老，欲人其人、火其书、庐其居。于是儒者咸宗其语。"② 其中欧阳修的地位最为崇高，影响也最为深远。叶梦得《避暑录话》卷上：

> 石介守道与欧文忠同年进士，名相连，皆第一甲。国初诸儒以经术行义闻者，但守传注，以笃厚谨修表乡里。自孙明复为《春秋发微》，稍自出己意。守道师之，始唱为辟佛老之说，行之天下。文忠初未有是意，而守道力论其然，遂相与协力，盖同出韩退之。③

据此，作为仁宗朝古文领袖，欧阳修起初并未有明确的排佛之意，因受同年好友石介之影响，故相与协力排佛。他立足于人情常理，批评佛教"佛言无生，老言不死，二者同出于贪"④。佛教徒"坐华屋享美食而无事"⑤，擅于"动摇兴作"⑥，诱民为非，弃绝人伦。"彼为佛者，弃其父子，绝其夫妇，于人之性甚戾，又有蚕食虫蠹之弊"⑦。他庆历年间排佛的代表作《本论》，即模仿

---

① 石介著，陈植锷点校：《徂徕石先生文集》卷一〇《中国论》，第117页。关于石介排佛，可参见徐洪兴《思想的转型——理学发生过程研究》（上海：上海人民出版社，1996年，第364—368页）。
② 上海师范大学古籍整理研究所编：《全宋笔记》第5编，第10册，郑州：大象出版社，2012年，第87页。蒋义斌："在讨论宋代排佛的声浪中，应该注意韩愈古文的鼓动力。宋代排佛论者，往往是因为喜爱韩愈的文章，而引发排佛的情绪。"（蒋义斌：《宋代儒释调和论及排佛论之演进》，台北：台湾商务印书馆，1988年，第12页）
③ 朱易安、傅璇琮等主编：《全宋笔记》第2编，第10册，郑州：大象出版社，2006年，第281页。
④ 欧阳修著，李逸安点校：《欧阳修全集》卷一四二《唐会昌投龙文》，北京：中华书局，2001年，第2295页。
⑤ 欧阳修著，李逸安点校：《欧阳修全集》卷六〇《原弊》，第870页。
⑥ 欧阳修著，李逸安点校：《欧阳修全集》卷三九《御书阁记》，第568页。
⑦ 欧阳修著，李逸安点校：《欧阳修全集》卷一七《本论》，第291页。更详细的阐述，可参见刘子健《欧阳修的学术与政事》（台北：新文丰出版社，1984年，第115页）和徐洪兴《思想的转型——理学发生过程研究》（第287—291页）。

《原道》而撰。① 只是，欧阳修对待佛教的举措，远较韩愈、石介温和。他不主张"人其人，火其书，庐其居"，而强调儒家须修政教之本以胜之："今尧、舜、三代之政，其说尚传，其具皆在，诚能讲而修之，行之以勤而浸之以渐，使民皆乐而趣焉，则充行乎天下，而佛无所施矣。《传》曰：'物莫能两大'，自然之势也，奚必曰'火其书'而'庐其居'哉！"②

除石介、欧阳修外，仁宗朝前期以排佛著称的古文家还有李觏、章望之、黄晞等。张舜民《镡津明教大师行业记》曰："庆历间……当是时，天下之士学为古文，慕韩退之排佛而尊孔子。东南有章表民（望之）、黄聱隅（晞）、李泰伯（觏），尤为雄杰，学者宗之。"③ 他们沾丐于《原道》，或援引其中"六民"说以为排佛的理论基础，或对其中"人其人"的做法予以调整。如李觏对《原道》相当服膺，尝谓"孟氏荀扬醇疵之说，闻之旧矣，不可复轻重"④。他针对仁宗前期财政之困窘，提出富国之策在于"殴游民而归之"，佛教徒即为当殴之冗者："古者祀天神，祭地祇，享人鬼，它未闻也。今也释老用事，率吾民而事之，为缁焉，为黄焉，籍而未度者，民之为役者，无虑几百万。广占良田利宅，媺衣饱食，坐谈空虚以诳曜愚俗。此不在四民之列者也。"⑤ 李觏强调："缁黄存则其害有十，缁黄去则其利有十。"他认为《原道》提出的排佛举措"言之太暴，殴之亡渐"，难免扰民，转而主张"止度人而禁修寺观者，渐而殴之之术"。⑥ 细绎其理论基础，则仍然脱胎于《原道》。⑦

《原道》在仁宗朝前期之所以流行，并遽然被提高至文以明道的经典地位，远远超过韩愈文集中其他篇章，当非偶然。这与仁宗朝前期抑制佛教的政

---

① 孙奕著、侯体健点校《履斋示儿编》卷七曰："公（欧阳修）以文章独步当世，而于昌黎不无所得。观其词语丰润，意绪婉曲，俯仰揖逊，步骤驰骋，皆得韩子之体，故《本论》似《原道》。"（北京：中华书局，2004年，第103页）
② 欧阳修著，李逸安点校：《欧阳修全集》卷一七《本论下》，第292页。
③ 藤县、释契嵩著，林仲湘、邱小毛校注：《镡津文集校注》卷首，成都：巴蜀书社，2014年，第3页。
④ 李觏著，王国轩点校：《李觏集》卷二八《答李观书》，北京：中华书局，2011年，第337页。
⑤ 李觏撰，王国轩点校：《李觏集》卷四《富国策第四》，第143—145页。
⑥ 李觏撰，王国轩点校：《李觏集》卷四《富国策第五》，第145—146页。
⑦ 其他如强至《祠部集》卷三《卖松翁》："群雄驰骋尚谲诈，轲以仁义游六国。时乎释老肆分籍，愈以《原道》破群惑。"（《影印文渊阁四库全书》第1091册，台北：台湾商务印书馆，1986年，第29页）

策以及政治变革的呼声有关。

如前所述，自问世以来，《原道》在三教并重的中晚唐其实颇惹非议。北宋开国后，太祖、太宗、真宗三朝意识形态以模仿唐代为基调，在崇尚儒家文教同时，对佛、道二教均有扶持。如宋太祖于开宝四年（971）派人赴益州开雕大藏经。宋太宗曾普度僧尼，大规模营寺造塔，建立译经院、印经院。真宗佞道之余不忘崇佛，尝撰《崇释论》论儒、释"迹异道同"。仁宗佛教造诣颇深，曾与多位佛教大德来往，探讨义理，并撰《佛牙赞》《景祐天竺字源序》等文，谄神佞佛。① 在帝王支持下，佛教势力在真宗朝后期急剧膨胀②，随之引发了严重的社会治安、财政民生等系列问题。仁宗即位后，陆续有朝臣上奏，请求抑制佛教。③ 天圣五年（1027），范仲淹上书执政，请求停止修建寺院，限制度僧，约束僧徒游方，并将此视为变革更张的重要措施，"斯亦与民阜财之端也"。其立论基础，便是《原道》中的"六民"说，以佛教徒不事生产、耗费民食，导致物贵民困："盖古者四民，秦汉之下，兵及缁黄，共六民矣。今又六民之中，浮其业者不可胜纪，此天下之大蠹也。士有不稽古而禄，农有不竭力而饥，工多奇器以败度，商多奇货以乱禁，兵多冗而不急，缁黄荡而不制，此则六民之浮不可胜纪，而皆衣食于农者也，如之何物不贵乎？如之何农不困乎？"④

---

① 北宋前期佛教政策，可参见〔日〕竺沙雅章著、方建新译《宋朝的太祖和太宗——变革时期的帝王》附录《宋初政治与宗教》（杭州：浙江大学出版社，2006年，第165—186页）、汪圣铎《宋代政教关系研究》（北京：人民出版社，2010年，第1—90页）。

② 刘琳等校点《宋会要辑稿》道释一："国初，两京、诸州僧尼六万七千四百三人，岁度千人……（天禧五年）僧三十九万七千六百一十五人，尼六万一千二百三十九人。景祐元年……僧三十八万五千五百二十人，尼四万八千七百四十二人。庆历二年……僧三十四万八千一百八人，尼四万八千四百一十七人。"（上海：上海古籍出版社，2014年，第9979—9980页）

③ 李焘《续资治通鉴长编》卷一〇二"天圣二年十二月丙寅"："权判都省马亮言：'天下僧以数十万计，间或为盗，民颇苦之。请除岁合度人外，非时更不度人，仍自今毋得收曾犯真刑及文身者系帐。'诏可。"（北京：中华书局，1992年，第2370页）刘琳等校点《宋会要辑稿》道释一："（天圣）四年正月，开封府以长宁节，请放试到僧、尼、道士、女冠、童行，及诸禅院拨放者三百八十九人，止放三百人。宰臣王曾等言：'剃度太多，皆堕农游手之人，无益政化。'张知白曰：'臣任枢密日，尝断劫盗，有一火之中全是僧徒者。'仁宗曰：'自今切宜渐加澄革，勿使滥也。'"（第9986—9987页）

④ 范仲淹著，李勇先、王蓉贵校点：《范仲淹全集·范文公文集第九·上执政书》，成都：四川大学出版社，2007年，第216页。

范仲淹不是单纯的排佛论者。① 他请求抑制佛教势力，主要着眼于国计民生，将佛教视为国家财政困难的根源之一。稍后，由于与西夏开战，宋廷财政愈加窘迫，三冗问题凸显。宝元二年（1039），权三司度支判官宋祁上疏论三冗三费，将"僧道日益多而不定数"视为三冗之一，将"道场斋醮"、京师寺观视为"三费"中的两费，请予抑制裁减。② 在巨大的财政压力下，仁宗被迫调整佛教政策。康定元年（1040）八月，"罢天下寺观用金箔饰佛像"③。庆历四年（1044）六月，开宝寺灵宝塔火灾，仁宗遣人于塔基掘得旧瘗舍利，内廷看毕，再命送还本寺，许令士庶烧香瞻礼。谏官余靖极力谏止：

> 臣观今天下，自西陲用兵以来，国帑虚竭，民间十室九空。陛下若勤劳罪己，忧人之忧，则四方之民安，咸蒙其福矣。如其不恤民病，广事浮费，奉佛求福，非所望于当今。且佛者方外之教，理天下者所不取也。割黎民之不足，奉庸僧之有余，且以侈丽崇饰，甚非帝王之事。④

正是在佛教势力膨胀、用兵西夏、朝廷财政危机严重等严峻的社会问题刺激下，北宋的精英士大夫们将《原道》拈出褒扬，从中汲取解决当代困境的思想资源。盖《原道》之作，本身就"具有特别时代性，即当退之时佛教徒众多，于国家财政及社会经济皆有甚大影响。"它将汉代以后帝国秩序之混乱，治道之不振，归结于佛教入侵所导致的民生凋敝、经济萧条和伦理失范，"实匡世正俗之良策"。⑤ 这为仁宗朝前期抑制佛教势力的发展以解决财政危机，

---

① 关于范仲淹与佛教的关系，可参见黄启江《从范仲淹的释教观看北宋真仁之际的儒释关系》（黄启江：《北宋佛教史论稿》，台北：台湾商务印书馆，1997年）。
② 李焘《续资治通鉴长编》卷一二五"宝元二年十二月癸卯"："时陕西用兵，调费日蹙，祁上疏论三冗三费曰：'……何谓三冗？天下有定官，无限员，一冗也。天下厢军不任战而耗衣食，二冗也。僧道日益多而无定数，三冗也。三冗不去，不可以为国。请断自今日，僧道已受戒具者姑如旧，其方著籍为徒弟子者悉还为民，勿复岁度。而州县寺观留若干，僧道定若干，后毋得过此数……何谓三费？一曰道场斋醮，无日不有，或七日，或一月，或四十九日。各挟主名，未始暂停。至于蜡、蔬、膏、面、酒、稻、钱、帛，百司供亿，不可赀计……二曰京师寺观，或多设徒卒，或增置官司，衣粮所给，三倍它处。帐幄谓之供养，田产谓之常住，不徭不役，坐蠹齐民。而又别饰神祠，争修塔庙，皆云不费官帑，自募民财，此诚不逞罔上之尤者……请一切罢之，则二费节矣。'"（第2941—2943页）
③ 李焘：《续资治通鉴长编》卷一二八"康定元年八月戊戌"，第3034页。
④ 李焘：《续资治通鉴长编》卷一五〇"庆历四年六月丁未"，第3633页。
⑤ 陈寅恪：《论韩愈》，《历史研究》1954年第2期。

以及效法先王的政治变革,提供了一个合法化论证,可供仿效。以上所举石介、孙复、欧阳修、李觏、余靖等人,既是庆历革新的参与者,又是儒学复兴的领导者。他们对《原道》的推崇,对佛教的排斥,除了财政方面的务实考虑外,也体现出一种深沉的文化忧患意识、本位心理。这尤其弥漫于石介的《中国论》《怪说》、欧阳修的《本论》等文中。而追根溯源,则与《原道》一脉相承,"因释迦为夷狄之人,佛教为夷狄之法,抉其本根,力排痛斥"。①正如葛兆光所指出:

> 他们再一次重新发掘历史资源,发现了韩愈以及新思路的存在⋯⋯他们在原有的传统中发掘着历史记忆,在这种历史记忆中,他们凸显着历史时间、地理空间和民族群体的认同感。他们在原来的典籍中获取历史资源,在这些资源中,他们试图建构一个可以与种种异端相对抗的知识与思想体系。②

另外,《原道》中的道统谱系话语,为北宋士人提供了新型的价值标准和行为依据,被他们广泛接受。或用于排斥异端、树立自己学派的合法性;或用于日常交游,用以构建社会网络,建立群体认同。

《原道》所揭橥的道统谱系,具有排斥与建构两种功能。通过树立一个圣贤谱系,并把自己(或师友)列入其中,可以申明本人学说在儒学传统中的合理性、合法化;而那些没有列入谱系中的前贤或时辈,则被视为儒学中的异端,或处于次要地位。我们在北宋文献里,追溯到至少有四五十位著名士人,曾经完整或片段地运用《原道》中的道统话语。他们基本沿袭了《原道》中的儒道传承模式而有所新变:⋯⋯尧舜—文王、武王、周公—孔子—孟子⋯⋯荀子⋯⋯扬雄⋯⋯王通⋯⋯韩愈⋯⋯。③ 其中,"—"部分是韩愈提出的谱系,"⋯⋯"部分是诸家根据自身学术建构以及对儒学传统的体认,认识不同。至于韩愈之后的空位,北宋士人有时以身自任,表明本人在这一谱系中的地位,从而为本学派在儒家传统中争取正统地位。另一种常见的情形是属之于师友,表明归趋之意。

---

① 陈寅恪:《论韩愈》,《历史研究》1954年第2期。
② 葛兆光:《理学诞生前夜的中国》,《中国史研究》2001年第1期。
③ 北宋道统话语也发生了一些变异,如话语重点更加倾向于对儒学传统的清理和学派自身合理性的申明,攘佛色彩相对弱化,一种以儒、释调和为取向的谱系话语初露端倪,等等。详细探讨,参见刘成国《9—12世纪的道统前史考述》(《史学月刊》2013年第12期)。

众所周知，北宋儒学自仁宗一朝焕发出全新生机，各个学派纷纷涌现，儒学思想呈现出一种多元开放的格局。《原道》中的道统谱系，为这些学派争取正统地位提供了新颖的话语表述方式。程颐固然以此种话语形态来表明理学的独特地位，如谓："周公没，圣人之道不行；孟轲死，圣人之学不传。道不行，百世无善治；学不传，千载无真儒……先生（程颢）生千四百年之后，得不传之学于遗经……圣人之道得先生而后明，为功大矣。"① 其他士人也未尝不然。日本学者土田健次郎将此种现象称为"继承绝学观念的普遍性"②。这种为各家学说争取正统地位的话语功能，是《原道》在北宋中期获得经典化的重要原因。

此外，在士人社会交游和人际网络的构建上，《原道》中的道统话语也发挥着微妙作用。在宋代士人广泛的社交活动中，如干谒、走访、行卷、投赠等，道统话语可以为宾主双方提供一种新型的身份认同方式，让干谒者在志于圣人之道的幌子下，正大光明地向对方表明诉求，并且为一些身处逆境的士人，提供一种崇高价值观念的支持和归属感。道统话语固有的"派系"属性，对于士人间师生关系的形成、师友传承的纽带，也提供了一种高明的话语修辞。③

从文体角度看，以《原道》为首的《五原》开创了一种新型的文章议论方式——原体。现存的唐代文章中，韩愈之前尚无以"原"名篇者。再往前追溯，尽管《淮南子》卷一有《原道》，刘勰《文心雕龙》中有《原道》篇，但二者均为学术著述中的一个片段、部分，并非独立成篇的文章，后者且以骈文出之。④ 直到韩愈《五原》，方以追溯本原的方式，来论述一些宏大抽象的

---

① 程颢、程颐著，王孝鱼点校：《二程集·河南程氏文集》卷一一《明道先生墓表》，第640页。
② ［日］土田健次郎著，朱刚译：《道学之形成》，上海：上海古籍出版社，2010年，第37页。
③ 参见刘成国：《9—12世纪的道统前史考述》，《史学月刊》2013年第12期。
④ 韩愈自称："非三代两汉之书不敢观。"（韩愈著，马其昶校注，马茂元整理：《韩昌黎文集校注》卷三《答李翊书》，第170页）此言虽不可尽信，但迄今为止，现存文献中尚无证据表明他曾提及、评论或引用过刘勰及《文心雕龙》，自然难以在《原道》和《文心雕龙》之间建立影响的链条。有学者认为："韩愈未曾对刘勰及《文心雕龙》有过评论，至少现存文献无法钩稽出相关的直接证据。但没有直接论述，并不意味着韩愈与《文心雕龙》没有关系。"继而论述《文心雕龙》对韩愈思维方式的影响，似涉穿凿（雷恩海：《一种隐性文学现象之考察——以〈文心雕龙〉思维方式对韩愈的影响为例》，《文学评论》2010年第5期）。其实，《文心雕龙》中《原道》篇，只是为文章寻求一个终极的根源——道，并非所原者即道。

命题，剖析现状，指出症结，从而承担、分化了"论"体文中的某些特殊功能。徐师曾《文体明辨序说·原》："按字书云：'原者，本也，谓推论其本原也。'自唐韩愈作'五原'，而后人因之，虽非古体，然其溯原于本始，致用于当今，则诚有不可少者……其题或曰原某，或曰某原，亦无他义。"① 随着《原道》的日益流行与渐受推崇，"原"体在仁宗朝获得众多士人的模仿，如孙冲《原理》、贾同《原古》、尹洙《原刑》、石介《原乱》、欧阳修《原弊》、释契嵩《原教》《广原教》《原孝》《论原》、张方平《原蠹》、李觏《孝原》《原文》《原正》、胡瑗《原礼》、蔡襄《原赏》、司马光《原命》、王安石《原性》《原教》《原过》、潘兴嗣《原谏》、孙洙《明堂原》《封禅原上》、李清臣《法原》《势原》等。以上作者均为仁宗朝古文名家，他们的参与写作，标志着一种新型文体逐渐定型。其所原均为一些相对抽象、宏大的概念或社会问题，如礼、乐、人、性、道等，其表述则围绕着本原、异化、回归而展开。

仁宗嘉祐五年（1060）七月，《新唐书》修成，其中《韩愈传》赞曰：

当其所得，粹然一出于正，刊落陈言，横骛别驱，汪洋大肆，要之无抵捂圣人者。其道盖自比孟轲，以荀况、扬雄为未淳，宁不信然？……昔孟轲拒杨、墨，去孔子才二百年。愈排二家，乃去千余岁，拨衰反正，功与齐而力倍之，所以过况、雄为不少矣。自愈没，其言大行，学者仰之如泰山、北斗云。②

试与五代《旧唐书·韩愈传》所谓"时有恃才肆意，亦有戾孔、孟之旨""文章之甚纰缪者"相比，对韩愈的评价可谓云泥悬殊。这个论断，可以视为仁宗朝"尊韩"思潮的一个官方总结。③ 而《原道》则被特地拈出予以表彰，认为足以和孟子、扬雄的著述相提并论："其《原道》、《原性》、《师说》等

---

① 徐师曾认为，"原体"与一般的论说文无甚差异，"至其曲折抑扬，亦与论说相为表里，无甚异也"（徐师曾著，罗根泽校点：《文体明辨序说》，北京：中华书局，1962 年，第 132 页）。笔者并不认同，因另有专文讨论"原体"，此处不赘。
② 欧阳修、宋祁：《新唐书》卷一七六《韩愈传》，北京：中华书局，1975 年，第 5269 页。
③ 杨国安认为："以正史中的热情歌颂为标志，韩愈的地位得到了官方认可。而元丰年间韩愈晋爵为昌黎伯，从祀于孔子，不过是庆历新韩思潮的余波而已。"（杨国安：《宋代韩学研究》，第 29 页）

数十篇,皆奥衍闳深,与孟轲、扬雄相表里而佐佑六经云。"① 《原道》文以明道的经典地位,已经初步确立。

二、质疑和批判

就在仁宗朝的古文家们配合朝堂上陆续实施的各项抑制佛教政策,以韩愈《原道》《谏佛骨表》等为理论旗帜进行排佛运动时,佛教徒立刻敏锐地觉察到这一思想趋势,并迅速展开反击。其代表人物是明教大师契嵩。

契嵩,俗姓李,字仲灵,自号潜子,藤州镡津人。7岁出家,13岁得度落发,14岁受具足戒,云门第四世弟子。仁宗庆历年间,契嵩以古文著《辅教编》,阐明儒、释一致,试图调和二教。嘉祐元年(1056),随着排佛浪潮的高涨,契嵩的护教行为更趋积极,在上书仁宗、公卿大臣请求护法的同时,撰写了《非韩子》30篇,严厉批评古文家排佛的精神领袖韩愈,试图为排佛之举釜底抽薪。其诋韩的策略,即力辩韩愈仅为文词之士,并未真正领悟圣人之道:

> 刘昫《唐书》谓韩子"其性偏僻刚讦",又曰:"于道不弘。"吾考其书,验其所为,诚然耳。欲韩如古之圣贤,从容中道,固其不逮也,宜乎识者谓韩子第文词人耳。夫文者,所以传道也;道不至,虽甚文,奚用?若韩子议论如此,其道可谓至乎?而学者不复考之道理中否,乃斐然徒效其文。②

《原道》作为韩愈文以明道的代表作,"宋代儒学复兴之肇基""儒佛对抗的交锋重点"③,遂名列《非韩子》第一篇,成为契嵩重点批判的对象。

针对《原道》中"博爱之谓仁"至"道与德为虚位"六句,契嵩首先指出,既然道与德为虚位,则《原道》之名不妥:"道德既为虚位,是道不可原

---

① 欧阳修、宋祁:《新唐书》卷一七六《韩愈传》,第5265页。
② 藤县、释契嵩著,林仲湘、邱小毛校注:《镡津文集校注》卷一九《非韩子第三十》,第382页。
③ 洪淑芬:《儒佛交涉与宋代儒学复兴——以智圆、契嵩、宗杲为例》,台北:大安出版社,2008年,第132页。

也,何必曰《原道》?《舜典》曰:'敬敷五教。'盖仁义,五常之谓也。韩子果专仁义,目其书曰《原教》可也,是亦韩子之不知考经也。"① 继而,契嵩旁征博引儒家中《曲礼》《说卦》《论语》《系辞》《礼运》等经典,指斥韩愈故意颠倒道德仁义的次序,置仁义于道德之前。然后再引《系辞》中"一阴一阳之谓道,继之者善也,成之者性也。仁者见之谓之仁,智者见之谓之智,百姓日用而不知,故君子之道鲜矣",《说卦》中"昔者圣人之作《易》也,将以顺性命之理。立天之道曰阴与阳,立地之道曰柔与刚,立人之道曰仁与义",《中庸》"天命之谓性,率性之谓道,修道之谓教"等等为据,力证圣人之道,绝不止于仁义而已,而是"天地万物莫不与之"。"是道德,在《礼》则中庸也、诚明也,在《书》则《洪范》皇极也,在《诗》则《思无邪》也,在《春秋》则列圣大中之道也。"② 韩愈将儒家之道德,仅仅局限于日常伦理行为之仁义,乃"(忘)本略经",只能愈辩愈惑。③

《原道》中最犀利的排佛利器是"六民说",即以士、农、工、商为四民,儒者主教,而佛老为冗:

> 古之为民者四,今之为民者六;古之教者处其一,今之教者处其三,农之家一,而食粟之家六;工之家一,而用器之家六;贾之家一,而资焉之家六;奈之何民不穷且盗也!④

契嵩则以为,"古今迭变,时益差异,未必一教而能周其万世之宜也"⑤。自周、秦以后,时益浇薄,人心益伪,仅凭儒家已无法满足教化之需,佛教应时而出,"欲其相与而救世",绝非空耗民食之冗。唐贞观、开元年间,天下大治,佛、老益盛,即是明证。⑥

---

① 藤县、释契嵩著,林仲湘、邱小毛校注:《镡津文集校注》卷一七《非韩子第一》,第320页。
② 藤县、释契嵩著,林仲湘、邱小毛校注:《镡津文集校注》卷一七《非韩子第一》,第322页。
③ 藤县、释契嵩著,林仲湘、邱小毛校注:《镡津文集校注》卷一七《非韩子第一》,第323页。
④ 韩愈著,马其昶校注,马茂元整理:《韩昌黎文集校注》卷一《原道》,第15页。
⑤ 藤县、释契嵩著,林仲湘、邱小毛校注:《镡津文集校注》卷一七《非韩子第一》,第327页。
⑥ 藤县、释契嵩著,林仲湘、邱小毛校注:《镡津文集校注》卷一七《非韩子第一》,第328—329页。

至于《原道》所揭橥的儒家道统谱系"斯吾所谓道也,非向所谓老与佛之道也。尧以是传之舜,舜以是传之禹,禹以是传之汤,汤以是传之文、武、周公、孔子,孔子传之孟轲。轲之死,不得其传焉",契嵩则予以尖锐质疑:周公与孔子、孔子与孟子相去百年,"乌得相见而亲相传禀耶?哂韩子据何经传,辄若是云乎?"另据《论语》等儒家典籍,禹、汤所传,亦"未闻止传仁义而已"。"至于汤、文、武、周公、孔子、孟子之世,亦皆以中道、皇极相慕而相承也。"《原道》中的道统谱系,无论是传承方式,还是所传内容,均与儒家经传扞格。最后,契嵩得出结论:《原道》徒守人伦之理,昧于大道。①

以外在的仁义行为、规范来界定儒家之道,的确是《原道》的特色所在。它是汉唐儒学外向礼教经世传统的沿袭,同时也契合中唐以后兴起的天人相分思潮。契嵩凭借着深厚的佛学心性素养,深入到儒学内部,从儒家经典中挖掘不同的思想传统,如《中庸》《大学》《系辞》对天道、心性的诸多论述,来凸显"道德"的形而上意义,批判韩愈仅以仁义界定道德是"小之也",未得儒家真谛。这是《原道》问世以来,所遭受到的最严峻、最深刻的批判。此后直至南宋以后,宋代儒、释两教对韩愈及《原道》的批评,义理方面均未超出契嵩之阃域,无非有所损益而已。

契嵩的生卒年代与欧阳修相同,各具极高的古文造诣。不同的是,欧阳修继承韩愈的衣钵,以平易流畅的文风推进宋代古文运动,契嵩则以古文操戈入室,力攻韩愈的文章、经术及出处进退。② 他对于《原道》的批判,具有重要的学术思想史意义。在经历了中晚唐短暂的天人相分思潮后,北宋中期以后的学者又试图重新绾结天人分裂,为儒家伦理行为、价值观乃至政治制度,寻求一个超越的宇宙本体依据,从而为秩序寻求一个更加牢固的基础。它不仅仅是外在的、超越的,而且根植于人的本性中,具有内在的心性根源。契嵩对《原道》的批判,开启了这一思想史转变的契机,促使北宋儒学向本体与心性两个层面作更深的探寻。

契嵩的批判,在仁宗嘉祐、英宗治平年间产生了极大反响,许多排佛论者

---

① 藤县、释契嵩著,林仲湘、邱小毛校注:《镡津文集校注》卷一七《非韩子第一》,第331—332页。
② 相关研究,可参见洪淑芬《儒佛交涉与宋代儒学复兴——以智圆、契嵩、宗杲为例》(第123—163页)、钱穆《中国学术思想史论丛》卷五《读契嵩镡津集》(第35—36页)。

由此戛然而止，转而趋之好之。陈舜俞《镡津明教大师行业记》曰：

> 仲灵独居，作《原教》、《孝论》十余篇，明儒释之道一贯以抗其说。诸君读之，既爱其文，又畏其理之胜而莫之能夺也，因与之游。遇士大夫之恶佛者，仲灵无不恳恳为言之，由是排者浸止，而后有好之甚者，仲灵唱之也。①

值得一提的是，这种批评很快便以对话方式，编入北宋治平年间徐君平所撰《韩退之别传》中，以更为通俗的媒介广泛传播：

> 子之不知佛者，为其不知孔子也，使子而知孔子，则佛之义亦明矣。子之所谓："仁与义为定名，道与德为虚位"者，皆孔子之所弃也。愈曰："何谓也？"大颠曰："孔子不云'志于道，据于德，依于仁，游于艺'？盖道也者，百行之首也，仁不足以名之。周公之语六德，曰知、仁、信、义、中、和。盖德也者，仁义之原，而仁义也者，德之一偏也。岂以道德而为虚位哉？子贡以博施济众为仁，孔子变色曰：'何事于仁？必也圣乎？'是仁不足以为圣也。"②

唐宪宗元和十四年正月，韩愈因谏佛骨被贬潮州。其间，他曾与僧人大颠交往，赞其"能外形骸以理自胜，不为事物侵乱"，并"留衣服为别"。③ 之后，佛教徒中逐渐流传韩愈晚年信佛，甚至虚构出他受大颠点化而证悟佛法。《韩退之别传》即在此传说基础上踵事增华。文中大颠对《原道》的驳斥，正是从仁义道德的次序入手，引证儒家经典，点出韩愈"不知孔子"，这明显是抄自契嵩。不同的是，契嵩《非韩子》中的雄辩滔滔、论端锋起，被一种诙谐、幽默、调侃的机锋所取代，最终韩愈"瞠目而不收，气丧而不扬，反求其所答，忙然有若自失"，在大颠面前俯首敛眉。在南宋以后的禅林道场中，《韩退之别传》以其特有的戏谑风格风靡一时，在某种程度上颠覆了韩愈的卫道形象，解构了《原道》的文本。④ 钱锺书认为："盖辟佛而名高望重者，如泰

---

① 藤县、释契嵩著，林仲湘、邱小毛校注：《镡津文集校注》卷首，第3页。
② 释祖琇：《隆兴佛教编年通论》卷二三，转引自洪淑芬《儒佛交涉与宋代儒学复兴——以智圆、契嵩、宗杲为例》（第211页）。《韩退之别传》的作者，一直饶有争议。承杭州市社科院魏峰兄赐示徐君平墓志铭，知作者为徐君平，字安道，王安石高足。
③ 韩愈著，马其昶校注，马茂元整理：《韩昌黎文集校注》卷三《与孟尚书书》，第212页。
④ 洪淑芬以为，《韩退之别传》中"韩愈参禅问道"之公案话头的流行，是丛林道场"尊韩"的体现（《儒佛交涉与宋代儒学复兴——以智圆、契嵩、宗杲为例》，第183—184页），非也。

山之难摇,大树之徒撼,则释子往往不挥之为仇,而反引之为友……释子取韩昌黎、胡致堂而周内之,亦正用吞并术。"① 可谓得之。

大约从仁宗至和、嘉祐之际开始,随着儒学复兴和深入发展,庆历之际兴起的儒学各派逐渐走出对韩愈的亦步亦趋,心模手仿,对其诗文写作、学术思想、人品道德展开了与契嵩相似的质疑和批判。② 总体而言,这些质疑和批判,主要集中于两个方面。(1)韩愈汲汲于富贵,戚戚于贫贱,不能固贫③,无异庸人④,"好名"⑤,"畏死"⑥。人品道德,颇可挑剔。(2)进而与韩愈的学术思想相联系,怀疑其学问根底,认为这反映了韩愈性命之学的不足,并进一步得出他由文见道、"倒学"的评价:"愈之视杨、墨,以排释、老,此愈之得于孟子者也。至于性命之际,出处致身之大要,而愈之与孟子异者,固多矣。故王通力学而不知道,荀卿言道而不知要,韩愈立言而不及德。"⑦"退之晚来为文,所得处甚多。学本是修德,有德然后有言,退之却倒学了。因学文日求所未至,遂有所得。"⑧ 与此相关的则是韩愈性三品说,混淆才、性,不

---

① 钱锺书:《谈艺录》,北京:中华书局,1984年,第383—384页。
② 这些儒者中,有些曾受契嵩影响。如文同《新刻石室先生丹渊集》卷一〇《送无演归成都》:"曾读契嵩《辅教编》,浮屠氏有不可忽。"(《宋集珍本丛刊》第9册,北京:线装书局,2004年,第168页)
③ 司马光著、李文泽点校《司马光集》卷六八《颜乐亭颂》:"韩子以三书抵宰相求官,《与于襄阳书》谓先达后进之士,互为前后,以相推援,如市贾然,以求朝夕刍米仆赁之资,又好悦人以铭志而受其金。观其文,知其志,其汲汲于富贵,戚戚于贫贱如此,彼又乌知颜子之所为哉!"(成都:四川大学出版社,2010年,第1401页)
④ 欧阳修著,李逸安点校:《欧阳修全集》卷六九《与尹师鲁第一书》:"每见前世有名人,当论事时,感激不避诛死,真若知义者,及到贬所,则戚戚怨嗟,有不堪之穷愁形于文字,其心欢戚无异庸人,虽韩文公不免此累。"(第999页)
⑤ 程颢、程颐著,王孝鱼点校《二程集·河南程氏遗书》卷一八:"退之正在好名中。"(第232页)
⑥ 张舜民《史说》:"马文渊有言:'……韩退之潮阳之行,齿发衰矣,不若少时之志壮也,故以封禅之说迎宪宗……退之非求富贵者也,畏死尔。'"(吕祖谦编,齐治平点校:《宋文鉴》卷一〇八,北京:中华书局,1992年,第1498页)
⑦ 王令著,沈文倬校点:《王令集》卷一四《说孟子序》,上海:上海古籍出版社,2011年,第266页。
⑧ 程颢、程颐著,王孝鱼点校:《二程集·河南程氏遗书》卷一八,第232页。"倒学"之说,肇自吴孝宗,被二程吸纳。吴曾《能改斋漫录》卷八:"程正叔云……然此意本吴子经耳。子经《法语》曰:'古之人好道而及文,韩退之学文而及道。'子经名孝宗,欧阳文忠公尝有诗送吴生者也。荆公与之论文甚著,临川人。"(上海:上海古籍出版社,1979年,第234页)

足定论。① 韩愈本质上是一文人，不知圣人之道②，"韩愈之于圣人之道，盖亦知好其名矣，而未能乐其实。"③

作为韩愈文以明道的代表作，《原道》成为众矢之的，尤其是开篇八句。如二程批评曰："恻隐固是爱也。爱自是情，仁自是性，岂可专以爱为仁？……退之言'博爱之谓仁'，非也。仁者固博爱，然便以博爱为仁，则不可。"④"（韩愈）只云'仁与义为定名，道与德为虚位'，便乱说。"⑤《原道》中的道统谱系，则遭到司马光从根本上的冲击、颠覆：

> 足下书所称引古今传道者，自孔子及孟、荀、扬、王、韩、孙、柳、张、贾，才十人耳。若语其文，则荀、扬以上，不专为文，若语其道，则恐王、韩以下，未得与孔子并称也。若论学古之人，则又不尽于此十人者也。孔子自称述而不作，然则孔子之道，非取诸己也，盖述三皇五帝三王之道也。三皇五帝三王，亦非取诸己也，钩探天地之道以教人也。故学者苟志于道，则莫若本之于天地，考之于先王，质之于孔子，验之于当今。四者皆冥合无间，然后勉而进之，则其智之所及、力之所胜，虽或近或远、或小或大，要为不失其正焉。舍是而求之，有害无益矣。彼数君子者，诚大贤也，然于道殆不能无驳而不粹者焉。足下必欲求道之真，则莫若以孔子为的而已。夫射者必志于的，志于的而不中者有矣，未有不志于的而中者也。彼数君子者与我皆射者也，彼虽近，我虽远，我不志于

---

① 程颢、程颐著，王孝鱼点校《二程集·河南程氏遗书》卷一九："杨雄、韩愈说性，正说著才也。"（第252页）苏轼著、孔凡礼点校《苏轼文集》卷四《扬雄论》："韩愈者又取夫三子之说，而折之以孔子之论，离性以为三品……圣人之论性也，将以尽万物之天理，与众人之所共知者，以折天下之疑。而韩愈欲以一人之才，定天下之性，且其言曰'今之言性者，皆杂乎佛、老'。愈之说，以为性之无与乎情，而喜怒哀乐皆非性者，是愈流人于佛、老而不自知也。"（北京：中华书局，1986年，第110—111页）

② 杨时撰、林海权校理《杨时集》卷二五《与陈传道序》："若唐之韩愈，盖尝谓世无仲尼，不当在弟子之列，则亦不可谓无其志也。及观其所学，则不过乎欲雕章镂句，取名誉而止耳。然则士固不患不知有志乎圣人，而特患乎不知圣人之所以学也。"（北京：中华书局，2018年，第666页）

③ 苏轼《韩愈论》："韩愈之于圣人之道，盖亦知好其名矣，而未能乐其实。何者？其为论甚高，其待孔子、孟轲其尊，而拒杨、墨、佛、老甚严。此其用力，亦不可谓不至也。然其论至于理而不精，支离荡佚，往往自叛其说而不知。"（苏轼著，孔凡礼点校：《苏轼文集》卷四，北京：中华书局，1986年，第114页）

④ 程颢、程颐著，王孝鱼点校：《二程集·河南程氏遗书》卷一八，第182页。

⑤ 程颢、程颐著，王孝鱼点校：《二程集·河南程氏遗书》卷一九，第262页。

的，而惟彼所射之从，则亦去的愈远矣。①

韩愈自称因读扬雄书而尊信孟子，因读孟子书而知孔子之道，而荀子之书也与孔子之道相合。三人大醇小疵，与孔子之道最终一脉相通，故可以位列道统谱系中。② 其中隐含之义，则是凡、圣有间，士人修业进德，不能一蹴而就，不妨先向道统中的诸贤学习，逐渐靠近圣境。司马光则以为，孟子、荀子、韩愈等人不足以继承儒家之道，与其效仿他们，不如直接学习孔子。又《原道》之"道"，虽系先王所创，却与天地自然无关。而司马光则以为孔子之道来自先王，而先王则"钩探天地之道以教人"。这其实是对《原道》乃至唐宋古文运动理论以预设，予以质疑乃至否定。据题注，此书作于仁宗嘉祐二年（1057）九月二十四日，正与契嵩非韩同时。

北宋后期苏门高足张耒继承苏轼的观点，认为韩愈"以为文人则有余，以为知道则不足"。他最核心的论证，便是《原道》前八句所言不当：

> 然则愈知道欤？曰：愈未知也。愈之《原道》曰："博爱之谓仁，行而宜之之谓义，由是而之焉之谓道。"果如此，则舍仁与义而非道也。"仁与义为定名，道与德为虚位。道有君子有小人，德有吉有凶。"若如此，道与德特未定，而仁与义皆道也。是愈于道本不知其何物，故其言纷纷异同而无所归，而独不知子思之言乎？"天命之谓性，率性之谓道，修道之谓教。"曰性、曰道、曰教，而天下之能事毕矣。礼乐刑政，所谓教也，而出于道；仁义礼智，所谓道也，而出于性。性则原于天。论至于此而足矣，未尝持一偏曰如是谓之道，如是谓之非道。曰定名，曰虚位也，则子思实知之矣。愈者择焉而不精，语焉而不详，而健于言者欤？③

张耒的指摘，其实是沿袭契嵩。他以儒学中的《中庸》传统，来抨击《原道》仅以外在行为言仁，忽略了性与天道，的确不无道理。

以上诸人，皆为有宋一代文化巨子。他们的批判，并非欲彻底否定韩愈，

---

① 司马光著，李文泽点校：《司马光集》卷五九《答陈充祕校书》，第1237—1238页。
② 韩愈著，马其昶校注，马茂元整理：《韩昌黎文集校注》卷一《读荀》，第37页。
③ 张耒撰，李逸安等点校：《张耒集》卷四一《韩愈论》，北京：中华书局，1990年，第677—678页。

而是在高度崇敬的同时①，企图超越《原道》，往本体论和心性论方向研精覃思，致广大而极精微。这与契嵩对《原道》的批判有着根本不同。在这方面，北宋新学领袖王安石体现得最为明显。

王安石早年诗文创作出入韩愈之藩篱，对之极为推崇，尝谓"自孔子之死久，韩子作，望圣人于百千年中，卓然也"。②"时乎杨墨，已不然者，孟轲氏而已；时乎释老，已不然者，韩愈氏而已。如孟韩者，可谓术素修而志素定也，不以时胜道也。惜也不得志于君，使真儒之效不白于当世，然其于众人也卓矣。"③ 中年以后，则欲跨越中唐古文诸家，直溯孔、孟，故讥讽韩愈"力去陈言夸末俗，可怜无补费精神"④。又曰："他日若能窥孟子，终身何敢望韩公。"⑤ "韩公既去岂能追，孟子有来还不拒。"⑥ 这种行为，绝非仅仅如钱锺书所云"拗相公之本色"⑦，而是"晚年所学有进，不欲仅以文章高世，而岂有意于贬韩子哉"⑧。这反映了北宋中期儒家中的一流学者，已不甘心再受《原道》之笼罩，而力图超越。其《答韩求仁书》曰："扬子曰：'道以道之，德以得之，仁以人之，义以宜之，礼以体之，天也。合则浑，离则散，一人而兼统四体者，其身全乎？'老子曰：'失道而后德，失德而后仁，失仁而后义，

---

① 欧阳修被称为宋代韩愈，自不待言。苏轼则对韩愈极为推崇，称其"文起八代之衰，而道济天下之溺"（苏轼著，孔凡礼点校：《苏轼文集》卷一七《潮州韩文公庙碑》，第509页）。司马光也认可韩愈之排佛，并非一概否定："世称韩文公不喜佛，常排之。余观其《与孟尚书书》论大颠云：'能以理自胜，不为事物侵乱。'乃知文公于书无所不观，盖尝遍观佛书，取其精粹而排其糟粕耳。不然，何以知不为事物侵乱，为学佛者所先邪？今之学佛者，自言得佛心，作佛事，然曾不免侵乱于事物，则其人果何如哉？"（司马光著，李文泽点校：《司马光集》卷六九《书心经后赠绍鉴元丰五年十二月十三日作》，第1409—1410页）关于北宋诸家尊崇韩愈之言论，可参见钱锺书《谈艺录》（第62—65页）、杨国安《宋代韩学研究》（第17—38页）、顾永新《北宋前中叶的尊韩思潮》。
② 王安石：《临川先生文集》卷七七《上人书》，北京：中华书局，1959年，第811页。此文作于宋仁宗庆历六年（1046），具体考证可参见刘成国《王安石年谱长编》卷二（北京：中华书局，2018年，第158页）。
③ 王安石：《临川先生文集》卷八四《送孙正之序》，第885页。此文作于仁宗庆历二年，具体考证可参见刘成国《王安石年谱长编》卷二（第109页）。
④ 王安石：《临川先生文集》卷三四《韩子》，第372页。
⑤ 王安石：《临川先生文集》卷二二《奉酬永叔见赠》，第264页。
⑥ 王安石：《临川先生文集》卷一二《秋怀》，第181页。
⑦ 钱锺书：《谈艺录》，第62—65页。
⑧ 蔡上翔：《王荆公年谱考略》卷五，詹大和等撰，裴汝诚点校：《王安石年谱三种》，北京：中华书局，1994年，第282页。

失义而后礼。'扬子言其合，老子言其离，此其所以异也。韩文公知道有君子有小人，德有凶有吉，而不知仁义之无以异于道德，此为不知道德也。"① 此中已鲜明体现出一种欲统摄诸家、融会贯通的学术取向。

因此，以上种种质疑和批判，并未从根本上撼动《原道》的历史地位，逆转其经典化进程。《原道》中的排佛卫道，代表了一种儒家本位主义立场，后世任何自居于儒家正统的学派，都难以抹杀其合法性、必要性。如理学创始人二程兄弟，尽管自许继承了孟子之后千年不传之道，将韩愈排除在道统外，也不得不承认："韩愈亦近世豪杰之士。如《原道》中言语虽有病，然自孟子而后，能将许大见识寻求者，才见此人。至如断曰：'孟氏醇乎醇。'又曰：'荀与杨择焉而不精，语焉而不详。'若不是佗见得，岂千余年后便能断得如此分明也？"② "孟子论王道便实……孟子而后，却只有《原道》一篇，其间语固多病，然要之大意尽近理。"③ 随着经典化的进展，《原道》逐渐成为一种恪守本位、与异端划清界限的象征、符号，每当儒学面临佛、老冲击时，便会被卫道者当作圣物一般顶礼膜拜。谢薖《适正堂记》：

> 然今之世，学释、老者竞非吾儒，其言汪洋浩渺，足以骇世绝俗。而儒者反取释老之言，以明六艺之学。呜呼！安得孟轲、扬雄、韩愈之徒出而排之，使吾圣人之道廓如也。吾友吴迪吉作楼于其居第之西，其下辟以为堂，图孔子、荀卿、扬雄之像于其间，又取韩愈《原道》之书写于其壁，而名其堂曰适正。盖取扬雄《法言》所谓适尧、舜、文王为正堂者也。迪吉属予为记，且使道其名堂之意。余谓迪吉："子坐于中堂，瞻数子之容而思其学，观《原道》之书而详其义，则尧、舜、文王之道参乎其前矣。"④

吴迪吉生活于北宋后期。他将孟子、扬雄等像绘于堂上，并将《原道》文本书置于壁，再请谢薖撰文记之。这一系列的行为，极富象征性地表明了他坚守儒家、拒斥异端的价值取向、学术立场。圣贤图像与《原道》文本，

---

① 王安石：《临川先生文集》卷七二《答韩求仁书》，第763—764页。
② 程颢、程颐著，王孝鱼点校：《二程集·河南程氏遗书》卷一，第5页。
③ 程颢、程颐著，王孝鱼点校：《二程集·河南程氏遗书》卷二，第37页。
④ 谢薖：《竹友集》卷八，杨守敬主编：《续古逸丛书》之四二，扬州：广陵书社，2001年。

作为一种隐喻符号而承担了吴迪吉这位儒家士人的精神寄托：微斯人，吾谁与归？

同样重要的是，《原道》对儒学史的叙述，在北宋后期获得官方认可，被纳入朝廷意识形态的建构中。这主要表现在孔庙从祀制度上。与唐代相比，宋代孔庙制度一个最深刻变化，便是接受了《原道》中的道统说，将传道谱系中的各位贤人，以明道之儒的身份，区别于汉唐郑玄等传经之儒，从祀孔庙，并分别封以公、伯爵位。神宗元丰七年（1084）五月，从礼部林希议，诏："自今春秋释奠，以邹国公孟轲配食文宣王，设位于兖国公之次。荀况、扬雄、韩愈以世次从祀于二十一贤之间，并封伯爵：况，兰陵；雄，成都；愈，昌黎。"① 由此，《原道》中的儒道传承谱系，通过孔庙从祀、配享而被制度化、意识形态化，一直延续到清末。这也不妨视为北宋朝廷对《原道》经典地位的认可。

三、经典铸就

南渡以后，韩愈文集的整理笺注异常兴旺，出现了若干搜罗宏富、校勘精细的笺注本，如樊汝霖《韩集谱注》、严有翼《韩文切证》、祝充《音注韩文公文集》、王伯大《别本韩文考异》、文谠《详注昌黎先生文集》、魏仲举《五百家注昌黎文集》、廖莹中《东雅堂昌黎集注》等。② 它们引证丰富，注释详尽，为《原道》的广泛流行提供了坚实的文本基础。

南宋的学术版图则发生了巨变。王安石新学不再是朝廷正统意识形态，而理学则日益壮大。作为一代理学宗师，朱熹对《原道》的评价被其门人后学奉为圭臬，影响深远。

---

① 李焘：《续资治通鉴长编》卷三四五"元丰七年五月壬戌"（第8291页）。作为国家祭典之一，孔庙从祀制由东汉以后逐渐成形，至唐玄宗开元年间开始完整运作。相关研究，可参见黄进兴《优入圣域·权力、信力与正当性》（西安：陕西师范大学出版社，1998年，第329—334页）。

② 相关研究，可参见刘真伦《韩愈集宋元传本研究》（第25—27页）、杨国安《宋代韩学研究》（第239—242页）。

朱熹"自少喜读韩文"①，早年即立志校勘韩愈文集，直至晚年去世前方穷几十年之功完成《韩文考异》，用力甚勤。他继承、总结了北宋各家的质疑、批评，将韩愈彻底驱逐出道统谱系，但同时又不得不承认《原道》确系由文见道之作：

> 孟轲氏没，圣学失传，天下之士背本趋末，不求知道养德以充其内，而汲汲乎徒以文章为事业……韩愈氏出，始觉其陋，慨然号于一世，欲去陈言以追《诗》《书》六艺之作，而其弊精神、縻岁月，又有甚于前世诸人之所为者。然犹幸其略知不根无实之不足恃，因是颇泝其源而适有会焉，于是《原道》诸篇始作……则亦庶几其贤矣。然今读其书，则其出于诙谑戏豫放浪而无实者自不为少。若夫所原之道，则亦徒能言其大体，而未见其有探讨服行之效……至于其徒之论，亦但以剽掠僭窃为文之病，大振颓风、教人自为为韩之功。则其师生之间、传受之际，盖未免裂道与文以为两物，而于其轻重缓急、本末宾主之分，又未免于倒悬而逆置之也。②

"其弊精神、縻岁月，又有甚于前世诸人之所为者"，这是批评韩愈本质上不脱文人习气；"颇泝其源而适有会焉，于是《原道》诸篇始作"，这是承认韩愈于儒道确有所见，《原道》即是代表作；"所原之道，则亦徒能言其大体，而未见其有探讨服行之效"，这是批评韩愈虽能见道，但缺少践履操持之实；"裂道与文以为两物，而于其轻重缓急、本末宾主之分，又未免于倒悬而逆置"，此即程颐"倒学""由文见道"之引申发挥。可见朱熹继承了北宋诸家之说，将韩愈牢牢界定为"文人"的身份，无预道统。正所谓"考其平生意向之所在，终不免于文士浮华放浪之习，时俗富贵利达之求"③。

---

① 朱熹：《晦庵先生朱文公文集》卷八三《跋方季申所校韩文》，朱杰人等主编：《朱子全书》第24册，上海：上海古籍出版社、合肥：安徽教育出版社，2002年，第3905页。
② 朱熹：《晦庵先生朱文公文集》卷七〇《读唐志》，朱杰人等主编：《朱子全书》第23册，第3374—3375页。
③ 朱熹：《晦庵先生朱文公文集》卷六七《王氏续经学》，朱杰人等主编：《朱子全书》第23册，第3283页。

朱熹也批评《原道》以爱言仁，仅得其用，而遗其体①；又批评"《原道》中举《大学》，却不说'致知在格物'一句"②。但整体上，他承认《原道》于儒道确有发明："退之《原道》诸篇，则于道之大原，若有非荀、扬、仲淹之所及者。"③"如《原道》之类，不易得也。"④"《原道》其言虽不精，然皆实，大纲是。"⑤ 这种评价较之二程并无多少新意，只是由于朱熹崇高的历史地位以及理学成为王朝的意识形态，遂对后世产生了巨大影响。南宋晚期理学家真德秀编选《文章正宗》，即贯彻了朱熹的评价。书中选录《原道》，承认其传道有功，只注释文章的史实、典故等，对修辞、技巧则不予置评。篇末又附程、朱二人对《原道》之评价，强调必须参考二人之说，方可理解此篇大旨。

南宋时期，儒学内部对《原道》的批评整体上明显减弱。尽管不时有一些企图融汇儒释的学者对《原道》发出微词，质疑其中的传道谱系⑥，可针对这些批评的辩护，也与日俱增。如杨万里即为《原道》中"道与德为虚位""人其人，火其书，庐其居"两个最惹争议的问题辩解。他指出，"道德"有名而无形。无形，指道德是一套价值观念。"惟其有名，圣人之所以实之以用世也；惟其无形，异端之所以入之以欺世也。"所谓"道与德为虚位"，并非指道德的内涵为虚，而是指由于道德是一种无形的价值观念，所以倘若"天下既安而侈心生焉"，"翫以为常"，不知践履服行，则佛教异端便可乘虚而

---

① 黎靖德编、王星贤点校《朱子语类》卷一三七："器之问：'博爱之谓仁。'曰：'程先生之说最分明……要之，仁便是爱之体，爱便是仁之用。'蒋明之问：'《原道》起头四句，恐说得差。且如博爱之谓仁，爱如何便尽得仁？'曰：'只为他说得用，又遗了体。'"（北京：中华书局，1986年，第3270—3271页）

② 黎靖德编，王星贤点校：《朱子语类》卷一三七，第3271页。

③ 朱熹：《晦庵先生朱文公文集》卷六七《王氏续经学》，朱杰人等主编：《朱子全书》第23册，第3283页。

④ 黎靖德编，王星贤点校：《朱子语类》卷一三七，第3260页。

⑤ 黎靖德编，王星贤点校：《朱子语类》卷一三七，第3270页。

⑥ 如南宋范浚《范浚集》卷一五《题韩愈原道》："韩愈《原道》以为尧传舜，舜传禹，至汤、文、武、周公、孔子、孟轲。轲之死，不得其传。呜呼！愈诚知道者，而略子思耶？《原道》而不知有子思，则愚；知有子思而不明其传，则诬。愚与诬，皆君子所不取。愈诚知道者耶？"（杭州：浙江古籍出版社，2014年，第181页）刘子翚《屏山集》卷一《圣传论·孟子》："圣贤相传一道也，前乎尧、舜，传有自来；后乎孔、孟，传固不泯。韩子谓'轲死不得其传'，言何峻哉……荜门圭窦，密契圣心，如相授受，政恐无世之。孤圣人之道，绝学者之志，韩子之言何峻哉！"（《影印文渊阁四库全书》第1134册，第377页）此皆沿袭北宋余论，无甚新见。

入,以其价值观来把持天下。杨万里把道德比喻成"巨室",指出韩愈将儒家仁义确定为道德的内涵,"而后道德之虚位可得而实矣"①。他进而将"天下之入于佛老"者分为三类:士大夫中"好焉者",以为借助佛教"可以悟性命而超死生";普通士民中"畏焉者",侥幸于借助福田利益超脱轮回报应;其他"愚夫细民之惰者、无能者、废疾者、鳏寡孤独者",则羡慕佛教徒"不业而食,不勋而居"从而依附其教,此为"利焉者"也。针对前者,《原道》中提出须"人其人,火其书,庐其居"以去之;针对民之"利焉者",《原道》则提出恢复先王之道,"鳏寡孤独废疾者有养也";针对"畏焉者",韩愈的《与孟简书》《吊武侍御书》中则力破福田之妄。②杨万里将《原道》置于韩愈的排佛事业整体中予以考察,凸显其意义,是对以往批评者的委婉回应。

南宋后期大儒黄震则对北宋以后对《原道》的主要批评,逐一反驳。这些批评包括《原道》以博爱言仁,以道德为虚位,只提及《大学》"正心诚意",却不及"格物致知",《原道》中传"道"内容及方式等等。黄震认为,以上批评主要来自二程语录,但"绝非程氏之言",或为"程子一时偶然之言"。程颐门人中沾染佛学者,如上蔡谢氏(良佐),托附二程语录,批评《原道》,"发为异说","吹毛求疵",其目的是"欲阴为异端报仇"。倘若稽以孔、孟之说,则《原道》与之契合,"不可非也"。黄震高度肯定了《原道》文以明道的典范地位:"自昔圣帝明王所以措生民于理,使其得自别于夷狄、禽兽者,备于《原道》之书矣。孔、孟没,异端炽,千有余年,而后得《原道》之书辞而辟之,昭如矣。"③"自孔孟殁,异端纷扰者千四百年。中间惟董仲舒'正谊'、'明道'二语,与韩文公《原道》一篇,为得议论之正。"④

黄震,字东发,庆元慈溪人,宝祐四年(1256)登进士第。其学博而能醇,专崇朱子,"然于朱子成说亦时有纠正,不娓娓姝姝务墨守"⑤。他为《原道》所作的辩解,相当中肯。平心而论,程颐、朱熹等理学家对韩愈及

---

① 杨万里撰,辛更儒笺校:《杨万里集笺校》卷八六《韩子论上》,北京:中华书局,2007年,第3410页。
② 杨万里撰,辛更儒笺校:《杨万里集笺校》卷八六《韩子论下》,第3411—3412页。
③ 黄震:《黄氏日钞》卷五九,《影印文渊阁四库全书》第708册,第467页。
④ 黄震:《黄氏日钞》卷三三,第0018c页。
⑤ 钱穆:《中国学术思想史论丛》卷六《黄东发学述》,第1页。

《原道》的批评,大都基于本学派的独特学术思路,属于后见之明,偏离了《原道》写作时的历史语境、思想氛围。黄震提出"学者无以其语出于《程录》而遽非《原道》,必以孔孟之说而稽之,则于读《原道》几矣",是一项高明的策略,既未得罪师门,又凸显出《原道》的价值所在。钱穆认为:"北宋儒学复兴,靡不尊韩,直至二程而其说始变。……下逮朱子,晚岁亲校《韩集》,于昌黎可谓偏有所嗜,然亦每讥韩公为文人。……至东发乃始畅发之,几乎依据《原道》非议《遗书》,此在伊洛以下理学传统中洵可谓未有之创举也。"①

从以上为《原道》极力申辩、曲为维护的议论中,可以看出南宋儒学对《原道》的评价渐趋一致,其经典地位已经稳定,故而对于其经典化历程中所遭遇的各种非议,予以驳斥。《原道》是文以明道的典范,这几乎成为南宋主流学术思想文化的共识,即便是至高无上的皇权,也难以扭转。李心传《建炎以来朝野杂记》乙集卷三《原道辨易名三教论》:

> 淳熙中,寿皇尝作《原道辨》,大略谓三教本不相远,特所施不同,至其末流,昧者执之而自为异耳。以佛修心,以道养生,以儒治世可也,又何惑焉。文成,遣直殿甘昺持示史文惠。史公时再免相,侍经席也。史公奏曰:"臣惟韩愈作是一篇,唐人无不敬服,本朝言道者亦莫之贬。盖其所主在帝王传道之宗,乃万世不易之论。原其意在于扶世立教,所以人不敢议。陛下圣学高明,融会释、老,使之归于儒宗,末章乃欲以佛修心,以道养生,以儒治世,是本欲融会而自生分别也。《大学》之道,自物格、知至而至于天下平,可以修心,可以养生,可以治世,无所处而不当矣,又何假释、老之说邪?陛下此文一出,须占十分道理,不可使后世之士议陛下,如陛下之议韩愈也。望陛下稍窜定末章,则善无以加矣。"程泰之时以刑部侍郎侍讲席,亦为上言之,于是易名《三教论》。②

孝宗一向钟情于佛教,"博通内典"③,佛学造诣颇深,并以佛教护法自居。淳

---

① 钱穆:《中国学术思想史论丛》卷六《黄东发学述》,第14页。
② 李心传撰,徐规点校:《建炎以来朝野杂记》乙集卷三,北京:中华书局,2000年,第544页。
③ 叶绍翁撰,沈锡麟、冯惠民点校:《四朝闻见录》甲集,北京:中华书局,1989年,第31页。孝宗之崇佛,可参见汪圣铎《宋代政教关系研究》(第226—240页)。

熙八年（1181），他撰写《原道辨》反驳韩愈的排佛论，显然是体会到《原道》对佛教的巨大威胁，有感而撰。其观点并不新颖，无非是唐代"以佛修心，以道持身，以儒治世"三教分工论之翻版，而北宋太宗、真宗也曾持有。但此文居然遭到前宰相史浩、刑部侍郎程大昌的反对，不得不易名为《三教论》。

史浩，字直翁，南宋名相，《宋史》卷三九六有传。他对佛教其实并无恶感，其文集中有多篇与佛教徒唱酬之作。他之所以对孝宗所撰《原道辨》提出异议，主要是考虑到《原道》宣扬的儒家之道已经是朝廷正统意识形态，"所主在帝王传道之宗，乃万世不易之论，原其意在于扶世立教，所以人不敢议"。倘若此文颁行，势必会助长佛教气焰，动摇《原道》这一面反佛赤帜，引起莫大争端："臣恐陛下此文一出，天下后世有不达释老之说而窃其皮肤以欺世诳俗者，将撼陛下之言，以为口实，靡然趋风，势不可遏。"① 《原道》作为坚持儒家文化本位的一种象征、一个典范，轻易撼动不得。

士大夫精英们的推崇、批评，或创作中的模仿、学术中的借鉴，乃至朝廷意识形态的建构，通过注释、序跋、史评、语录、笔记、书信等各类书写体裁，引领风气之先，推动思潮转换，将《原道》一步步推向经典。但《原道》经典地位的最终铸就，尚有赖于南宋科场文化催生的各类看似不登大雅之堂的科举参考用书。作为士人社会流动、改变命运的一种主要途径，科举考试在南宋的竞争变得异常激烈。随着印刷技术的提高，图书出版业的繁荣，以通过考试为目的的各类参考书广泛刊刻流传，如类书、古文选本、时文选本等。② 它们在上层权力文化精英与下层普通民众士人之间，搭建起沟通的桥梁，将精英阶层推许的《原道》经典，广泛地传播、普及，而这又转而强化了《原道》的经典地位。正如吴承学先生所指出的："中国古代文学经典形成的重要而独特的条件之一，是通过选本即通过对作品的删述、汇编和价值阐释，达成形成经典的目的……比起西方的理论阐释，选本的重要和独特之处更为明显。此外，如评点、引用、类书的采用、史书经籍志或艺文志、目录学的记录和评价

---

① 史浩：《鄮峰真隐漫录》，《影印文渊阁四库全书》第 1141 册，第 612 页。
② 刘祥光：《印刷与考试：宋代考试用参考书初探》，《"国立"政治大学历史学报》2000 年第 17 期。

等等，也是中国古代文学具有自身特色的几种经典形成方式。"①

第一类，古文选本。南宋几种重要的古文选本《古文关键》《崇古文诀》《文章轨范》《古文集成》等，都是为士人参加科举考试而编写的入门读物②，它们均选录《原道》。与之前或同时刊刻的各种韩愈文集、选本不同，这几种选本不仅提供《原道》的文本、词语异文、注释训诂等，而且利用圈点涂抹等新型文学批评方式，对《原道》的用词、造句、修辞、构思，结构上的抑扬、开阖、奇正、起伏等艺术技巧，进行详细点评，剖析无遗。如被称为评点第一书的吕祖谦《古文关键》，于卷首冠有"总论看韩文之法"："第一，看大概、主张；第二，看文势、规模；第三，看纲目、关键。"③ "看韩文法：简古，一本于经。学韩文简古，不可不学他法度。徒简古而乏法度，则朴而不华。"④ 卷三选入《原道》全文，予以评点涂抹。如特别点出文中17个"为之"字，以示醒目；于"奈之何不穷且盗也"旁批曰："好句法"；于"甚矣，人之好怪也"旁批曰："接有力"。⑤ 其特色是集中作形式技巧的批评，而不涉及儒家之道。"既是对全文要有一个整体的把握，也要具体考察其章法、布局、结构，分析各段落如何铺叙，各段落之间如何响应，研究其遣词造句、起结、剪裁、转折等文字功夫。"⑥

吕祖谦弟子楼昉所编《崇古文诀》"大略如吕氏《关键》"⑦，卷八亦选《原道》，题下评曰："词严意正，攻击佛老，有开阖纵舍，文字如引绳贯珠。"⑧ 南宋晚期谢枋得所编《文章轨范》于韩文尤所用心，"所录汉、晋、

---

① 吴承学、沙红兵：《中国古代文学的经典》，《中山大学学报（社会科学版）》2004年第6期。
② 南宋古文选本的兴起与科举之关系，可参见祝尚书《论宋代时文的"以古文为法"》（《四川大学学报（哲学社会科学版）》2007年第4期）、王明强《科举时文"以古文为法"与古文之复兴》（《江苏社会科学》2011年第2期）、林岩《南宋科举、道学与古文之学——兼论南宋知识话语的分立与合流》（《中山大学学报（社会科学版）》2013年第6期）。
③ 吕祖谦：《古文关键》卷首，《影印文渊阁四库全书》第1351册，第0—6页。
④ 吕祖谦：《古文关键》总论，《影印文渊阁四库全书》第1351册，第718页。
⑤ 吕祖谦：《古文关键》总论，《影印文渊阁四库全书》第1351册，第723—725页。
⑥ 吴承学：《现存评点第一书——论〈古文关键〉的选编、评点及其影响》，《文学遗产》2003年第4期。
⑦ 永瑢等：《四库全书总目》卷一八七《崇古文诀》，北京：中华书局，1965年，第1698页。
⑧ 楼昉：《迂斋先生标注崇古文诀》（中华再造善本）卷八，北京：北京图书馆出版社，2005年，第24页。

唐、宋之文凡六十九篇，而韩愈之文居三十一"①。如卷四录《原道》：

> 博爱之谓仁，五字句。行而宜之之谓义，七字句。由是而之焉之谓道，八字句。足乎己无待于外之谓德。十字句〇开端四句，四样句法，此文章家巧处。仁与义为定名，道与德为虚位。上句长，此两句短，便顿挫成文。②

《原道》开首六句，最惹争议。诸家所评，一向都集中于其内涵，即何为仁义，何为道德，何为虚位，韩愈之界定妥否。谢枋得则完全从修辞入手，着眼于这六句的句法、句式之美感，堪称创举。又如评"为之师"至"其亦不思而已矣"一段，也不评价这些措施的妥当与否，而是拈出抉发其句法、章法顿挫之妙："此一段连下十七个'为之'字，变化九样句法，起伏顿挫，如层峰叠峦，如惊涛巨浪，读者快心畅意，不觉其下字之重叠。此章法也。"③

尽管早在 11 世纪，宋祁即已留意到《原道》的艺术创新，"韩退之……《原道》等诸篇，皆古人意思未到，可以名家矣"。④ 黄庭坚也强调"文章必谨布置"，"每见后学，多告以《原道》命意曲折"。⑤ 但宋、黄二人皆点到为止，无甚发挥，对《原道》的艺术特色仅做整体印象式品评。而以上几种古文选本中的评点，从整体式把握，转向对《原道》的语言、句式、结构等进行细致入微的剖析。在巨细无遗地呈现出《原道》的艺术特色时，也为初学者传授技巧作法，指点创作的具体途径、入门轨辙。这种金针度人式的普及工作，诚然不免琐碎细杂之嫌，也难入大家法眼⑥，但它把《原道》中艰苦的构思、艺术创新，条分缕析，使之变成一种古文写作的

---

① 永瑢等：《四库全书总目》卷一八七《文章轨范》，第 1703 页。
② 谢枋得：《叠山先生批点文章轨范》（中华再造善本）卷四，北京：北京图书馆出版社，2005 年，第 1 页。
③ 谢枋得：《叠山先生批点文章轨范》（中华再造善本）卷四，第 3 页。
④ 宋祁：《宋景文公笔记》卷中，朱易安、傅璇琮等主编：《全宋笔记》第 1 编，第 5 册，第 56 页。
⑤ 胡仔纂集，廖德明校点：《苕溪渔隐丛话 前集》卷一〇《杜少陵（五）》，北京：人民文学出版社，1962 年，第 63 页。
⑥ 黎靖德编、王星贤点校《朱子语类》卷一三九："因说伯恭所批文，曰：'文章流转变化无穷，岂可限以如此？'某因：'陆教授谓伯恭有个文字腔子，才作文字时，便将来入个腔子做，文字气脉不长。'先生曰：'他便是眼高，见得破。'"（第 3321 页）

常识和技巧,并借助科举场域"以古文为时文"的观念,使之广泛传播,从而极大地拓展了《原道》的传播、授受,使之从精英群体的高头大章,走向平民化。

第二类,应付科举考试的各种学习类书。宋代自神宗熙宁三年(1070)以后,科场上重视以策、论取士,催生了类书的繁荣:"宋自神宗罢诗赋、用策论取士,以博综古今,参考典制相尚,而又苦其浩瀚,不可猝穷,于是类事之家,往往排比连贯,荟粹成书,以供场屋采掇之用。"① 这些类书从浩瀚的典籍中,将考生所需要的各种知识、文献分门别类地予以纂集,以适应策、论写作中引喻论证之需。现将南宋几部重要科举应试类书征引《原道》列表如下:

南宋六部类书征引《原道》表

类书	作者	卷数	类别	征引《原道》中文字
群书会元截江网	佚名	三四	异端类	自"老子之小仁义"至"人其人,火其书,庐其居,庶乎其可也。"
		三五	诸子类	《新唐书韩愈传》、两宋诸儒评韩愈及《原道》。
记纂渊海	潘自牧	五〇	"论议部"之"任情不任理"	责冬之裘者曰:"曷不为葛之之易也?"责饥之食者曰:"曷不为饮之之易也。"
		七九	"性行部"之"疾恶"类	人其人,火其书,庐其居。
		九八	"识见部"之"闻见浅狭"类	老子之小仁义,非毁之也,其见者小也。坐井而观天,曰天小者,非天罪也。
事文类聚	祝穆	别集卷五	韩退之文	其《原道》、《原性》、《师说》数十篇,皆奥衍宏深,与孟轲、扬雄相表里,而佐祐六经云。

---

① 永瑢等:《四库全书总目》卷一三五《源流至论》,第1151页。

续表

类书	作者	卷数	类别	征引《原道》中文字
事类备要	谢维新	外集卷一七	刑法门	是故君者出令者也……以事其上则诛。
		外集卷三二	玺绶门	相欺也，为之符玺以信之。
		外集卷三五	服饰门	是责冬之裘者曰：曷不为葛之之易也。
		外集卷六〇中	锦绣门	夏葛而冬裘，渴饮而饥食。其事殊，其所以为智一也。今其言曰："曷不为太古之无事？"是责冬之裘者曰："曷不为葛之之易也"。
新笺决科古今源流至论	林駧	后集卷一	韩门	《原道》一篇扶持名教，与轲书相表里。《进学解》、《师说》等作，精粹入道理，不下刘向。
		后集卷八	排异端	《原道》一篇，名教砥柱。《佛骨》一疏，群疑冰释。障百川而东之，回狂澜于既倒者，昌黎之功也。
历代名贤确论	佚名	八八	评骘人物	历代对韩愈的评价，包括《原道》。

作为普通士人的日常工具书，学习、应试时的必备参考资料，以上类书按照某些主题，将《原道》中的文字分门别类，割裂拼扯。这种做法饾饤琐屑，断章取义，将《原道》文本分拆离析，不成片段。不过，通过这种方式，《原道》更容易成为士人一般性的知识储备和文学常识，在写作时可以随手拈来，左右逢源。经典真正成为日用。

第三类，时文选本。时文，即科场应试之文。① 那些成功通过各级考试的科举时文，对于一心企望登第的士人而言，诱惑极大：阅读、模仿时文，无疑是一种最稳妥、快捷、高效的考试速成方式。时文选本的刊刻，自北宋前期

---

① 关于宋代时文内涵的演变，可参见朱瑞熙《宋元的时文——八股文的雏形》（《历史研究》1990年第3期）和罗时进、刘鹏《唐宋时文考论》（《文艺理论研究》2004年第4期）。

即已有之，至南宋时随着科举应试人数的剧增，其需求更大，其刊刻流传更加广泛。① 在鱼龙混杂的各类时文选本中，魏天应编、林子长笺注的《论学绳尺》被视为"最适合考生学习揣摩科场论体文的参考书，最能反映南宋科场论体文的体制形态"②，很适合考察此类选本如何参与到《原道》经典化形塑中。此书"编辑当时场屋应试之论，冠以论诀一卷。所录之文，分为十卷，凡甲集十二首，乙集至癸集俱十六首。每两首立为一格，共七十八格。每题先标出处，次举立说大意，而缀以评语，又略以典故分注本文之下"③。全书所选南宋时文有 150 余篇，上自南宋绍兴二年（1132），下迄理宗咸淳四年（1268），文章作者，多为南宋历届科考之省元、亚魁、状元或舍魁、太学私魁、太学公魁等。圈点批抹，形式兼备，有总批、眉批、旁批等。

在《论学绳尺》中，至少有 30 位作者曾征引《原道》。其中，有 2 篇论题直接出自《原道》，即陈傅良《博爱之谓仁》、黄九鼎《定名虚位如何》，全文即围绕论题展开议论。也有时文直接评论《原道》观点之得失，如卷七载方澄孙《庄骚太史所录》："异时因文以见道，《原道》中数语，君子许焉。然后世终不以为得六经、孔孟之正传者，盖愈之学虽正，而其文终出于变，则亦秦汉而下之文杂于其心，足为之累者多耳。"④ 更多的时文，则或是直接引用、化用《原道》中的词汇、语句，如卷三载文及翁《文帝道德仁义如何》："世之人主，惟患其天资之不本于仁且厚也。夫苟一本于仁且厚，则由是而之之谓道，足已无待于外之谓德，事合乎宜之谓义。"⑤ 此出自《原道》首四句。卷五载高起潜《仁义礼智之端如何》："绝灭之学，惨于老氏。"⑥ 此出自《原道》："老子之言道德，吾有取焉耳。及搥提仁义，绝灭理学，吾无取焉耳"。又或是学习《原道》中的字法、句法、文法，如卷三载丁应奎《太宗文

---

① 刘祥光《宋代的时文刊本与考试文化》："宋人一旦走上了考进士的路，其生活即免不了读、写时文……阅读时文是如此重要，它成为士人的'习性'……阅读时文成为士人的一个标志，无论他们有无崇高的理想，毕竟出仕是或曾是他们的重要目标。"（《台大文史哲学报》2011 年第 75 期）
② 张海鸥、孙耀斌：《〈论学绳尺〉与南宋论体文及南宋论学》，《文学遗产》2006 年第 1 期。
③ 永瑢等：《四库全书总目》卷一八七《论学绳尺》，第 1702 页。
④ 魏天应编，林子长笺：《论学绳尺》卷七，《影印文渊阁四库全书》第 1358 册，第 422 页。
⑤ 魏天应编，林子长笺：《论学绳尺》卷三，《影印文渊阁四库全书》第 1358 册，第 177 页。
⑥ 魏天应编，林子长笺：《论学绳尺》卷五，《影印文渊阁四库全书》第 1358 册，第 292 页。

武德功如何》:"噫!其亦幸而太宗之天终定也,其亦不幸而太宗之天未纯也。"注曰:"'幸不幸'三字,学韩《原道》文。"① 卷二载方岳《圣人道出乎一》:"何以一天下之万物?圣人之为天下也,其具则礼乐刑政、典章文物,其伦则君臣父子、夫妇朋友,其教则仁义礼乐、孝慈友悌,其位则宗庙朝廷、州闾乡党。其所酬酢,其所经纶,盖有万之不齐也。"注曰:"以下数句说圣人之道,是学韩《原道》文法。韩《原道》:'其文诗书易春秋,其法礼乐刑政,其民士农工贾,其位君臣父子师友宾主昆弟夫妇,其服桑麻,其居宫室。'"②

据笔者统计核对,以上30多位作者,对《原道》的征引、化用高达90多处。《原道》被这些公魁、私魁、状元、省元等科场达人圈点批抹,真可谓挦扯殆尽,体无完肤。这一方面说明,《原道》已经在南宋时文写作中成为士人手摹心追的文章典范;另一方面,这些成功的应试范文借助于选本形式,在南宋科举社会中发挥着巨大的传播效应、示范效果,又转而深化、强化着《原道》的经典地位。经典的铸就,从而跨越了南宋士人中的各个阶层。

四、断裂与恢复

以上所述,空间上仅止于南宋150余年统治的淮河以南区域。至于先后在女真、蒙古统治下的北方中国,《原道》的经典化则经历了一个从突然断裂到逐渐恢复的坎坷历程。绍兴和议后(1141),金源与南宋形成南北对峙之势,地理悬隔,而学风、文风亦颇不同。所谓"程(颐)学盛于南,苏(轼)学盛于北"③,是指正当理学在南宋逐步兴起并蔚为大观时,北方金源流行的则是与程学势如水火的苏轼、苏辙之学。前者力排佛、老异端,后者则以融汇儒、释、道为特色。金源统治百年间,苏文、苏诗、苏词风靡文坛,儒林中则普遍弥漫着"三教同源""三教归一""三教同功"的思想,对士人的影响广

---

① 魏天应编,林子长笺:《论学绳尺》卷三,《影印文渊阁四库全书》第1358册,第181页。
② 魏天应编,林子长笺:《论学绳尺》卷二,《影印文渊阁四库全书》第1358册,第140页。
③ 翁方纲著,陈迩冬校点:《石洲诗话》卷五,北京:人民文学出版社,1981年,第153页。

泛而深远。① 单就儒、释关系而言，由于新道教在北方的异军突起，势力之盛足可凭凌儒家，有些士人为应对其冲击，转而与佛教寻求合作，"对南宋理学家严格排斥佛老的言说有所抵制，认为这将自剪羽翼"②。在以上学术思想背景下，主张激烈辟佛的《原道》，在金源一代的评价、影响，自然与南宋不可同日而语。从借材异代至国朝文派，直至贞祐南渡后，金源诸位大儒、著名文士，如宇文虚中（1079—1146）、蔡松年（1107—1159）、蔡珪（？—1174）、王寂（1128—1194）、党怀英（1134—1211）、王庭筠（1151—1202）、李纯甫（1177—1223）、杨云翼（1170—1228）等，大都曾出入三教，为文则兼师欧（阳修）、苏（轼），对《原道》均甚少提及。金末文坛领袖王若虚（1174—1243）所著《滹南遗老集·文辨》，是金源评论韩愈及其文章最丰富、最重要的文献，从中可窥一代风气。

《文辨》共四卷，136条，其中42条评论韩文。此书特色在于"宗苏轼而于韩愈间有指摘"③。尊苏是金源一朝之风气，而指摘韩愈，则体现了金源文人面对这位文化巨人的微妙态度。一方面，即使被奉为圭臬的苏轼，对韩愈也崇敬有加，誉之为"文起八代之衰，道拯百世之溺"；另一方面，韩愈激烈的排佛态度，使得这些出入儒释的文人、儒士难免尴尬。他们采取的应对策略，或者是有意或无意地回避、曲解，又或者在勉强认可韩愈开拓性地位同时，百般挑剔。王若虚即如此。在整体上，他肯定韩愈的古文成就："为诗而不取老杜，为文而不取韩、柳，其识见可知也。"④ 在此前提下，则对韩文的文体、文式、立意、遣词、用句等进行全方位的指摘批评。⑤ 如评《伯夷颂》曰：

---

① 翁方纲《石洲诗话》卷五："尔时苏学盛于北，金人之尊苏，不独文也，所以士大夫无不沾丐一得。"（第156页）相关研究，可参见胡传志《"苏学盛于北"的历史考察》（《文学遗产》1998年第5期）、周良霄《程朱理学在南宋金元时期的传播及其统治地位的确立》（《文史》第37辑，北京：中华书局，1993年）。

② 邱轶皓：《吾道——三教背景下的金代儒学》，《新史学》第20卷第4期，台北：三民书局，2009年，第59页。

③ 永瑢等：《四库全书总目》卷一六六《滹南遗老集》提要，第1421页。

④ 王若虚著，胡传志、李定乾校注：《滹南遗老集校注》卷三七《文辨四》，沈阳：辽海出版社，2006年，第424页。

⑤ 参见王永：《〈滹南遗老集·文辨〉韩愈批评论》，《江苏大学学报（社会科学版）》2014年第6期。

"止是议论散文,而以颂名之,非其体也。"① 评《樊少述墓志》中"其可谓至于斯极者矣"曰:"'斯极'字殊不惬。古人或云'何至斯极者',言若是之甚耳,非极至之极也。"② 评《猫相乳说》云:"'猫有生子同日者,其一母死焉,有二子饮于死母。母且死,其鸣咿咿。''母且死'一句赘而害理。'且'字训'将'也。"③ 对于韩愈为人,王若虚不仅沿袭北宋诸儒"不善处穷"的陈调,更以《潮州谢表》劝宪宗封禅为其"罪之大者"。④ 具体到《原道》,则谓:"寒然后为之衣,饥然后为之食。木处而颠,土处而病也,然后为之宫室。三'然后'字,慢却本意。"又云:"'责冬之裘者曰:曷不为葛之之易?责饥之食者曰:曷不为饮之之易?''葛之'、'饮之',多却'之'字"。又谓:"退之《原道》等篇,末云作《原道》……犹赘也。"⑤ 对于韩愈的道统说,也予以驳斥:"韩退之尝曰:孟氏醇乎醇,荀、扬大醇而小疵。以予观之,孟氏大醇而小疵,扬子无补,荀卿反害,不足论醇疵。"⑥ 细究王意,恐不止对韩愈仅仅"间有指摘",而是对北宋以来形成的韩愈在儒道传承及古文运动中的崇高地位,提出质疑和挑战,转而以苏轼代之:"韩愈《原道》曰:'孟轲之死,不得其传'。其论斩然,君子不以为过……韩愈固知言矣,然其所得亦未至于深微之地,则信其果无传已。"⑦ 这其实已隐然将韩愈逐出孟子后的传道谱系了。

直到金源贞祐南渡(1214)后,随着国势日颓,儒林中要求重建思想秩序和重估儒学价值的诉求日趋高涨。⑧ 文坛上在"尊苏"主流之外,一股宗韩之风开始隐约出现。至金末元初,韩愈的地位越来越重要,成为士人写诗作文

---

① 王若虚著,胡传志、李定乾校注:《滹南遗老集校注》卷三五《文辨二》,第395页。
② 王若虚著,胡传志、李定乾校注:《滹南遗老集校注》卷三五《文辨二》,第398页。
③ 王若虚著,胡传志、李定乾校注:《滹南遗老集校注》卷三五《文辨二》,第399页。
④ 王若虚著,胡传志、李定乾校注:《滹南遗老集校注》卷二九《臣事实辨》,第330页。
⑤ 王若虚著,胡传志、李定乾校注:《滹南遗老集校注》卷三五《文辨二》,第394页。
⑥ 王若虚著,胡传志、李定乾校注:《滹南遗老集校注》卷三〇《议论辨惑》,第343页。
⑦ 王若虚著,胡传志、李定乾校注:《滹南遗老集校注》卷四四《道学发源后序》,第533页。
⑧ 包弼德将之称为"金代儒学复兴运动",并指出它与唐宋古文运动极为类似。可参见包弼德著,林岩、黄艳林译《寻求共同基础:女真统治下的汉族士人(之一)》(张三夕主编:《华中学术》第6辑,武汉:华中师范大学出版社,2012年)。

的重点师法对象①,《原道》作为儒学正统的经典意义重新凸显。例如,金源后期文坛盟主、儒林领袖赵秉文(1158—1232),早年为文尊崇欧、苏,素喜佛学,然"颇畏士论,又欲得扶教传道之名,晚年,自择其文,凡主张佛老二家者皆削去,号《滏水集》,首以中和诚诸说冠之,以拟退之原道性"②。《滏水集》以《原教》为压卷第一篇,是现存金代文献中仅见的原体之作。而以中和诚诸说冠于文集之首,以拟《原道》,这正是对《原道》文以明道、排斥异端的经典象征性之肯定。

自蒙古灭金至元朝灭宋近 50 年间(1234—1279),北方文坛上的宗韩群体逐渐壮大。金、元之际最杰出的文学家元好问(1190—1257),视韩愈为唐宋文坛之巨擘,"正大卓越,凌厉百家,唐宋以来,莫与之京"③,并自称"九原如可作,吾欲起韩欧"④。与元齐名的杨奂(1186—1255)"作文……以蹈袭剽窃为耻"⑤,曾删集韩文成《韩子》十卷,又撰《韩子辨》,"配合《韩子》,在竖立韩愈道统、文统地位的同时,对长期盛行于北方的苏学进行清算"⑥。其他如雷渊(1184—1231)、郝经(1223—1275)、魏初(1232—1292)、阎复(1236—1312)、姚燧(1238—1313)、卢挚(1242—1314)、张之翰(1243—1296)、元明善(1269—1322)、张养浩(1270—1329)等著名士人均以韩文为典范,予以不同程度的仿效,试图以韩文之雄浑奇古,矫苏文之率易流滑之弊。刘祁(1203—1250)、王恽(1227—1304)等人亦以学韩为标榜,"引韩以矫苏",蔚然成风。尽管诸人所得深浅不一,风格各异,但基本已实现创作典范从宗苏至韩、柳、欧、苏多元化的转变。

此期随着赵复北上(1235),南宋理学也开始全面北传,并与金源地区原

---

① 高桥幸吉:《金末文人对韩门文学的接受——以李纯甫、赵秉文为中心》,中国唐代文学学会等主编:《唐代文学研究》第 13 辑,桂林:广西师范大学出版社,2010 年,第 739—760 页。
② 刘祁撰,崔文印点校:《归潜志》卷九,北京:中华书局,1983 年,第 106 页。
③ 蒋之翘辑注本《唐柳河东集》卷首《读柳集叙说》,转引自吴文治《韩愈资料汇编》第 2 册(北京:中华书局,1983 年,第 612 页)。
④ 元好问著,姚奠中主编:《元好问全集》卷一《赠答刘御史云卿四首之三》,太原:三晋出版社,2013 年,第 12 页。
⑤ 元好问著,姚奠中主编:《元好问全集》卷二三《故河南路课税所长官兼廉访使杨公神道之碑》,第 438 页。
⑥ 魏崇武:《论蒙元初期散文的宗韩之风》,《西南民族大学学报(人文社会科学版)》2012 年第 2 期。

有的理学余绪合流。一批服膺理学的文士、儒者，试图整合理学与古文两大传统，文、道并重，遂援引韩愈为同道。① 被南宋理学家驱出道统的韩愈，又被重新纳入，成为孟子与北宋理学五子之间传道的中介，而《原道》文以明道的经典意义，也随之凸显。在此过程中，大儒郝经（1223—1275）与有力焉。

郝经，字伯常，蒙元著名政治家、理学家、文学家。他曾拜元好问为师，早年即喜韩文，尝撰《赠韩愈礼部尚书制》，对韩愈推崇备至。身处金、元易代之乱世，郝经虽信奉理学，却反对空谈道德性命，而注重儒学之经世实用，强调"道贵乎用，非用无以见道也"。② 他主张士人当以济民为己任，不拘小节，出仕行道；并身体力行之，于金源亡后积极仕元，为忽必烈出谋划策。以此种出处哲学为标准，他对韩愈作出了崭新的评价。例如，韩愈曾三次上书宰相求官，两宋诸儒普遍视之为韩愈道德上的瑕疵，以及心性修养不足、缺乏道德践履之反映。郝经却认为，韩愈此举并非戚戚贫贱而汲汲富贵的躁举轻进，而是为了行道济民，不以一身之私而忘天下之忧患。这与北宋范仲淹居丧言事、先天下之忧而忧的精神是一致的。③ 他进而高度评价韩愈在儒学传承中攘斥异端、力挽狂澜的功绩，以为"立圣人之道者，莫如韩文公"，足以与北宋周敦颐、邵雍、二程等并立道统。④ 甚至被理学家视为不传之秘的孔孟心学，湮没千年后，也是由韩愈发其端绪，继而由理学家揭示本源：

> 颜夭曾始传，心授相世及。《大学》宏纲举，《中庸》性理切。浩气有孟轲，六经复为七。向微三大贤，圣统几废绝。尔来一千年，晦没无人说。韩李端绪开，伊洛本根揭。⑤

这恐怕是程颐、朱熹等难以接受的。

在此种思想语境中，作为韩愈扶树教道的名篇，《原道》顺理成章被抬升为辅助六经之作："不读《易》《诗》《书》《语》《孟》，不见圣人之功。知

---

① 金代文士中，王郁（1204—1233）较早揭橥此种主张，欲绾合韩、柳文辞与程、朱性理为一，以矫学苏之弊："故尝欲为文，取韩、柳之辞，程、张之理，合而为一，方尽天下之妙。"（刘祁撰，崔文印点校：《归潜志》卷三，第24页）
② 郝经著，秦雪清点校：《郝文忠公陵川文集》卷二四《上紫阳先生论学书》，太原：山西人民出版社、山西古籍出版社，2006年，第343页。
③ 郝经著，秦雪清点校：《郝文忠公陵川文集》卷二四《上赵经略书》，第347—348页。
④ 郝经著，秦雪清点校：《郝文忠公陵川文集》卷二六《去鲁记》，第367页。
⑤ 郝经著，秦雪清点校：《郝文忠公陵川文集》卷三《子思墓》，第33页。

圣人者,孟子而下,惟韩文公为最。《原道》一篇,详且尽焉。"① 类似的褒扬,在北宋初期的尊韩思潮中曾由石介等古文家提出,但在蒙元时期的思想文化语境中,则赋予了新的内涵,即《原道》与宋代理学经典著作《通说》《太极图》《西铭》等共同辅助六经,同为文以明道的典范:

> 异端起而杨、墨出,故孟子辞而辟之。圣学失其传,故子思作《中庸》;孟子没而道学不传,故韩子作《原道》;科举极盛不适用,而言不成章,浮淫鄙俚之极,故周子作《太极图》、《通书》。圣经虽存,而诂训乖缪,义理昏昧,故二程、朱、张辈为之注解。②

> 邪说兴而大道废,议论胜而文气卑,其来久矣……若《原道》、《原人》、《太极图说》、《通书》、《西铭》等作,方可称继三代者。③

一些理学家也模仿《原道》进行写作,把两宋以来业已成熟的"原"体继续推进完善,如胡祇遹(1227—1295)撰《原心》《原教》,吴澄(1249—1333)撰《原理》,吴师道(1283—1344)撰《原士》等。

截至14世纪,《原道》"文以明道"的经典性,已经体现在士人的儒学启蒙教育中。出生于13世纪末的谢应芳(1295—1392),便以诗歌形式极具象征性地表现出《原道》的经典意义所在:"六经家业愧无传,教儿只读《原道》篇。有怀欲得语同志,东飞恨不生双翅。牛鬼蛇神虽孔多,青天白日奈人何。愿言正己斥邪说,始终一念坚如铁。寸膏欲澄千丈浑,厥功有无宜莫论。"④ 六经虽谦称不传,但以《原道》教儿,亦足以排斥牛鬼蛇神等异端邪说,捍卫儒家正统。经历了近500年的曲折历程后,《原道》的经典化最终融汇了南宋、金源两条不同的空间轨迹,在大一统的元朝得以确立。

以上追溯了《原道》在9—13世纪的经典化历程。大致而言,北宋时期《原道》的经典化,主要聚焦于它所原之"道"的内涵及传承谱系。南宋时

---

① 胡祇遹:《紫山大全集》卷一〇《创建三皇庙记》,《影印文渊阁四库全书》第1196册,第189页。
② 胡祇遹:《紫山大全集》卷二〇《立言》,《影印文渊阁四库全书》第1196册,第338页。
③ 程钜夫:《雪楼集》卷一五《李仲渊御史行斋谩稿序》,《影印文渊阁四库全书》第1202册,第207页。
④ 谢应芳:《龟巢稿》卷六《寄野居处士》,《丛书集成续编》第110册集部,上海:上海书店,1994年,第471页。

期,这一进程则转移至"文"的方面。关于韩愈所原之"道"的认识渐趋一致,而《原道》的形式技巧则借助于科举文化的推动,成为士人古文写作的圭臬与范式。《原道》的经典化绝非是一个单纯的时代审美问题,而是文学审美与学术思想、国家意识形态、科场文化相互纠结、共同发力的结果。这一过程,首先由士人群体中"创造性的少数"精英所发起,继而被纳入朝廷意识形态的建构中,最终在科举文化场域中,《原道》的经典化地位得以铸就。

至于在金源统治下的北方中国,《原道》的经典化进程则出现断裂,呈现出不同空间轨迹。直至金、元易代之际,随着文坛上尊韩之风的兴起、理学的北上,《原道》的经典地位才逐渐得以确立。

就《原道》本身而言,它涵盖了中国文化史上"正统与异端""帝国的兴衰"等多重宏大主题,足以吸引各个时代、各个群体的关注。它首次以散体单行的形式,以一种崭新的言说方式,通过追溯本原,对历史的起源、发展、变异、衰落提供了一个全面的叙述,并将根本原因归咎于异端的侵扰而导致儒家正统价值观念的湮没,继而提出了相应举措,发掘出新的思想应对因子。这就为中唐以后儒学的反思重建和政治变革,提供了合法化论证,指明了方向。它那激烈的排佛举措,表现出坚守儒家文化本位、对抗佛道异端的毫不妥协。凡此种种,都是《原道》被奉为经典的文本机制。一旦遭遇相似的历史情景,这种独特的文本机制,便会激发出一代又一代关于正统—异端对峙的历史想象,以及回归本原的变革诉求。

《岳阳楼记》的文脉断裂与情怀超越

北京大学中文系　张　剑

范仲淹（989—1052），字希文，苏州吴县人，北宋杰出的思想家、政治家、文学家。仁宗庆历三年（1043），面对行政机构的冗员冗费、平民生计的困苦窘迫、辽与西夏的边境威胁等日益严重的内忧外患，范仲淹携手富弼、韩琦、杜衍、欧阳修、余靖等人，发起了雷厉风行的改革，史称"庆历新政"。但由于中国专制社会的"人治"痼疾和触犯了官僚集团的利益①，改革难以维系。次年，改革派核心成员相继被排挤出朝廷，范仲淹也于庆历五年正月被罢去参知政事，出知邠州，兼陕西四路缘边安抚使，十一月，又改知邓州，新政宣告失败。也正是在这一年，他的一位素有才能却仕途坎坷的朋友岳州太守滕宗谅，请求范仲淹为其治下的岳阳楼写一篇记文。

滕宗谅（991—1047），字子京，河南洛阳人，大中祥符八年与范仲淹同登进士，知太平州当涂县，移知邵武军邵武县；治绩显著，被召试学士院，迁大理寺丞，因谏劝刘太后归政仁宗复贬邵武；仁宗亲政后，滕被召还，累迁殿中丞、左司谏，又因事外贬；康定元年（1040），西夏兴兵，滕知泾州，御敌有功，庆历二年十一月被范仲淹荐擢天章阁待制，充环庆路经略安抚招讨使，兼知庆州，庆历四年春再坐事谪守岳州（巴陵郡），庆历七年迁知苏州，寻卒。滕宗谅在岳州时重修了州内名胜岳阳楼。司马光《涑水记闻》卷一〇载：

---

① 对于庆历新政失败的原因，论者颇多，笔者所目，以诸葛忆兵所论较为简要深刻，可参见其《范仲淹研究》（北京：中国人民大学出版社，2010年）一书。

"滕宗谅知岳州,修岳阳楼,不用省库钱,不敛于民。但榜民间有宿债不肯偿者,献以助官,官为督之。民负债者争献之,所得近万缗,置库于厅侧,自掌之,不设主典案籍。楼成,极雄丽,所费甚广,自入者亦不鲜焉。州人不以为非,皆称其能。"① 能够不动用公款而成此巨构,滕宗谅确有过人之处。接到滕宗谅请求的范仲淹,于庆历六年九月挥笔写下了《岳阳楼记》。范、滕二人都有在中央和地方工作的经历,也都有理想未遂的遭遇,如何对待人生的出处进退,可能是他们共同面对的问题。于是范仲淹借机将自己的怀抱和思考融入了这篇记文,与朋友共勉:

> 滕子京负大才,为众忌嫉,自庆帅谪巴陵,愤郁颇见辞色。文正与之同年,友善,爱其才,恐后贻祸。然滕豪迈自负,罕受人言。正患无隙以规之,子京忽以书抵文正,求《岳阳楼记》,故《记》中云:"不以物喜,不以己悲","先天下之忧而忧,后天下之乐而乐",其意盖有在矣。②

这篇不同寻常的记文受到了后人的重视和推扬。如宋代楼昉评曰:"字少词严,笔力老健。"(《崇古文诀》卷一六)清人蔡铸赞曰:"见地绝高,洵非常人所及。"(《蔡氏古文评注补正》卷八)③ 各家文章选本也纷纷将该篇收入,南宋谢枋得在其编辑评点的《文章轨范》卷六中,不仅将《岳阳楼记》列为压卷之作,而且通篇只圈点而无批注,以示至文无言之美。

一

《岳阳楼记》当然是一篇杰作。然而,斯文就真的巧夺天工,如"羚羊挂角,无迹可求"、无懈可击了吗?不妨让我们再来重温一下这篇名文:

> 庆历四年春,滕子京谪守巴陵郡。越明年,政通人和,百废具兴,乃重修岳阳楼,增其旧制,刻唐贤、今人诗赋于其上,属予作文以记之。
> 予观夫巴陵胜状,在洞庭一湖。衔远山,吞长江,浩浩汤汤,横无际

---

① 司马光撰,邓广铭、张希清点校:《涑水记闻》,北京:中华书局,1989年,第196页。
② 范公偁撰,孔凡礼点校:《过庭录》,北京:中华书局,2002年,第324页。
③ 范仲淹著,李勇先、王蓉贵校点:《范仲淹全集》附录十《历代评论》,成者:四川大学出版社,2007年,第1401、1403页。

涯，朝晖夕阴，气象万千，此则岳阳楼之大观也，前人之述备矣。然则北通巫峡，南极潇湘，迁客骚人，多会于此，览物之情，得无异乎？

若夫霪雨霏霏，连月不开，阴风怒号，浊浪排空，日星隐曜，山岳潜形，商旅不行，樯倾楫摧，薄暮冥冥，虎啸猿啼。登斯楼也，则有去国怀乡，忧谗畏讥，满目萧然，感极而悲者矣。

至若春和景明，波澜不惊，上下天光，一碧万顷，沙鸥翔集，锦鳞游泳，岸芷汀兰，郁郁青青。而或长烟一空，皓月千里，浮光跃金，静影沉璧，渔歌互答，此乐何极！登斯楼也，则有心旷神怡，宠辱偕忘，把酒临风，其喜洋洋者矣。

嗟夫！予尝求古仁人之心，或异二者之为，何哉？不以物喜，不以己悲。居庙堂之高则忧其民；处江湖之远则忧其君。是进亦忧，退亦忧。然则何时而乐耶？其必曰：先天下之忧而忧，后天下之乐而乐乎！噫！微斯人，吾谁与归！时六年九月十五日。①

对于《岳阳楼记》，相信大多数人自幼便能熟诵。然而仔细品味，至文章最后一段"嗟夫"时，总感有文脉分散拗折之嫌，与前接续未能自然无间。再三寻绎，发现其行文或有可议之处。

一是"物"的偷换。文章第二段已点明"巴陵胜状，在洞庭一湖"，而以下欲述"迁客骚人"的不同"览物之情"，即景物如何影响了人的心情，其逻辑结构是景物→心情的单向矢量；三、四段即沿此结构展开，面对悲景不免忧心忡忡，面对乐景则"喜洋洋者矣"。但是，到了第五段"不以物喜"的"物"，却明显是与"己"相对的外物，不再单纯指自然景物，"不以物喜，不以己悲"在修辞上是互文关系，逻辑结构不再是景物→心情的单向矢量，而是彼此间有游移，有滑动，这样就造成此处的"物"与前面所言的"物"，在内涵上的某种不一致，从而影响到感觉上的某种不协调。与之相关，假如说第五段"不以物喜"之"情"，无论"物"的指向如何，到底还是一种感物之情，而后面的"不以己悲"之"情"，则重在言说以己为中心的个人得失之情，体现的是另外一个层次的问题，在内涵和逻辑上与三、四两段亦有衔接但不紧密。

---

① 文字据《范仲淹全集》本，该本据北宋刻本与康熙四十六年范氏岁寒堂本整理而成。

二是文章前四段，皆能找出与岳阳楼或洞庭湖的联系，而第五段如果去掉"或异二者之为，何哉"这句关系语，就和岳阳楼或洞庭湖可以完全没有关系，在形式上是独立的单元：

> 嗟夫！予尝求古仁人之心，不以物喜，不以己悲。居庙堂之高则忧其民；处江湖之远则忧其君。是进亦忧，退亦忧。然则何时而乐耶？其必曰：先天下之忧而忧，后天下之乐而乐乎。噫！微斯人，吾谁与归？

可说是为发议论而议论，有没有岳阳楼，和发不发这样的议论，似乎其间找不出什么必然的逻辑，从而呈现出一种文脉的断裂感。当然，仁智互见，清人林西仲就认为这是一种"闲闲点缀，不即不离"的笔法，对之大加褒奖：

> 题是记岳阳楼，任他高手，少不得要说此楼前此如何倾坏，如何狭小，然后叙增修之劳，再写楼外佳景，以为滕公此举大有益于登临已耳。文正却把这些话头点过，便尽情阁起，单就迁客骚人登楼异情处，转入古仁人用心；遂将平日胸中致君泽民，先忧后乐大本领，一齐揭出。盖滕公以司谏谪守巴陵，居庙堂之高者忽处江湖之远，其忧谗畏讥之念，宠辱之怀，抚景感触，不能自遣，情所必至。若知念及君民之当忧，自有不暇于为物喜为己悲者。篇首提出谪守二字，本是此意。妙在借他方之迁客骚人，闲闲点缀，不即不离。谓之为子京说法可也，谓之自述其怀抱可也，即谓之遍告天下后世君子俱宜如此存心亦无不可也。①

但是，既然文章的重心是第五段"古仁人之心"在于"君民之当忧"，不在一己之进退遭遇；那么反过来，围绕"迁客骚人"喜进忧退的通常性反应来写，才能自然引逗出非常性的"古仁人之心"，而不是铺张笔墨去写自然风景以及"迁客骚人"观览时的心情。由"迁客骚人登楼异情处，转入古仁人用心"，其间并不是"不即不离"，而是有所游离，未能达到完美的契合。

二

但是，我们永远无法想象缺少第五段的《岳阳楼记》。

---

① 林云铭：《增订古文析义合编》卷一四，清康熙间刻本，第10页。

文章第三、四段的景物描写固然可称精妙，然而历来人们评价时，多是与第五段联系起来，关注重点亦在第五段：

> 首尾布置与中间状物之妙不可及矣。然最妙处在临了断遣一转语。乃知此老胸襟宇量，直与岳阳洞庭同其广大。（宋王霆震《古文集成》卷一〇迂斋［楼昉］评）①

> 中间悲喜二段，只是借来翻出后文忧乐耳。不然，便是赋体矣。一肚皮圣贤心地，圣贤学问，发而为才子文章。一起一结，中间整整相对。有发挥，有佐证，有咏叹，有交互，此今日制义之所自出也。（清金人瑞《必读才子书》）②

> 范文正公之作《岳阳楼记》，总归重"先忧""后乐"句，写出平素致君泽民、独以天下为己任之本领。所以借子京说法而平吐自己之怀抱，止借迁客骚人登楼异情。其中有无数点染，转入古仁人之用心，已句句为忧乐写照。……至其精神所注，神化万状，震动天下，固是一毫不走，所以高人一头地。（章懋勋《古文析观详解》卷六）③

单论第三、四段的不是没有，但数量极少，其意义有时亦非完全的褒语，如："文正为《岳阳楼记》，用对语说时景，世以为奇。尹师鲁读之，曰'传奇体'耳。"（陈师道《后山诗话》）④尹洙的评语，事实上暗含着"不得体"的针砭。⑤

那么，第五段的独特魅力何在呢？窃以为极其重要的一点是以宗教式的情怀超越了儒家传统的出处思想。

儒家出处思想，可以用孟子的两句话来概括："穷则独善其身，达则兼善天下。"（《孟子·尽心上·忘势》）但是，儒家毕竟不是宗教，无论"穷""达"，"我"都是核心；到了《岳阳楼记》中的"古仁人"，却是进退皆忧，

---

① 范仲淹著，李勇先、王蓉贵校点：《范仲淹全集》附录十《历代评论》，第1401页。
② 范仲淹著，李勇先、王蓉贵校点：《范仲淹全集》附录十《历代评论》，第1403页。
③ 范仲淹著，李勇先、王蓉贵校点：《范仲淹全集》附录十《历代评论》，第1403—1404页。
④ 范仲淹著，李勇先、王蓉贵校点：《范仲淹全集》附录十《历代评论》，第1401页。
⑤ 三、四段使用了大量的对偶和铺排之语，第四段写晴和之景，句末字"明""惊""顷""泳""青"和"里""璧""极"，使用了两组韵字，造成流丽谐美之效果。但尹洙站在古文家的立场上，便可能认为文章失了应有的省净之体。因此姚鼐编《古文辞类纂》时，就没有选入此文，而曾国藩编《经史百家杂钞》时，也只是把它收入杂记类中。

而且这"忧"是以"天下"为核心;他不会随着外物变化和个人得失,而影响自己心情的悲喜,因为他寄情怀于天下,忧国忧民,早已忘我,这种忘我,实际上就是一种宗教式的情怀。

这种情怀,与孟子"乐以天下,忧以天下"的思想一脉相承,却又能脱胎换骨,后来居上。"乐以天下,忧以天下"出自《孟子》的《梁惠王章句下》,是对君王的劝勉,认为君王应该与民同忧同乐。如果范仲淹只是简单地重复孟子的思想,这一段的议论也就会陷入老生常谈,显得平平无奇。但是,当他嵌入"先""后"二字,将其改造为"先天下之忧而忧,后天下之乐而乐"时,"古仁人"的思想境界就迥然高出君王及一般儒家知识分子的境界,呈现为一种更伟大的具有超越性的情怀。因为从哲学或宗教学意义上来说,能够"先天下"或"后天下"的,只能是超越性的"道"或宗教的"造物主",而不可能是任何个体的人,换句话说,"先""后"给了一个时间的规定性,人类只能存在于先于人类和后于人类的时间过程之中。但是,这并不意味着现实的生命体无法完成的任务,人类在思想与情感上也无法企及,当"先""后"与"忧""乐"不期而遇,一种超越性的思想与情感的力量就被创造出来。"先""后",还只是一种抽象的思辨,然而与形容词"忧""乐"相搭配,则体现一种感性的生动。这种感性,又以"天下"为比较对象,其重、其大自然无与伦比。于是"先天下之忧而忧,后天下之乐而乐",无论其思想高度、情感力度,都复绝古今,感人至深。千百年来,唯有张载"为天地立心,为生民立命,为往圣继绝学,为万世开太平"的"横渠四句",与之能相仿佛。

也许,正是这种思想与情感上绝对的、决然的气势,迷漫八荒,充塞宇宙,足以弥合或超越所有的断裂和缝隙,才使得《岳阳楼记》虽有行文逻辑上的小疵,却无伤大雅,无碍其千古名篇的地位。[①]

[①] 高步瀛亦曰:"其中二段写情景处,殊失古泽,故或以为俳。然先天下而忧,后天下而乐,实为千古名言。"(高步瀛选注:《唐宋文举要》上册甲编卷六,上海:上海古籍出版社,1982年,第655页)

三

范仲淹的思想与情感世界,虽杂糅儒、释、道等不同元素,但儒家无疑是其主体。如欧阳修谓其:"大通六经之旨,为文章论说必本于仁义"(《资政殿学士户部侍郎文正范公神道碑并序》),富弼谓其:"好明经术,每道圣贤事业"(《范文正公仲淹墓志铭》)①,《宋史》本传谓其:"泛通六经,长于《易》"②,等等。但是,具体辨析这些思想、情感与《岳阳楼记》第五段议论之间的关系,讨论还不够充分。以《孟子》为例,人们普遍注意到"先天下之忧而忧,后天下之乐而乐",是从《孟子》"乐以天下,忧以天下"发展变化而来。但是,对于"居庙堂之高则忧其民;处江湖之远则忧其君"一句与《孟子》的联系,则乏人留意。

《孟子·公孙丑章句》中提出了"四端"说,指出人本性中隐含着四种美德:"恻隐之心,仁之端也;羞恶之心,义之端也;辞让之心,礼之端也;是非之心,智之端也。人之有是四端也,犹其有四体也。"这是孟子性善说的立论基础。范仲淹也有类似说法:

> 然则道者何?率性之谓也。从者何?由道之谓也。臣则由乎忠,子则由乎孝,行己由乎礼,制事由乎义,保民由乎信,待物由乎仁,此道之端也。(《南京府学生朱从道名述》)

范仲淹在这里提出的道之"六端":忠、孝、礼、义、信、仁,是对孟子"四端"说的发展。孟子"四端",论的是人性中善的种子,范仲淹的"六端",论的则是为人处世之道的原则,是将"种子"的静态转化为一种入世的动态。值得注意的是,他加强了家庭责任和社会责任的论述,强调为人之子当"孝",为君之臣当"忠",为民之官当"信"。这样,一名官员,当他被君王宠信并委以重任时,就不会忘记对民的"信";而当他不被君王信任遭到贬谪时,也不会忘记对君的"忠"。这不就是《岳阳楼记》"居庙堂之高则忧其民;

---

① 范仲淹著,李勇先、王蓉贵校点:《范仲淹全集》附录一《传记》,第812、823页。
② 脱脱等:《宋史》卷三一四,北京:中华书局,1985年,第10268页。

处江湖之远则忧其君"思想的翻版吗？范仲淹诗文中还多次将"忠信"并举，如《滕子京魏介之二同年相访丹阳郡》："风波岂不恶，忠信天所扶。"《赴桐庐郡淮上遇风三首》其一："平生仗忠信，尽室任风波。"《答梅圣俞灵乌赋》："忠信平生心自许，吉凶何恤赋灵乌。"《圣人大宝曰位赋》："九五之尊，求忠信而为助。"《上执政书》："敦之以诗书礼乐，辨之以文行忠信，必有良器，蔚为邦材。"值得一提的是，忠信并举源于《易·乾》："君子进德修业，忠信所以进德也。"范仲淹精于《易》，其对"忠""信"的提倡，当也有《易》学启发的因素在。

另外，范仲淹虽然是政治家，但他身上富有诗人气质，行事经常充满感情和理想色彩，这一点，对于他能够提出"先天下之忧而忧，后天下之乐而乐"也非常重要。如前所述，先忧后乐，在现实中根本无法做到，本来就是感情和理想的产物。朱熹《宋名臣言行录》前集卷七[①]记载了这样一则范公遗事：

> 公为参政，与韩、富二枢并命，锐意天下之事，患诸路监司不才，更用杜杞、张昷之辈。公取班簿，视不才监司，每见一人姓名，一笔勾之，以次更易。富公素以丈事公，谓公曰："六丈则是一笔，焉知一家哭矣。"
>
> 公曰："一家哭何如一路哭耶。"遂悉罢之。

"一家哭何如一路哭"，据说是庆历四年革新运动中范仲淹回答富弼的话，颇有感染力，但我总觉得是出于后世传闻的夸饰，按历代官制，官员无过犯的话，调任可以理解，罢免似无法可依。宋代对监司（转运、提点刑狱、提举常平）的考课，主要有七事：劝农桑、兴治荒废；招流亡、增户口；兴利除害；劾有罪、评狱讼；不失案察；屏盗贼；举廉能。[②]"不才"指无才能，似还不足以免官。而且此事北宋史料并无记载，是朱熹据《遗事》转录。这则传闻表明范仲淹有着敢于打破常规的勇气，但也表明他处理问题有时感情色彩过于浓厚。

如果说"一家哭何如一路哭"有可能出于夸饰，不足为凭，那么范仲淹在处理与西夏元昊通信时的表现，则让人感受到他确有感情用事、轻视规制的一面：

[①] 朱熹：《宋名臣言行录·前集》卷七，清闽县林云铭刻本。
[②] 参见邓小南：《宋代文官选任制度诸层面》，石家庄：河北教育出版社，1993年，第71页。

> 韩周等持仲淹书入西界，逆者礼意殊善，行既两日，闻山外诸将败亡，周等抵夏州，留四十余日，元昊俾其亲信叶勒旺荣为书报仲淹，别遣使与周俱还，且言不敢以闻乌珠，书辞益慢。仲淹对使者焚其书，而潜录副本以闻，书凡二十六纸，其不可以闻者二十纸，仲淹悉焚之，余又略加删改。书既达，大臣皆谓仲淹不当辄与元昊通书，又不当焚其报。……宋庠因言于上曰："仲淹可斩也。"①

幸亏当时杜衍、孙沔、吕夷简皆为之辩，范仲淹始免于大祸，只受到降知耀州的薄谴。《宋史》本传称赞他"每感激论天下事，奋不顾身"②，也许，只有这种理想主义者，才能舍身为道，发出"先天下之忧而忧，后天下之乐而乐"的声音吧。

四

尽管范仲淹坚定宣称自己站在"古仁人"的立场上，但如前所言，那只是一种现实无法达成的理想境界，揆诸其人生实际，他更多还是践行着孟子的"穷则独善其身，达则兼善天下"和"可以仕则仕，可以止则止，可以久则久，可以速则速"（《孟子·公孙丑》）。范仲淹诗文集中，诸如此类的表达比比皆是：

> 乐道忘忧，雅对江山之助。（《睦州谢上表》）
>
> 进则持坚正之方，冒雷霆而不变；退则守恬虚之趣，沧草泽以忘忧。（《润州谢上表》）
>
> 进则尽忧国忧民之诚，退则处乐天乐道之分。（《谢转礼部侍郎表》）
>
> 我亦宠辱流，所幸无愠喜。进者道之行，退者道之止。（《访陕郊魏疏处士》）

这绝不是他口头的客套，而是日常生活实际的反映。以他在睦州为例，景祐元年，46岁的范仲淹因谏仁宗废郭皇后事，被贬知睦州（亦称桐庐郡），睦州在

---

① 李焘：《续资治通鉴长编》卷一三一"庆历元年"，北京：中华书局，1992年，第3114页。

② 脱脱等：《宋史》卷三一四，第10269页。

今浙江淳安，风景秀美。范仲淹在被贬的路上，尚有"一心回主意，十口向天涯"（《谪守睦州作》），"平生仗忠信，尽室任风波"（《赴桐庐郡淮上遇风三首》其一），"万锺谁不慕，意气满堂金。必若枉此道，伤哉非素心"（《出守桐庐道中十绝》其七）之类的感慨，但是到达睦州后，他很快徜徉于美丽的山水之间，在不到半年的时间里①，仅诗歌就创作了二十余首，成为名副其实的忘忧客：

> 萧洒桐庐郡，乌龙山霭中。使君无一事，心共白云空。（《萧洒桐庐郡十绝》其一）

> 萧洒桐庐郡，公余午睡浓。人生安乐处，谁复问千锺。（《萧洒桐庐郡十绝》其四）

> 萧洒桐庐郡，身闲性亦灵。降真香一炷，欲老悟黄庭。（《萧洒桐庐郡十绝》其九）

> 万事不到处，白云无尽时。异花啼鸟乐，灵草隐人知。（《游乌龙山寺》）

赴任道中尚是"万锺谁不慕"，但直道而不得，于是退处此间，守"乐天乐道"之分，不仅"谁复问千锺"，而且愿意长居于此，研悟《黄庭经》，俨然道家的高人。范仲淹在《滕子京以真箓相示因以赠之》一诗里，还娴熟地使用着道教的术语：

> 泰山采芝人，吏隐清淮滨。金函秘宝箓，奉之如高真。谓子有仙志，兴言一相示。叩头鸣天鼓，玉书粲然异。白云引轻素，朱丝闻灵篇。题云天宝岁，传于任凤仙。兵火换九州，于兹三百年。非有灵物持，此书安得全。绿字起龙蛇，丹文挂星斗。六甲当奉行，百神乃奔走。密密天上语，忽忽人间有。与君置青山，解冠松桂间。服此上清箓，上清庶可攀。无为尘土中，草草凋朱颜。

"鸣天鼓"系道家养生术之一，"绿字起龙蛇，丹文挂星斗。六甲当奉行，百神乃奔走"，则是对符箓外形及暗蕴神秘力量的描绘，而从"服此上清箓，上清庶可攀"等句，可知他描写的是上清宗。对于符箓、丹道，范仲淹其实并

---

① 据楼钥《范文正公年谱》，范仲淹景祐元年正月出守睦州，六月即徙苏州。参见范仲淹著，李勇先、王蓉贵校点：《范仲淹全集》附录二《年谱》，第879页。

不陌生。

不惟如此,范仲淹还很重视世俗生活的建设,他虽然自奉甚薄,但能够在苏州购买良田千亩,创设义庄,赡养庞大的族人,应该是除了节俭外,理财亦属有方;他58岁时还生下一个儿子范纯粹,可见他对于情爱之事的态度,至少到了晚年亦不排斥。他的词传世只有五首,但表达的情感堪称丰富,其中既有绝域穷塞、将军征夫的"浊酒一杯",又有略带颓废之色的"人世都无百岁""争如共、刘伶一醉";既有"明月楼高"、游子黯然销魂的乡愁,又有"眉间心上,无计相回避"的爱情相思。他无疑是一个多情的人、丰满的人,绝不是一个干瘪的、抽象的道义符号。

但范仲淹的伟大之处正在这里,他虽然与常人一样具有七情六欲,却能由己及人,再及于天下万物,在实践着传统儒家出处品格的同时,又在思想和情感上实现了超越——"先天下之忧而忧,后天下之乐而乐"。他为宋代士人树立了新的精神气质和道德风貌,也为后世开辟了一块充满感召力量的精神高地。向不服人的王安石推许范仲淹为"一世之师。由初迄终,名节无疵"(《祭范颍州文》)①,司马光赞美范仲淹:"雄文奇谋,大忠伟节,充塞宇宙,照耀日月。前不愧于古人,后可师于来哲。固有良史直书,海内公说,亘亿万世,不可磨灭。"(《代韩魏公祭范文正公文》)②南宋潜说友赞叹范仲淹兼具"三不朽":"德也,功也,言也,苟立其一,亦可不朽,而况三者俱立有如文正范公者乎!公生我朝盛时,实钟天地间气,光明俊伟,二三百年后犹使人竦然起敬。"③南宋吕中亦云:"宋朝人物,以范仲淹为第一,观其所学必忠孝为本,其所志则先天下之忧而忧,后天下之乐而乐。"(《吴郡建祠奉安文正公讲义》)④直至清代冯梦祯,依然对范仲淹肃然起敬:"宋范文正公学术则为纯儒,立朝事业则为纯臣,垂范子孙则为贤祖宗,而师表百世则为殊绝人物。"(《重修浒墅文正书院记》)⑤范仲淹,不仅是宋代士大夫的杰出代表,也是中国人立身处世的完美榜样。

---

① 范仲淹著,李勇先、王蓉贵校点:《范仲淹全集》附录九《历代祭祝赞文》,第1241页。
② 范仲淹著,李勇先、王蓉贵校点:《范仲淹全集》附录九《历代祭祝赞文》,第1244页。
③ 范仲淹著,李勇先、王蓉贵校点:《范仲淹全集》附录五《历代祠庙记》,第1116页。
④ 吕中:《宋大事记讲义》卷一〇,文渊阁《四库全书》本。
⑤ 范仲淹著,李勇先、王蓉贵校点:《范仲淹全集》附录七《历代学记书院记》,第1209页。

庆历五年六月，滕子京致书范仲淹求为岳阳楼作记时曾云："窃以为天下郡国，非有山水瓌异者不为胜，山水非有楼观登览者不为显，楼观非有文字称记者不为久，文字非出于雄才巨卿者不成著……古今诸公于篇咏外，率无文字称纪，所谓岳阳楼者，徒见夫屹然而踞，岈然而负，轩然而竦，伛然而顾，曾不若人具肢体而精神未见也，宁堪久焉？"[1] 淳祐十一年十月，李曾伯作《重建岳阳楼记》云："至我朝文正范公，惓惓以天下为忧乐，斯文一出，斯楼之伟观增重。去之今二百载，星回物转，而江涛衮衮，与公风烈盖巍然俱存也。"（《可斋杂稿》）[2] 的确，正是因为范仲淹这篇不足四百字的记文，岳阳楼才有了精神和灵魂，成为天地间一道永恒的动人风景。

---

[1] 滕宗谅：《求记书》，曾枣庄、刘琳主编：《全宋文》第19册，上海：上海辞书出版社、合肥：安徽教育出版社，2006年，第186—187页。
[2] 曾枣庄、刘琳主编：《全宋文》第340册，第329页。

"乌台诗案"的审与判

——从审刑院本《乌台诗案》说起

复旦大学中文系 朱 刚

北宋元丰二年（1079）七月二十八日，苏轼在湖州知州任上被捕，八月十八日押解至京，拘于御史台，就其诗文谤讪朝政之事加以审讯，十二月二十八日结案，贬官黄州，史称"乌台诗案"。

无论就苏轼的传记研究，还是就北宋文学史、政治史、法制史研究而言，"乌台诗案"都是值得仔细考察的历史事件，故历代学者参与讨论甚多，成果也非常可观。但据笔者见闻，明刊《重编东坡先生外集》[①]卷八六所录有关"乌台诗案"的一卷文本，似从未引起研究者的足够关注，而我以为这是北宋审刑院复核此案后上奏的文本。由于传世的其他记录"诗案"之文本，主要是据御史台的案卷编辑的，相比之下，这个审刑院的文本就显示出它的独特性，对于我们深入了解此案有不小的帮助。所以，我把这个文本叫做"审刑院本《乌台诗案》"，以此为根据，重新讨论案件的审判经过。

一、"诗案"的文本：御史台本与审刑院本

今存记录"乌台诗案"的文本，被学者们据以研究此案的，主要有以下三种：

[①] 明刊《重编东坡先生外集》（国家图书馆藏本），《四库全书存目丛书》集部第11册，浙江图书馆藏本影印，济南：齐鲁书社，1997年。

（1）署名朋九万的《东坡乌台诗案》一卷；

（2）胡仔《苕溪渔隐丛话》卷四二至四五，共四卷；

（3）署名周紫芝的《诗谳》一卷。

这三种文本可以确定都是从宋代传下来的，当然此后还有一些根据它们而来的衍生文本，姑且不论。学者们对此三种文本多有考察，而以内山精也《〈东坡乌台诗案〉流传考》、刘德重《关于苏轼"乌台诗案"的几种刊本》①二文最为集中、详尽。据他们的结论，《诗谳》是书商牟利之作，内容简略，且署名出于伪托；胡仔的文本，出于其父胡舜陟从御史台抄录《诗案》原卷的副本，内容当然很可靠，但胡仔对它进行了节录和改编，以符合《苕溪渔隐丛话》全书的诗话体裁，故已非《诗案》之原貌；朋九万的《东坡乌台诗案》早见于南宋书目的记载，曾在南宋前期刊行，虽然"朋"这个姓比较奇怪，但此书是相关文献中最为详尽者，堪称"原案实录"，也就是说最接近御史台案卷的原貌。

实际上，朋九万《东坡乌台诗案》已经成为现代学者研究"乌台诗案"的最重要史料。考察这个文本，可以发现它虽然将许多内容统编为一卷，但全书的结构仍井然可观，因为各段落前都有小标题，如"监察御史里行何大正札子""御史台检会送到册子""供状""御史台根勘结按状"等，"供状"之下还分出"与王诜往来诗赋""与李清臣写超然台记并诗""次韵章传"等细目②，条理非常清晰。这些小标题中有的看来不太合适（详下），似非御史台原卷所有，估计是编者加上去的。大体上，我们可以把这个文本区分为三个部分：

（1）弹劾奏章和罪证。奏章共有四篇，即监察御史里行何大正③、监察御史舒亶、国子博士李宜之、御史中丞李定的弹劾状；后面一段小标题"御史

---

① ［日］内山精也《〈东坡乌台诗案〉流传考——围绕北宋末至南宋初士大夫间的苏轼文艺作品收集热》，日文原文发表于《横滨市立大学论丛》人文科学系列47—3伊东昭雄教授退职纪念号，1996年3月，中文译文收入氏著《传媒与真相——苏轼及其周围士大夫的文学》（朱刚等译，上海：上海古籍出版社，2005年）。刘德重：《关于苏轼"乌台诗案"的几种刊本》，《上海大学学报（社会科学版）》2002年第6期。

② 朋九万：《东坡乌台诗案》，《丛书集成》第0785册（据清代《函海》本排印），上海：商务印书馆，1939年。

③ 按史实，弹劾者为何正臣，《东坡乌台诗案》的《函海》本误作"何大正"，清代《忏花庵丛书》本校正为"何正臣"。

台检会送到册子",交代"诗案"的主要罪证,是杭州刊版的《元丰续添苏子瞻学士钱塘集》。

(2) 供状。这部分先概述了苏轼的简历,然后是针对许多具体作品有无讥讽之意的审讯记录,即"供状",约四十篇,此是全书主体,最后有一段小标题为"中使皇甫遵到湖州勾至御史台"的文字,简叙"诗案"的审讯经过。

(3) 结案判词。这部分小标题为"御史台根勘结按状",美国学者蔡涵墨(Charles Hartman)通过细密的解读,推断其主要内容实为大理寺的判词,即根据御史台的审讯材料,由大理寺对此案所作的判决。[①]

以上三个部分中,最后一部分的小标题不太合适,其内容未必为御史台原卷所有,看来也不像是大理寺判词的原貌,至少文本中并未以大理寺判词的面目呈现。所以这部分应该出于《东坡乌台诗案》的编者即朋九万之手,他杂取了有关资料编辑出这部分文字,用来交代"乌台诗案"的结果,使全书内容显得完整。第二部分最为详细,占了最大篇幅,可以相信是从负责审讯的御史台所存案卷或其副本过录的。至于第一部分的弹劾奏章,我们不能确定是否是御史台原卷所有,但对于全书来说,为了交代"诗案"的起因,它们是必要的。

作为一个记录了案件起诉、审讯、判决之全过程的文本,以"供状"为主要部分,当然是合理的。不过"供状"之所以被过录得如此详尽,还有一个原因,就是它们包含了对涉案诗歌的权威解读,而这正是《东坡乌台诗案》的读者对此书最大的关注点。特殊的机会让苏轼这样一位大诗人必须老老实实地解说自己的作品,这当然比一般的诗话更能引起受众的兴趣,使此书迅速流行。我们由此可以推测,"供状"部分被编者删削的可能性很小,为了满足读者的期待,他应该竭其所有提供全部资料,而这资料的最初来源无疑是御史台。所以,鉴于《东坡乌台诗案》的主体部分出自御史台,我们不妨称之为"诗案"的"御史台本",尽管其"供状"之外的部分也可能有别的来源。

与此相比,明刊《重编东坡先生外集》卷八六就是记录"乌台诗案"的

[①] Charles Hartman, "The Inquisition against Su Shih: His Sentence as an Example of Sung Legal Practice", Journal of the American Oriental Society, 113(2), 1993. 蔡涵墨译:《乌台诗案的审讯:宋代法律施行之个案》,卞东波编译:《中国古典文学研究的新视镜——晚近北美汉学论文选译》,合肥:安徽教育出版社,2016年,第187—212页。

另一种文本，其卷首标题如下：

> 中书门下奏，据审刑院状申，御史台根勘到祠部员外郎直史馆苏某为作诗赋并诸般文字谤讪朝政案款状。

按北宋的制度，审刑院对案件进行复核，其判决意见经由中书门下奏上。标题的文字与此制度相符，可以判断这个文本来自审刑院。其总体篇幅比《东坡乌台诗案》要小，结构上也有异同。开头部分并没有抄录弹劾奏章，而是一段苏轼的简历；接下来，主体部分也是供状，分了"一与王诜干涉事""一与李清臣干涉事""一与章传干涉事"等三十余篇，篇数和每篇的文字都比《东坡乌台诗案》所录"供状"要少，但前后次序是一致的，内容上基本重合，可以认为是御史台提供的"供状"的一个缩写本。值得注意的是最后一部分，与《东坡乌台诗案》的"御史台根勘结按状"有不少相似文字，但看起来更像一篇完整而有条理的结案判词，先简单地引用了御史们弹劾奏章的要点，然后是判决意见，最后根据皇帝圣旨记录判决结果。这样，从"供状"被缩写和结案判词显得整饬的文本特征来看，《外集》这一卷很可能就是审刑院上奏文件的忠实抄录，亦即"乌台诗案"的"审刑院本"。《外集》的最初编辑，一般认为是在南宋时代①，编者有可能获得审刑院文件的副本。

如上所述，这个"审刑院本"与"御史台本"有所差异，兹将两种文本的异同之点列为下表：

文本	御史台本（朋九万本）	审刑院本（《外集》本）
结构	弹劾奏章（全）	弹劾奏章（无，其要点在结案判词中被简单引录）
	审讯供状（详细，接近原貌）	审讯供状（简略，缩写本）
	结案判词（简略、杂乱）	结案判词（相对详细、整饬）
性质	经过编辑的文本	可能是原始文件的抄录

应该说明的是，由于"供状"被缩写，对于把"诗案"当做诗话来看待的读者而言，这个"审刑院本"的意义也许不大，《外集》的这一卷文本历来

---

① 参见刘尚荣：《苏轼著作版本论丛·〈东坡外集〉杂考》，成都：巴蜀书社，1988年。

不太受关注，估计就是这个原因。但是，如果我们把两种本子的"供状"仔细比对，仍可以发现很有意思的现象，下文再详。更重要的是，"审刑院本"相对详细而且条理整饬的结案判词，可以帮助我们重新考察这个案件的审判情况。

二、审判程序：鞫谳分司

上文已经提到蔡涵墨对《东坡乌台诗案》中"御史台根勘结按状"部分的解读，其前提是对北宋司法制度的了解。他引述了宫崎市定、徐道邻等专家的结论①，确认"鞫谳分司"即审讯和判决由不同官署负责进行的制度，将之应用于"乌台诗案"。具体来说，御史台在此案中负责"推勘"（或曰"根勘"），也就是调查审讯，勘明事实，其结果呈现为"供状"；接下来，当由大理寺负责"检法"，即针对苏轼的罪状，找到相应的法律条文，进行判决，其结果便是"判词"。由于所谓"御史台根勘结按状"中包含了判决的内容，因此蔡涵墨认为这些文字应来自大理寺。

蔡涵墨的这项研究，其意义是不言而喻的。与以往的相关论述主要集中于苏轼跟御史台之间的冲突不同，他指出了御史台权力的边界，该机构负责审讯，在判决方面或许可以提出建议，但真正的判决权由别的官署掌握。实际上，我们在《东坡乌台诗案》中也可以看到"差权发运三司度支副使陈睦录问，别无翻异"等文字，这说明连"供状"的定稿也必须由一位与御史台无关的官员来跟苏轼当面确认，如果愿意，苏轼还拥有在此时"翻异"的机会。这当然是北宋在司法程序上比较谨慎、细致的一种设计。历史记录方面，《续资治通鉴长编》在元丰二年十二月庚申苏轼贬黄州条下，回顾"诗案"审理的过程云：

---

① ［日］宫崎市定：《宋元時代の法制と裁判機構：元典章成立の時代的・社会的背景》，《東方学報》第24集，1954年；徐道邻：《鞫谳分司考》，《东方杂志》复刊1971年第5卷第5期。

>初，御史台既以轼具狱，上法寺，当徒二年，会赦当原。于是中丞李定言……①

这里的"法寺"就是大理寺，御史台把审讯结果交给大理寺，然后由大理寺作出判决。《长编》的这一回顾虽然十分简单，却可以证实"鞫谳分司"的司法制度确实被应用于"乌台诗案"。当然《长编》并未详细引录大理寺的判决内容，只是概括为两个要点："当徒二年，会赦当原。"不过这个简要的概括与蔡涵墨解读"御史台根勘结按状"的结果也可相互印证，故我们有足够的理由信任他对这部分文字来自大理寺的推断。

蔡涵墨没有关注"诗案"的"审刑院本"，但《重编东坡先生外集》所保存的这个文本却能有力地支持他的结论。审刑院的职责是复核案件，通过中书门下奏上判决意见，我们在该文本最后的结案判词部分，可以看到不少与大理寺判词相似的文字，这说明审刑院重复或者说支持了大理寺的有关判决。就司法领域来说，这已经是"终审"了，当然北宋的司法程序还要给皇帝保留最后"圣裁"的权力。实际上，皇帝的"圣裁"往往包含了法律之外的比如政治影响方面的考虑，当我们从司法角度考察"乌台诗案"时，"审刑院本"提供了该案被如何判决的最终记录。

于是，我们现在有了较为充足的条件，还原出"诗案"在审判方面的基本过程，可以分为如下四个环节：

1. 御史台的审讯

《长编》没有记明御史台把审讯结果提交给大理寺的具体时间，但《东坡乌台诗案》记得很清楚，其"御史台根勘结按状"中有以下文字：

>御史台根勘所，今根勘苏轼、王诜情罪，于十一月三十日结案具状申奏。差权发运三司度支副使陈睦录问，别无翻异。续据御史台根勘所状称，苏轼说与王诜道……

御史台于元丰二年十一月三十日奏上审讯结果。这也就是说，从苏轼被押至御史台的八月十八日起，直至十一月底，"诗案"都处在审讯即"根勘"阶段。值得注意的是，除了苏轼外，还专门提到驸马王诜，他是神宗皇帝的妹夫，属

---

① 李焘：《续资治通鉴长编》卷三〇一，上海：上海古籍出版社，1986年影印本，第2829页。

于皇亲国戚。北宋的规矩,不许士大夫跟皇亲国戚交往过于密切,所以御史台把苏轼与王诜相关的诗文当作审讯的重点,"供状"中的第一篇就是"与王诜往来诗赋"("审刑院本"作"一与王诜干涉事")。

审讯的结果就是"供状",值得注意的是"供状"的分篇情况,反映出审讯的特殊方式。每一篇"供状"都具备基本的形态,即"与某人往来诗赋"或"与某人干涉事"等,也就是说,每篇都涉及另一个人(首先是王诜,其他如李清臣、司马光、黄庭坚等),苏轼与之发生了诗文唱和或赠送的关系,这些诗文被列举出来,追问其中是否含有讥讽内容。为什么要采用这样的审讯方式呢?宋人常作反面的理解,说这是以李定为首的御史台想要把更多的人牵连进去;但如果从正面理解,恐怕跟这个案件本身的追责范围有关,它要获取的"罪证"必须是苏轼写了给别人传看,从而产生了"不良影响"的作品,换言之,如果仅仅是苏轼自己写了,没有给别人看,就不作为"罪证"。实际上,"供状"并没有包括苏轼在元丰二年以前所写讥讽"新法"的全部诗文,我们现在读《苏轼诗集》《苏轼文集》《东坡乐府》可以发现更多的"讥讽"作品,但它们不属于李定等人追问的范围。如此,成为审讯对象的诗文都要与另一个人相关,故"供状"就以相关人为序,以"与某人干涉事"的形态分列了大约四十篇,而篇幅最大的就是跟王诜相关的第一篇。

然而,如果仔细比对"御史台本"和"审刑院本"的两份"供状",却能发现微妙的差异。"御史台本"的"供状"中有一篇专门就苏轼与苏辙的往来诗歌进行审讯的交代记录,而"审刑院本"把这一篇完全删除了;"御史台本"还涉及了苏轼与参寥子道潜唱和的诗歌,而"审刑院本"简写为"和僧诗",不出现"道潜"这个名字。这说明什么呢?御史台看来什么都审,审出来就当作"罪证"。但审刑院的官员似乎认为,把兄弟之间私下来往的文字当作"罪证"是不合适的,除非他们抄给别人去看;至于僧人,既已离俗出家,就没有必要去写明他的名字了。所以,无论是有意还是无意,审刑院的官员在缩写"供状"的过程中自然地保持了司法官员的专业立场,而这正是审刑院与御史台的不同之处。当然"审刑院本"的"供状"也并非完全不涉及苏辙,苏轼写给苏辙的诗,传给了王诜去看,这样的诗就算"罪证",而若只局限在兄弟之间,则在"审刑院本"中不被列入"罪证"。

把御史台的这种审讯方式理解为有意牵连更多人入案,也不是毫无根据。

比如跟司马光相关的那篇"供状",视作"罪证"就非常勉强。司马光应该是御史台最想要牵连进去的人,但苏轼自熙宁四年出京外任后,与远居洛阳的司马光并无密切的文字来往,所以御史台只找到一首苏轼寄题其"独乐园"的诗,那原本并未刻在《元丰续添苏子瞻学士钱塘集》中①,而且全诗只是赞美司马光,并未明确反对别人。但审讯的结果是,赞美司马光有宰相之器,就是讥讽现任宰相不行。

2. 大理寺的初判

大约从当年十二月起,"诗案"进入了判决阶段。如果陈睦的"录问"很快完成,交给大理寺,那么大理寺的初判可以被推测在十二月初。

如前所述,《东坡乌台诗案》所谓的"御史台根勘结按状",其实包含了大理寺的判词,其内容蔡涵墨已经详细解读,这里不拟复述。《长编》则将其要点概括为:"当徒二年,会赦当原。"换言之,大理寺官员通过非常专业的"检法"程序,判定苏轼所犯的罪应该得到"徒二年"的惩罚,但因目前朝廷发出的"赦令",他的罪应被赦免,那也就不必惩罚。需要注意的是,这个判决等于将御史台在此案上所下的功夫一笔勾销。

我们从《长编》也可以找到当时的大理寺负责人,此书记载,元丰元年十二月重置大理寺狱,知审刑院崔台符转任大理卿。②那么,次年对"乌台诗案"作出如上初判的大理寺,是在崔台符的领导下。

3. 御史台反对大理寺

大理寺的初判显然令御史台非常不满,乃至有些恼羞成怒,《长编》在叙述了大理寺"当徒二年,会赦当原"的判决后,续以"于是中丞李定言""御史舒亶又言"云云,即御史中丞李定和御史舒亶反对大理寺判决的奏状。他们向皇帝要求对苏轼"特行废绝",强调苏轼犯罪动机的险恶,谓其"所怀如此,顾可置而不诛乎"③。

御史台提出对大理寺初判的反对,大约也在十二月初,或稍后。不过李定

---

① 苏轼著、王文诰辑注、孔凡礼点校《苏轼诗集》卷一五题为《司马君实独乐园》(北京:中华书局,1982年)。《东坡乌台诗案》则称之为"寄题司马君实独乐园","供状"注明"此诗不系降到册子内",是御史们通过审讯或别的途径获得。
② 李焘:《续资治通鉴长编》卷二九五,第2770页。
③ 李焘:《续资治通鉴长编》卷三〇一,第2829、2830页。

和舒亶的两份奏状并不包含司法方面的讨论，没有指出大理寺的判词本身存在什么错误，只说其结果不对，起不到惩戒苏轼等"旧党"人物的作用。从上引"御史台根勘结按状"中的那段文字也可以看出，为了增强反对的力度，御史台在"供状"定稿已经提交后，还继续挖掘苏轼的更多"罪状"，尤其是与驸马王诜交往中的"非法"事实。鉴于官员与贵戚交结的危险性，御史台此举的用心不难窥见。

4. 审刑院支持大理寺

在负责审讯的御史台与负责判决的大理寺意见矛盾的情形下，负责复核的审刑院的态度就很重要了。我们从《外集》所载"审刑院本"的结案判词可以看出，审刑院的官员顶住了御史台的压力，非常鲜明地支持了大理寺"当徒二年，会赦当原"的判决，并进一步强调赦令的有效性。对这个结案判词的解读留待后文，此处先考察一下"诗案"发生时审刑院的情况。

据《长编》记载，就在"诗案"正处审理过程之中，元丰二年冬十月甲辰，知审刑院苏寀卒。① 此后，《长编》并未记载朝廷任命新的审刑院长官，而至次年，即元丰三年八月己亥，审刑院并归刑部②，该机构不再独立存在。可见，"乌台诗案"几乎就是北宋审刑院作为独立机构处理的最后案件之一。在"诗案"的"审刑院本"被写成之时，苏寀已卒，新的长官是谁或者有没有新的长官，都不可知。审刑院在这样的情况下不顾御史台的反对，向朝廷提交了支持大理寺的判词，体现了北宋司法官员值得赞赏的专业精神。也许，我们可以认为当时同属司法系统的大理卿崔台符对此具有影响，在转任大理卿之前，他曾长期担任知审刑院之职。

崔台符（1024—1087）《宋史》有传，评价并不高：

> 崔台符字平叔，蒲阴人，中明法科，为大理详断官……入判大理寺。初，王安石定按问欲举法，举朝以为非，台符独举手加额曰："数百年误用刑名，今乃得正。"安石喜其附己，故用之。历知审刑院、判少府监。复置大理狱，拜右谏议大夫，为大理卿。时中官石得一以皇城侦逻为狱，台符与少卿杨汲辄迎伺其意，所在以锻炼笞掠成之，都人慑栗，至不敢偶

---

① 李焘：《续资治通鉴长编》卷三〇〇，第2819页。
② 李焘：《续资治通鉴长编》卷三〇七，第2876页。

语。数年间,丽文法者且万人。官制行,迁刑部侍郎,官至光禄大夫。①

从履历来看,他自"明法科"出身,从大理详断官、判大理寺、知审刑院,到大理卿,再到刑部侍郎,一直担任司法官员。虽然据史书的说法,他在政治上似乎属于"新党",执法方面也显得严苛,但在"乌台诗案"的判决上,他所领导的大理寺和具有影响的审刑院,却能顶住御史台的政治压力,保证苏轼获得合法的处置,并不在法律之外加以重判。

遭遇"诗案"当然是苏轼的不幸,但他也不妨庆幸他的时代已具备可称完善的"鞫谳分司"制度,以及这种制度所培养起来的司法官员的专业精神,即使拥有此种精神的人是他的政敌。

三、"诗案"的结果:奉旨"特责"

"审刑院本"的存在,不仅能帮助我们了解"乌台诗案"判决的过程(以往我们大抵只关注其审讯的阶段,而实际上在元丰二年的最后一个月,"诗案"在总体上已进入判决阶段,虽然御史台为了搜集更多"罪证",还在继续审问苏轼),根据这个文本的最后部分即结案判词,我们还可以对"诗案"的判决结果重新加以认识。传统上,我们习惯于将苏轼遭遇"诗案"以后的结果表述为"以罪贬黄州",但从司法角度来说,这个表述其实是不能成立的,因为判决结果非常明确地显示,他的"罪"已被依法赦免。

参照《长编》等史籍的记载,"审刑院本"的结案判词可以被梳理为三个要点:一是定罪量刑,苏轼所犯的罪"当徒二年";二是强调赦令对苏轼此案有效,"会赦当原",也就是免罪;三是根据皇帝圣旨,对苏轼处以"特责",贬谪黄州。以下逐次展开。

1. "当徒二年"

这是《长编》对大理寺初判内容的概括,"审刑院本"结案判词,在概述御史台弹劾、审讯的过程后,列出三条定罪量刑的文字:

---

① 脱脱等:《宋史》卷三五五《崔台符传》,北京:中华书局,1985年,第11186页。

一，到台累次虚妄不实供通。准律，别制下问，报上不实，徒一年，未奏减一等。

　　一，诗赋等文字讥讽朝政阙失等，到台被问，便因依招通。准敕，作匿名文字，谤讪（讪）朝政及中外臣僚，徒二年。又准《刑统》，犯罪案问欲举，减罪二等，今比附，徒一年。

　　一，作诗赋寄王诜等，致有镂板印行，讽毁朝政，又谤讪中外臣僚。准敕，犯罪以官当徒，九品以上官当徒一年。准敕，馆阁贴职许为一官。或以官，或以职，临时取旨。

把前两条加起来，大概就得出"徒二年"的结果了。蔡涵墨解读的大理寺判词似乎在细节上比此更复杂一些，但他依据的"御史台根勘结按状"这个看上去较为错乱的文本，对具体细节加以追究颇为困难。要之，从结果来说，大理寺、审刑院在量刑方面保持了一致，与《长编》的概括也相符。

这里还有必要简单复述一下蔡涵墨的相关分析，他指出御史台最初对苏轼的指控是"指斥乘舆"，即辱骂皇帝，这在传统上属于"十恶"，为不赦之罪，可判死刑。但从实际情况看，对批评皇帝的言论如此定罪，已"有悖于宋代的法律理论与实践"。按照他对大理寺判词的解读，"大理寺的官员明显与御史台的推勘者保持着距离，他们拟定适用的法律"，也就是说，司法官员避免了笼统定性的断罪方式，他们根据专业知识，引用"律""敕"和《刑统》的具体条文来进行判决，得出"徒一年""徒二年"之类的具体量刑结果。我们从以上引文中可以看到，审刑院的官员也采取了相同的判决方式。而且，《宋史·崔台符传》中提到的，由王安石所定，被举朝反对，却获得崔台符支持的"案问欲举"法（大意是被审讯时能主动交代，可减罪二等），也被应用于苏轼此案的判决。这也许可以解释"供状"中的某些文字，无论是御史台的记录本，还是审刑院的缩写本"供状"，大都记明所涉的苏轼诗文哪些是在"册子"（即作为罪证的《元丰续添苏子瞻学士钱塘集》）内，哪些并非"册子"原载而是犯人主动交代的。

再看上面引文的第三条。这一条文字有些费解，因为其所述苏轼的罪状与第二条基本重复。但后面的主要内容，是"准敕"说明"以官当徒"的方法，这意味着所谓"徒二年"也并不真正施行，而可以用褫夺苏轼官职的方式来抵换。

2. "会赦当原"

这也是《长编》对大理寺初判内容的概括，但在朋九万《东坡乌台诗案》的"御史台根勘结按状"，即蔡涵墨认为包含了大理寺判词的部分，我们找不到与此相应的具体表述，而"审刑院本"的判词中却有颇为详细的一段：

> 某人见任祠部员外郎直史馆，并历任太常博士，合追两官，勒停。犯在熙宁四年九月十日明堂赦、七年十一月二十日南郊赦、八年十月十四日赦、十年十一月二十七日南郊赦，所犯事在元丰三①年十月十五日德音前，准赦书，官员犯人入己赃不赦，余罪赦除之。其某人合该上项赦恩并德音，原免释放。

此处先确认了"以官当徒"的结果，即追夺两官，以抵换"徒二年"，结果是"勒停"即勒令停职。然后，列举了自苏轼有"犯罪事实"以来，朝廷颁发过的四次赦令，以及当年十月十五日新下的德音，认为它们对苏轼一案都是有效的。所以，苏轼的"罪"已全部被赦免，应该"原免释放"。这里难以确定的是，被免罪的苏轼是不是不必再接受用来抵换"徒二年"的"追两官，勒停"之处罚，而可以保留原来的官职？或者官职和赦恩相加才抵换了"徒二年"，苏轼依然被"勒停"？无论如何，苏轼被释放时已是无罪之身，这一点应该没有疑问。

在《东坡乌台诗案》的"御史台根勘结按状"中，可以与"审刑院本"的这段文字相对照的，是如下一段：

> 据苏轼见任祠部员外郎直史馆，并历任太常博士，其苏轼合追两官，勒停，放。

这里的"勒停"后面跟个"放"字，似不相衔接，很可能中间脱去了有关赦令的叙述，而"放"字所属的文句应相当于"审刑院本"中的"原免释放"。这当然只是推测，但大理寺的初判估计是包含了"会赦当原"之内容的，这些内容无助于满足《东坡乌台诗案》的读者对苏诗解读的兴趣，故被编者删略，或许是文本流传过程中造成的脱简。根据"审刑院本"，我们可以补出这方面的内容。

---

① 这个"三"字应当是"二"字之讹，元丰二年十月庚戌（十五日）的德音，是因太皇太后曹氏病危而发，参见《续资治通鉴长编》卷三〇〇："庚戌，以太皇太后服药，德音降死罪囚，流以下释之。"（第 2820 页）

值得注意的还有"准赦书，官员犯人入己赃不赦，余罪赦除之"一句，它表明前文确认的苏轼所犯"报上不实""谤讪朝政"等"罪"是在可被赦除的范围内，只要苏轼没有"入己赃"即收受赃款赃物，他就没有不赦之"罪"了。这令我们回想到《东坡乌台诗案》所载元丰二年十一月三十日后御史台继续审讯苏轼的内容：

> 续据御史台根勘所状称，苏轼说与王诜道："你将取佛入涅槃及桃花雀竹等，我待要朱繇、武宗元画鬼神。"王诜允肯言得。
> 熙宁三年已后，至元丰三年十一月十五日①德音前，令王诜送钱与柳秘丞，后留僧思大师画数轴，并就王诜借钱一百贯……

这是在"供状"定本已经提交，乃至大理寺已经作出初判后，御史台对苏轼罪状的继续挖掘。很明显，此时御史台审问的主题不再是某篇诗文是否讽刺朝政，其调查工作聚焦在苏轼与王诜的钱物来往上了。这并非"诗案"被起诉的本旨，是不是因为大理寺的判词也引用了"官员犯人入己赃不赦，余罪赦除之"的赦令，所以御史台此后便努力朝"入己赃"的方向去调查取证呢？果然如此，则为了入苏轼于不赦之罪，御史台亦可谓煞费心机矣。然而，至少负责复核的审刑院并不认为这些钱物来往属于赃款赃物。

"审刑院本"的判词强调了赦令的累积和有效性，给出了"原免释放"这一司法领域内的最终判决。虽然真正的终裁之权还要留给皇帝，但它表明了北宋司法系统从其专业立场出发处理"乌台诗案"的结果。皇帝有权在法外加恩或给予惩罚，法官则明确地守护了依法判决的原则。并不是任何时代所有法官都能做到这一点的，对于北宋神宗时代司法系统的专业精神，我们应给予好评，在这个系统长期主持工作的崔台符，史书对他的酷评看来不够公正。

3. "特责"

朋九万编《东坡乌台诗案》的末尾记载了皇帝最后对苏轼的处置：

> 奉圣旨：苏轼可责授检校水部员外郎，充黄州团练副使，本州安置，不得签书公事。

这个处置也被记录在"审刑院本"的末尾，但文字稍有差异：

> 准圣旨牒，奉敕，某人依断，特责授检校水部员外郎，充黄州团练副

---

① 此处"元丰三年十一月十五日"，亦当作"元丰二年十月十五日"，同前注。

使，本州安置。

虽然后面似乎脱去了"不得签书公事"一句，但前面对圣旨的意思转达得更具体一些，"依断"表明皇帝也认可了司法机构对苏轼"当徒二年，会赦当原"的判决，本应"原免释放"，但也许考虑到此案的政治影响，或者御史台的不满情绪，仍决定将苏轼贬谪黄州，以示惩罚。值得注意的是，在"责授检校水部员外郎"前，"审刑院本"有一个"特"字，透露了在法律之外加以惩罚的意思。《续资治通鉴长编》对此事的表述，也与此相同，在引述了李定、舒亶反对大理寺初判的奏疏后，云"疏奏，轼等皆特责"①。这"特责"意谓特别处分，换言之，将苏轼贬谪黄州并不是一种"合法"的惩罚，它超越了法律范围，而来自皇帝的特权。说得更明白些，这就是神宗皇帝对苏轼的惩罚。

当然，《长编》把宋神宗的这一决定表述为是他受到御史台压力的结果，后者本来意图将苏轼置于死地，而神宗使用皇帝的特权，给予他不杀之恩。《宋史·苏轼传》对"乌台诗案"的表述也与此相似：

> 御史李定、舒亶、何正臣摭其表语，并媒蘖所为诗以为讪谤，逮赴台狱，欲置之死，锻炼久之不决。神宗独怜之，以黄州团练副使安置。②

照这个说法，宋神宗对苏轼"独怜之"，给予了特别的宽容，才饶其性命，将他贬谪黄州。类似的表述方式在传统史籍中十分常见，其目的是归恶于臣下而归恩于皇上，经常给我们探讨相关问题带来困惑。其实这种说法本身经不起推敲。固然，与御史台的态度相比，神宗的处置显得宽容；但御史台并非"诗案"的判决机构，既然大理寺、审刑院已依法判其免罪，则神宗的宽容在这里可谓毫无必要。恰恰相反，"审刑院本"使用的"特责"一词，准确地刻画出这一处置的性质，不是特别的宽容，而是特别的惩罚。

---

① 李焘：《续资治通鉴长编》卷三〇一，第2830页。
② 脱脱等：《宋史》卷三三八《苏轼传》，第10809页。

宋代文人与墨

厦门大学 钱建状

墨，作为最重要的书写工具之一，它与中国古代文人的至密关系，是不言自喻的。但是，只有到宋代，准确地说，是在北宋至南宋初期这一历史时段，墨与文人的亲和度达到了前所未有的地步。① 墨对于宋代文人来说，不仅是"简牍所资，盖不可少"② 的书写工具，一种寻常的文化消费品，还是一种几案间的"闲澹物"③，是公退之余的清玩，是文人的谈资与话头，是文人品味、趣味的载体，是文人身份与雅俗之辨的区隔物。从"墨"这一细小的切口入手，见微知著，可以更清晰地展示宋代文人的群体特征与精神风貌。

一

将"墨"当作一件艺术品，置于案头、手上，而加以赏玩，并不始于宋代文人。李白"黄头奴子双鸦鬟，锦囊养之怀袖间"④、僧齐己"正色浮端

---

① 文人赏墨的另一高峰期是明中期，参见青木正儿著、卢燕平译注《琴棋书画·文房趣味》（北京：中华书局，2008年）。
② 李元膺：《墨谱序》，曾枣庄、刘琳主编：《全宋文》第110册，上海：上海辞书出版社、合肥：安徽教育出版社，2006年，第198页。
③ 李元膺：《墨谱序》，曾枣庄、刘琳主编：《全宋文》第110册，第198页。
④ 李白著，王琦注：《李太白全集》卷一九《酬张司马赠墨》，北京：中华书局，1977年，第875页。

砚，精光动蜀笺"① 均能准确、形象地揭示出物性之美。李白诗所谓"养之怀袖间"，说的是养墨的行话，从一个侧面反映了盛唐文人日常生活的点滴，弥足珍贵。类似这些零星的艺术史材料表明，宋以前的文人，其中一些人不仅用墨，而且懂墨，甚至是用审美的眼光，加以欣赏与歌咏。但是，与魏晋以来的文人相比，宋人对于墨的赏爱，自有其时代特点：

第一，从数量上来看，从魏晋以至唐末五代，在这一时间段用墨、藏墨、赏墨乃至用诗文来歌咏墨的文人并不多。这从一定程度上表明，在宋以前，墨作为艺术品的特征似乎不太为文人所注意，墨在文人的日常休闲娱乐生活中，地位并不十分重要，至少对于大多数人来说是如此。而在宋代文人群体中，如蔡襄、欧阳修、司马光、文彦博、苏轼、黄庭坚、秦观、陈师道、叶梦得、晁说之、李纲、杨万里等，皆爱藏墨、能辨墨、好咏墨。上至皇帝、下至普通的文人，政治地位有高下，经济实力有悬殊，政治见解有歧义，在好墨这点上，却表现出相当程度的趋同性。有些士人家族，如北宋梓潼苏氏（苏易简—苏舜钦、苏舜元—苏浩然）、钱唐唐氏（唐询、唐诏—唐林夫、唐植夫）、济北晁氏（晁说之、晁冲之、晁贯之），南宋宗室赵表之、赵子觉等，不仅嗜墨的雅好递承相传，而且能造墨。"超然堂中墨如戟，支撑宗门渠有力"②。墨，以其文化符号的功能，融入士人的家风与精神传统当中。由此看来，宋人藏墨、辨墨、赏墨，在审美趣味上表现出的是一种群体特征与时代风尚。就此而言，宋代文人是很特别的。

第二，宋代的一些文人，不仅好墨，而且嗜墨，痴迷于其中，乐此不疲。这些士人，在墨这种艺术品身上所倾注的时间、精力与热情，所表现出的难以割舍的情结与异乎寻常的占有欲，往往成为士林中的谈资。欧阳修的好友唐彦猷，"清简寡欲，不以世务为意。公退，一室萧然，临书试墨，以此度日"③。王洙"性尤爱墨，持玩不厌，几案床枕间往往置之。常以柔软物磨拭，发其

---

① 僧齐己：《谢人惠墨》，苏易简：《文房四谱》卷五，北京：中华书局，1985年，第73页。
② 吕本中：《求赵表之墨》，北京大学古文献研究所编：《全宋诗》第28册，北京：北京大学出版社，1998年，第18184页。
③ 陆友：《墨史》卷下，米芾等：《文房四谱卅二种》，上海：世界书局，2010年，第171—172页。

光色,至用衣袖,略无所惜"①,尤重李廷珪墨,"屡以万钱市一丸"而不惜。名臣司马光一生,无所嗜好,独好蓄墨,被人称为"墨癖"。②苏轼言其好友李公择,"见墨辄夺,相知间抄取殆遍"③,被苏轼讥为"墨蔽",其藏品甚丰,"悬墨满室"。苏轼另一友人吕希哲,"平生藏墨,士大夫戏之为墨颠"④。苏轼本人对于藏墨,亦欲罢不能。尝自嘲曰:"吾有佳墨七十丸,而犹求取不已,不近愚耶?"⑤他如叶梦得自言:"平生嗜好屏除略尽,惟此物未能忘。"⑥晁贯之"一生无它嗜,独见墨丸,喜动眉宇"⑦。

宋人晁说之曾经感慨,"今之士人好古极矣",每得一名墨,"莫不喜色自倍,倾视一坐。而坐客为之气索彷徨,窃自咎其力之不足,而哀怀嫉忌者往往是也"⑧。得之则喜,失之则哀,无之则嫉,在得失有无之间,"墨"作为日常玩好,常能引起好古士人较强烈的情绪波动与心理失衡。这是宋型文化所特有的产物,在唐人的文字记载中,这种文化情绪往往很难觅见。因此,在宋代诗人的咏墨和以墨为礼物的日常交游诗中,常常有一种卒遇奇物、不期而遇的惊喜与兴奋,以及继之而来的小试身手的冲动。黄庭坚《谢景文惠浩然所作廷珪墨》诗曰:"廷珪赝墨出苏家,麝煤漆泽纹乌靴。……不意神禹治水圭,忽然入我怀袖里。吾不能手抄五车书,亦不能写论付官奴。便当闭门学水墨,洒作江南骤雨图。"⑨邹浩《(孙)梦臣惠潘谷墨》诗曰:"心灰缘此亦复然,和我精神动寰宇。便涤砚,便操笔,便启轩窗磨此墨。敲冰佳纸适及门,罗列千张耀晴日。也吟诗,也作文,也把《黄庭》模《右军》。并包万类入方寸,

---

① 王钦臣:《王氏谈录》,朱易安、傅璇琮等主编:《全宋笔记》第1编,第10册,郑州:大象出版社,2003年,第165页。
② 释惠洪:《石门文字禅》,曾枣庄、刘琳主编:《全宋文》第140册,第171页。
③ 苏轼著,孔凡礼点校:《苏轼文集》卷七〇《书李公择墨蔽》,北京:中华书局,1986年,第2223页。
④ 苏轼著,孔凡礼点校:《苏轼文集》卷七〇《书吕行甫墨颠》,第2223页。
⑤ 苏轼著,孔凡礼点校:《苏轼文集》卷七〇《书求墨》,第2225页。
⑥ 叶梦得:《避暑录话》卷上,朱易安、傅璇琮等主编:《全宋笔记》第2编,第10册,第236页。
⑦ 何薳:《春渚纪闻》卷八,朱易安、傅璇琮等主编:《全宋笔记》第3编,第3册,第268页。
⑧ 晁说之:《答朱秀才书》,曾枣庄、刘琳主编:《全宋文》第130册,第56页。
⑨ 史容:《山谷外集诗注》卷一六,任渊等注,刘尚荣校点:《黄庭坚诗集注》第4册,北京:中华书局,2003年,第1333页。

倏忽变化生乾坤。"① 诗人吴可赠墨工戴彦衡诗曰："病来谩喜折钗股，老去尚怀双脊龙。他日扁舟会乘兴，摩挲圭璧小从容。"② 这种喜上眉梢式的意兴飞动与浩歌长吟，在现存的宋前咏墨诗文中并不多见。一丸香墨的微醺，让诗人的笔酣畅而灵动。

宋人于珍砚、名墨、佳笔、良楮文房四友，皆兴复不浅，并形诸歌咏。"然砚得一，可以了一生。墨得一，可以了一岁"③，"笔之寿以日计"④，纸则随手而尽。相对而言，纸、笔易敝、易坏，不易保存，收藏价值要远低于砚、墨二物。墨以古为贵，且能传之久远，与宋人的好古风尚深相契合。这是宋人偏爱藏墨的一个物质因素。在宋人的文化心理结构中，砚、墨二物的位置要高于纸、笔。由此，宋人爱墨、爱砚入骨者多，而痴于纸笔、朝夕把玩者，似不多见。⑤ 在宋人的诗文中，一时所得彩笺、紫豪所引起的兴味，与卒遇名墨所触发的意兴飞动，在好之深浅上，仍有一间之隔。

第三，宋代文人，有不少属"墨之好事者"，他们好藏墨，能辨墨，善养墨，在墨的使用、赏鉴等方面，有一套精致、讲究的技巧、程序与方法。高雅的趣味、敏锐的感觉、丰富的博物学知识，以及在长期把玩中摸索出的经验，极大地提升、丰富了宋代墨文化的品位与内涵。以东坡先生为例，其近四十条纸墨题跋，内容涉及蓄墨、辨墨、试墨、啜墨、品墨、制墨等，是艺术史与日常生活史的珍贵史料。

宋人藏墨，"以歙州李庭珪为第一，易水张遇为第二"⑥，北宋末，"黄金可得，李氏之墨不可得也"⑦。但李氏墨既贵，真伪亦杂出。王洙辨李氏墨的

---

① 北京大学古文献研究所编：《全宋诗》第21册，第13966页。
② 北京大学古文献研究所编：《全宋诗》第19册，第13025页。
③ 黄庭坚著，郑永晓整理：《黄庭坚全集 辑校编年》下册《笔说》，南昌：江西人民出版社，2011年，第1615页。
④ 唐庚：《家藏古砚铭》，曾枣庄、刘琳主编：《全宋文》第140册，第35页。
⑤ 宋仁宗至和前后，因刘敞、欧阳修、梅尧臣等文人的推动，一时兴起收藏、歌咏南唐澄心堂纸的风尚，算是一个例外。
⑥ 蔡襄著，徐炀等编，吴以宁点校：《蔡襄集》卷三四，上海：上海古籍出版社，1996年，第629页。按，宋人所记南唐墨务官"李庭珪"之名颇不一致，或作"庭珪"，或作"廷珪"，或作"庭邽""廷邽"。盖李氏制墨，为防伪而改换字画。
⑦ 邵博撰，刘德权、李剑雄点校：《邵氏闻见后录》卷二八，北京：中华书局，1983年，第218页。

方法为:

> 当视其背印。背印云"歙州李廷圭墨"。歙旁"欠"字之左足与"州"之中[画],(或其)[与]"李"字之中画,与"子"字之足贯,又与"廷"字"壬"之竖画,"墨"字之右角贯,视之上下相通者为真。①

这是从墨工字号的细微处辨伪,蔡襄用的方法也是如此。东坡蓄墨数百挺,其藏品中,亦以李廷珪、张遇所造为极品。东坡辨歙州李氏墨,主要凭墨色与直觉。如《书李宪臣所藏墨》曰:"此墨最久而黑如此,殆是真耶?"②《书李承晏墨》曰:"吴子野出此墨,云是孙准所遗,李承晏真物也,当以色考之,仍以数品比较,乃定真伪耳。"③《书廷珪墨》曰:"昨日有人出墨数寸,仆望见,知其为廷珪也。凡物莫不然,不知者如乌之雌雄,其知之者如乌、鹄也。"④ 东坡对自己的洞察力,有时颇为自信。

东坡论墨,受司马光的影响,好以茶与墨进行类比:"茶欲白,墨欲黑,茶欲重,墨欲轻,茶欲新,墨欲陈。"⑤ 色黑质轻的古墨,乃为上品。但是,"若黑而不光,索然无神采,亦复无用。要使其光清而不浮,湛湛如小儿目睛,乃为佳也"⑥,颇看重墨的光泽度。晁说之《墨经》曰:"凡墨色,紫光为上。"古墨之善者,"黯而不浮,明而有艳,泽而无渍,是谓紫光"⑦,与东坡所重,有相通之处。

宋人试墨,"或以研试之,或以指甲试,皆不佳"⑧,以纸比墨,法最当。东坡《试墨》曰:"世人言竹纸可试墨,误矣。当于不宜墨纸上。竹纸盖宜墨,若池、歙精白玉板,乃真可试墨,若于此纸上黑,无所不黑矣。"⑨

---

① 按,《全宋笔记》第1编、第3编先后两次整理《王氏谈录》,所据底本不同,而后出转精,然此段引文仍有夺字。兹据《知不足斋丛书》本《墨史》,参校《全宋笔记》(第3编,第3册,第11页)所收王钦臣《王氏谈录》。
② 苏轼著,孔凡礼点校:《苏轼文集》卷七〇,第2224页。
③ 苏轼著,孔凡礼点校:《苏轼文集》卷七〇,第2228页。
④ 苏轼著,孔凡礼点校:《苏轼文集》卷七〇,第2226页。
⑤ 苏轼著,孔凡礼点校:《苏轼文集》卷七〇《记温公论茶墨》,第2227页。
⑥ 苏轼著,孔凡礼点校:《苏轼文集》卷七〇《书怀民所遗墨》,第2225页。
⑦ 米芾等撰:《文房四谱卅二种》,第65页。
⑧ 晁说之:《墨经》,米芾等撰:《文房四谱卅二种》,第65页。
⑨ 苏轼著,孔凡礼点校:《苏轼文集》卷七〇,第2221页。

其《试东野晖墨》曰："世言蜀中冷金笺最宜为墨，非也。惟此纸难为墨。尝以此纸试墨，惟李廷珪乃黑。"① 其试墨之法，从反复尝试中得来。

东坡制墨，一是将不同的墨块杂糅，重新配制。② 这是宋人常用之法；一是自己研制或与墨工合作研制。其《书海南墨》曰："此墨吾在海南亲作，其墨与廷珪不相下。海南多松，松多故煤富，煤富故有择也。"③ 东坡在海南，曾与墨工潘衡合作，其印文曰："海南松煤，东坡法墨。"④ 潘衡墨遂有名于世。宋孝宗为杨万里书"诚斋"二字，即用潘衡墨。

宋人关于墨的知识，源自生活的真切感受与体验，与耳食者的不加辨别、鹦鹉学舌有一间之隔。东坡《谢宋汉杰惠李承晏墨》诗曰："老松烧尽结轻花，妙法来从北李家。翠色冷光何所似，墙东鬓髪堕寒鸦。"⑤《墨经》曰，制墨以古松为难得，而"头煤如珠，如缨络"⑥，外形颇有观赏性。首句涵盖采松、采煤二道制墨工序，形象贴切，此非深于墨者不能道。东坡《试笔》诗："子石如琢玉，远烟真削鬛。入我病风手，玄云瀄萎萎。是中有何好，而我喜欲迷。"其自注曰："古语云：'摩墨如病风手。'"⑦ 叶梦得《避暑录话》："俗言磨墨如病儿……又云磨墨如病风手，皆贵其轻也。"⑧《墨经》："凡研墨，不厌迟。"磨墨要慢，要迟，切不可心气浮躁，用力过猛。一方面，是要匀墨；另一面，也是书艺前的调心。《墨史》称："研墨如病，盖重其调均而不泥也。"盖"今之小学者将书，必先安神养气，存想字形在眼前，然后以左手磨墨，墨调手稳方书，则不失体也"⑨。东坡精于书艺，故对古语有亲切的体会，与一般的襞积故实不同。黄庭《观曾公卷墨簏》："公卷收廷邽、承晏、文用墨七种，轻乾黝黑，入研无声。此固李氏家风，铣泽如新，未之见也者。

---

① 苏轼著，孔凡礼点校：《苏轼文集》卷七〇，第2228页。
② 其法见《书别造高丽墨》及《书雪堂义墨》。
③ 苏轼著，孔凡礼点校：《苏轼文集》卷七〇，第2229页。
④ 何薳：《春渚纪闻》卷八，朱易安、傅璇琮等主编：《全宋笔记》第3编，第3册，第267页。
⑤ 苏轼著，王文诰辑注，孔凡礼点校：《苏轼诗集》卷三〇，北京：中华书局，1982年，第1579页。
⑥ 米芾等撰：《文房四谱卅二种》，第51页。
⑦ 苏轼著，王文诰辑注，孔凡礼点校：《苏轼诗集》卷三八，第2072页。
⑧ 叶梦得：《避暑录话》卷下，朱易安等主编：《全宋笔记》第2编，第10册，第324页。
⑨《墨史》卷下，米芾等撰：《文房四谱卅二种》，第169页。

与都人斗百草,当赢百万。"① 《墨经》:"凡墨……若研之以辨其声。细墨之声腻,粗墨之声粗。粗谓之打研,腻谓之入研。"② 李氏之墨,入研无声,正是细墨的典型特征。山谷亲闻李氏家风,故有此当行本色语。

宋人之于墨,处于用与不用之间。墨既是实用的工具,又是审美的对象。宋人对于墨的把玩,如同品茗,要观其色、听其声、尝其味,是一种深入过程、体验趣味的生活艺术。这种嵌入式的艺术活动,消解了人与物的距离,增加了人对物的亲和感。我们读宋人关于墨的文字,无论是以资闲谈的笔记,还是轻松随意的题跋,或是赠答酬唱之作,常有一种知识更新的新鲜感与体物入微的熨帖感,原因或在此。

二

中国人使用墨的历史,可以追溯至遥远的上古时代。战国至秦汉,人造墨得到广泛的运用,但"均系手工制作,粗陋草率","呈细小的丸粒或块状,没有固定的形制,与研石配合方可使用"。③ 汉代以后,制墨技艺始获得了质的提升。出土文物表明,"魏晋人所制之墨,普遍采用墨模,墨锭加大,墨质坚细,形制规齐但不统一"④,值得注意的是,"有些墨的表面还模印了各种花纹"⑤,从艺术史的视角来看,这是一个新的美学趋势。唐五代之际,特别是南唐时期,文房工艺更趋精湛。南唐国主留意翰墨,"于饶置墨务,歙置砚务,扬置纸务,各有官,岁贡有数。求墨工于海东,求纸工于蜀"⑥。故文房所制,率皆精品。池、歙澄心堂纸,如美玉出璞,莹采射目;歙州婺源龙尾石,温润坚密,"声清越,婉若玉"⑦,为琢砚之上品。易水奚超、奚庭珪父

---

① 曾枣庄、刘琳主编:《全宋文》第106册,第317页。
② 晁贯之:《墨经》,苏易简等著,朱学博整理校点:《文房四谱(外十七种)》,上海:上海书店出版社,2015年,第131页。
③ 王志高、邵磊:《试论我国古代墨的形制及其相关问题》,《东南文化》1993年第2期。
④ 王志高、邵磊:《试论我国古代墨的形制及其相关问题》,《东南文化》1993年第2期。
⑤ 王志高、邵磊:《试论我国古代墨的形制及其相关问题》,《东南文化》1993年第2期。
⑥ 陈师道撰,李伟国校点:《后山谈丛》,上海:上海古籍出版社,1989年,第14页。
⑦ 高似孙:《砚笺》,苏易简等著,朱学博整理校点:《文房四谱(外十七种)》,第224页。

子，唐末渡江至歙州，以墨名家，"故李主宠其能，赐之姓"①，世用为墨务官。② 李氏之墨，遂与澄心堂纸、龙尾砚齐名，"三者为天下冠"③，入宋以来，成为文人珍藏、宝爱的文房极品。李氏之墨，"其坚如玉，其纹如犀，写逾数十幅，不耗一二分也"。④ 五代宋初徐铉，幼年尝得李超墨一挺，"长不过尺，细才如筋，与其弟徐锴共享之，日书不下五千字，凡十年乃尽。磨边际有刃，可以裁纸"。⑤ 在形制上，唐末五代名墨，"其制为璧、为丸，为手握，凡十余种"。⑥ 李孝美《墨谱法式》所载唐五代名墨形制图五十多幅，修短方圆，品式多样，玲珑可爱，墨之正反二面，刻镂图案精美，真、行、草、篆，书艺绝伦，融书法、绘画、装帧、雕刻等艺术元素于一体，有很高的美学价值。如李庭珪墨，共有四品，"大墨有二品，其一面曰歙州李庭珪墨，漫有特龙；其一面曰歙州李庭珪造，漫有双脊特龙。小墨有握子者，上止有一香字。其丰肌腻理，光泽如漆；又有小饼子，面有蟠龙，四角有供御香墨字，漫止有一歙字"。四品皆无粗者，"非法之至精，曷能臻于此哉"。⑦

唐末五代，是墨由日常消费品向艺术品过渡的重要时期。但从唐末五代乃至宋初，文人重墨，是因为此物"为学所资，不可斯须而阙者也"。⑧ 五代宋初人陶谷《清异录》载，南唐徐铉兄弟："工翰染，崇饰书具。尝出一月团

---

① 王钦臣：《王氏谈录》，朱易安、傅璇琮等主编：《全宋笔记》第1编，第10册，第165页。按，据陆友《墨史》卷上载："奚庭珪，易水人。或曰李庭珪。本姓奚，江南赐姓李，非也。……是族有奚、李之异，居有易、歙之分矣。"前此李孝美《墨谱法式》亦将奚、李分作二人，与常说不同。

② 按，据宋人所见李庭珪墨铭，其为南唐墨务官，在元宗保大元年至九年（943—951）间。李庭珪弟庭宽，庭宽子承晏，承晏子文用，文用子仲宣，曾为"饶州供进墨务官"。仲宣之子惟益、惟庆，皆为歙州务墨官。参见陆友《墨史》。

③ 宋无名氏：《歙砚说》，苏易简等著，朱学博整理校点：《文房四谱（外十七种）》，第191页。

④ 苏易简：《文房四谱》卷四，苏易简等著，朱学博整理校点：《文房四谱（外十七种）》，第74页。

⑤ 苏易简：《文房四谱》卷四，苏易简等著，朱学博整理校点：《文房四谱（外十七种）》，第71页。

⑥ 张邦基撰，孔凡礼点校：《墨庄漫录》卷六《李文叔破墨癖说》，北京：中华书局，2002年，第174页。

⑦ 李孝美：《墨谱法式》卷中，苏易简等著，朱学博整理校点：《文房四谱（外十七种）》，第108页。

⑧ 徐铉：《文房四谱序》，苏易简：《文房四谱》，中华书局2018年，第6页。

墨，曰：'此价值三万。'"① 同书同卷"副墨子"条载："蜀人景焕，博雅士也。……尝得墨材甚精，止造五十团，曰：'以此终身。'""麝香月"条载："韩熙载留心翰墨，四方胶煤，多不合意。延歆匠朱逢，于书馆傍烧墨供用，命其所曰'化松堂'。"② 五代南唐文人间亦好藏墨、造墨者，但在观念上，良墨如善器，如奢侈品，其贵仍在其实用性与使用价值，"墨"本身所具有的艺术品特征在日常消费中被遮蔽与消耗掉了。《墨史》载："国初平江南，时廷珪墨连载数艘，输入内库。太宗赐近臣秘阁帖，皆用此墨。其后建玉清昭应宫，至用以供漆饰。"③ 邵博《闻见后录》卷二八载："太祖下南唐，所得李廷珪父子墨，同他俘获物，付主藏籍收，不以为贵也。后有司更作相国寺门楼，诏用黑漆，取墨于主藏，车载以给，皆廷珪父子之墨。"④ 庄绰《鸡肋编》引王彦若《墨说》："赵韩王从太祖至洛，行故宫，见架间一箧，取视之，皆李氏父子所制墨也。因尽以赐王。后王之子妇蓐中血运危甚，医求古墨为药，因取一枚，投烈火中，研末酒服即愈。诸子欲各备产乳之用，乃尽取墨煅而分之。自是李氏墨世益少得。"⑤ 宋初君臣，物尽其用，车载斗量，或供漆饰，或印法书，尽情挥霍，宝之者亦不过以为药墨而已。因此神宗熙宁间，"墨无廷珪成挺者"，而李氏后人之墨如李承晏、李文用所制者，"禁中尤珍之"⑥。陈师道《后山谈丛》载："秦少游有李廷珪墨半丸，不为文理，质如金石，潘谷见之而拜曰：'真李氏故物也，我生再见矣！王四学士有之，与此为二也。'墨乃平甫之所宝，谷所见者，其子庰以遗少游也。"⑦ 秦观藏李廷珪墨，又见陈师道《古墨行序》。诗末有句曰："念子何忍遽磨研，少待须臾图不朽。"为秦观而发。魏衍注曰："少游之墨，尝许先生为他日墓志润笔。"⑧ 半锭古墨，竟成了秦、陈二人生死之谊的见证，可见是物之珍。

庄绰曾慨叹宋初君臣的暴殄天物，赋诗曰："只愁公子从医说，火煅生分

---

① 朱易安、傅璇琮等主编：《全宋笔记》第1编，第2册，第88页。
② 朱易安、傅璇琮等主编：《全宋笔记》第1编，第2册，第90页。
③ 陆友：《墨史》卷上，米芾等撰：《文房四谱卅二种》，第117—118页。
④ 邵博撰，刘德权、李剑雄点校：《邵氏闻见后录》卷二八，第218页。
⑤ 庄绰撰，萧鲁阳点校：《鸡肋编》卷下，北京：中华书局，1983年，第104页。
⑥ 陆友：《墨史》卷上，米芾等撰：《文房四谱卅二种》，第117页。
⑦ 《后山谈丛》卷二，朱易安、傅璇琮等主编：《全宋笔记》第2编，第6册，第85页。
⑧ 陈师道撰，昌广生补笺：《后山诗注补笺》卷五，北京：中华书局，1995年，第187页。

不直钱!"① 这是北宋末士人后知后觉的看法。日常消费品向艺术品、收藏品转化，自有其历史演进的轨迹。但宋人视为第一品的李廷珪墨，在五代北宋的升降隆替的命运史告诉我们：第一，审美价值的凸显与发掘，是日常消费品成为艺术品的前提；第二，日常消费品向艺术品、收藏品转化，在观念上有一个相对滞后期。宋人藏墨、辨墨、嗜墨的高峰期，出现在北宋中后期，也就是苏、黄等文人活跃的时代。原因之一，即在此。

墨由日常消费品，一变而为文人案头的清玩，另一个重要的原因，是宋人的自觉的清浊、雅俗之辨。李元膺为《墨谱法式》一书作序曰："夫君之观人，不必于其大者，得其平居言笑之余，以及其玩好，而足以窥见其所存。""嵇叔夜好煅，王武子好骑，阮遥集好蜡屐"，"此三物初若足言，而世有钻李核、障钱簏者，则其清浊何如也"。②《世说新语》卷六《俭啬》："司徒王戎既贵且富，区宅僮牧膏田水碓之属，洛下无比，契疏鞅掌，每与夫人烛下散筹算计。"③ 又曰："王戎有好李，卖之恐人得其种，恒钻其核。"④《雅量》篇载："祖士少好财，阮遥集好屐，并恒自经营，同是一累，而未判其得失。人有诣祖，见料视财物，客至，屏当未尽，余两小簏箸背后，倾身障之，意未能平。或有诣阮，见自吹火蜡屐，因叹曰：'未知一生当箸几量屐。'神色闲畅。于是胜负始分。"⑤ 一个人的日常玩好，看似无关紧要，但却能从细微处，从一个侧面，见出其人趣味的高低。世俗之徒，如王戎、祖约辈，好财、贪婪、算计、蝇营狗苟。高雅之士，如阮孚寄情于物，若有所悟。清浊高下，正可从日常嗜好中见出。故东坡《次韵答舒教授观余所藏墨》诗曰："世间有癖念谁无，倾身障簏尤堪鄙。"⑥ 闲暇时的消遣，更容易暴露一个人的习性。观人于揖让，不若观人于游戏。因此，寓心于何物，也就是人在日常玩好与娱乐中的道德内涵与精神指向，在君子看来，是必须审慎抉择的。

欧阳修说："不寓心于物者，真所谓至人也；寓于有益者，君子也；寓于

---

① 庄绰撰，萧鲁阳点校：《鸡肋编》卷下，第105页。
② 苏易简等著，朱学博整理校点：《文房四谱（外十七种）》，第122页。
③ 刘孝标注：《世说新语》卷六，上海：上海书店，1986年，第230页。
④ 刘孝标注：《世说新语》卷六，第230页。
⑤ 刘孝标注：《世说新语》卷三，第93页。
⑥ 苏轼著，王文诰辑注，孔凡礼点校：《苏轼诗集》卷一六，第837页。

伐性汨情而为害者，愚惑之人也。"① 在人与物的关系上，第一种态度，"不寓心于物"，完全超越的态度，是老庄的圣人之境，非常人所能企及；而第三种态度，沉迷于声色犬马，追求感官的刺激，玩物丧志，愚人所为，可惩可戒；唯有第二种，寓于有益之物，与物之清者、物之微者磨砻砥砺，才是有道德、有修养、有文化的君子态度。欧阳修"自少不喜郑卫，独好琴声"②，意在"平其心以养其疾"③；"性专而嗜古，凡世人之所贪者，皆无欲于其间"④，成《集古录》一编；"有暇即学书，非以求艺之精，直胜劳心于他事尔"⑤，以此"知昔贤者留意于此，不为无意"。一生所好，藏书一万卷，集录三代以来金石遗文一千卷，有琴一张，有棋一局，常置酒一壶。自号"六一居士"，"捐世俗之所争，而拾其所弃者"⑥，寄意于物，旨在摆脱来自政治与人生中的羁绊，获得身心的自由，其精神高度与审美层次，与其学者、文人的复合身份深相契合。"豪家有钱贮金珠，谁肯淡好如吾徒。"⑦ 作为"简牍所资，盖不可少"的文房清供，"墨"的精神内涵与象征意义，皆与世俗玩好有所不同。释惠洪《跋达道所蓄伶子于文》曰："达道手校诸书，而此本最美，非好古博雅，何以至是？司马君实无所嗜好，独蓄墨数百尔。或以为言，君实曰：'吾欲子孙知吾所用此物何为也。'达道之蓄书，其亦司马之墨癖也。"⑧ 所谓"墨癖"，从人与物的关系上来说，可能导致心役于物，为物所累，不是为而不持、持而不有的旷达、审美的态度。东坡诗曰："人生当着几两屐，定心肯为微物起。"⑨ 过分拜物，人生太执着，并不可取。但这只是问题的一面，在宋人的文化语境中，蓄墨、辨墨，与收藏、研究古钟鼎彝器一样，在精神指向

---

① 欧阳修著，李逸安点校：《欧阳修全集》卷一二九《学书静中至乐说》第 5 册，北京：中华书局，2001 年，第 1967 页。
② 欧阳修著，李逸安点校：《欧阳修全集》卷六四《三琴记》，第 943 页。
③ 欧阳修著，李逸安点校：《欧阳修全集》卷四四《送杨寘序》，第 629 页。
④ 欧阳修著，李逸安点校：《欧阳修全集》卷四二《集古录目序》，第 600 页。
⑤ 欧阳修著，李逸安点校：《欧阳修全集》卷一二九《学书静中至乐说》，第 1967 页。
⑥ 苏轼著，孔凡礼点校：《苏轼文集》卷六六《书六一居士传后》，第 2048 页。
⑦ 张炜：《柯山制墨胡处士求隶字》，北京大学古文献研究所编：《全宋诗》第 32 册，第 20324 页。
⑧ 《石门文字禅》，曾枣庄、刘琳主编：《全宋文》第 140 册，第 170—171 页。
⑨ 苏轼：《次韵答舒教授观余所藏墨》，王文诰辑注，孔凡礼点校：《苏轼诗集》卷一六，第 837—838 页。

上，是通之于好古博雅的。文人对墨这种清玩，所表现出的过度膨胀的占有欲，或非通达之士，但"观其用心"，"于一物必臻其极如此，则扩而充之，盖其所学之必到也"①。因此，在宋代闲谈中，所谓"墨痴""墨僻"，多是一种戏谑式的肯定，即使当事人也不以为忤。有些普通的士人，反而因"嗜砚墨得名"②，引起士林的关注。"一生当着几两屐，性嗜远惭苏子后"③，嗜墨的诗人，对此称号，自惭之中，甚至还有一点自豪。总体而言，宋代士林，对于蓄墨、好墨这种日常雅好，是持包容态度的。当然也不是没有特例。比如李清照的父亲李格非，就曾作《破墨癖说》一文，从"余割当以刀，不以墨""吾贮水以盆罃"，不用墨，"余墨当用二三年者，何苦用百年墨"等几个方面，提出墨之用在书。世人所藏古墨，"苟有用于书，与凡墨无异"④。用纯实用主义的观点，对为世所重的李廷珪墨能否称得上是艺术品表示怀疑。对士林中的收蓄名墨风尚，不以为然。北宋徽宗一朝，朝野上下，士林多蓄古书、砚、墨、鼎、彝之类，好古之风甚盛。李格非《破墨癖说》末曰："非徒墨也，世之人不考其日用而眩于虚名者多矣，此天下寒弱祸败之由召也。"⑤ 其所感慨，似是针砭此世风。

三

宋代的一些墨工，亦工亦商，出于技术需求与商业运作，他们往往主动接近士大夫，请他们授以墨法，并为自己题字、写诗、赠序，借重于他人题品，以期身价的提高。例如，南宋徽州墨工吴滋，"以墨客游缙绅间"⑥，绍兴年间，曾登门拜访过知徽州汪藻、参知政事李邴、中书舍人吕本中，以及司农少

---

① 马涓：《墨谱法式序》，苏易简等著，朱学博整理校点：《文房四谱（外十七种）》，第121—122页。
② 陈师道：《后山谈丛》卷二，朱易安、傅璇琮等主编：《全宋笔记》第2编，第6册，第85页。
③ 武衍：《谢秀松庵蒲大韶墨》，《影印文渊阁四库全书》第1357册《江湖后集》卷二二，台北：台湾商务印书馆，1986年，第992页。
④ 张邦基撰，孔凡礼点校：《墨庄漫录》卷六《李文叔破墨癖说》，第174—175页。
⑤ 张邦基撰，孔凡礼点校：《墨庄漫录》卷六《李文叔破墨癖说》，第175页。
⑥ 洪适：《书吴滋墨卷》，曾枣庄、刘琳主编：《全宋文》第213册，第324页。

卿李若虚。汪藻"授以对胶法",并向人推荐吴滋墨,"试之当知其佳"①,李邴为之题品,吕本中则赠之以诗,李若虚则赠之以言:"近日墨工尤多,士大夫独称吴滋。使精意为之,不求厚利,骎骎及前人矣。"② 据洪适题跋,吴滋墨,"松择而烟良,胶对而杵力,旦旦用之,砚不渍,笔不病,使潘、胡、蒲、史之品不能齐色而争先,虽无王公齿牙之誉,而增直三倍矣"③。本为佳墨,又经诸名士的题品,故在南宋初年"新有能声",宋孝宗在东宫,多用其墨,"以滋所造甚佳,例外支犒设钱二万"④。

这些出入士大夫、王公大人之门,漂泊江湖之上,以笔墨为生的自由手工业者,识字率普遍较高,其中不乏家道中落的士人子孙、潦倒落魄、藉此度日的底层文人,以及游走江湖的道士、化缘集资的释子。如黄庭坚颇为推重的笔工侍其瑛"秀才","本良家子,少年流宕京师。元丰中以笔为业,入太学供诸生甚勤,不计其直,辄与之。率日至或二三日一至,自尔稍稍受知当世公卿大夫,遂以笔名家。其后造墨和剂,制样稍佳,而胶法未精,不复取重于人"⑤。苏轼、黄庭坚、秦观、陈师道等人皆推重的墨工潘谷,卖墨都下。"负墨箧,而酣咏自若"。苏轼称之为"墨隐",原本可能是一位底层文人。南宋徐鹿卿《送造墨唐生序》:"予来横江两载,有以《砚冈文集》惠教者。读之累日不厌,于是始知有砚冈。越明年,唐君携墨卿来访。问其世,则固砚冈之裔也。"⑥ 和侍其瑛相似,这位"唐生",也是一位家道中落的士人子弟。何薳《春渚纪闻》引续仲永言:"绍兴初,同中贵郑几仁抚谕少师吴玠,于仙人关回舟自涪陵来,大韶儒服手刺,就船来谒。因问油烟墨何得如是之坚久也。大韶云:'亦半以松烟和之,不尔则不得经久也。'"⑦ 蒲大韶,字舜美,"儒

---

① 罗愿撰,萧建新、杨国宜校著:《〈新安志〉整理与研究》卷一〇,合肥:黄山书社,2008年,第359页。
② 陆友:《墨史》卷下,苏易简等著,朱学博整理校点:《文房四谱(外十七种)》,第159页。
③ 洪适:《书吴滋墨卷》,曾枣庄、刘琳主编:《全宋文》第213册,第324页。
④ 罗愿撰,萧建新、杨国宜校著:《〈新安志〉整理与研究》卷一〇,第359页。
⑤ 陆友:《墨史》卷上,苏易简等著,朱学博整理校点:《文房四谱(外十七种)》,第154页。
⑥ 曾枣庄、刘琳主编:《全宋文》第333册,第245页。
⑦ 何薳:《春渚纪闻》卷八,朱易安、傅璇琮等主编:《全宋笔记》第3编,第3册,第270页。

服手刺"，俨然一士人矣。

宋人笔下的"墨工""墨师""墨生"，不同程度都有一定的文化修养，在文化身份与行为方式上，带有准知识分子的特点，易引起文人的亲近感与好奇。"逢掖之家，化为李庭珪、潘谷耶"①，文化差异的缩小，在一定程度上能消除横亘于尊与卑、官与民之间的阶级鸿沟。以买墨、用墨、试墨、辨墨、品墨为纽带，宋代文人与这些"以墨客游缙绅间"准知识分子之间，互为依存，进行相对平等的人际交流。这种因商业文明而带来的新的社会阶层关系，给宋代文学注入了一些新质。宋代文人写给墨工、墨师、卖墨者的赠序、赠诗或相关文字，对其技艺与信义，常透着一份信任与认同，对其行为处世中所透露的价值观，有时是赞许甚至是推崇的。

何薳《春渚纪闻》卷八记元祐著名墨工潘谷事曰：

> 潘谷卖墨都下。元祐初，余为童子，侍先君居武学直舍中。谷尝至负墨箧，而酣咏自若。每笏止取百钱，或就而乞探箧，取断碎者与之，不吝也。②

苏轼《书潘谷墨》载：

> 卖墨者潘谷，余不识其人，然闻其所为，非市井人也。墨既精妙而价不二。士或不持钱求墨，不计多少与之。此岂徒然者哉！③

黄庭坚《山谷外集》卷九《杂书》：

> 潘谷验墨，摸索便知精粗，凡百工各妙于一物，与极深研几者同一关捩耳，魏晋间士大夫往往有人材风鉴，至于反照，便如漆墨，亦潘谷之流耳。④

卖墨而不求厚利，身为"贱工"而"酣咏自若"，妙于制墨，而至于妙境。潘谷的淡泊与精鉴，可以通之于宋人的义利之辨，及其对精微深妙的艺术境界的追求，因此备受苏、黄等名士的关切与赞许。宋代文人的平民意识与士大夫情怀，让他们自觉或不自觉地放低身段，使他们在与墨工的交往中，敏锐地感受

---

① 刘克庄撰，王蓉贵、向以鲜校点：《后村先生大全集》卷九九《南城包生行卷》，成都：四川大学出版社，2008年，第2546页。
② 苏易简等著，朱学博整理校点：《文房四谱（外十七种）》，第134页。
③ 苏轼著，孔凡礼点校：《苏轼文集》卷七〇，第2228页。
④ 黄庭坚著，郑永晓整理：《黄庭坚全集辑校编年》下册，第1614页。

了彼此在行为准则、道德境界与审美趣味方面的趋同与差异。黄庭坚《墨说遗张雅》曰:"梓潼张雅不能和煤,而善作巨胜煤,蜀无佳墨工,如雅不易得也。故喻以古人法。余闻雅亦参禅问道,欲入九流,然但礼拜无眼阿师,随杜撰道人谈金丹,恐只虚生浪死耳。"① 邹浩《书与墨工张处厚》:"予用张处厚墨久矣,而未之识。一旦处厚踵予门,问其家世,则谷之子,遇之孙也。昔奚氏以墨显于江南,而遇妙得其法。至处厚,益恐坠其家声,不汲汲于利售,尤为可尚云。"② 吴儆《墨说》曰:"蜀人以桐华为墨,虽一时光黑可爱,然新则滞,久则败。以歙墨之佳者,先后研和用之,则蜀胶为之融液清澈,而歙烟益精明可鉴。歙人吴滋盖合两家之所长,独步一时,然率以奉权贵,要厚利,士大夫不能多致。"③ 徐鹿卿《送造墨唐生序》曰:"唐君携墨卿来访,问其世,则固砚冈之裔也。予已心知其墨之善矣!呼陶泓、毛颖、楮先生面试之,皆曰可,于是又知有唐君。大抵人之于书于画,于琴棋笔墨,均名一艺,使庸俗辈为之,非不具形模也,非不存节奏也,非不备体势也,然形完而神敝,声宣而韵浅,外泽而中枯,作者一出意为之,则相去往往悬绝,是岂可以智巧索哉。采丹若神,运斤成风,必有进乎技者矣。"④ 这些告诫、推可、鄙夷与欣赏,是典型士大夫式的。在宋人给墨工的赠序中,隐然还包含自我砥砺、提升的意味。

苏轼《赠潘谷》诗曰:"潘郎晓踏河阳春,明珠白璧惊市人。那知望拜马蹄下,胸中一斛泥与尘。何似墨潘穿破褐,琅琅翠饼敲玄笏。布衫漆黑手如龟,未害冰壶贮秋月。世人重耳轻目前,区区张李争媸妍。一朝入海寻李白,空看人间画墨仙。"⑤ 潘岳与潘谷,一为名士,一为贱工。一则白璧玉人,一则黑手如龟。地位、形象均极悬殊,媸妍似可立辨。但寻其行迹,一则望尘而拜,趋炎附势,一则纤尘不染,冰清玉洁。这是一个黑白颠倒、是非莫辨、美丑不分的世界。"潘以墨名一时,而穷悴不偶,托兴于物"⑥,苏轼又何尝不是如此?在潘谷身上,分明有苏轼的影子。南宋岳珂评此诗曰:"怀绝世之清

---

① 黄庭坚著,郑永晓整理:《黄庭坚全集辑校编年》下册,第1630页。
② 曾枣庄、刘琳主编:《全宋文》第131册,第319页。
③ 曾枣庄、刘琳主编:《全宋文》第224册,第119—120页。
④ 曾枣庄、刘琳主编:《全宋文》第333册,第245页。
⑤ 苏轼著,王文诰辑注,孔凡礼点校:《苏轼诗集》卷二四,第1276页。
⑥ 岳珂:《宝真斋法书赞》卷一二,北京:中华书局,1985年,第177页。

音，叹媸妍之难谌。慨丸墨之未改，挹古人而寄心。"① 民国杨钟义《雪桥诗话》评此诗曰："其亦有厉世摩钝之意乎。"② 都从一个侧面，注意到了诗中的愤世、反讽的情绪。苏轼曾自言，他"上可以陪玉皇大帝，下可以陪卑田院乞儿。"③ 类似这种来自佛家的平等观与源自出身的庶民意识，在一定程度上消除了宋代士大夫源自政治地位与文化身份的优越感，让他们看到了"百工"，也就是底层民众身上的亮点与品格。宋人赠墨工、卖墨者诗，字里行间，口吻之亲切与态度之温和，颇为感人。对于宋代的墨工来说，这些士大夫的文字，是有温度的。

四

唐五代乃至宋初，文人对于墨的态度，如同鉴赏家对于一幅画，往往人与物的距离要拉开，才能欣赏到它的美。这是一种客观、冷静的态度，但却少了一点参与度与占有、拥有物的渴望与热情。初唐李峤有《墨》诗曰：

> 长安分石炭，上党结松心。绕画蝇初落，含滋绶更深。悲丝光易染，迷素彩还沈。别有张芝学，书池幸见临。④

此诗收入《李峤杂咏》。《杂咏》分乾象、坤仪、芳草、嘉树、灵禽、祥兽、居处、服玩、文物、武器、音乐、玉帛十二部，每部十首。五代宋初人吴淑所作《事类赋》百篇，分天、地、宝货、乐、服用、什用、什物、饮食、禽、兽、草木、果、鳞介、虫各部，笔、墨、纸、砚列入"什物"部。四库馆臣曰："类书始于《皇览》……骈青妃白、排比对偶者，自徐坚《初学记》始；

---

① 岳珂：《宝真斋法书赞》卷一二，第177页。
② 杨钟义撰集，刘承干参校：《雪桥诗话续集》卷六，北京：北京古籍出版社，1991年，第422页。
③ 陶宗仪撰，李梦生校点：《南村辍耕录》卷二〇引《漫浪野录》，北京：中华书局，1959年，第249页。
④ 李峤撰，徐定祥注：《李峤诗注》，上海：上海古籍出版社1995年版，第168页。

镕铸故实，谐以声律者，自李峤单题诗始。其联而为赋者，则自淑始。"①《杂咏》与《事类赋》，皆正文与注并行，属类书的一种变形。其特点是襞积故实，借咏物之名，行类书之实。名为诗赋，严格说来，算不得是吟咏情性的抒情作品。

北宋中期以来，蔡襄、欧阳修等嘉祐文人开其端，苏轼、黄庭坚等元祐文人承其绪，文人士大夫制墨、品墨、藏墨、辨墨的风气越来越盛，作为一种"清玩"，墨在士大夫的日常生活与精神世界的位置更加凸显。"平生性好墨，以此为昼夜。陈玄尔何为，能使我心化。……古锦缀为囊，香罗裁作帕。精粗校白黑，情伪考真诈。欣然趣自得，其乐胜书画"②，"快日明窗闲试墨，寒泉古鼎自煎茶"③，"摩挲把玩何时休，巾袭永言珍所授"④。对他们来说，墨可以磨之、用之，也可以把玩之、抚弄之。更有甚者，可以啜之⑤，在人与物的亲近、磨合之中，在过程中，在物性之美的敞开中，领略生活的趣味。宋人以墨为题的诗，真切地反映了宋代士大夫的审美体验与生活趣味。就这一点看，宋诗是很特别的。

细而论之，对于宋人来说，墨，不仅是一种案头、几上的"清玩"，还是一种清雅的"礼物"，可以联络感情、增进友情、扩大人际交往；有时它来自朝廷的"特赐"，闪着皇权恩泽的光芒；"和成万杵捣圭璧"⑥，正面来看，它是消费品，是墨师、墨工的智慧与汗水的结晶，反面来看，"事有至微犹足戒"⑦，过度占有，容易汨没人心；"非人磨墨墨磨人"⑧，"墨坚人苦脆，

---

① 纪昀等：《四库全书总目提要》卷一三五，第 3 册，石家庄：河北人民出版社，2000 年，第 3443 页。
② 孔平仲：《子明棋战两败，输张寓墨，并蒙见许。夏间出箧中所藏相示。诗索所负，且坚元约》，北京大学古文献研究所编：《全宋诗》第 16 册，第 10822 页。
③ 陆游：《陆游集·剑南诗稿》卷一六《幽事》，北京：中华书局，1976 年，第 480 页。
④ 武衍：《谢秀松庵蒲大韶墨》，陈起：《江湖后集》卷二二，《影印文渊阁四库全书》第 1357 册，第 992 页。
⑤ 这是宋人试墨、品墨的一种特殊方式，墨的清香、细腻处，往往藉此而出。
⑥ 赵汝绩：《墨歌》，北京大学古文献研究所编：《全宋诗》第 54 册，第 33616 页。
⑦ 刘子翚：《兼道携古墨来，墨面龙纹墨背识云，保大九年奉敕造长春殿供御龙印香煤，旁又识云，墨务官臣庭邦、监官臣夷中、臣子和、臣卞等进。盖江南李氏物也，感之为作此诗》，北京大学古文献研究所编：《全宋诗》第 34 册，第 21368 页。
⑧ 苏轼：《次韵答舒教授观余所藏墨》，王文诰辑注，孔凡礼点校：《苏轼诗集》卷一六，第 838 页。

未用叹不足"①,"断玦精坚磨不杀"②,墨磨之难尽,而人生却短暂无常。郭祥正《观唐植夫所藏古墨》曰:"渺思五季乱,江南颇偷逸。三主皆能书,拨镫耸瘦骨。一朝归大明,流散余故物。"③叶梦得《避暑录话》卷上"辨歙州文房四宝"条曰:"丧乱以来,虽素好者,类不尽留意于诸物。"④晁说之诗曰:"儿藏廷珪墨,贼火出烈烈。是时干戈起,髑髅积不血。宁复有此物,砚北伴白发。"⑤王庭珪《书黄山吴道人墨》曰:"离乱以来,徂徕、易水皆斗绝一隅。"⑥感慨系之,不胜家国兴亡之感。至为平常之物,往往会引起宋代士大夫种种复杂、微妙的情绪与思索。这些附加于物,或从物的某一特性抽绎出来的人的情感、思想,如果是单一的,当然可以三言两语,用五、七绝句等体制短小的体裁来加以提炼。但如果诗人寓意于物,想要表达更丰富的内容、更复杂的心理,则形式相对自由、内容伸缩度较大的五、七古诗,其形式体制与要表达的内容会更加契合一些。宋代的不少诗人主动选择用古诗咏墨,篇幅加长,是有其艺术合理性的。

比如陈师道绍圣二年《古墨行》诗,以"裕陵故物"为线索,先从秦、晁二家旧物入手,写珍品难得,写潘谷"了知至鉴无遁形"之精鉴,然后宕开笔墨,插入想象与神话,写神宗夜半勤政,"睿思殿里春夜半,灯火阑残歌舞散。自书细字答边臣,万里风尘入长算"。写神物之再现人间,"初闻桥山送弓剑,宁知玉盘人间见。夜光炎炎冲斗牛,会有太史占星变"。最后睹物思人,"念子何忍遽磨研,少待须臾图不朽",暗写诗人与秦观的生死之谊。"世不乏奇,乏识者耳"为全篇主旨,但主中有宾。"借美于外非良质",写妍媸之辨的标准,"人生尤物不必有",化用苏轼的诗句,写不寓心于物的态度,虽为一带而过的次要主题,也不容忽视。全诗抚今追昔,时空多次变换,从

---

① 苏轼:《欧阳季默以油烟墨二丸见饷,各长寸许,戏作小诗》,王文诰辑注,孔凡礼点校:《苏轼诗集》卷三四,第1809页。
② 刘子翚:《兼道携古墨来,墨面龙纹墨背识云,保大九年奉敕造长春殿供御龙印香煤,旁又识云,墨务官臣庭邦、监官臣夷中、臣子和、臣卞等进。盖江南李氏物也,感之为作此诗》,北京大学古文献研究所编:《全宋诗》第34册,第21368页。
③ 北京大学古文献研究所编:《全宋诗》第13册,第8880页。
④ 朱易安、傅璇琮等主编:《全宋笔记》第2编,第10册,第235—236页。
⑤ 《说之有庭圭真墨一,为仪真贼所焚,伏蒙二十二叔特以真墨见惠,喜出意表,辄赋诗申谢》,北京大学古文献研究所编:《全宋诗》第21册,12718页。
⑥ 曾枣庄、刘琳主编:《全宋文》第158册,第227页。

"李廷珪墨"这一"珍玩物"上生发出多重寓意与人生感慨,"淋浪浓至""飞动纵横"①,其内涵之丰富与艺术手段之多样,在五、七言近体短制中一般就比较少见。

五七言大篇,篇幅长、容量大,其下者可能会枝桠旁生,趁韵铺叙,失之冗,失之杂。而其上者,则"如天马腾空,神龙行雨,纵横跌荡,变化神明,莫可端倪"②,能充分展示诗人创新变化的才力,给旧的或容易落入窠臼的题材带来新的突破。苏轼的七言大篇《次韵答舒教授观余所藏墨》一诗,以"非人磨墨墨磨人"为主旨,前后勾连,左右映带,"处处作感触唤醒之语"③,借一具象,将日常生活的点滴感受,上升为带有普泛化的人生感悟。故《唐宋诗醇》评曰,"脱然畦径","善谈玄理,何必晋宋间人"④,即是一显例。这如晁冲之《复以承晏墨赠之》一诗,由今而昔,由议论而摹写而叙事,节奏由急变缓。写日常生活中至微之物,"意度宏阔,气力宽余"⑤,"脱去世俗畦畛"⑥,故深得派中诗人高秀实、吕本中及后世诗选家的推赏与青睐。由此看来,宋人以五七言长篇来写"试墨""辨墨""赠墨""求墨"这类日常生活的小题,总体上是比较成功的。

必须指出的是,宋人在写"清玩"这种小题上,究竟是用五七言近体,还是用古体,选择小诗,还是用大篇,实际创作时,不仅相题而作,还要相人而作。若平日无嗜墨、藏墨之好,所见藏品、珍品无几,对墨这种"清玩"无真切之体会,用古体长篇,反而会空乏无味,捉襟见肘。以陆游、杨万里为例。陆游自言,"素不工书,故砚笔墨皆取具而已"⑦,是否工书且不论,但他算不上嗜墨的清玩家,倒是事实。陆游的名句,如"韫玉面凹观墨聚,浣花

---

① 陈师道撰,昌广生补笺:《后山诗注补笺》卷五,第187页。
② 朱庭珍:《筱园诗话》卷四,郭绍虞编选,富寿荪校点:《清诗话续编》第4册,上海:上海古籍出版社,1983年,第2402页。
③ 弘历编:《唐宋诗醇》卷三五,下册,北京:中国文学出版社,2000年,第943页。
④ 弘历编:《唐宋诗醇》卷三五,下册,第943页。
⑤ 刘克庄:《江西诗派小序》,《后村集》卷二四,《影印文渊阁四库全书》第1180册,第256页。
⑥ 吕本中:《东莱吕紫微诗话》,北京:中华书局,1985年,第7页。
⑦ 陆游:《陆游集·剑南诗稿》卷七〇《予素不工书故砚笔墨皆取具而已作》,第1668页。

理腻觉豪飞"①，及前引"快日明窗闲试墨，寒泉古鼎自煎茶"等，物多寓于律诗、筑于一联之中。"墨"与"茶"类似，是其清雅、闲适、诗意生活的象征物，是一种意象。这与杨万里诗是有很大差异的。杨万里之作，如《和昌英主簿叔求潘墨》《乡士李英才得老潘墨法，善作墨梅，复喜作诗，艮斋目以三奇，赠之七字，复同赋云》《谢李君亮赠陈中正墨》《谢王恭父赠梁杲墨》《赠墨工张公明》《谢胡子远郎中惠蒲大韶墨，报以龙涎心字香》等。从诗题来看，他与墨工接触良多，且藏品甚丰，囊中还有潘谷墨这样的珍品。其《和严州添倅赵彦先寄四绝句》其一有句云："自抟苍壁自抄书，雪乳一瓯香一炉。"② 可见与南宋制墨名家赵彦先也有交游。杨万里现存的六首与墨题材相关的诗，古体四首，其《谢王恭父赠梁杲墨》《谢胡子朗中蒲大韶墨》二篇，明快流丽、体物入微、兴致盎然，在宋人日常交游诗中，亦自不俗。黄庭坚曰："诗文不可凿空强作，待境而生，便自工尔。"③ 一语道破艺术来源于生活的真谛。

宋人以墨为题的诗，北宋、南宋初期人多用古体。嗜墨、藏墨，多为墨工品题者，亦多写古体。这种体式上的偏好，适应着宋人的时代风尚与清玩生活，不能不说是一种艺术的自觉。

---

① 陆游：《陆游集·剑南诗稿》卷二六《闲居无客所与度日笔砚纸墨而已戏作长句》，第723页。
② 北京大学古文献研究所编：《全宋诗》第42册，第16370页。
③ 胡仔纂集，廖德明校点：《苕溪渔隐丛话 前集》卷四七《山谷（上）》，北京：人民文学出版社，1962年，第320页。

观赏与书写：宋代绘画题跋的文本解读

华东师范大学古籍研究所　方笑一

题跋是中国古代一种特殊的文体，其特殊性主要体现于三个方面。首先，题跋文本并非由作者凭空杜撰，而是依托于一个具体对象产生。这个对象，可以是诗文、书籍，也可以是书画、金石器物、拓片等；其次，题跋所记，往往是作者对于所关注对象的一得之见、一时之感，并非经过长时间苦心营构或全面思考而作的系统性阐述；再次，题跋的篇幅一般比较短小，文字简练，点到为止。关于题跋的这三个特点，与题跋的写作关系可以说相当密切，明代徐师曾这样介绍题跋这一文体："凡经传子史诗文图书之类，前有序引，后有后序，可谓尽矣。其后览者，或因人之请求，或因感而有得，则复撰词以缀于末简，而总谓之题跋"①。这里分别点明了题跋的依托对象、作者身份、写作缘由和文本所处位置。值得注意的是，徐师曾强调题跋是"其后览者"写的，而不是诗文图书的原作者所作。关于题跋的内容和文本形式，徐师曾说："其词考古证今，释疑订谬，褒善贬恶，立法垂戒，各有所为，而专以简劲为主，故与序引不同。"② 可见根据所依托对象以及写作者兴趣的不同，题跋的内容其实是不拘一格的，或偏重学术考释，或抒写感受，阐发见解，表明立场，不一而足。但题跋在文本形式上有个共性，那就是"简

---

① 徐师曾著，罗根泽校点：《文体明辨序说》，北京：人民文学出版社，1998 年，第 136 页。

② 徐师曾著，罗根泽校点：《文体明辨序说》，第 137 页。

劲",不宜作长篇大论。① 徐师曾对于题跋文体内容和形式的分析,可以说是切中肯綮的。题跋由于所涉对象和领域的不同,其内容的确异常丰富。在以往研究中,学界往往重视题跋中所蕴含的文学批评、艺术史、金石学、文献学的信息,对题跋本身的写作关注不够,忽略了它作为一种文体的文本特性。其实,除了"简劲"这样一个一望而知的共性之外,题跋在写作上还有不少值得关注的地方,针对不同对象的题跋,作者"感而有得"的内容当然不同,写作方式也会存在差异,所以,我们认为,对于题跋文本的研究,应当首先根据题跋针对对象的不同分类进行。本文拟对宋人所撰写的绘画题跋略作文本解读,以探寻这类题跋的写作特点。

一、绘画题跋的写作传统

题跋文体萌芽于魏晋时期,而兴盛于宋代。朱迎平先生认为题跋有两个来源:一是由跋尾即书画作品的末尾署名发展而来;二是由唐代古文家开创的一类标为"题后""书后""读某"的杂文发展而来。② 就这两个来源而言,前者显然与绘画题跋有着更直接的关系。关于书画的跋尾,唐张彦远《历代名画记》卷三《叙自古跋尾押署》有所论述:"前代御府自晋、宋至周、隋收聚图画,皆未行印记,但备列当时鉴识艺人押署。"③ 从书中所列的例子可以看出,这些跋尾押署只有时间和鉴识人的官职、姓名,没有其他内容。也就是说,这些跋尾的功能仅仅在于标明此画某时某人曾经过目,并没有关于画作本身的进一步描绘。《全唐文》与《唐文拾遗》中,与绘画有关的篇章不少,但称得上绘画题跋的,仅有卢知猷的《卢鸿草堂图后跋》和罗隐的《题神羊图》两篇,前者引自叶梦得的《避暑录话》,实为两则题跋:

> 相国邹平段公家藏图书,并用所历方镇印记。咸通初,余为荆州从

---

① 题跋"简劲"的特点,元代潘昂霄表述为"明白简严",参见潘昂霄《金石例》卷九《金石三例》(上海:商务印书馆,1937年,第113页)。
② 参见朱迎平:《宋代题跋文的勃兴及其文化意蕴》,《文学遗产》2004年第4期。
③ 张彦远著,俞剑华注释:《历代名画记》卷三,上海:上海人民美术出版社,1964年,第49页。

事,与柯古同在兰陵公幕下,阅此轴。今所历岁祀,倏逾二纪,荐罹多难,编轴尚存,物在时迁,所宜兴叹。丁未年驾在岐山,涿郡子谟记。

己酉岁重九日,专谒大仪,遂载览阅。累经多难,顿释愁襟。子谟再题。①

卢知猷,字子谟,邹平段公即段文昌,柯古为文昌子成式字,兰陵公指唐懿宗时宰相萧邺,萧镇荆南,卢为掌书记。大仪指曾任太常少卿的段成式。这两则题跋撰写的时间相隔一年,前一则叙述了时隔24年先后两次观赏卢鸿《草堂图》的情景,抒发了"物在时迁"的感慨,后一则简要叙述了再览此图的情形。

罗隐的《题神羊图》出自《谗书》卷一:

尧之庭有神羊,以触不正者,后人图形像,必使头角怪异,以表神圣物。噫!尧之羊,亦由今之羊也,但以上世淳朴未去,故虽人与兽,皆得相指令。及淳朴消坏,则羊有贪狠性,人有刲割心。有贪狠性,则崇轩大厦,不能驻其足矣,有刲割心,则虽邪与佞,不敢举其角矣。是以尧之羊,亦由今之羊也。贪狠摇其正性,刀匕刲其初心,故不能触阿谀矣。②

罗隐这里是借《论衡》中皋陶治狱,用一角之羊触或不触判定人是不是犯罪的故事,来讽刺当下之人贪狠、阿谀等恶劣品行。卢知猷和罗隐的画跋,或偏重叙述,或偏重议论,证明了唐代绘画题跋已成为一类文体,但写法上的确没有一定之规,由于数量稀少,我们也很难进一步总结唐代绘画题跋在书写上的共性特征。

宋代是题跋文体兴盛的时代。吴讷说"殆宋欧曾而后,始有跋语"③,他认为跋语和唐代韩、柳"读某书及读某文题其后"的那种文字(即朱迎平先生所说的题跋的第二个来源)有继承关系。这个观察大致不错。宋人别集中第一次出现"题跋"的文体类别是欧阳修《居士外集》,其卷三二标为"杂题跋",收录题跋文27篇,其中绘画题跋仅《题薛公期画》一篇。之后,苏轼、黄庭坚等人以各自创作的数量可观的题跋缔造了该文体在宋代的繁盛局面。徽宗时期学者董逌的《广川画跋》共收录其撰写的画跋134篇,以考证作品题

---

① 董诰等编:《全唐文·唐文拾遗》卷三三,北京:中华书局,1983年,第10752页。
② 董诰等编:《全唐文》卷八九五,第9348页。
③ 吴讷著,于北山校点:《文章辨体序说》,北京:人民文学出版社1998年,第45页。

材内容与相关史实见长。到了南宋，题跋作为一种文体更获得广泛认可，吕祖谦所编《宋文鉴》是第一部设立"题跋"这一文类的总集。明代毛晋的《津逮秘书》第十二、十三集依次收录苏轼、黄庭坚、晁补之、张耒、秦观、魏了翁、陆游、李之仪、释德洪、欧阳修、曾巩、叶适、周必大、刘克庄、陈傅良、苏颂、朱熹、米芾、洪迈、真德秀的题跋，共76卷，蔚为大观，其所言"题跋一派，惟宋人当家"殆非虚语。① 在宋人撰写的题跋中，绘画题跋的写作可以说尤其引人注目。

二、绘画题跋与观赏者的"选择"

宋代绘画题跋的内容无疑是十分丰富的，解读这些题跋也可以有多种视角。而徐师曾关于题跋写作者的说法给我们以启发。他说，题跋是"其后览者"所作，就绘画题跋而言，显然不同于画作者本人的题款。简言之，绘画题跋是观赏绘画的人所写的，其写作的动因首先是创作主体的观赏行为。当题跋作者决定为某一画作书写题跋时，他已观赏过这幅画。因此，观赏行为的主体与题跋写作的主体是合一的，题跋写作与观赏行为是直接相关的。

观赏行为虽然不是中国古代画论研讨的重点，但宋人画论对观画之道也偶有涉及。南朝齐谢赫提出的"六法"是品评绘画的重要标准，他说："六法者何？一，气韵生动是也；二，骨法用笔是也；三，应物象形是也；四，随类赋彩是也；五，经营位置是也；六，传移模写是也。"② 宋代刘道醇的《圣朝名画品》在其基础上提出："夫识画之诀，在于明六要而审六长也"，他又这样总结观画之法："且观之法，先观其气象，后定其去就，次根其意，终求其理，此乃定画之钤键也。"③ 这样就把观赏行为分为三个层级，首先注意"气象"，其次是"意"，最后是"理"。由此可见，观赏行为是从画作整体着眼，

---

① 毛晋：《津逮秘书·容斋题跋跋》，《丛书集成初编》，上海：商务印书馆，1936年，第28页。
② 谢赫著，王伯敏标点注释：《古画品录》，北京：人民美术出版社，1959年，第1页。
③ 俞剑华编著：《中国历代画论大观》第二编《宋代画论（一）（二）》，南京：江苏凤凰美术出版社，2016年，第144页。

而不是先从局部的技巧着眼。因为画作是块面的，而不是线性的。呈现于观赏者面前的画作，是一个整体，所有的元素都一并出现，观赏者看到画面中的所有元素之后，才从事于题跋的写作。

　　观画行为究竟是如何实施的，又受哪些因素的影响和制约，古代画论并没有详细的论述。我们需要借鉴西方的影像阅读理论。关于观看影像的行为，英国学者约翰·伯格曾做过深入的研究。他有一个著名的观点："观看先于言语。"同时他又认为，观看行为从来未曾被语言解释清楚，"我们只看见我们注视的东西，注视是一种选择行为"①。假如我们把绘画题跋视为一种言语的表现形式，那么根据伯格的观念，题跋是无法真正描述和解释清楚画作本身的。而题跋对于画作中各种元素的表现，必然是带有选择性的。从题跋写作的实际情形而论，确乎如此。题跋文字的组织既是一个线性过程，又具有即时性。它既需要观赏者面对整幅画时，选择和决定先写画作中的哪一元素或哪一方面，再写哪一个，又需要在短时间内将自己的观感即时书写出来，而非事后深思熟虑地营构文字，那么画作中首先被"选择"的这一元素或方面，往往也就是整幅画作中给观赏者视觉冲击最大最强烈的部分，留下最深刻印象的部分。这里存在两重选择。在注视绘画的一瞬间，观赏者已经对画面中的一切作出了"选择"，而题跋又用文字对注视的结果进行了第二次选择，并呈现了这种"选择"。我们以人物、山水画的题跋为例，来看看观赏者的选择。如苏轼《题凤翔东院王画壁》：

　　　　嘉祐癸卯上元夜，来观王维摩诘笔。时夜已阑，残灯耿然，画僧踽踽欲动，恍然久之。②

这则题跋写嘉祐八年（1063）元宵节夜晚观王维壁画的情景，苏轼时任凤翔府签书判官。值得注意的是，当时的观赏条件并不好，灯火阑珊，光线昏暗，在残灯摇曳之中，苏轼看到了什么呢？只有画中的一个元素：僧人。请注意，这是一位"踽踽欲动"的僧人，而题跋中只写了画中这一位"踽踽欲动"的僧人。这幅壁画中还包含什么我们不得而知，但这位孤独而逼真的僧人无疑是苏轼观画时留下最深刻印象的一个元素。僧人形象入画本来相当普遍，不值得

---

① ［英］约翰·伯格著，戴行钺译：《观看之道》，南宁：广西师范大学出版社，2005年，第1、2页。

② 苏轼著，孔凡礼点校：《苏轼文集》卷七〇，北京：中华书局，1986年，第2209页。

大惊小怪，但苏轼关注的并非王维笔下僧人的样貌、服饰，而是其逼真性，具体来说，就是僧人踽踽独行的姿态的逼真。至于这位僧人是昂首阔步，还是行步伛偻，苏轼全无交代。这就说明，苏轼在观赏这幅人物画的时候，首先关注的是人物的逼真程度，与真人像或者不像。这是画中僧人留给他的第一印象，也是其题跋中呈现的唯一元素。

熟悉苏轼绘画观念的人一定觉得诧异，苏轼不是说过"论画以形似，见与儿童邻"吗？① 那"踽踽欲动"的僧人难道不是形似真人吗？其实，苏轼对于人物逼真程度的关注，不仅仅是重视形似，更是注重气韵。这里就要说到约翰·伯格的另一个重要观点了。他认为："我们观看事物的方式，受知识和信仰的影响。"② 假如联系一下宋人关于人物画的论述，我们不难发现苏轼的"选择"其实并非孤立。《圣朝名画评》云："观人物者，尚精神体态。"③ 而《宣和画谱叙论·人物叙论》云："故画人物最为难工，虽得其形似，而往往乏韵。"④ "精神"和气韵在这里指向了画中人物的同一个方面，那就是"神"，而不是"形"。假如联系苏轼本人的观点来看，可以发现他特别重视人物之"神"。其《传神记》一开头就说："传神之难在目。顾虎头云：'传形写影，都在阿睹中。'"⑤ 这里引用顾恺之的话，强调的是画眼睛对于表现人物之神韵的重要性。由此可见，苏轼在题跋中关注的"画僧踽踽欲动"，既是他观赏画作时视觉的选择，也是他写作题跋时文字的选择，而这样写，非但与影像本身对他的视觉刺激有关，同时也和他的知识体系以及当时人们对于人物画的认识有关。

假如将讨论的对象转到另一种绘画类型——山水画的题跋，我们又会发现观赏者所作的怎样的选择呢？兹举黄庭坚与张元幹为例。

黄庭坚《跋画山水图》云：

> 江山寥落，居然有万里势。老夫发白矣，对此使人慨然。古之得道者，以为逃空虚无人之境，见似之者而喜矣。既自以心为形役，奚惆怅而

---

① 苏轼：《书鄢陵王主簿所画折枝二首·其一》，王文诰辑注，孔凡礼点校：《苏轼诗集》卷二九，北京，中华书局，1982年，第1525页。
② [英] 约翰·伯格著，戴行钺译：《观看之道》，第2页。
③ 俞剑华编著：《中国历代画论大观》第二编《宋代画论（一）（二）》，第144页。
④ 俞剑华编著：《中国历代画论大观》第二编《宋代画论（一）（二）》，第110页。
⑤ 苏轼著，孔凡礼点校：《苏轼文集》卷一二，第401页。

独悲？会当摩挲双井岩间苔石，告以此意。①

张元幹《跋米元章下蜀江山图》云：

> 绍兴八年季冬既望，赵无量会饭渝茗竟，出所藏米元章《下蜀江山》横卷。此老风流，晋、宋间人物也，故能发云烟杳霭之象于墨色浓淡中，连峰修麓，浑然天开，有千里远而不见落笔处，讵可作画观耶！六朝兴亡，实同此叹。②

黄庭坚看这幅山水画，第一眼看到的是"江山寥落，居然有万里势"。这话虽然袭自东晋袁宏，但表明了观赏山水画和观赏人物画不同。宋人看山水画首先看画作是否有尺幅千里的效果。山水画把宏大的景象浓缩在大小有限的纸面上，当然不可能每个细节都是写实的，但观赏者首先并不要求逼真写实，而是从整体来看，能否以有限的尺幅表现无限的空间感。黄庭坚的这则题跋，最终是借山水画讲他所体悟的人生境界，人要获得大道，不能仅仅希冀远避于"空虚无人之境"，而是要摆脱"心为形役"的状态，没有了肉身对于心灵的束缚，才是真正的自由，眼前的山水画让他有这样的感慨。然而，这是他经过理性思考后的产物，观赏的感受已经经过理智的淬炼，文字的表达也经过组织，从山水到人生感悟再到山水，这一脉络十分明显，构思的痕迹无可隐藏。但细味这则题跋，恐怕不得不承认，对他造成首度视觉冲击的是画中山水"居然有万里势"，"居然"表明意想不到，黄庭坚观画之际，眼前山水的宏阔气势着实令他惊异。

张元幹为米芾《下蜀江山图》所作题跋，对画作的评论更为细致。比如他揭示米芾用浓淡相间的墨色表现山间变化万端的云烟杳霭，又说这幅山水画中连绵的峰峦使他想起六朝的兴亡史。同样的，这些评价和联想显然也是其理性判断之后的产物。"连峰修麓，浑然天开"则是对画面景物的客观描绘，真正传达观赏者视觉感受的是"有千里远而不见落笔处"一句。一方面，张元幹和黄庭坚一样，惊叹于画作尺幅千里的艺术效果，同时，张元幹还更具体地说明，"千里远"的观赏效果并非靠笔墨达成，而是根本看不见落笔的地方，

---

① 黄庭坚著，屠友祥校注：《山谷题跋》，上海：上海远东出版社，1999年，第84页。

② 张元幹：《芦川归来集》卷九，曾枣庄、刘琳主编：《全宋文》第182册，上海：上海辞书出版社、合肥：安徽教育出版社，2006年，第412—413页。

也就是说，米芾用留白巧妙地营造了江山绵延不绝、横亘千里的姿态。

从上述黄庭坚和张元幹的题跋可以发现，山水画在题跋作者眼中重要的是山水整体的气势和格局，这是一种意态，观赏者在赏画时并不仅仅于山水细节的真实性。观赏山水画时的这种"选择"，从早期人们对于山水画的认识中已经可见端倪。南朝宋宗炳著名的《画山水序》云："竖划三寸，当千仞之高；横墨数尺，体百里之迥。是以观画图者，徒患类之不巧，不以制小而累其似，此自然之势。"① 这就告诉我们，画面的尺幅总是有限的，山水画可以将山水浓缩于方寸之间，山水画的"似"与"不似"并非规制大小，而是其能体现或者表现一种自然之势。正如美国学者迈克尔·苏立文所指出的："事实上，只有中国山水画令我们的心灵遨游于方寸之间，我们才能真正欣赏山水画杰作。"② 从山水画理论的这一渊源看，黄庭坚和张元幹的"选择"是完全可以理解的。

三、绘画题跋中观感的缺失

读宋人绘画题跋，我们非但要注意其中有什么，还要留意其中没有什么。按理说，观赏者之所以要给画作留下一段题跋，当然首先是为了抒写自己赏画的感受，题跋中理所当然应该包含着对画作的观感。事实并非如此。我们发现，当题跋作者观赏了画作之后，他们可以为之写下一长段题跋，但其中却没有他的观感。观赏者看到画的第一印象是什么？此画作中哪一元素最打动他？有时题跋中全无交代。相反，题跋作者对画作本身避而不谈的同时，却从另外三个方面营构了内容：一是自己的绘画观念，二是日常知识，三是对画家的总体评价。这些内容替代了原本理应出现在题跋中的观赏者的鲜活观感，而占据了一则题跋文本的绝大篇幅。对于研究古代绘画而言，题跋提供了丰富的信息，可以让学者提取和运用。不过，对于绘画题跋本身的研究而言，最好不要急急忙忙把这些信息提取出来，而是应当更深入地探讨造成题跋文本中观感缺

---

① 俞剑华编著：《中国画论类编》，北京：人民美术出版社，1986年，第583页。
② ［英］迈克尔·苏立文著，徐坚译：《中国艺术史》，上海：上海人民出版社，2014年，第192页。

失的原因。以下就这三种情况各举一例，我们的目的并不是要借助题跋研究画史，而是要探究题跋内容与观赏者观感缺失的关系。

欧阳修的《题薛公期画》与苏轼的《题凤翔东院王壁画》写于同一年，欧公这样写道：

> 善言画者多云鬼神易为工，以谓画以形似为难，鬼神人不见也。然至其阴威惨淡，变化超腾，而穷奇极怪，使人见辄惊绝，及徐而定视，则千状万态，笔简而意足，是不亦为难哉？此画虽传自妙本，然其笔力精劲，亦自有嘉处。嘉祐八年仲春旬休日，窃览而嘉之，题还薛公期书室。庐陵欧阳修题。①

这则题跋所题对象是薛公期的画，显然，画的内容涉及鬼神。但作者对画作本身仅有"然其笔力精劲，亦自有嘉处"这样一句泛泛的评语，前面主要篇幅都在谈自己对于画鬼神之难的认识。欧阳修首先叙述世人一般的观点，即画鬼神不难，反正大都没有见过真正的鬼神，但欧阳修自己认为，鬼神的千变万化需要画家有足够的想象力和非凡的功力才能令观者"惊觉"，不是那么好画的。对于薛公期本人所画的鬼神，作者却没有进一步评鉴分析，以至于我们并不知他画的是哪路鬼神，其"精劲"又在何处。在这里，观赏者的具体观感被他急于想阐发的艺术观念挤压到了题跋文本的边缘。

有时，观感的缺失与题跋中充斥着日常知识有关。我们先来看苏轼两则性质相类的题跋：

> 黄筌画飞鸟，颈足皆展。或曰："飞鸟缩颈则展足，缩足则展颈，无两展者。"验之信然。乃知观物不审者，虽画师且不能，况其大者乎？君子是以务学而好问也。（《书黄筌画雀》）

> 蜀中有杜处士，好书画，所宝以百数。有戴嵩《牛》一轴，尤所爱，锦囊玉轴，常以自随。一日曝书画，有一牧童见之，拊掌大笑，曰："此画斗牛也。牛斗，力在角，尾搐入两股间，今乃掉尾而斗，谬矣。"处士笑而然之。古语有云："耕当问奴，织当问婢。"不可改也。（《书戴嵩画牛》）②

---

① 欧阳修著，洪本健校笺：《欧阳修诗文集校笺》，上海：上海古籍出版社，2009年，第1930页。
② 苏轼著，孔凡礼点校：《苏轼文集》，第2213—2214页。

这两则题跋常常被选用作青少年教育的素材，这本身就说明一个问题，它们只不过以画中场景与日常知识相背离，来说明日常知识，尤其是被底层民众掌握的常识的重要性。虽然题跋中也讲到画中鸟"颈足皆展"、牛"掉尾而斗"的特点，但对于画作本身的工拙优劣未置一词。即使是指出画中细节不仅符合生活常识，也是借他人之口，并非出于苏轼自己对画作的观感。题跋文本最后"君子是以务学而好问也""耕当问奴，织当问婢"这样的总结，让我们想起寓言故事的写法。苏轼说理的意图非常明显，只不过运用了题跋这种形式罢了。在生活常识和生活哲理面前，对画作的艺术感觉反而退居其次了。从日常知识的角度来观看绘画，这是宋人所具有的一种惯常思路，不仅仅见于绘画题跋之中。沈括所记的一则轶事或许能对我们了解这类题跋的写作思路有所帮助。《梦溪笔谈》记载："欧阳公尝得一古画牡丹丛，其下有一猫，未知其精粗。丞相正肃吴公与欧公姻家，一见曰：'此正午牡丹也。何以明之？其花披哆而色燥，此日中时花也；猫眼黑睛如线，此正午猫眼也。有带露花，则房敛而色泽。猫眼早暮则睛圆，日渐中狭长，正午则如一线耳。'此亦善求古人心意也。"① 判断是什么时刻开放的牡丹，居然还要从画中花下猫眼睛的状态来印证，这种"科学"的观画态度与苏轼题跋的写作态度如出一辙。

在有些题跋中，作者对于画家本人着墨尤多，甚至主要不在于评价总结其绘画风格与技艺，而是描述其人的精神气象，以及自己对画家的认识。典型的例子是晁补之的《跋翰林东坡公画》：

> 翰林东坡公画蟹，兰陵胡世将得于开封夏大韶，以示补之。补之曰：本朝初以辞律谋议参取人，东坡公之始中礼部第一也，其启事有"博观策论"、"精取诗赋"之言，言有所纵者，有所拘也。其谢主司而誉其能如此，曰："奇文高论，大或出于绳检；比声协句，小亦合于方圆。"盖公平居，胸中闳放，所谓吞若云梦，曾不芥蒂者。而此画水虫琐屑，毛介曲隈，芒缕具备，殊不类其胸中。岂公之才固若是，大或出于绳检、小亦合于方圆耶？抑孔子之教人"退者进之，兼人者退之"，君之治气养心，亦固若是耶？尝试折衷于孟子之言曰："观水有术，必观其澜；日月有明，容光必照焉。"归墟荡沃，不见水端，此观其大者也；墙隙散射，无

---

① 沈括著，张富祥译注：《梦溪笔谈》卷一七，北京：中华书局，2009年，第177页。

非大明，此观其小者也，而后可以言成全。或曰，夜光之剑，切玉如泥，以之挑菜，不如两钱之锥，此不善用大者也。余于公知之。①

看了晁补之的这则题跋，我们仅仅知道苏轼画的是蟹，画得"芒缕具备"，比较细致，究竟笔法如何，特色怎样，一概不知。晁补之自己的兴趣，似乎也不在苏轼所画的蟹上，而是在苏轼这个人上。作者甚至举出苏轼省试后《谢南省主文启·王内翰》中的句子，来讨论苏轼的心胸器局究竟如何。他给人的一贯印象是"胸中闳放"，不存芥蒂，但为何能把水中区区螃蟹画得淋漓尽致呢？晁补之这篇题跋主要分析这个问题，甚至还引用孔、孟的话来解答内心的疑问。诸如此类的绘画题跋，其实用意根本不在观赏画作本身，而是借端发慨，对画家的性情、人格、境界予以评价。

由此可见，在宋人的一部分绘画题跋中，作者醉翁之意不在酒，对于他前面看到的这幅画作的观赏兴趣和审美期待，远不如他本人想要表达的思想观念和情感体验那么强烈，也许许多想法在心中压抑太久，即使看不到画作，不写题跋，这些想法和体验也会借助另外的途径充分表露的。

四、题跋如何建立观赏者与画作的关系

绘画题跋虽然是依托画作展开的，但从绝对的意义而言，每一位题跋作者在题跋写作过程中，其实都在试图将作为观赏者的自己和画作建立一种相互关系。近年来，美术史学者对于这些问题相当关注。如石守谦曾这样分析"画家与观众互动"的研究视角："所谓'画家与观众互动'指的是一种动态的过程，而不只是一种静态的关系而已。在这个过程中，画家并非其所制作之任何山水画所含有意义的唯一生产者。……观众的身份不同，也产生对作品意涵不同的诠释，并积极地参与到整个作品意涵的形塑过程中。"② 其实，画家与观赏者的互动关系，并不仅仅限于山水画的观赏过程中，而是存在于一切题材的画作中。当观赏者对画作发表观感时，无论其真正的艺术修养如何，都仿佛是

---

① 《鸡肋集》卷三三，曾枣庄、刘琳主编：《全宋文》第126册，第144页。
② 石守谦：《山鸣谷应：中国山水画和观众的历史》，台北：石头出版股份有限公司，2017年，第14页。

评骘绘画的内行。当他们撇开画作纵谈艺术观念时,更好像人人都是艺术史家或者艺术理论家。当他们历数绘画流传的不同版本及辗转易主的过程时,似乎又成了熟悉作品身世家底的收藏家。画作既是他们观赏、分析、收藏的对象,也与观赏者本身产生了密不可分的关系。不过大多数情况下这些是写作题跋时无意为之。与之不同的是,宋人绘画题跋中有相当一部分作品,写作者也就是观赏者,将其形象直接呈现其中,显得十分触目。这是一个值得探究的现象。

我们先来看秦观的《书辋川图后》:

> 元祐丁卯,余为汝南郡学官,夏,得肠癖之疾,卧直舍中。所善高符仲携摩诘《辋川图》视余曰:"阅此可以愈疾。"余本江海人,得图喜甚,即使二儿从旁引之,阅于枕上。恍然若与摩诘入辋川,度华子冈,经孟城坳,憩辋口庄,泊文杏馆,上斤竹岭并木兰柴,绝茱萸沜,蹑宫槐陌,窥鹿砦;返于南北垞,航欹湖,戏柳浪,濯栾家濑,酌金屑泉,过白石滩,停竹里馆,转辛夷坞,抵漆园,幅巾杖屦,棋弈茗饮,或赋诗自娱,忘其身之匏系于汝南也。数日疾良愈,而符仲亦为夏侯太冲来取图,遂题其末而归诸高氏。①

历来为王维《辋川图》作题跋者甚多,宋代黄庭坚、黄伯思等皆有题跋流传。秦观元祐二年(1087)写下这则题跋时,担任蔡州教授。与其他《辋川图》题跋不同,这则题跋中十分完整地描述了作者观赏王维《辋川图》的起因、过程和结果。起因是夏天得痢疾,卧病在家,而好朋友高符仲携《辋川图》来给作者消遣疗疾。接下来秦观甚至交代了自己看画的姿势,"使二儿从旁引之,阅于枕上",看完画后,写成题跋,画作归还高氏。我们非常急切地想知道,秦观对于王维的这一名作有何观感,如何评价,但在题跋的主体部分,都是记述作者恍然与王维同游辋川的情景,一个一个景点游览过来,还下棋品茗,赋诗自娱,作者俨然化身唐人,成了虚拟世界中王维的好友。经历过这番"神游",秦观的疾病自然痊愈,《辋川图》的使命也宣告完成,物归原主。在这则题跋里,与其说我们见识了王维的画作,不如说清晰地观察到了病中秦观的文人形象,对于画作的技法、意境,秦观没有发表评论,真所谓不着一字而

---

① 秦观撰,徐培均笺注:《淮海集笺注》卷三四,上海:上海古籍出版社,1994年,第1120—1121页。

尽得风流。

如何来看待观赏者的"介入"呢？我们仍需回到约翰·伯格的"观看之道"，他说："触摸事物，就是把自己置于与它的关系中。我们从不单单注视一件东西：我们总是在审度物我之间的关系。"① 英国学者吉莉恩·罗斯进一步发挥他的观点，指出："他对于影像和观者之间存在联结关系的一般看法仍获得众多批评家的广泛赞同。影像运作的方式，是在每一次被观看的时候产生效果。仔细对待一幅影像，亦即包括思考影像把我们（影像观看者）摆在什么样的相对位置。"② 通过写作题跋，秦观明目张胆地把自己放进了他心目中的理想世界，也就是王维《辋川图》描绘的世界，他成了图中人，他与王维、辋川之间建立起了牢固的联结，直到这幅画被归还。

假如说，秦观题跋尚有谬托知己的嫌疑，那么张元幹《跋江天暮雨图》就是友情的真实记录了。这则题跋说：

> 刘质夫建炎初与余别于云间，今乃相遇临安官舍，出此短轴求跋。颇忆丙午之冬，吾三人者，苏粹中在焉，情文投合，皆亲友好兄弟。尝绝江同宿焦山兰若，夜涛澎湃声入梦寐中。回首垂三十年矣，人生能几别，其乐未易复得也。诗有自然之句，而句有见成之字，政恐思索未到，或容易放过，便不佳尔。粹中行且来，便当痛饮话旧，仍和我句：千山忽暗雨来时，天末浓云送落晖。老眼平生饱风浪，犹怜别浦钓船归。③

这是作者和好朋友刘质夫、苏粹中30年来"情文投合"的记录，凝聚着无穷的人生聚散沧桑之感慨，作者对《江天暮雨图》画面的描述，仅仅是最后一首题诗，显然并非题跋的重点所在。即使是这首题诗，作者念念不忘的仍然是老朋友的和诗，对于画作本身，再无评论。题跋中呈现给我们的，是张元幹重情重义，珍视友谊，且于题跋写作一丝不苟的自我形象，题跋写作者彻底代替了画作本身，成为题跋中的主角。

综上所述，绘画题跋作为一种与画作关系致密的文本，需要我们从更广阔的文化视野加以解读。在题跋写作时，观赏者的观赏行为，直接决定了题跋文

---

① ［英］约翰·伯格著，戴行钺译：《观看之道》，第2页。
② ［英］吉莉恩·罗斯著，肖伟胜译：《观看的方法：如何解读视觉材料》，重庆：重庆大学出版社，2017年，第17—18页。
③ 《芦川归来集》卷九，曾枣庄、刘琳主编：《全宋文》第183册，第413页。

本书写的顺序、文本中各元素的组织与组合，同时塑造了观赏者与观赏对象——画作之间的关系，这些都最终决定了绘画题跋文本的构成，从中也可以发现题跋作者的深层文化心理。本文对绘画观赏与宋代绘画题跋书写的关系所进行的讨论，目的在"文"而不在"画"，希望能藉此打开题跋文体研究的更多路径，进一步摸索出这种看似简短而散漫的文体的书写规律。

作为宗教信徒的苏辙

——一个北宋官僚士大夫的信仰轨迹

华中师范大学文学院 林 岩

宋代的官僚士大夫,多与僧人、道士有着广泛的交往,关于这一点,学界大多已有共识。但在现有的研究中,有意或者无意,学者们一般多将兴趣集中在宋代官僚士大夫与佛教(尤其是禅宗)的关系上,而对于他们与道教的关系,则较少给予关注。一般而言,往往又多是选取某一位官僚士大夫,就其与佛教或道教的交涉,进行单一维度的考察,而极少能够进行综合探讨。这固然是为了研究深入而采取的权宜之计,但不可避免地影响了我们去了解这位官僚士大夫,在面对佛教、道教时,到底有着怎样的权衡取舍,在其心目中,哪一种宗教信仰更为重要,以及为何如此。

苏辙(1039—1112),作为一位具有很高声望的宋代官僚士大夫,在信仰方面,他也几乎可以被视为一位严肃的宗教践行者。在其现存的诗文著述以及笔记当中,他对于自己与佛教、道教接触的过程,有着相当清晰的记述。更为重要的是,他对于自己在宗教实践中所进行的探索、所面临的困惑,尤其是晚年的宗教转向,都提供了极为丰富的细节描述,从而为我们勾勒其信仰轨迹提供了诸多线索。换言之,苏辙本身丰富的宗教体验,为我们了解宋代官僚士大夫如何与佛教、道教发生关系,又如何在两者之间取舍,提供了一个生动的案例。①

---

① 关于苏辙宗教信仰的研究,较具参考价值的论述有:张煜《苏辙与佛教》(《宗教学研究》2006年第3期),后收入其著作《心性与诗禅:北宋文人与佛教论稿》第八章《苏辙、苏门与佛教》(上海:华东师范大学出版社,2012年,第335—345页);沈如泉《苏辙养生修道简论》(《乐山师范学院学报》2014年第2期)。

有一点必须予以指出,与此前关于苏辙的思想研究有所不同,本文明确将苏辙的学术著述与其信仰实践区分开来。在笔者看来,前者如《诗集传》《春秋集解》《老子解》《古史》之类,主要是以一种"学问家"的姿态来进行撰述,尽管会有一些个人创见,但主要是秉承传统的著述方式;后者则是基于其宗教实践的体验、行为,以及他个人的主观感受,并以此作为主要依据,从宗教信徒的角度来探寻苏辙的信仰追求。如果将两者混淆起来,则无法对苏辙的宗教信仰予以准确的把握。①

一、疾病与养生:早年与道教之接触

尽管苏辙在幼年时,曾和兄长苏轼一起在天庆观跟随道士张易简读书,但这显然不能作为他受到道教影响的依据。因为,那不过是跟随道士读书识字,接受启蒙教育而已。② 根据苏辙的自述,他初次接触到道教的修炼之术,大约是在治平三年(1066),因父亲苏洵病逝,他和兄长苏轼一起运送灵柩返回四川,在经过三峡时,有仙都山的道士出示《阴真君长生金丹诀》给他看,并告诉他内丹、外丹之说。③ 但他似乎并没有就此进行道教修炼的尝试。

熙宁三年(1070)正月,朝廷任命张方平做陈州的地方长官(知州),张方平随即征召苏辙担任陈州教授。④ 正是在陈州教授任上,苏辙开始了自己道教修炼的实践。其所作《服茯苓赋》有一段文字说:

> 余少而多病,夏则脾不胜食,秋则肺不胜寒。治肺则病脾,治脾则病肺。平居服药,殆不复能愈。年三十有二,官于宛丘,或怜而受之以道士

---

① 由于没有能够在苏辙的学术著述与其信仰实践之间作出明确的区分,所以在关于苏辙的思想研究中,经常会出现一种论调,即认为苏辙的思想是以儒家为主,同时兼容佛、道二教,因而是一种三教合一的思想。笔者认为此种论述,在研究路径上存在缺陷。例如,吴增辉《从"省之又省"到圆融三教——党争及贬谪与苏辙的思想蜕变》(《西华师范大学学报(哲学社会科学版)》2012年第4期)。
② 孔凡礼:《苏辙年谱》,北京:学苑出版社,2001年,第4页。
③ 苏辙撰,俞宗宪点校:《龙川略志》卷一《养生金丹诀》,北京:中华书局,1982年,第3页。
④ 孔凡礼:《苏辙年谱》,第81页。

服气法，行之期年，二疾良愈。盖自是始有意养生之说。①

根据此段文字所述，苏辙是因为脾、肺有病，服药效果不佳，得人传授道士服气法，自行修炼之后，发现颇有效果，才由此留意道教养生之说。至于何人传授他此种养生术，文中虽未明言，但从他的其他著述中，还是可以找到答案。

在苏辙笔记中的一条记述中，他提及自己在担任陈州教授时，曾结识了一位名叫王江的道人，曾向他请教过养生之术，结果遭到了对方的拒绝。② 但在他其他文字中，又透露出，正是这位道人王江，向他传授了养生术。如他在熙宁五年（1072），在一首酬答苏轼的诗作中有如下叙述：

> 先师客陈未尝饱，弟子于今敢言巧。败墙破屋秋雨多，夜视阴精过毕昴。斋盐冷落空杯盘，且依道士修还丹。丹田发火五脏暖，未补漫漫长夜寒。我生疲驽恋笙豆，崔翁游边指北斗。唯有王江亦未归，闭门无客邀沽酒。（自注：宛丘道人王江好饮酒，去冬游沈丘，遂不归。）③

诗中明确说明，他是从道士那里得到了养生之术，而且在自注中特别提到了道士王江的名字。这就暗示，极有可能是王江传授给他的。而且，另一个旁证是，在他晚年所作的一首诗中，再次提及了王江的名字：

> 幽居漫尔存三径，燕坐何妨应六窗。老忆旧书时展卷，病封药酒旋开缸。小园摇落黄花尽，古桧飞鸣白鹤双。珍重老卢留种子，养生不复问王江。④

根据这些一再出现的证据，我们可以合理地推断，传授给苏辙养生术的正是道士王江。

苏辙在结束了陈州教授的任期后，熙宁六年（1073）四月又被征召为齐州掌书记，在今天的山东济南一带做官。⑤ 在他的上司中，有一位是李常，他是黄庭坚的舅舅。也许是通过这层关系，他认识了黄庭坚的兄长黄大临，而黄大临就曾在齐州向他传授过养生术，这在他后来给黄庭坚的一首诗中提及了此事：

---

① 苏辙：《栾城集》卷一七《服茯苓赋》，北京：中华书局校点本，1990年，第332页。
② 苏辙撰，俞宗宪点校：《龙川略志》卷二《王江善养生》，第8页。
③ 苏辙：《栾城集》卷四《次韵子瞻对月见忆并简崔度》，第79页。
④ 苏辙：《栾城第三集》卷三《十月二十九日雪四首》之三，第1192页。
⑤ 孔凡礼：《苏辙年谱》，第102页。

病卧江干须带雪，老捻书卷眼生烟。贫如陶令仍耽酒，穷似湘累不问天。令弟近应怜废学，大兄昔许叩延年。比闻蔬茹随僧供，相见能容醉后颠。（自注：鲁直兄旧于齐州以养生见教。）①

此后，在他的齐州掌书记任满之际，熙宁十年（1077）二月，苏轼被任命为徐州知州。苏辙陪同苏轼一起到徐州上任，在那里他认识了退休官员王仲素，王也曾向他传授养生术。这在他赠给王仲素的一首诗中叙及此事：

灉山隐君七十四，绀瞳绿发初谢事。腹中灵液变丹砂，江上幽居连福地。彭城为我住三日，明月满船同一醉。丹书细字口传诀，顾我沉迷真弃耳。年来四十发苍苍，始欲求方救憔悴。它年若访灉山居，慎勿逃人改名字。②

苏辙在诗中说，因为自己身体状况不好，年近40已白发苍苍，所以特别沉迷于养生之术，幸好得到王仲素的指授。在同一时期苏轼写给刘攽的信中，也特别提及了此事，信中说：

王寺丞信有所得，亦颇传下至术，有诗赠之，写呈，为一笑。老弟亦稍知此，而子由尤为留意。淡于嗜好，行之有常，此其所得也。吾侪于此事，不患不得其诀及得而不晓，但患守之不坚，而贼之者未净尽耳。③

根据信中所述，显然苏辙对于养生之术颇为着迷，而且严格地遵照实施，以至于苏轼对其坚强的意志也感到佩服。

熙宁十年（1077）二月，张方平被朝廷任命为南京（应天府）留守，他又征召苏辙担任签书应天府判官。在此期间，通过苏轼与友人的书信，我们看到苏辙正不间断地按照养生术进行修炼。如苏轼在给范景山的信中说：

子由在南都，亦多苦事。……近斋居，内观于养生术，似有所得。子由尤为造入。景山有异书秘诀，倘可见教乎？④

又在给王巩的书信中说：

子由昨来陈相别，面色殊清润，目光炯然，夜中行气脐腹间，隆隆如

---

① 苏辙：《栾城集》卷一二《次烟字韵答黄庭坚》，第223页。
② 苏辙：《栾城集》卷七《赠致仕王景纯寺丞》，第129页。
③ 苏轼著，孔凡礼点校：《苏轼文集》卷五〇《与刘贡父》，北京：中华书局，1998年，第1465页。
④ 苏轼著，孔凡礼点校：《苏轼文集》卷五九《答范景山》，第1794页。

雷声。其所行持，亦吾辈所常论者，但此君有志节能力行耳。①

根据信中所述，苏辙一直在坚持养生术的修炼，而且似乎颇有成效，身体状况大有改观。所以苏轼十分佩服弟弟超出常人的意志力。

应当提及的是，苏辙之所以对道教养生术有如此大的热情，也极有可能受到了周围人的影响，其中最可能影响到他的就是张方平。张方平不仅很早就赏识苏氏兄弟的才华，而且他还两度征召苏辙做自己的僚属，两人有着十分密切的私人关系。而张方平本人就热衷于道教养生修炼。如苏辙在应天府做官时，他就发现张方平专门在家里养了一位道士，让其为自己炼丹。苏辙在笔记中记述说：

> 后十余岁，官于南京，张公安道家有一道人，陕人也，为公养金丹。其法用紫金丹砂，费数百千，期年乃成。公喜告予曰："吾药成，可服矣。"予谓公何以知其药成也。公曰："《抱朴子》言：药既成，以手握之，如泥出指间者，药真成也。今吾药如是，以是知其成无疑矣。"予为公道仙都所闻，谓公曰："公自知内丹成，则此药可服，若犹未也，姑俟之若何？"公笑曰："我姑俟之耶。"②

另外，苏辙在元丰二年（1079）为张方平生日所作的一首诗歌中，更是明确提及了张方平对于自己道教信仰的直接影响。诗中说：

> 嗟我本俗士，从公十年游。谬闻出世语，俛作笼中囚。俯仰迫忧患，欲去安自由。问公昔年乐，孰与今日优？山中许道士，非复长史俦。腹中生黎枣，结实从今秋。③

诗中的最后一句，采用道教养生修炼的术语，表达了自己意欲效仿张方平，将道教养生修炼坚持下去，直到成功的自我期许。

二、贬逐与求法：谪筠期间的禅林交游与道教修炼

元丰二年（1079）年八月，苏轼因在诗歌中讥刺新法，被人抓住了把柄，

---

① 苏轼著，孔凡礼点校：《苏轼文集》卷五二《与王定国》，第1514页。
② 苏辙撰，俞宗宪点样：《龙川略志》卷一《养生金丹诀》，第3页。
③ 苏辙：《栾城集》卷九《张公生日》，第165页。

下御史台狱。苏辙为了营救兄长，上书朝廷，表示愿意纳官为苏轼赎罪。十二月，朝廷处分下来，苏轼谪迁黄州团练副使，苏辙则被贬为监筠州盐酒税。苏辙由此开始了长达七年的谪居生活，在此期间，由于深入接触禅宗僧人，他的宗教信仰发生了显著变化。

在贬逐筠州之前，苏辙与禅宗僧人有过一定的接触，但关系似乎并不密切。① 到了筠州之后，这里浓厚的宗教气息，使他与禅宗僧人有了密切交往的机会，同时他的道教养生修炼也在持续进行。对于筠州的宗教氛围，他曾在元丰四年（1081）有如下叙述：

> 昔东晋太宁之间，道士许逊与其徒十有二人，散居山中，能以术救民疾苦，民尊而化之。至今道士比他州为多，至于妇人孺子，亦喜为道士服。唐仪凤中，六祖以佛法化岭南，再传而马祖兴于江西。于是洞山有价，黄檗有运，真如有愚，九峰有虔，五峰有观。高安虽小邦，而五道场在焉。则诸方游谈之僧接迹于其地，至于以禅名精舍者二十有四。此二者，皆他方之所无，予乃以罪故，得兼而有之。
>
> 余既少而多病，壮而多难，行年四十有二，而视听衰耗，志气消竭。夫多病则与学道者宜，多难则与学禅者宜。既与其徒出入相从，于是吐故纳新，引挽屈伸，而病以少安。照了诸妄，还复本性，而忧以自去，洒然不知网罟之在前与桎梏之在身，孰知夫险远之不为予安，而流徙之不为予幸也哉！②

根据文中所述，筠州当地不仅散居许多道士，而且有不少禅宗道场，因而当地的宗教气息特别浓厚。而苏辙本人多病的身体状况以及在贬逐中的多难处境，则促使他与这些僧人、道士广泛接触，从而使自己的宗教信仰生活变得更加丰富、充实，也减轻了因贬逐而带来的精神苦闷。兹分述之：

1. 筠州期间的禅林交游

根据苏辙自己的诗文记述，他在谪居筠州期间，交往的禅宗僧人主要有：洞山克文、黄檗道全、圣寿省聪、景城顺长老、石台问长老。正是通过这些禅僧，他对于禅宗修习有了深入了解和亲身实践的机会。对此他在诗文中有明确

---

① 苏辙：《栾城集》卷三《游净因院寄琏禅师》，第47页；《栾城集》卷六《赠净因臻长老》，第119页。

② 苏辙：《栾城集》卷二三《筠州圣寿院法堂记》，第401页。

说明。如他在给圣寿省聪禅师所撰写的墓碑中说:

> 予元丰中,以罪谪高安,既涉世多难,知佛法之可以为归也。是时洞山有文、黄檗有全、圣寿有聪,是三老人皆具正法眼,超然无累于物。予稍从之游,既久而有见也。居五年,予自高安移宰绩溪。未几而全委化,文去洞山,聪去圣寿。凡十年,予再谪高安,而文住归宗,聪退老黄檗不复出矣。①

同时,他又在另外一首诗中说:

> 身老与世疏,但有世外缘。五年客江西,扫轨谢往还。依依二三老,示我马祖禅。身心忽明旷,不受垢污缠。偶成江东游,欲别空凄然。缘散众亦去,飘若风中烟。(自注:高安三长老,与之甚熟,别后文老去洞山,聪老去圣寿,全老化去。)②

通过这些诗文可知,洞山克文、黄檗道全、圣寿省聪,在禅宗修习方面,给了他许多直接的指导,正是在筠州,他接触到了马祖禅,即禅宗的临济宗一派。

关于这些禅僧,通过苏辙的诗歌,可以见出他们相互交往的情形。如他与洞山克文之间,有过多次往还。他在诗中提及洞山克文与黄檗道全曾在雪天拜访自己:

> 江南气暖冬未回,北风吹雪真快哉。雪中访我二大士,试问此雪从何来。君不见六月赤日起冰雹,又不见腊月幽谷寒花开。纷然变化一弹指,不妨明镜无纤埃。(《栾城集》卷一一《雪中洞山、黄檗二禅师相访》)

又提及曾与洞山克文一起夜话:

> 山中十月定多寒,才过开炉便出山。堂众久参缘自熟,郡人迎请怪忙还。问公胜法须时见,要我清谈有夜阑。今夕客房应不睡,欲随明月到林间。(《栾城集》卷一三《约洞山文老夜话》)

在自己离开筠州时,洞山克文曾与石台问长老一起送行:

> 窜逐深山无友朋,往还但有两三僧。共游渤澥无边处,扶出须弥最上层。未尽俗缘终引去,稍谙真际自虚澄。坐令颠老时奔走,窃比韩公愧未能。(《栾城集》卷一三《谢洞山、石台远来访别》)

---

① 苏辙:《栾城后集》卷二四《逍遥聪禅师塔碑》,第1145页。
② 苏辙:《栾城集》卷一四《送琳长老还大明山》,第264页。

此外，他曾为洞山克文开堂说法时的禅宗语录写过序言。文中对其禅法给予了很高的评价：

> 有克文禅师，幼治儒业，弱冠出家求道，得法于黄龙南公，说法于高安诸山。晚居洞山，实继悟本，辩博无碍，徒众自远而至。元丰三年，予以罪来南，一见如旧相识。既而其徒以语录相示，读之纵横放肆，为之茫然自失。盖余虽不能诘，然知其为证正法眼藏，得游戏三昧者也。故题其篇首。①

洞山克文是临济宗黄龙派之开创祖师黄龙慧南的弟子，在当时的禅林界声誉卓著，有众多弟子追随，也因此留下了自己传法的语录。

他与黄檗山的道全禅师，有过交往，但并不频繁，主要原因大概是道全禅师当时已经生病，身体不适。所以他曾有诗表示慰问：

> 四大俱非五蕴空，身心河岳尽消镕。病根何处容他住，日夜还将药石攻。（《栾城集》卷一二《问黄檗长老疾》）

在道全禅师过世之后，苏辙曾为之撰写塔铭，追忆了彼此交往的情形，特别提及道全热心向自己传授禅法：

> 元丰三年，眉山苏辙以罪谪高安，师一见曰："君静而惠，可以学道。"辙以事不能入山。师每来见，辄语终日不去。六年，师得疾甚苦，从医于市，见我语不离道，曰："吾病宿业也，殆不复起矣。君无忘道，异时见我，无相忘也。"既而病良愈，还居山中。②

根据文中所述，我们还可得知，黄檗道全是洞山克文的弟子，经由后者指点而得悟禅法，所以道全禅师也是属于临济宗的黄龙一派。

苏辙与圣寿寺的省聪禅师，显然关系密切得多，因为他们经常见面，大概是因为圣寿寺接近筠州市区的缘故。苏辙对此在诗中也有描述：

> 朝来卖酒江南市，日暮归为江北人。禅老未嫌参请数，渔舟空怪往来频。每惭菜饭分斋钵，时乞香泉洗病身。世味渐消婚嫁了，幅巾绦褐许相亲。（《栾城集》卷一二《余居高安三年，每晨入暮出，辄游圣寿访聪长老，谒方子明，浴头笑语，移刻而归，岁月既久，作一诗记之》）

---

① 苏辙：《栾城集》卷二五《洞山文长老语录叙》，第430页。
② 苏辙：《栾城集》卷二五《全禅师塔铭》，第421页。

当苏辙离开筠州时,他还曾专门写诗道别:

> 五年依止白莲社,百度追寻丈室游。睡待磨茶长辗转,病蒙煎药久迟留。赞公夜宿诗仍作,巽老堂成记许求。回首万缘俱一梦,故应此物未沉浮。(《栾城集》卷一三《回寄圣寿聪老》)

由此可以见出两人有着深厚的情谊。在一篇介绍省聪法师求法经过的文章中,他也提及了自己向省聪求法的情形:

> 禅师聪公,昔以讲诵为业,晚游净慈本师之室,诵南岳思大和尚口吞三世诸佛语,迷闷不能入。一日为本烧香,本曰:"吾畴昔为汝作梦,甚异。汝不悟即死,不可不勉。师茫然不知所谓,既而礼僧伽像,醒然有觉,知三世可吞无疑也。"趋往告本,本曰:"向吾梦汝吞一世界一剃刀,汝今日始从迷悟,是始出家,真吾子也。"乃击鼓升座,为众说此事。聪作礼涕泣而罢。聪住高安圣寿禅院,予尝从之问道。聪曰:"吾师本公未尝以道告人,皆听其自悟,今吾亦无以告子。"予从不告门,久而入道。①

根据文中所述,省聪禅师得法于当时禅林声誉卓著的净慈宗本禅师,而宗本属于云门宗僧人,所以省聪禅师也是云门宗的禅僧。可见苏辙在筠州期间,与临济宗、云门宗的僧人都有颇为密切的交往。在省聪禅师过世之后,苏辙为之撰写了塔铭。②

苏辙与景福顺长老的交往颇为特别,因为后者在庐山跟随云门宗僧人圆通居讷学法时,曾与他的父亲苏洵有过交集。这在苏辙写给对方的诗中,特别作了说明:

> 辙幼侍先君,闻尝游庐山,过圆通,见讷禅师,留连久之。元丰五年,以谴居高安,景福顺公,不远百里惠然来访,自言昔从讷于圆通,逮与先君游,岁月迁谢,今三十六年矣。二公皆吾里人,讷之化去已十一年,而顺公年七十四,神完气定,聪明了达。对之怅然,怀想畴昔,作二篇赠之。③

更有意思的是,苏辙在向景福顺长老请教禅法时,对方曾以特别的方式予以启发,这给苏辙留下了深刻的印象。他在诗中专门记述此事:

---

① 苏辙:《栾城集》卷一八《筠州聪禅师得法颂》,第345页。
② 苏辙:《栾城后集》卷二四《逍遥聪禅师塔碑》,第1145页。
③ 苏辙:《栾城集》卷一一《赠景福顺长老二首》,第214页。

> 中年闻道觉前非，邂逅仍逢老顺师。搐鼻径参真面目，掉头不受别钳锤。枯藤破衲公何事，白酒青盐我是谁。惭愧东轩残月上，一杯甘露滑如饴。（《栾城集》卷一三《景福顺长老夜坐道古人搐鼻语》）

另外，还在另一篇文章中追忆了此事：

> 长老顺公，昔居圆通，从先子游数日耳。顷予谪高安，特以先契访予再三。予尝问道于公，以搐鼻为答。予即以偈谢之曰："搐鼻径参真面目，掉头不受别钳锤。"公颔之。绍圣元年，予再谪高安，而公化去已逾年矣。其门人以遗像示予，焚香稽首而赞之曰。①

此段往事后来成为禅林传法的一段佳话，被收入禅宗灯录《五灯会元》之中，并将苏辙列为景福顺长老的得法弟子之一。②

苏辙与石台问长老的交往，更多是出于同乡之谊，因为问长老本是成都人，后来出家到了江西。他特别精熟《法华经》，不仅自己抄写，而且还反复吟诵，这给苏辙留下了很深的印象。但是在禅法方面，似乎并没有什么传授。③

在谪居筠州的七年间，因为与禅宗僧人有了密切的交往，苏辙开始对于禅宗典籍有了更多的接触和阅读。如他曾在一首诗中说："老去在家同出家，《楞伽》四卷即生涯。"（《栾城集》卷一一《试院唱酬十一首·次前韵三首》）这种在家如同出家的心态，以及对于禅宗奉为经典的《楞伽经》的深入阅读，恰好体现了禅宗修习对于他心境的影响。而在另一首诗中，也更生动体现了他在谪居期间的生活状态以及心境：

> 少年高论苦峥嵘，老学寒蝉不复声。目断家山空记路，手披禅册渐忘情。功名久已知前错，婚嫁犹须毕此生。家世读书难便废，漫留案上铁灯檠。（《栾城集》卷一一《次韵子瞻与安节夜坐》三首之二）

从中不难发现，谪居的处境，与禅宗的接触，这些都深刻影响了苏辙处世的生活态度。

---

① 苏辙：《栾城后集》卷五《香城顺长老真赞并引》，第945页。
② 普济著，苏渊雷点校：《五灯会元》卷一八《上蓝顺禅师法嗣》，北京：中华书局，1984年，第1176页。
③ 苏辙：《栾城集》卷一二《赠石台问长老二绝》，第227页。

2. 筠州期间与道士之交往

虽然在筠州期间，苏辙与禅宗僧人有了颇为密切的交往，对于禅法修习也有了浓厚的兴趣，但是我们发现，他依然在坚持道教养生术的修炼，并不时向道士请教，以求更大进益。如他曾向路过筠州的牢山（即崂山）道士陈瑛请教过养生心得，结果不得要领：

> 养生尤复要功圆，溜滴南溪石自穿。近见牢山陈道士，微言约我更三年。（自注：牢山陈道士瑛近过此，叩之竟无所云，约三年当再见。）（《栾城集》卷一〇《再和十首》之五）

他又曾接触过同样热衷于道教养生修炼的杨腾山人，诗中对于修炼过程，有一段相当细致的描写：

> 胸中万卷书，不如一囊钱。不见杨夫子，岁晚走道边。夜归空床卧，两手摩涌泉。窗前雪花落，真火中自然。涣然发微润，飞上昆仑巅。霏霏雨甘露，稍稍流丹田。闭目内自视，色如黄金妍。至阳不独凝，当与纯阴坚。一穷百不遂，此事终无缘。君看《抱朴子》，共推古神仙。无钱买丹砂，遗恨盈尘编。归去守茅屋，道成要有年。（《栾城集》卷一一《送杨腾山人》）

从这段对于修炼过程的叙述，可见苏辙本人对此已经修习有年，所以才能有如此精微的体会。但诗中也透露出，道教养生修炼需要耗费许多钱财，并非普通人可以承担。

在筠州期间，苏辙接触最多的是一位名叫方子明的道士。也许是因为身处市区的缘故，方子明和圣寿省聪都是苏辙经常交往的对象。因为苏辙与方子明关系甚佳，以至于对方竟然愿意秘密传授炼金术。苏辙在诗中记述了此事：

> 水银成银利十倍，丹砂为金世无对。此人靳术不肯传，阖户泥墙畏天戒。今子何为与我言，人生贫富宁非天。钳锤橐钥枉心力，斋盐布被随因缘。我来江西晚闻道，一言契我心所好。廓然正若太虚空，平生伎俩都除扫。子言旧事净慈师，未断有为非净慈。此术要将救饥耳，人人有命何忧饥。（《栾城集》卷一三《赠方子明道人》）

苏辙显然对于炼金术毫无兴趣，所以并没有接受其好意。从诗歌中还可得知，这位道士曾师事过云门宗禅师净慈宗本，所以对于禅法也有所了解，因此两人就有了更多的交谈话题。苏辙在诗中也有记述：

纸窗云叶净，香篆细烟青。客到催茶磨，泉声响石瓶。禅关敲每应，丹诀问无经。赠我刀圭药，年来发变星。(《栾城集》卷一二《题方子明道人东窗》)

　　闭门何所事，毛发日青青。齿折登山屐，尘生贳酒瓶。调心开贝叶，救病读难经。定起无人见，寒灯一点星。(《栾城集》卷一二《次前韵》)

从这些诗歌中，可以看出方子明是一位略通禅法的道士。

在筠州期间，苏辙还遇见了一位颇具传奇色彩的人物，一位近似乞丐的有道者。他曾向苏辙传授过道教养生修炼方法，因而给苏辙留下了深刻印象，甚至为之专门撰写了《丐者赵生传》。文中记述了赵生向自己传授养生术的经过：

　　元丰三年，予谪居高安，时见之于途，亦畏其狂，不敢问。是岁岁暮，生来见予。予诘之曰："生未尝求人，今谒我，何也？"生曰："吾意欲见君耳。"既而曰："吾知君好道而不得要，阳不降，阴不升，故肉多而浮，面赤而疮。吾将教君挽水以溉百骸，经旬诸疾可去，经岁不怠，虽度世可也。"予用其说，信然。惟怠不能久，故不能究其妙。①

根据文中所述，苏辙在道教养生术的修炼中，似乎遇到了一些问题，赵生则传授给他一些修炼的诀窍，但苏辙尝试之后，发现仍然无法领会其中的妙处。关于此事，他在数年后所写的一首诗中，又提及：

　　南方有贫士，狂怪如病风。垢面发如葆，自污屠酒中。导我引河水，上与昆仑通。长箭挽不尽，不中无尤弓。②

诗中虽然没有提及赵生的名字，但从人物形象的描述中，仍可辨别出即赵生其人。而在另外一首诗中，则直接提及了赵生其人：

　　西山学采薇，东坡学煮羹。昔在建成市，岂复衣冠情。朋友日已疏，止接盲赵生。啬智徇所安，元气赖以存。时于星寂中，稍护乱与昏。河流发九地，欲挽升天门。枉用十年力，仅余一灯温。老病竟未除，惊呼欲狂奔。何日新雨余，得就季主论？③

---

① 苏辙：《栾城集》卷二五《丐者赵生传》，第425页。按，同样的文字，也见于《龙川略志》卷二《赵生挟术而又知道》，第9页。
② 苏辙：《栾城后集》卷一《次韵子瞻和渊明饮酒》二十首之十七，第880页。
③ 苏辙：《栾城后集》卷一《次韵姚道人二首》，第881—882页。

从这些诗文记述中,我们可以看出,苏辙在筠州期间,一直在进行道教养生术的修炼,而且不断在寻求精进的诀窍。而在同一时期苏轼给友人的书信中,他提及苏辙自述习道颇有所得。苏轼在给李昭玘的信中说:

> 舍弟子由亦云:"学道三十(按:应为十三)余年,今始粗闻道。"考其言行,则信与昔者有间矣。①

可见,自从在陈州教授任上开始修习道教养生术以来,13年的时间里,苏辙一直在坚持不懈,故而自己感觉颇有收获。

三、从朝堂到瘴疠之地:佛、道兼修与身心安顿

元丰八年(1085)三月,神宗皇帝驾崩,哲宗继位,朝廷政局发生改变,以司马光为首的旧党重新进入权力中心。由此苏轼兄弟也迎来了自己命运的转机。当年八月,苏辙先是经由司马光举荐,被任命为秘书省校书郎,两个月后,又被任命为右司谏。此后,在旧党执政的八年时间里,苏辙官运亨通,不断升迁,一直做到了太中大夫、守门下侍郎,相当于次相的官位。②

虽然苏辙在官宦途上越来越顺利,但是经历过筠州贬谪之后,他的心态似乎变得平和了许多,功名之念也逐渐消退,道教养生术的修炼却一直坚持了下来。他在元祐七年(1092)酬和苏轼的20首组诗中,对此有所描述:

> 世人岂知我,兄弟得我情。少年喜文章,中年慕功名。自从落江湖,一意事养生。富贵非所求,宠辱未免惊。平生不解饮,欲醉何由成。
>
> 家居简余事,犹读《内景经》。浮尘扫欲尽,火枣行当成。清晨委群动,永夜依寒更。低帏閟重屋,微月流中庭。依松白露上,历坎幽泉鸣。功从猛士得,不取儿女情。(《栾城后集》卷一《次韵子瞻和渊明饮酒》二十首之三、十六)

尤其是后一首诗,对于道教养生之修炼,表达了要坚持到底、一定要有所成就的坚定信念。绍圣元年(1094),在酬和苏轼给他的生日赠诗中,也同样提及

---

① 苏轼著,孔凡礼点校:《苏轼文集》卷四九《答李昭玘书》,第1439页。
② 关于苏辙在元祐年间的官位升迁,可参见《苏辙年谱》的相关记载。

了自己修炼道教养生术的心得体会：

> 日月中人照与芬，心虚虑尽气则熏。彤霞点空来群群，精诚上彻天无云。寸田幽阙暖不焚，眇视中外绛锦纹。冥然物我无复分，不出不入常氤氲。道师东西指示君，乘此飞仙勿留坟。茅山隐居有遗文，世人心动随虬蚊。不信成功如所云，蚤夜宾饯同华勋。尔来仅能破魔军，我经生日当益勤。公禀正气饮不醺，梨枣未实要锄耘。日云莫矣收桑枌，西还闭门止纷纷。忧愁真能散凄焄，万事过耳今不闻。（自注：《登真隐诀》云：日中青帝，日照龙韬，其夫人日芬艳婴。）（《栾城后集》卷一《次韵子瞻生日见寄》）

诗中不仅提及自己参照道教典籍《登真隐诀》进行修炼的心得、体验，而且还劝勉兄长苏轼一起进行修炼。

随着朝廷政局的变化，旧党再次失势，新党重新上台执政，作为旧党阵营中代表人物的苏氏兄弟，再次遭遇了贬逐的命运。绍圣元年（1094）七月，苏辙再次被贬谪到了江西筠州，而苏轼则被贬谪到了广东惠州。由此开始了他们长达数年之久的谪居生活。

当苏辙再次来到筠州的时候，他当年密切交往过的禅僧有些已经去世（如黄檗山的道全禅师），有些已经远离（如洞山克文），唯一还保持较多联系的只有省聪禅师，不过他已经离开了市区的圣寿寺，去了较为偏远的逍遥禅寺，无法再经常见面了。所以，苏辙再次谪居筠州期间，并不再像以前那样与禅僧有密切的交往，更多是采取了自修的方式。根据苏辙此期所作的诗歌，我们可以发现，在谪居筠州期间，苏辙基本上采取了一种佛、道兼修的方式，这在他寄给苏轼的诗中有所体现。其一是：

> 除却灵明一一空，年来丹灶漫施功。掌中定有庵摩在，云际悬知雾雨蒙。已赖信心留掣电，要须净戒拂昏铜。谁言逐客江南岸，身世虽穷心不穷。（《栾城后集》卷二《劝子瞻修无生法》）

这是劝慰身处惠州贬所的苏轼，希望他能从佛教的教理中寻得精神慰藉。在另一首诗中，则又劝兄长坚持修炼道教养生术：

> 山连上帝朱明府，心是南宗无尽灯。过此歊危空比梦，年来瘴毒冷如冰。图书一笑宁劳客，音信频来尚有僧。梨枣功夫三岁办，不缘忧患亦何曾。（《栾城后集》卷二《和子瞻新居欲成二首》）

诗中希望苏轼在惠州这样的瘴疠之地,一方面能以禅宗的修习来安顿精神,另一方面则通过道教养生术的修炼,来抵抗恶劣的生存环境。一边以禅宗来慰藉心里苦闷,一边以道教养生术来维持身体状况,这似乎已经成为苏辙在谪居生活中安顿身心的应对之道。

有意思的是,这时远在惠州的苏轼,也时常将一些道教养生术的修炼方式,通过书信的方式告知苏辙。根据孔凡礼先生的考证,绍圣二年(1095)正月,苏轼写了一篇《龙虎铅汞说》寄给苏辙,随后在八月,又通过书信,告知苏辙养生的三种方式,即食芡法、胎息法、藏丹砂法。① 这说明,苏氏兄弟在谪居生活中,也时常交换彼此修炼道教养生术的心得。而在此时苏轼给朋友的信中,也透露出苏辙在道教养生术修炼上,颇有所得。如苏轼在给王巩的书信中说:"子由不住得书,极自适,道气有成矣。"② 又在给张耒的书信中说:"子由在筠,甚自适,养气存神,几于有成,吾侪殆不如也。"③ 这或许可以表明,在道教养生术的修炼方面,苏辙投入了更多的精力,意志也更为坚定,较之苏轼成效也更为显著。

绍圣四年(1097)二月,苏辙被贬到雷州,而苏轼被贬到了海南岛,也就是说,兄弟二人都被放逐到了生存环境更为恶劣的地方。他们五月在滕州会面,相聚同行一个月后,苏辙抵达雷州,而苏轼则渡海到了海南岛,从此兄弟二人隔海相望。在这样一个更糟糕的生活环境中,我们看到,苏辙主要是通过佛、道兼修的方式来安顿身心。这在他此期的诗歌中多有体现。如他在诗中对自己的生活状态有这样的描述:

逐客例幽忧,多年不洗沐。予发梳无垢,身垢要须浴。颠隮本天运,愤恨当谁复。茅檐容病躯,稻饭饱枵腹。形骸但癯瘁,气血尚丰足。微阳阅九地,浮彩见双目。枯槁如束薪,坚致比温玉。长斋虽云净,阅月聊一沃。石泉澣巾帨,土釜煮桃竹。南窗日未移,困卧久弥熟。《华严》有余帙,默坐心自读。诸尘忽消尽,法界了无瞩。怳如仰山翁,欲就沩叟卜。

---

① 苏轼著,孔凡礼点校:《苏轼文集》卷七三《龙虎铅汞说》,第2331—2333页;《苏轼文集》卷七三《寄子由三法》,第2337—2340页。按,系年考证,参考《苏辙年谱》绍圣二年之相关记载。

② 苏轼著,孔凡礼点校:《苏轼文集》卷五二《与王定国》,第1531页。

③ 苏轼著,孔凡礼点校:《苏轼文集》卷五二《答张文潜》,第1538页。

犹恐堕声闻，大愿勤自督。(《栾城后集》卷二《浴罢》)

值得我们注意的是，诗中他提到自己正在阅读《华严经》，以此来漠视恶劣的自然环境。而在他写给小儿子苏远的诗中，则劝他要读《楞严经》：

> 元明散诸根，外与六尘合。流中积缘气，虚妄无可托。敞陋少空明，妇姑相攘夺。日出暵焦牙，风来动危箨。喜汝因病悟，或免终身着。更须诵《楞严》，从此脱缠缚。(《栾城后集》卷二《次远韵齿痛》)

小儿子苏远正因牙痛遭受折磨，苏辙劝他通过阅读《楞严经》来忘记身体感官所引起的苦恼，这从侧面反映了他自己对于身体不适的应对方式。

与此同时，他仍然通过道教养生术的修炼，来应对瘴疠之地可能带来的不良影响。如他在酬和苏轼的一首诗中述说了自己早起养生的习惯：

> 道人鸡鸣起，跌坐存九宫。灵液流下田，伏苓抱长松。颠毛得余润，冉冉欺霜风。俯就无数枋，九九为一通。洗沐废已久，徐之勿匆匆。气来自涌泉，至此知几重。近闻西边将，袒裼拥马鬃。归来建赤油，不复侪伍同。笑我守寻尺，求与真源逢。人生各有安，未肯易三公。(《栾城后集》卷二《次韵子瞻谪居三适·旦起理发》)

在苏轼给苏辙的诗中，原本是述说自己在儋州的三种养生方式：旦起理发、午窗坐睡、夜卧濯足，而苏辙也就相应介绍了自己如何养生。这种相互交换养生心得，也许就是患难兄弟的情谊吧。在他酬和苏轼的一组诗中，再次提及了自己修炼道教养生术的心得体验：

> 锄田种紫芝，有根未堪采。逡巡岁月度，太息毛发改。晨朝玉露下，滴沥投沧海。须牙忽长茂，枝叶行可待。夜烧沉水香，持戒勿中悔。(《栾城后集》卷二《次韵子瞻和渊明拟古》九首之九)

诗中不仅有对自己长期修炼养生术的叙述，而且表达一种坚持到底的信念。从中可以看出，从苏辙32岁开始修炼道教养生术以来，一直在坚持不懈地进行实践。

四、弃道入禅：颍昌退居与宗教信仰的转向

元符三年（1100）正月，哲宗驾崩，徽宗继位。以此为契机，朝廷放松

了对于旧党人物的打击，那些远贬岭海的旧党官僚，得以陆续北还。这年四月，已经历七年放逐生涯的苏辙，离开了广南东路的循州，开始北返。终于在年末的时候，抵达了颍昌府，从此在那里定居下来，并度过了自己的晚年生涯，直至政和二年（1112）去世。

在苏辙退居颍昌的晚年生活中，尤其在精神层面上，投注了最大心力的事情，也许就是对他宗教实践的热诚。而且在此过程中，他还经历了一次意义重大的转变，即放弃了自己对于道教的信仰，转而全身心投入禅宗的怀抱，这可谓是苏辙晚年信仰生活中的一件大事。

自苏辙32岁开始，就坚持不懈地进行道教养生术的修炼，一直到大观元年（1107）的春天，他都保持了这种对于道教的信仰，起码他相信道教和佛教是可以相互兼容的两种宗教实践。如他在崇宁二年（1103）写的诗中说："道成款玉晨，跪乞五色丸。肝心化黄金，齿发何足言。"（《栾城后集》卷二《白须》）又在次年写的诗中说："道士为我言，婴儿出歌舞。"（《栾城后集》卷三《与儿侄唱酬次韵五首》），这些都表现出他对于道教可以长生观念的信仰。他在给自己写真画像所写的赞语中有这样的自我描述：

> 心是道士，身是农夫。误入廊庙，还居里闾。秋稼登场，社酒盈壶。颓然一醉，终日如愚。①

在大观元年自己生日（二月二十日）那天所作的诗歌中，表达了佛、道可以兼容的思想。

> 老聃本吾师，妙语初自明。至哉希夷微，不受外物婴。非三亦非一，了了无形形。迎随俱不见，瞿昙谓无生。湛然琉璃内，宝月长盈盈。
> （《栾城三集》卷一《丁亥生日》）

也就是说，在这年的春天，他的精神世界里，道教与佛教还是可以兼容并包的宗教信仰。但是奇妙的是，也就在这年的冬天，他在读了《传灯录》之后，思想上发生了变化，开始向禅宗倾斜。

其实这种微妙的变化，最初发生于崇宁二年（1103），当时他为了避祸，一度从颍昌府迁居蔡州，在此先后生活了一年左右的时间。在这种身处异乡的孤独苦闷中，他开始反复阅读《楞严经》，对于佛教义理突然有了深刻的领

---

① 苏辙：《栾城后集》卷五《自写真赞》，第945页。

悟。据他自述：

> 予自十年来，于佛法中渐有所悟，经历忧患，皆世所稀有，而真心不乱，每得安乐。崇宁癸未，自许迁蔡，杜门幽坐，取《楞严经》翻覆熟读，乃知诸佛涅槃正路，从六根入。每跌坐燕安，觉外尘引起六根，根若随去，即堕生死道中。根若不随，返流全一，冲冲流入，即是涅槃真际。观照既久，如净琉璃，内含宝月，稽首十方三世一切佛菩萨罗汉僧，慈悲哀愍，惠我无生法忍，无漏胜果，誓愿心心护持，勿令退失。①

因为有了这样的领悟，所以他将其心得以偈颂的方式，送呈附近资福寺的谕长老寻求印证。在诗前的引言中，他自述说：

> 予读《楞严》，至"尘既不缘，根无所偶，反流全一，六用不行。"释然而笑曰："吾得入涅槃路矣。"然孤坐终日，犹苦念不能寂，复取《楞严》读之。至其论意根曰："见闻逆流，流不及地，名觉知性。"乃叹曰："虽知返流，未及如来法海，而为意所留，随识分别不得，名无知觉明，岂所谓返流全一也哉，"乃作颂以示谕老。②

在他崇宁五年（1106）所写的《颖滨遗老传》中，则确信自己已经找到了佛教义理的真谛：

> 昔予年四十有二，始居高安，与一二衲僧游，听其言，知万法皆空，惟有此心不生不灭。以此居富贵、处贫贱二十余年，而心未尝动，然犹未睹夫实相也。及读《楞严》，以六求一，以一除六，至于一六兼忘，虽践诸相，皆无所碍。③

到了大观元年（1107）的冬天，他又读了《景德传灯录》，这使他思想发生了根本性的变化，开始完全被禅宗思想所吸引。在他写于大观二年（1104）二月十三日的《书传灯录后》一文中，有这样的自述：

> 予久习佛乘，知是出世第一妙理，然终未了所从入路。顷居淮西，观《楞严经》，见如来诸大弟子多从六根入，至返流全一，六用不行，混入性海，虽凡夫可以直造佛地。心知此事，数年于兹矣，而道久不进。去年

---

① 苏辙：《栾城后集》卷二一《书楞严经后》，第1113页。
② 苏辙：《栾城后集》卷三《示资福谕长老并引》，第917—918页。
③ 苏辙：《栾城后集》卷一三《颖滨遗老传下》，第1041页。

冬，读《传灯录》，究观祖师悟入之理，心有所契，必手录之，寘之坐隅。①

很明显，自从读了《传灯录》之后，他的思想发生了巨大的变化。例如，他专门写了一首《读传灯录示诸子》(《栾城三集》卷一)，其中有诗句云："从今父子俱清净，共说无生或似庞。"此后，他开始在诗歌中频繁使用《传灯录》中的传法典故。

自见老卢真面目，平生事业有无中。(《栾城三集》卷一《初成遗老斋待月轩藏书室三首》)

法传心地初投种，两过花开不待春。(《栾城三集》卷一《戊子正旦》)

近听老卢亲下种，满田宿草费费鉏耰。(《栾城三集》卷一《七十吟》)

诗中所说的"老卢"，即指六祖慧能，因他本姓卢；所谓"真面目"，乃是六祖慧能开示悟道者的话头；"下种、开花"，则是禅宗祖师付法时的偈语。这些都表明苏辙在思想上开始向禅宗倾斜。

到了大观四年（1110），苏辙72岁的时候，他明确宣告对于道教信仰的放弃。这年冬天，他写下一首诗歌，表白了自己的宗教立场：

少年读书目力耗，老怯灯光睡常早。一阳来复夜正长，城上鼓声寒考考。老僧劝我习禅定，跏趺正坐推不倒。一心无着徐自静，六尘消尽何曾扫？湛然已似须陁洹，久尔不负瞿昙老。回看尘劳但微笑，欲度群迷先自了。平生误与道士游，妄意交梨求火枣。知有毗卢一径通，信脚直前无别巧。(《栾城三集》卷三《夜坐》)

在诗中，他叙述了自己修习禅定的体验，认为找到了摆脱迷雾的法门。在诗的末尾，他宣称自己以往信仰道教、追求长生，完全是走入歧途，而现在他要全心投身于禅宗，放弃对于道教的信仰。这样明确宣示自己宗教立场的转变，对苏辙而言，不只是找到了最终的精神归宿。

特别是在苏辙生命的最后两年，他在诗歌中，透露出一种对于修习禅宗的执着与热诚，这表现在他写诗时频繁地使用《传灯录》中的传法典故：

---

① 苏辙：《栾城三集》卷九《书传灯录后》，第1231页。

老卢下种法，从古无此妙。根生花蕊开，得者自不少。要须海底行，更问药山老。(《栾城三集》卷三《早睡》)

珍重老卢留种子，养生不复问王江。(《栾城三集》卷三《十月二十九日雪四首》)

下种已迟空怅望，无心犹幸省工夫。虚明对面谁知我，宠辱当前莫问渠。(《栾城三集》卷三《白须》)

老知下种功力新，开花结子当有辰。(《栾城三集》卷四《溽暑》)

如此频繁使用禅宗典故，且基本是同一话头，更好地说明苏辙在记录自己的习禅心得，而不仅仅是为了写诗而已。苏辙晚年放弃道教、倾心禅宗这一宗教立场的转变，很能反映北宋官僚士大夫在精神世界里的追求和探索，而且它也直接表明，直至北宋末年，道学运动的影响力远没有那么大，宗教实践（或者说禅宗）对于官僚士大夫仍有巨大的吸引力。

五、结　语

虽然苏辙作为古文家，被列入"唐宋八大家"，但我们绝不能简单地认为他就是儒家学说的坚定追随者，有着对于异端邪说坚决予以排斥的决绝立场。事实上，通过对其信仰生活的全面考察，我们发现，以他对于道教养生术的长期修炼，以及最后对于禅宗思想的笃信，苏辙已经完全可以被视为一位坚定的宗教信徒。

回顾他的信仰轨迹，大体有如下的一个嬗变过程：大约在32岁的时候，在陈州教授任上，他因长期患有肺病的缘故，开始从一个名叫王江的道士那里，接受了道教养生修炼的指点，主要是一种内丹式的服气法。他之所以会接受道教养生术的影响，也许与一直提携、观照他的张方平有着直接关系，因为后者也同样热衷于道教养生术的修炼，甚至专门有道士为之炼丹。其后，他在齐州掌书记、应天府判官任上，也一直在进行道教养生术的修炼，并不时从别人那里寻求指点。

因为营救兄长苏轼的缘故，他被贬谪到了筠州，在五年左右的时间里，他接触了不少禅宗僧人，其中既有临济宗僧人，也有云门宗僧人，而在禅法上给予他较多指点的则是洞山克文、黄檗道全、圣寿省聪三人。尽管如此，他仍然坚持道教养生术的修炼，并与一些道士有过接触，尤其是从一位近似乞丐的赵生那里，得到了一些道教养生术的指点。经过十余年坚持不懈的修炼，他在这方面已经获得不少进益。

元祐年间，他虽然仕宦顺利，不断升迁，但他仍坚持道教养生术的修炼。绍圣、元符年间，他和兄长苏轼再次被贬，被贬逐到雷州、循州这些自然环境极其恶劣的地方，这时他已经学会，一方面以禅宗思想来慰藉精神，另一方面又通过道教养生术的修炼来保持身体康健。

徽宗继位后，苏辙回到颍昌府定居，在他最后12年的岁月中，通过对于《楞严经》《传灯录》的深入研读，信仰方面发生了巨大转变，最终他宣告放弃道教养生术的修炼，而全身心地投入禅宗的怀抱。

通过对于苏辙信仰轨迹的考察，或许可以让我们重新去思考宋代古文家与宗教信仰之间的关系，并进而去探寻宋代的官僚士大夫为何会出现如此强烈的宗教气质，而这又与宋代社会的宗教氛围具有怎样的交互关系。希望今后可以进行更深入的讨论。

时代的强音：南宋中兴激进官宦诗人群体研究

苏州大学文学院　曾维刚

12世纪早期的靖康之难与宋室南渡，是宋代历史的剧变。宋室南渡后，高宗长期安于半壁江山。绍兴三十一年（1161），金主完颜亮渝盟南侵，不久兵败被杀，疲于应付局势的宋高宗也在次年禅位于孝宗。孝宗登基后励精图治，矢志恢复中原，开创中兴之治。① 隆兴元年（1163），宋廷以张浚为枢密使，出师伐金，却败于符离，翌年与金签订和议。之后宋金基本维持和平局面，长达四十余年，南宋也进入一个中兴的时期。在此期间，由于种种原因，南宋始终未能挥师北上，完成恢复大业，但无论在朝廷还是在地方，均有一批积极进取的激进官宦，为抗金雪耻、恢复中原的事业慷慨奔走，南宋名臣留正称"隆兴之初士气激昂"②，即揭示出这批士人的精神面貌。他们感于时，慨于义，壮于志，而且游于艺途，见于吟咏，发出时代的强音，形成南宋中兴诗坛上一个重要的激进官宦诗人群体，具有鲜明历史时代特色与独特文学史意义。他们主要有胡铨、王十朋、虞允文、洪适、洪迈、周必大、陆游、范成大、杨万里、尤袤、喻良能、张孝祥、员兴宗、王质、王阮、楼钥、赵善括、辛弃疾、袁说友、杨冠卿、蔡戡、虞俦等。长期以来，学界有关南宋中兴诗歌的研究集中于少数著名诗人，重在个案研究，而对南宋中兴诗人研究的广度与

---

① 关于宋孝宗开创中兴之治的政治文化活动，详可参见王德毅《宋孝宗及其时代》（《宋史研究集》第10辑，1978年，第245—302页）、曾维刚《宋孝宗与南宋中兴诗坛》（《文学遗产》2013年第6期）等。

② 不著撰人：《皇宋中兴两朝圣政》卷五三，台北：文海出版社，1967年，第1995页。

深度尚待进一步开拓,从宏观角度对南宋中兴诗坛进行群体与整体观照,结合南宋社会文化变迁考察中兴诗坛代际性变化的研究更为不足。① 因此本文拟文史结合,从南宋中兴时期恢复中原的时代旋律、激进官宦诗人群体的形成、激进官宦诗人的群体特征等方面,就南宋中兴激进官宦诗人群体展开讨论,从一个特定角度拓展我们对南宋中兴诗坛发展演进及其历史文化动因与意义的认识。

一、南宋中兴时期恢复中原的时代旋律

南宋中兴时期,宋金划淮而治,淮河以北沦丧的土地仍然为金所有,因此励精图治、恢复中原始终是一个迫切的时代课题。而奏响这一时代旋律的,主要就是朝廷和地方一批积极进取的官宦,其中很多都是南宋中兴诗坛的重要诗人,其政治活动突出表现为以下两个方面。

(一) 励精图治、恢复中原的主张与践履

宋高宗与孝宗嬗代之际,是宋金关系极其动荡的一个时期。先是绍兴三十一年(1161)金人南侵,不久失败。接着是隆兴元年(1163)南宋北伐,也很快失利。随后金人再次南犯,至隆兴二年(1164)宋金签订和议。孝宗登基前后的历史风云,极大激发出激进官宦诗人的爱国热情,此期他们在政治上也尤为活跃,如胡铨、王十朋、虞允文、洪适、周必大、辛弃疾等。

王十朋是较早的一位代表。金主完颜亮将南侵,他即进言高宗:"如何御敌,莫急于用人……以寝敌谋,以图恢复"②。孝宗登基后,他"见上英锐,每见必陈恢复之计"③。隆兴元年(1163),他除侍御史,又上劄子论:"靖康之祸,有不忍言者。国仇世耻,自古无之……愿陛下推诚尽孝……去和附之私

---

① 关于南宋中兴诗歌研究的学术史,详可参见曾维刚《百年来宋诗中兴研究的学术史考察》(《江西社会科学》2017 年第 3 期)。
② 脱脱等:《宋史》卷三八七《王十朋传》,北京:中华书局,1977 年,第 11883 页。
③ 脱脱等:《宋史》卷三八七《王十朋传》,第 11885 页。

心,赞国家之大计……中原何患乎不复?中兴何待乎以日月冀耶?"① 随后他荐举张浚北伐,不幸失利,他遂自劾离朝,出知饶州。

洪适积极投身抗金恢复事业。高宗时他因父洪皓忤秦桧,被论罢,秦桧死,积官总领淮东军马钱粮,至孝宗朝官至参知政事兼枢密使。② 完颜亮南侵,被虞允文大败于采石,洪适即提出联合中原义士、里应外合的进取之策,上奏建议:"密传诏檄,使中原义士,各取州县……见可而进,迟以岁月,必有机会可乘,则恢复故地,何啻破竹?"③ 隆兴初,南宋北伐,他究心调度前线馈饷。南宋北伐失败后,金人再次南犯,他又从容筹措,极其尽职。

孝宗践祚之初,周必大亦致力于规恢之计。时"金索讲和时旧礼,(周)必大条奏,请正敌国之名,金为之屈"④。淳熙十四年(1187),他拜右相,又首奏:"今内外晏然,殆将二纪,此正可惧之时,当思经远之计"⑤。他不仅与金人进行针锋相对的斗争,还提醒孝宗深谋远虑,不可懈怠。其《论人才》策云:"仰惟陛下内修政事,外攘夷狄,今日先务,孰有大于此者?"⑥ 他主张以人才为急,从实际做起,方能内修外攘,可谓务实之论。

辛弃疾是著名南渡爱国词人,也有诗歌创作。绍兴三十一年(1161),完颜亮南侵,时局动荡,中原地区的抗金义举风起云涌,时年二十余岁的辛弃疾趁机聚集队伍,揭竿而起。次年他南下归宋,自此一直为朝廷建言献策,始终不忘杀敌报国。乾道中孝宗召见辛弃疾,他"作《九议》并《应问》三篇、《美芹十论》献于朝"⑦,可见其军事才能与恢复中原的愿望。

孝宗乾道、淳熙时期,陆游、范成大、王质等成为激进官宦诗人的代表。陆游念念不忘恢复中原。完颜亮南侵之际,他对时局非常关切,曾几即有诗感慨其"为言忧国只寒心"⑧。隆兴元年(1163),张浚筹措北伐,他在枢密院

---

① 王十朋:《宋王忠文公文集》卷三《除侍御史上殿劄子》,《宋集珍本丛刊》第43册,北京:线装书局,2004年,第777页。
② 脱脱等:《宋史》卷三七三《洪适传》,第11562—11565页。
③ 洪适:《盘洲文集》卷五〇《条陈恢复事宜奏状》,《宋集珍本丛刊》第45册,第339页。
④ 脱脱等:《宋史》卷三九一《周必大传》,第11966页。
⑤ 脱脱等:《宋史》卷三九一《周必大传》,第11970页。
⑥ 周必大:《庐陵周益国文忠公集》卷一三五,《宋集珍本丛刊》第52册,第403页。
⑦ 脱脱等:《宋史》卷四〇一《辛弃疾传》,第12162页。
⑧ 曾几:《茶山集》卷五《雪中陆务观数来问讯用其韵奉赠》,上海:商务印书馆,1937年,第49页。

编修官任,力赞恢复,不久离朝,范成大以诗送之,称赞其"孤忠"①。乾道八年(1172),他入四川宣抚使王炎幕,至南郑前线,抗金报国的热情愈加高涨。淳熙十年(1183),他有《上殿劄子》称:"今朝廷内无权家世臣,外无强藩悍将,所虑之变,惟一金虏……伏望陛下与腹心之臣,力图大计……大则扫清燕代,复列圣之仇;次则平定河洛,慰父老之望。"②他还有《贺留枢密启》,也表达了"复列圣在天之仇,摅遗民泣血之愤"的愿望。③

范成大使金不屈的事迹为人熟知。宋金交聘中多有屈宋之礼,如宋朝皇帝须起立接受金朝国书。乾道六年(1170),宋廷拟遣使更议受书礼,范成大假资政殿大学士使金,他在金廷慷慨陈词,险遭杀身之祸,但他不为所屈,全节而归。④乾道七年(1171),他上章论秦桧余党,并论"国家之于北敌,可谓血仇",称赞孝宗"不忘北向,以雪宗庙大耻,可谓有志"⑤。淳熙元年(1174),他除四川制置使兼知成都府,帅蜀期间筹措边事,政绩卓著,鞠躬尽瘁。

王质在张浚都督江淮之际,曾入张浚幕下。孝宗时虞允文宣抚川陕,他又入虞允文幕。乾道中他有《上皇帝书》称,"观今日事势,训兵理财,先为富强,以待天下有变,敌国有衅,则乘机从事于中原,此今日恢复之定规也"⑥。在宋金关系问题上,他认为南宋应当掌握主动,待机恢复。

光宗朝以后,南宋政局逐渐走向衰敝,但朝野激进官宦为恢复中原的事业继续努力,如王阮、楼钥等。王阮父祖皆有战功,而他"少好学,尚气节。常自称将种"⑦。隆兴元年(1163),他登进士第,对策,陈进取建康、恢复中原之计。光宗朝王阮知濠州,"请复曹玮方田,修种世衡射法,日讲守备,与边民亲访北境事宜。终阮在濠,金不敢南侵"⑧。楼钥亦主张恢复中原。光宗

---

① 范成大:《范石湖集·石湖居士诗集》卷九《送陆务观编修监镇江郡归会稽待阙》,北京:中华书局,1962年,第110页。
② 陆游:《陆游集·渭南文集》卷四,北京:中华书局,1976年,第2073页。
③ 陆游:《陆游集·渭南文集》卷一一,第2073页。
④ 参见于北山:《范成大年谱》,上海:上海古籍出版社,2006年,第131—148页。
⑤ 杨士奇等:《历代名臣奏议》卷一八三《去邪》,《影印文渊阁四库全书》第438册,台北:台湾商务印书馆,1986年,第279—280页。
⑥ 王质:《雪山集》卷一,上海:商务印书馆,1935年,第4页。
⑦ 脱脱等:《宋史》卷三九五《王阮传》,第12053页。
⑧ 脱脱等:《宋史》卷三九五《王阮传》,第12054页。

嗣位,他入奏:"人主初政,当先立其大者。至大莫如恢复。"① 又上《论训练禁兵》论:"天下虽安,忘战必危……欲望圣慈,旨下三省,枢密院议定,速赐行下,依旧制阅习"②,可见其危机意识及志在恢复中原的情怀。

此外,如杨冠卿《上留守章侍郎秋大阅赋》称,"天下虽安,忘战必危"③。蔡戡《论和战疏》称,"国之大事,和与战而已……今日之计,当以战为实务,以和为权宜"④。虞俦《论对札子》称:"仇耻未复,何可忘也?"⑤ 这些南宋中兴激进官宦诗人,始终前仆后继,为国家中兴、恢复中原而尽心尽力。

(二) 与主和保守势力进行不懈的斗争

南宋中兴激进官宦诗人还与主和保守势力进行了不懈的斗争。其中首推名臣胡铨。早在高宗时,胡铨即力斥和议,请斩秦桧。至孝宗朝,他继续与主和保守势力进行斗争。周必大记载,"金人再求和,公(胡铨)曰:'彼知陛下锐意恢复,故以甘言诡计疑我,愿绝口不言和字。'上(孝宗)叹其忠直。侍郎王之望、侍御史尹穑皆主和,排张忠献公,公廷责之"⑥。

交锋尤其激烈的一次,当数孝宗初年王十朋论罢史浩之事。隆兴元年(1163),史浩任相,主张息兵议和,时王十朋为侍御史,遂连上《论史浩札子》《再论史浩札子》《论史正志札子》《再论史正志札子》等,极论史浩一派苟和偏安、阻抑恢复之罪。其《论史浩札子》称,"臣请条其罪恶之著者有八焉……于义不共戴天之日,首进寝兵之言,专主和议以沮大计,盖欲蹈秦桧之态,为固宠之身谋"⑦。《再论史浩札子》论史浩,"效秦桧而主和议,可谓怀奸弃德;顺而资寇仇,可谓误国"⑧。因王十朋弹劾,史浩被朝廷放罢,史

---

① 脱脱等:《宋史》卷三九五《楼钥传》,第12046页。
② 楼钥:《攻媿集》卷二一,上海:商务印书馆,1935年,第319页。
③ 杨冠卿:《客亭类稿》卷七,《影印文渊阁四库全书》第1165册,第480页。
④ 蔡戡:《定斋集》卷二,《影印文渊阁四库全书》第1157册,第585页。
⑤ 虞俦:《尊白堂集》卷六,《宋集珍本丛刊》第63册,第517页。
⑥ 周必大:《庐陵周益国文忠公集》卷三〇《资政殿学士赠通奉大夫胡忠简公神道碑》,《宋集珍本丛刊》第51册,第368页。
⑦ 王十朋:《宋王忠文公文集》卷三,《宋集珍本丛刊》第43册,第777—779页。
⑧ 王十朋:《宋王忠文公文集》卷三,《宋集珍本丛刊》第43册,第779页。

正志、林安宅等与史浩亲近之人"皆罢去"①。

洪适致力于清除朝中苟和势力,可谓不遗余力。孝宗初年,主张和议的王之望以参知政事兼同知枢密院巡视淮西,归来后孝宗欲转官赏赐,洪适上札论罢,"次早御笔依奏"②。乾道元年(1165),他迁翰林学士,又论秦桧余党。史载:"秦埙久废,忽予祠。适奏曰:'李林甫死后,诸子皆流配岭南。秦桧稔恶自毙,不肖之孙官职仍旧……渐恐桧党牵连而进。'其命遂寝。时巫伋复召,莫伋擢枢密院编修官,余尧弼复龙图阁学士。适谓其皆桧党也,随命缴之。"③

周必大对主和保守势力也视为异途。罗大经《鹤林玉露》记载,"尹穑,字少稷,博学工文……后乃附丽汤思退,力排张魏公(浚),以是除谏议,公论始薄之……益公(周必大)每举以为士大夫之戒"④。周必大与尹穑尝有私交,但在尹穑依附汤思退等主和势力后,周必大则不以私交而废公论。

再如杨万里,淳熙十四年(1187),史浩已罢相,却仍受朝廷恩渥,杨万里即上疏论,"史浩之赐金,至以千计焉;夏侯恪之赐钱以买宅,至以万计焉。途之人皆曰:'此民之膏血也。'是二人者,何功而得此也?"⑤诚如虞俦所说,"大抵爱君忧国者,必有切直之论。而嗜进苟得者,必多谄谀之辞"⑥。杨万里论史浩等不务进取之计而受赐之非,道出了激进官宦诗人的共同心声。

二、南宋中兴激进官宦诗人群体的形成

南宋中兴激进官宦诗人以其对于时势的群体自觉,在政治活动及日常生活

---

① 脱脱等:《宋史》卷三八七《王十朋传》,第 11885 页。
② 洪适:《盘洲文集》卷四七《缴王之望结局转官札子》,《宋集珍本丛刊》第 45 册,第 322—323 页。
③ 脱脱等:《宋史》卷三七三《洪适传》,第 11564 页。
④ 罗大经撰,王瑞来点校:《鹤林玉露》丙编卷一《尹少稷》,北京:中华书局,1983 年,第 251 页。
⑤ 杨万里撰,辛更儒笺校:《杨万里集笺校》卷六二《旱暵应诏上疏》,北京:中华书局,2007 年,第 2677 页。
⑥ 虞俦:《尊白堂集》卷六《乞宣示殿试考官务求切直之论札子》,《宋集珍本丛刊》第 63 册,第 524 页。

中多有交往,相互砥砺,又游于艺途,往来唱酬,形成关系密切的诗人群体。

(一)激进官宦诗人对于时势的群体自觉

余英时揭示,先秦时期以孔子为代表的儒家先贤给士人贯注了一种以道自任的精神,至东汉后期外戚宦官迭掌朝政,王道衰敝,"东汉士大夫亦遂得在其迭与外戚宦官之冲突过程中逐渐发展群体之自觉"①。如果说汉代士人由于内部王权衰敝而激发出一种群体的自觉精神,那么至宋代,在北宋范仲淹等人重新高扬士当以天下为己任的精神之后,南宋时期以激进官宦为代表的士人则在面临外族持续入侵、国家耻辱与山河分裂的情况下,再次激发出了对于时势的群体自觉。陆游称"豪士相期意气中"②,楼钥称"只今方当多事时,正要名士同驱驰"③,即是其群体自觉精神的写照。

孝宗登基之际,正值金人大举南侵之后,又是南宋将要北伐前夕,就在这个内部皇位交接、外部矛盾激化的时刻,南宋激进官宦诗人关注国家命运的群体自觉意识被强烈激发出来。孝宗即位前后的洪迈使金事件,即是一次集中表露。是年洪迈使金,一时有志之士纷纷为其送行。如洪适有诗称,"汉节螭坳出,青毡映父兄……使指今兹重,边尘定可清"④,以其父洪皓的使金气节相砥砺。周必大《送洪景卢舍人北使》说,"由来笔下三千牍,可胜军中十万夫……吾君甚似仁皇帝,宜有韩公赞庙谟"⑤,给予洪迈赞扬和鼓励。范成大有《送洪景卢内翰使虏二首》,希望洪迈能够建功立业。⑥ 洪迈归来,范成大再次赋诗相赠,称"天地有情苏武归"⑦。洪适、周必大、范成大等人为洪迈使金慷慨壮行,正是中兴激进官宦诗人为国家民族大义激发出来的群体自觉精神的反映。

---

① 余英时:《士与中国文化》,上海:上海人民出版社,2003年,第251—252页。
② 陆游著,钱仲联校注:《剑南诗稿校注》卷一八《醉中戏作》,上海:上海古籍出版社,1985年,第1398页。
③ 楼钥:《攻媿集》卷一《送伯舅汪运干大雅》,第5页。
④ 洪适:《盘洲文集》卷四《景卢自右史假北门出疆再用前韵》,《宋集珍本丛刊》第45册,第80页。
⑤ 周必大:《庐陵周益国文忠公集》卷二,《宋集珍本丛刊》第51册,第156页。
⑥ 范成大:《范石湖集·石湖居士诗集》卷八,第102页。
⑦ 范成大:《范石湖集·石湖居士诗集》卷八《洪景卢内翰使还入境,以诗迓之》,第103页。

孝宗初年，王十朋与胡铨同朝任事，亦相互激励，共谋国事。王十朋有《与交代胡侍郎》称："心惟忧国，屡推造膝之诚。义不戴天，力沮和戎之议……某辈行相绝，官僚偶同。听诗书执礼之言，资直谅多闻之益。左右共书于言动，后先相继以承宣。"① 尽忠报国的精神，正是二人契合之处。王十朋还有《怀胡侍郎邦衡》诗推许胡铨之"孤忠""刚肠""晚节"和"丹心"，并以"群儿巧相中，直道亦何伤"与之共勉。② 杨万里尝从胡铨游，也有《跋澹庵先生辞工部侍郎答诏不允》，其二云："愿挽天河洗北夷，老臣底用紫荷为？丹心一寸凌霜雪，只有隆兴圣主知。"③ 赞许胡铨的爱国丹心与气节。

王十朋作为孝宗初期激进官宦诗人的代表人物，备受时辈推重。喻良能称王十朋："先生一饭不忘主，诗句端如杜少陵。敬读新编二百首，凛然风采照隆兴。"④ 乾道元年（1165），王十朋帅夔州，喻良能送之，有诗称："四海犹多事，中原未版图"，盼其为国建功立业。⑤ 周必大亦有《九月十八日夜忽梦作送王龟龄诗两句枕上足成之》云："匈奴何敢渡江东，一士真过万马雄。唐室安危谁可佩，雪山轻重属之公。"⑥ 也以抗击异族入侵的事业相许。

周必大为南宋中兴名相，与胡铨、陆游、范成大、杨万里、张孝祥等亦均以中兴恢复之业相激励。胡铨被孝宗召还，周必大有《次胡邦衡韵》称，"赤县尚多沦异域，潢池犹自扰齐人。公如不为苍生起，风俗何由使再醇"⑦，对胡铨寄予厚望。周必大与陆游早年同在朝廷，"得居连墙，日接嘉话"，"淡交如水，久而不坏"⑧。周必大称："吾友陆务观，当今诗人之冠冕。"⑨ 陆游亦有《贺周丞相启》，表达对"边防寖弛""民力坐穷"的关切。⑩ 周必大与范

---

① 王十朋：《宋王忠文公文集》卷二一，《宋集珍本丛刊》第44册，第132页。
② 王十朋：《宋王忠文公文集》卷三三，《宋集珍本丛刊》第44册，第246页。
③ 杨万里撰，辛更儒笺校：《杨万里集笺校》卷三一，第1622页。
④ 喻良能：《香山集》卷一六《读侍御去国集次韵卷首赴召》，《宋集珍本丛刊》第56册，第182—183页。
⑤ 喻良能：《香山集》卷五《送侍御帅夔府》其五，《宋集珍本丛刊》第56册，第111页。
⑥ 周必大：《庐陵周益国文忠公集》卷三，《宋集珍本丛刊》第51册，第159页。
⑦ 周必大：《庐陵周益国文忠公集》卷六，《宋集珍本丛刊》第51册，第179页。
⑧ 陆游：《陆游集·渭南文集》卷四一《祭周益公文》，第2395—2396页。
⑨ 周必大：《庐陵周益国文忠公集》卷一六《跋苏子由和刘贡父省上示座客诗》，《宋集珍本丛刊》第51册，第231页。
⑩ 陆游：《陆游集·渭南文集》卷一二，第2076—2077页。

成大为至交,他称许范成大"规恢中原,寤寐极治"①。而其《跋杨廷秀所作胡氏霜节堂记》则对杨万里的"劲节凛然"予以赞许。②孝宗时周必大与张孝祥唱和,称"共惟中兴主,志扫伊吾北"③,亦表达了收复失地、共创中兴的愿望。

范成大乾道六年(1170)的使金事迹与交往活动,同样反映出南宋中兴激进官宦诗人对于时势的群体自觉精神。范成大使金,胡铨有《送范至能使金序》称,"使绝域,邈在万里外……而一切不顾,谈笑就车,虽古烈丈夫,其能远过也哉"④。范成大使金全节归来,尝于此前一年使金的楼钥亦称赞他,"抗穹庐而不挠,全故璧以复归。天颜为开,国势增重"⑤。辛弃疾也是一个典型。洪适称辛弃疾"济时方略满襟胸",并以"且为君王开再造"相期许。⑥陆游有《送辛幼安殿撰造朝》,表达了"深仇积愤在逆胡"的感情和"先挽银河洗嵩华"的期待。⑦赵善括有《沁园春》和辛弃疾词,"伤今怀古,故国氛埃。壮志求伸,匈奴未灭"⑧,亦抒写了恢复故国的共同理想。

(二)游于艺途的文学交往与诗人群体的形成

南宋中兴时期激进官宦形成了一个具有密切联系的诗人群体。而在其广泛的文学关系网络中,还有一些联系尤为紧密的较小群体。

1. "江湖邂逅论赤心"的楚东诗社:中兴激进官宦诗人群体开始形成的标志

楚东诗社由王十朋、陈阜卿、洪迈、王兴化、何宪、张孝祥等人构成,而以王十朋为核心,交游唱和之作尝编为《楚东酬唱集》。楚东诗社中人并非均

---

① 周必大:《庐陵周益国文忠公集》卷二六《回金陵范参政成大启》,《宋集珍本丛刊》第51册,第325页。
② 周必大:《庐陵周益国文忠公集》卷四八,《宋集珍本丛刊》第51册,第510页。
③ 周必大:《庐陵周益国文忠公集》卷四《次韵张安国二首》其一,《宋集珍本丛刊》第51册,第167页。
④ 曾枣庄、刘琳主编:《全宋文》第195册,上海:上海辞书出版社、合肥:安徽教育出版社,2006年,第240—241页。
⑤ 楼钥:《攻媿集》卷六三《代贺范舍人成大启》,第851页。
⑥ 洪适:《盘洲文集》卷七《辛幼安稼轩》,《宋集珍本丛刊》第45册,第99页。
⑦ 陆游著,钱仲联校注:《剑南诗稿校注》卷五七,第3315页。
⑧ 唐圭璋编:《全宋词》,北京:中华书局,1965年,第1981页。

在楚东鄱阳,陈阜卿时任洪州太守,洪迈时任吉州太守。关于楚东诗社成员及其活动形式学界已有考证①,本文将深入历史语境与其文学活动之中,揭示楚东诗社的政治取向及其标志南宋中兴激进官宦诗人群体开始形成的文学史意义。

  隆兴元年(1163),王十朋荐举张浚北伐失败,朝中主和势力抬头,他遂离朝,次年知饶州,任职鄱阳。王十朋在鄱阳前后两年,楚东诗社的交游唱和即主要在此期间,正值宋金交锋非常激烈的时期。王十朋、洪迈、张孝祥等人均是主张恢复、忧国忧民的有志之士。王十朋称:"某甲申七月至饶州,以表谢上云:'虽才非太公,不能五月报政,然忠犹杜甫,未尝一饭忘君。'既而与诸公唱和。"②"未尝一饭忘君",代表了楚东诗社中人的共同精神。如王十朋至鄱阳后,与何宪次韵唱和,称"隆兴天下同贞观,愿为贤相为良臣……江湖邂逅论赤心,更约联翩书史笔"③,可以说是楚东诗社中人相互砥砺、共怀国事的赤子之心的表白。又如其《闻捷报用何韵》:"淮甸流离唐赤子,将军奇特魏黄须。愿将银管书忠谊,粪土东京赵与胡。"④ 即便远离朝廷和边疆,他们仍牵挂着宋金局势,对江淮百姓和战事都非常关切。张孝祥亦有《鄱阳使君王龟龄闵雨再赋一首》,对王十朋忧时悯农的精神予以肯定⑤,并有《蒙侍御丈再用韵作送行诗走笔和答迫放舡不暇工也》,对王十朋在朝建言立功表示赞扬⑥。王十朋离鄱阳后数年,还有诗回忆说,"忆昔江东会众仙,诗筒来往走山川。造楼游戏偶成凤,炼石辛勤同补天"⑦,正是对楚东诗社群体精神的概括。

---

  ① 参见欧阳光:《宋元诗社研究丛稿》,广州:广东高等教育出版社,1996年,第235—239页。
  ② 王十朋:《宋王忠文公文集》卷四五《初到夔州》诗序,《宋集珍本丛刊》第44册,第352页。
  ③ 王十朋:《宋王忠文公文集》卷三〇《次韵何子应题不欺室》,《宋集珍本丛刊》第44册,第218页。
  ④ 王十朋:《宋王忠文公文集》卷四四,《宋集珍本丛刊》第44册,第342页。
  ⑤ 张孝祥著,徐鹏校点:《于湖居士文集》卷二,上海:上海古籍出版社,1980年,第15—16页。
  ⑥ 张孝祥著,徐鹏校点:《于湖居士文集》卷七,第58页。
  ⑦ 王十朋:《宋王忠文公文集》卷三八《提舶示观楚东集用张安国韵因思鄱阳与唱酬者五人今六年矣陈何二公已物故余亦离索为之慨然复用元韵》,《宋集珍本丛刊》第44册,第288页。

2. "尤杨范陆"四巨擘：中兴激进官宦诗人群体的中坚

尤袤、杨万里、范成大和陆游以诗齐名，被称为南宋中兴四大诗人。应该说，这还只是看到了其文学上的一种外在联系。进一步深考，即可发现他们之间不仅具有密切文学交谊，还有值得注意的相同政治取向。中兴四大家之说，在某种意义上可以说是源于他们的自我群体认同。杨万里尝与姜夔论诗，称许"尤萧范陆四诗翁"①，推许尤袤、萧德藻、范成大、陆游为四大诗人。无独有偶，尤袤亦与姜夔论诗："温润有如范致能者乎，痛快有如杨廷秀者乎，高古如萧东夫，俊逸如陆务观，是皆自出机轴。"② 杨万里和尤袤出于自谦，都未提及自己。方回看到了这个问题，指出"乾淳间诗巨擘称尤、杨、范、陆"③，又称"尤、杨、范、陆为四大诗家"④，由此，尤、杨、范、陆中兴四大家之说遂成定论。可以说，若剔除杨万里、尤袤自谦的因素，则方回之论并非独创，而是杨、尤等人的某种自我认同。下面即就他们之间的密切关系略作考述。

杨万里与尤袤。杨万里《周易宏纲序》称，"淳熙戊申，予与亡友延之同寮"⑤。又记载，"予昔与尤延之同侍光宗东宫讲读。一日入讲尚蚤，辇未出，因与延之纵观。几案上御览书策，有孟浩然、贾岛诗集。二人相视而叹"⑥。二人在孝宗时同朝共事，相互推许，文学交往唱和也极为密切。杨万里有诗称"故人同舍尤太史，敲门未揖心先喜"⑦，即写出了他们之间的深情厚谊。

杨万里与范成大。杨万里与范成大为知己之交，交游唱和甚多。淳熙五年（1178），范成大拜参知政事，杨万里贺之，称之为"天下之所谓正臣"，"半

---

① 杨万里撰，辛更儒笺校：《杨万里集笺校》卷四一《进退格，寄功父、姜尧章》，第2190页。
② 姜夔：《白石道人诗集》自序一，上海：商务印书馆，1936年，第1页。
③ 方回选评，李庆甲集评校点：《瀛奎律髓汇评》卷一《鄂州南楼》诗之评，上海：上海古籍出版社，2005年，第43页。
④ 方回选评，李庆甲集评校点：《瀛奎律髓汇评》卷二〇《道上人房老梅》诗之评，第771页。
⑤ 杨万里撰，辛更儒笺校：《杨万里集笺校》卷八三，第3355页。
⑥ 杨万里撰，辛更儒笺校：《杨万里集笺校》卷八三《三近斋余录序》，第3347页。
⑦ 杨万里撰，辛更儒笺校：《杨万里集笺校》卷二〇《跋尤延之左司所藏光尧御书歌》，第1045页。

生诚服之知己"。① 而范成大对杨万里生平风节与文名诗声也是推赏备至②，并模仿杨万里进行诗歌创作③。二人还相互赠送诗集，进行文学交流。④ 光宗绍熙三年（1192），范成大携爱女赴官当涂，其女至官舍因疾而卒，杨万里作《范女哀辞》表达悲痛之情。⑤ 二人情谊，可谓至老弥深。

杨万里与陆游。杨万里与陆游交谊甚笃。杨万里《和陆务观惠五言》说，"我老诗全退，君才句总宜。一生非浪苦，酱瓿会相知"⑥，称许陆游诗才，并许之为知心之交。《云龙歌调陆务观》亦云："何时与君上庐阜？都将砚水供瀑布……与君火急到一回，一杯一杯复一杯。"⑦ 另有《上巳日予与沈虞卿尤延之莫仲谦招陆务观沈子寿小集张氏北园赏海棠务观持酒酹花予走笔赋长句》《醉卧海棠图歌赠陆务观》等诗，均可见二人文交之密切。

范成大与陆游。范成大与陆游相交至深。隆兴初年陆游出为镇江通判，范成大即以诗送之。淳熙元年（1174），范成大帅蜀，同年陆游调四川制置司参议官，二人在蜀中"以文字交，不拘礼法"⑧。淳熙四年（1177），范成大离成都还朝，陆游送之："酒醒客散独凄然，枕上屡弹忧国泪……因公并寄千万意，早为神州清虏尘。"⑨ 及范成大卒，陆游撰挽词说："孤拙知心少，平生仅

---

① 杨万里撰，辛更儒笺校：《杨万里集笺校》卷五二《贺范至能参政启》，第 2473 页。
② 如范成大《次韵同年杨廷秀使君寄题石湖》云："仪凰当瑞九韶成，何事栖鸾滞碧城？公退萧然真吏隐，文名藉甚更诗声。"（范成大：《范石湖集·石湖居士诗集》卷二〇，第 285 页）《次韵杨同年秘监见寄二首》其一称"旧说鬼神惊落笔，新传狐兔骇搴旗"，其二称"论文无伴法孤起，访旧有情书数行"（范成大：《范石湖集·石湖居士诗集》卷二二，第 314 页）。
③ 如范成大《枕上二绝效杨廷秀》其二："枕前百忍忽纷然，旧学新闻总现前。现到天明无可现，依前还我日高眠。"（范成大：《范石湖集·石湖居士诗集》卷三三，第 443 页）
④ 如杨万里有《和谢石湖先生寄二诗韵》序称："老夫寄《江东集》与石湖先生，先生寄二诗，一称赏《江东集》，一见寄《石湖洞霄集》，和以谢焉。"（杨万里撰，辛更儒笺校：《杨万里集笺校》卷三三，第 1718 页）范成大亦有《谢江东漕杨廷秀秘监送江东集并索近诗二首》其一说，"残灯独照《江东集》，短梦相寻白下门……斯文赖有斯人在，会合何时得细论"（范成大：《范石湖集·石湖居士诗集》卷三二，第 432—433 页），表示对杨万里诗集的喜爱和推赏。
⑤ 杨万里撰，辛更儒笺校：《杨万里集笺校》卷四五，第 2313—2314 页。
⑥ 杨万里撰，辛更儒笺校：《杨万里集笺校》卷一九，第 998—999 页。
⑦ 杨万里撰，辛更儒笺校：《杨万里集笺校》卷一九，第 1000 页。
⑧ 脱脱等：《宋史》卷三九五《陆游传》，第 12058 页。
⑨ 陆游著，钱仲联校注：《剑南诗稿校注》卷八《送范舍人还朝》，第 651 页。

数公……梦魂宁复接,恸哭向西风。"① 又有《梦范参政》诗说"速死从公尚何憾,眼中宁复见此杰"②。可见二人毕生肝胆相照的情谊。

陆游与尤袤。据《宋史》记载,尤袤尝"荐陆游自代"③,可见他对陆游的推重。陆游则有《尤延之侍郎屡求作遂初堂诗诗未成延之去国因以奉送》诗,在尤袤离朝之际寄托安慰之意。④ 尤袤卒,陆游有哀辞云:"余久摈于世俗兮公顾一见而改容,相期江湖兮斗粟共舂……患难方殷兮孰恤我躬?熏蒿不返兮吾党孰宗,死而有知兮惟公之从。"⑤ 无论政事还是文学,二人始终惺惺相惜。总之,尤、杨、范、陆南宋中兴四大诗人不仅以诗艺齐名,彼此之间也以国家大义与立身大节相互砥砺,堪称中兴激进官宦诗人群体的中坚。

3. 其他中兴激进官宦诗人关系网络

除了以上所述,南宋中兴激进官宦诗人之间还形成了更为广泛、错综多元的关系网络。如王质与王阮。史载"质博通经史,善属文。游太学,与九江王阮齐名"⑥。王阮尝为王质文集作序,称"阮游成均,与东平王君景文同肄时中斋,听其论古……间语世务"⑦。王阮《次陆务观韵寄王景文一首》称,"朔风摇楚水,国步益艰辛……北望中原地,纵横泪洒巾"⑧,表达他们对国家时势和恢复事业的共同关切。王质与张孝祥、虞允文、陆游、洪适等亦有交游唱和。史载,"质与张孝祥父子游,深见器重……金主完颜亮南侵,御史中丞汪澈宣谕荆襄,又明年,枢密使张浚都督江淮,皆辟为属……虞允文宣抚川陕,辟质偕行……允文当国,孝宗命拟进谏官,允文以质鲠亮不回,且文学推重于时,可右正言"⑨。王阮又与张孝祥、范成大、周必大等关系甚善。岳珂《桯史》记载,王阮"尝从张紫微学诗……暇日,出诗卷相与商榷,自谓有

---

① 陆游著,钱仲联校注:《剑南诗稿校注》卷三三《范参政挽词》其二,第2185—2187页。
② 陆游著,钱仲联校注:《剑南诗稿校注》卷三〇,第2062页。
③ 脱脱等:《宋史》卷三八九《尤袤传》,第11926页。
④ 陆游著,钱仲联校注:《剑南诗稿校注》卷二一,第1587页。
⑤ 陆游:《陆游集·渭南文集》卷四一《尤延之尚书哀辞》,第2396—2397页。
⑥ 脱脱等:《宋史》卷三九五《王质传》,第12055页。
⑦ 王质:《雪山集·序》,第1页。
⑧ 王阮:《义丰集》,《影印文渊阁四库全书》第1154册,第552页。
⑨ 脱脱等:《宋史》卷三九五《王质传》,第12055页。

得"①。隆兴初年王阮登进士第,对策,陈恢复中原之计,知贡举范成大读之感叹:"是人杰也。"② 乾道九年(1173),范成大赴广西帅任,题诗浯溪中兴碑,有郡人非议,惟郡教授王阮韪之。③ 庆元二年(1196),王阮拜见周必大,有《投周益公三首》其三称,"分无先睹凤,情有后凋松"④,可见其对周必大的推崇。

三、南宋中兴激进官宦诗人的群体特征

(一) 以阳刚之气为核心的审美观念

孟子说"我善养吾浩然之气"⑤,以气指人的道德与精神修养。宋玉称"悲哉秋之为气也"⑥,以气指自然界的节序氛围。曹丕称"文以气为主"⑦,以气指作家天生的禀赋与个性气质。朱熹说"形气既异,则其生而得乎天之理亦异"⑧,以气指道学家哲学体系中与形而上之理对应的形而下之质。自先秦以降,气的内涵不断发展,成为一个内涵丰富的范畴。南宋中兴时期激进官宦诗人群体在文学理论与创作中进一步发展了这一范畴,主要表现在三个层面:

1. 作为一种政治哲学基础的天人之气

两宋道学家推举"道"或天理为至高无上的权威,规范君主之"势",以

---

① 岳珂撰,吴企明点校:《桯史》卷一《王义丰诗》,北京:中华书局,1981年,第7页。
② 脱脱等:《宋史》卷三九五《王阮传》,第12053—12054页。
③ 于北山:《范成大年谱》,第168页。
④ 王阮:《义丰集》,《影印文渊阁四库全书》第1154册,第552页。
⑤ 杨伯峻译注:《孟子译注》卷三《公孙丑章句上》,北京:中华书局,2010年,第56页。
⑥ 洪兴祖撰,白化文等点校:《楚辞补注》卷八《九辩章句第八》,北京:中华书局,1983年,第182页。
⑦ 严可均校辑:《全上古三代秦汉三国六朝文·全三国文》卷八《论文》,北京:中华书局,1958年,第1098页。
⑧ 朱熹:《晦庵先生朱文公文集》卷五〇《答程正思》,朱杰人等主编:《朱子全书》第22册,上海:上海古籍出版社、合肥:安徽教育出版社,2002年,第2328页。

实现致君行道的理想。① 南宋中兴激进官宦诗人群体也面临着同样的问题,即如何让君主认同并实施他们的政治主张。他们没有像道学家那样发展出完整的理论体系,但也有自己的一种政治哲学,其基础就是会通天地人事的天人之气。

绍兴三十二年(1162),孝宗登基伊始,王十朋有上殿札子论:"国犹身也,强国与身者,气也……臣谓养今日之气,莫如守;伸今日之气,莫如战;挫今日之气,莫如和……陛下宜亲御鞍马,如汉文帝慨然发愤,如唐宪宗抚巡六师,以作将士之气,以图进取之计。"② 王十朋以"气"论君主修身治国之道,建议孝宗励精图治,俟时恢复中原,以伸国家之气。除了以"气"论抗金恢复之义,中兴激进官宦诗人还以之论治国富民之道。淳熙十四年(1187),天大旱,杨万里上疏论,"天地之气,与人之气贯通而为一者也。是气也,常通而不隔,则为丰穰,为治安。一有隔而不通,则为水旱,为危乱……斯民叹息之声,此至微也,而足以闻于皇天"③,因此规劝皇帝勤政爱民。尤袤在孝宗朝遇夏旱,亦上封事论,"天地之气,宣通则和,壅遏则乖;人心舒畅则悦,抑郁则愤……方今救荒之策,莫急于劝分"④,以此奉劝君主救荒利民。袁说友《论台谏当伸其气》称,"立国在乎台谏,而台谏之纪纲则在乎士大夫之气焉耳。气之所在,盖将肃风采,振纪纲"⑤,则是以气论士人风纪的整肃。

2. 作为一种主体精神的浩然之气

激扬士人主体内在精神领域的意气风范,以砥砺士风,振兴国家,是南宋中兴激进官宦诗人的共同理想。袁说友《论养士大夫气节》称,"盖士大夫之气节,养之则锐,挫之则懑……养气以励风俗,当自朝廷始……气节既立,惰者必勤,私者必公,贪者必廉,怯者必勇"⑥。杨万里论,"志为政,则气听乎

---

① 参见余英时:《朱熹的历史世界:宋代士大夫政治文化的研究》,北京:生活·读书·新知三联书店,2004年,第24—28页。
② 王十朋:《宋王忠文公文集》卷二《上殿札子三首》其二,《宋集珍本丛刊》第43册,第770页。
③ 杨万里撰,辛更儒笺校:《杨万里集笺校》卷六二《旱暵应诏上疏》,第2673页。
④ 脱脱等:《宋史》卷三八九《尤袤传》,第11924—11925页。
⑤ 袁说友:《东塘集》卷八,《宋集珍本丛刊》第64册,第307页。
⑥ 袁说友:《东塘集》卷八,《宋集珍本丛刊》第64册,第306—307页。

志;气听乎志,浩然之气也……道义之气塞乎天地矣"①。他称赞虞允文,"忠义忼慨之气,恢廓兼容之度,说者谓有寇平叔、范希文、张紫岩之风"②,"但令元气壮,患不塞尘开"③。杨万里注重养气自励,也受到同辈肯定,周必大称"友人杨廷秀,学问文章独步斯世。至于立朝谔谔,知无不言,言无不尽,要当求之古人,真所谓浩然之气,至刚至大,以直养而无害,塞于天地之间"④。

注重涵养主体的浩然壮气,也成为南宋中兴激进官宦诗人群体的重要特征。王十朋称,"秦氏以国事仇……胡君邦衡慨上请剑之书,至今读之,令人增气"⑤。周必大亦称胡铨"凛然英气,尚父是匹"⑥。淳熙中,陆游跋南渡名臣李光家书,称李光"每言秦氏,必曰咸阳,愤切慨慷,形于色辞……其英伟刚毅之气,使人兴起"⑦。而其《醉中作》诗自称"晚途豪气未低摧"⑧,《书愤》称,"早岁那知世事艰,中原北望气如山"⑨,均是以壮气自许。范成大有《登西楼》称"少年豪气合摧锋"⑩。王质《退文序》称,"少而为学问文章……气已盛,志已高"⑪。王阮则称张孝祥"气吞虹蜺"⑫。楼钥也有《沿檄柯山归别张特秀》诗,自述:"我昔志学年,侍亲宦西安……是时气相高,辩论俱澜翻。"⑬ 这些,都可见南宋中兴激进官宦诗人对自我主体浩然之气的涵养。

---

① 杨万里撰,辛更儒笺校:《杨万里集笺校》卷九二《庸言八》,第 3590—3591 页。
② 杨万里撰,辛更儒笺校:《杨万里集笺校》卷六三《与虞彬甫右相书》,第 2732 页。
③ 杨万里撰,辛更儒笺校:《杨万里集笺校》卷六《虞丞相挽词三首》其三,第 371 页。
④ 周必大:《庐陵周益国文忠公集》卷一九《题杨廷秀浩斋记》,《宋集珍本丛刊》第 51 册,第 265 页。
⑤ 王十朋:《宋王忠文公文集》卷二四《跋王金判植诗》,《宋集珍本丛刊》第 44 册,第 155 页。
⑥ 周必大:《庐陵周益国文忠公集》卷四五《又求胡忠简公赞》,《宋集珍本丛刊》第 51 册,第 480 页。
⑦ 陆游:《陆游集·渭南文集》卷二七《跋李庄简公家书》,第 2241—2242 页。
⑧ 陆游著,钱仲联校注:《剑南诗稿校注》卷四,第 356 页。
⑨ 陆游著,钱仲联校注:《剑南诗稿校注》卷一七,第 1346 页。
⑩ 范成大:《范石湖集·石湖居士诗集》卷一,第 3 页。
⑪ 王质:《雪山集》卷五,第 45 页。
⑫ 岳珂撰,吴企明点校:《桯史》卷一《王义丰诗》,第 7 页。
⑬ 楼钥:《攻媿集》卷一,第 19 页。

3. 作为一种诗歌美学风范的阳刚之气

南宋中兴激进官宦诗人将作家主体之气与诗歌创作呈现出来的美学风范密切联系在一起，也极具特色。如乾道五年（1169），王十朋作《蔡端明文集序》论："文以气为主，非天下之刚者莫能之……宜先涵养吾胸中之浩然，则发而为文章事业。"① 自曹丕提出文以气为主，文气之说遂成为中国古代文论中的一个重要哲学美学范畴。但曹丕所说的"气"，主要指创作主体天生的禀赋气质。而王十朋所论之"气"，则主要是指创作主体后天形成的一种具有阳刚之美的精神风范，这可谓是对先秦以来以气论文传统理论的一种推进。

王十朋以气论文的观念，乃是南宋中兴激进官宦诗人群体的共识。如庆元六年（1200）陆游作《方德亨诗集序》说："诗岂易言哉，才得之天，而气者我之所自养。有才矣，气不足以御之，淫于富贵，移于贫贱，得不偿失，荣不盖愧。"② 陆游指出诗和主体之气具有深刻联系，提出养气御诗的观点。开禧元年（1205），他又作《傅给事外制集序》论，"某闻文以气为主，出处无愧，气乃不挠"③。周必大亦论，"文章以学为车，以气为驭……挟之以刚大之气，行之乎忠信之途……如是者积有年，浩浩乎胸中，滔滔乎笔端矣"④。杨万里称范成大："风神英迈，意气倾倒……则其诗文之工，岂十日一水、五日一石之谓也哉?"⑤ 楼钥自称："一生忧国心，千古敢言气。"⑥ 可以看出，南宋中兴激进官宦诗人提倡的以阳刚之气为核心的诗歌美学风范，源于其慷慨激壮的意气情怀及其致力于中兴事业的精神气象，具有特定时代内涵与文学史意义。

（二）爱国忧时的共同主题

南宋中兴时期，激进官宦诗人致力于中兴恢复的事业，爱国忧时，关心民瘼，在文学创作领域也强烈表达着这种主题。

---

① 王十朋：《宋王忠文公文集》卷一二，《宋集珍本丛刊》第44册，第53页。
② 陆游：《陆游集·渭南文集》卷一四，第2104页。
③ 陆游：《陆游集·渭南文集》卷一五，第2112页。
④ 周必大：《庐陵周益国文忠公集》卷二〇《王元渤洋右史文集序》，《宋集珍本丛刊》第51册，第278页。
⑤ 杨万里撰，辛更儒笺校：《杨万里集笺校》卷八二《石湖先生大资参政范公文集序》，第3296—3297页。
⑥ 楼钥：《攻媿集》卷二《送刘德修少卿潼川漕》，第33页。

1. 对于中原未复的忧患

南宋中兴激进官宦诗人创作的一个突出主题,就是对于中原未复的忧患。王十朋:"爱君忧国,出于天性。"① 他支持张浚北伐失败后罢职归家,作《去国》诗云:"去国常忧国,还家未有家。君恩报无所,含愧出京华。"② "去国"仍不忘"忧国",可见其一贯的忧时情怀。南宋北伐失败,孝宗下罪己诏,杨万里作《读罪己诏》三首,其二感慨:"中原仍梦里,南纪且愁边。"③ 淳熙十六年(1189),他为接伴金国贺正旦使,赋十多首忧国伤时的诗作,成为其创作的一个高潮。如《初入淮河四绝句》其一:"船离洪泽岸头沙,人到淮河意不佳。何必桑乾方是远?中流以北即天涯。"④ 表现了对中原陆沉的深切忧虑。范成大创作七十二首使金绝句,其中有多首此类诗作。乾道八年(1172),他帅广西,又赋《合江亭》诗云:"毡毳昔乱华,车马隔中州……安知千载后,但泣新亭囚。"⑤ 在新亭对泣的历史记忆中,蕴含着对中原分裂的感叹。

陆游在这方面更是一个典型。淳熙十四年(1187),他编刻《剑南诗稿》,门人郑师尹作序,称其"忠愤感激,忧思深远,一念不忘君"⑥。罗大经《鹤林玉露》亦称陆游:"诗号《剑南集》,多豪丽语,言征伐恢复事。其《题侠客图》云:'赵魏胡尘十丈黄,遗民膏血饱豺狼。功名不遣斯人了,无奈和戎白面郎。'寿皇(孝宗)读之,为之太息。"⑦ 其绝笔之作《示儿》云:"王师北定中原日,家祭无忘告乃翁。"⑧ 正是其毕生爱国忧时精神的总结。其他如张孝祥《读中兴碑》:"北望神皋双泪落,祇今何人老文学。"⑨ 喻良能《有感二首》其一:"再有淮南乱,纷纷几战场……何时洗兵甲,四海重耕桑。"⑩

---

① 王十朋:《宋王忠文公文集》卷二《轮对札子三首》其一,《宋集珍本丛刊》第 43 册,第 767 页。
② 王十朋:《宋王忠文公文集》卷四〇,《宋集珍本丛刊》第 44 册,第 306 页。
③ 杨万里撰,辛更儒笺校:《杨万里集笺校》卷一,第 62 页。
④ 杨万里撰,辛更儒笺校:《杨万里集笺校》卷二七,第 1403 页。
⑤ 范成大:《范石湖集·石湖居士诗集》卷一三,第 169 页。
⑥ 陆游著,钱仲联校注:《剑南诗稿校注·序》。
⑦ 罗大经撰,王瑞来点校:《鹤林玉露》甲编卷四《陆放翁》,第 71 页。
⑧ 陆游著,钱仲联校注:《剑南诗稿校注》卷八五,第 4542 页。
⑨ 张孝祥著,徐鹏校点:《于湖居士文集》卷二,第 8 页。
⑩ 喻良能:《香山集》卷六,《宋集珍本丛刊》第 56 册,第 116 页。

赵善括《过金陵有感和韵》:"中兴事业由忧勤,风流千载还芬薰。谢安王导亦可罪,至今遂使南北分。"① 均是书写对中原未复的忧患。

2. 对于民瘼的关怀

首先是描写南渡以降的战乱与社会动荡造成的人民苦难。靖康之难与宋室南渡造成严重的流民问题。② 张孝祥《和沈教授子寿赋雪三首》其三描写:"只今斗米钱数百,更说流民心欲折。胡儿打围涂塘北,烟火穹庐一江隔。陛下宵衣甚焦劳,微臣私忧长郁结。"③ 即揭示了大量流民缺衣少食、寒苦无依的生存状态。王阮《遇流民有感一首》说,"行尽江南处处山,无钱归去买山闲。自怜不在施为地,空对流民数汗颜"④。楼钥则通过一个北方士人的具体流离经历揭示了这种社会状况,其《送刘晋父监岳》诗云:"济南刘夫子,生来逢百罹……时当建炎间,寇盗纷不齐。转徙入湘广,一家屡阽危。五羊买海舟,万里向鲒埼。舟破投永嘉,有如鸟择栖……慨然念防墓,千里来海涯。"⑤ 诗中的刘晋父,正是南渡后士民流落命运的典型写照。

其次是揭示自然灾荒、官吏偷惰或盘剥等原因带来的百姓疾苦。乾道七年(1171),王阮在潭州遇年荒民饥,作《代胡仓进圣德惠民诗一首》:"习此民成懒,加之吏不虔。力耕终苟且,劝课或迁延……忆昨初行日,萧然亦可怜。饿羸皆偃仆,疾疫更牵缠……状貌已成鬼,号呼几乱蝉。"⑥ 描写了因吏民偷惰导致灾荒之年饿殍满野的惨象。尤袤"问民疾苦","民诵其善政不绝口"⑦。"问民疾苦"也是其诗的一个主题,如《次韵德翁苦雨》:"十年江国水如淫,怕见三秋雨作霖。可念田家妨卒岁,须烦风伯荡层阴。"⑧ 写阴雨连绵、妨害田家秋收的忧愁。而其《淮民谣》诗,则是强烈控诉两淮山水寨劳生扰民的典型之作。袁说友也勤政爱民,其《十月雪四白》云:"祁寒未必小

---

① 赵善括:《应斋杂著》卷五,《影印文渊阁四库全书》第1159册,第49页。
② 宋代主要有三次移民,分别在靖康之难、南宋金对峙、南宋蒙元对峙时期,而南渡至中兴时期就是其中的重要阶段。参见吴松弟:《北方移民与南宋社会变迁》,台北:文津出版社,1993年,第11页。
③ 张孝祥著,徐鹏校点:《于湖居士文集》卷二,第15页。
④ 王阮:《义丰集》,《影印文渊阁四库全书》第1154册,第563页。
⑤ 楼钥:《攻媿集》卷二,第29页。
⑥ 王阮:《义丰集》,《影印文渊阁四库全书》第1154册,第540—541页。
⑦ 脱脱等:《宋史》卷三八九《尤袤传》,第11929页。
⑧ 尤袤:《梁溪遗稿》卷一,《影印文渊阁四库全书》第1149册,第512页。

民怨,哭雪政恐樵夫憎。穷阎冷市籴贵谷,破灶湿苇烧层冰。"① 写连续降雪之际对百姓饥寒的担忧。范成大一生游宦四方,希望能够"有为于当年,医国庇民"②,创作了大量表现民生疾苦的诗作,如早年的《催租行》《后催租行》等。他晚年又作《四时田园杂兴六十首》,深刻揭露了官民之间的紧张关系和农民遭受的沉重压迫。宋人刘宰《书石湖诗卷后》称范成大"为政平易近民,民有隐必伸"③。钱锺书先生指出,《四时田园杂兴》使脱离现实的田园诗有了泥土和血汗的气息,推动了田园诗发展,田园诗又获得了生命,扩大了境地。④

(三) 慷慨激越的艺术世界

南宋中兴激进官宦诗人以诗歌纪事抒怀,开拓出一个慷慨激越的艺术世界。其内涵主要包括以下三个层面:

1. 锐意功业的生活世界

激进官宦诗人要实现中兴恢复的理想,积极进取、建功立业是唯一途径。杨万里称:"某生好为治乱之学,力探之而非不幽也,洞观之而非不白也。"⑤淳熙十四年(1187),孝宗令太子参决庶务,杨万里认为政令不可出于二,因此上书坚决表示反对,并称:"使臣杀一身以利国家,臣之愿也。"⑥淳熙中他提举广东常平茶盐,"盗沈师犯南粤,师师往平之",孝宗称赞他有"仁者之勇"⑦。他亦有《平贼班师,明发潮州》诗记其事:"不是潢池赤白囊,何缘杖屦到潮阳?官军已扫狐兔窟,归路莫孤山水乡。"⑧ 表达了平定一方的喜悦心情。

范成大为政之勤堪称典范。他有诗述志说:"胸奇百炼当活国……匈奴未

---

① 袁说友:《东塘集》卷二,《宋集珍本丛刊》第64册,第244页。
② 范成大:《范村菊谱·序》,范成大撰,孔凡礼点校:《范成大笔记六种》,北京:中华书局,2002年,第269页。
③ 刘宰:《漫塘集》卷二四,《影印文渊阁四库全书》第1170册,第618页。
④ 钱锺书:《宋诗选注》,北京:生活·读书·新知三联书店,2002年,第313页。
⑤ 杨万里撰,辛更儒笺校:《杨万里集笺校》卷六四《上史侍郎书》,第2770页。
⑥ 杨万里撰,辛更儒笺校:《杨万里集笺校》卷六二《上寿皇论东宫参决书》,第2689—2691页。
⑦ 脱脱等:《宋史》卷四三三《杨万里传》,第12864页。
⑧ 杨万里撰,辛更儒笺校:《杨万里集笺校》卷一八,第896页。

灭家何为。"① 杨万里称他，"以文学材气受知寿皇，自致大用。至杖汉节，使强虏……其所立又有不凡者矣"②。他帅蜀之际筹措边事，政绩卓著，陆游有《范待制诗集序》记其事，称"未数月，声震四境"③。淳熙四年（1177），他因病乞祠，孝宗感慨说，"范某已病，尚为国远虑"④。周必大为中兴名臣，有诗说，"好把嘉猷献丹扆，中兴天子急升平"⑤。陆游《周益公文集序》称，"公在位久，崇论宏议，丰功伟绩，见于朝廷，传之夷狄者，何可胜数"⑥。楼钥也锐意进取，很有政声。其《击楫誓清中原赋》称："国仇未雪，壮夫请行。"⑦ 他言论切直，光宗说"楼舍人朕亦惮之"⑧。嘉定初，他"起为内相，俄辅大政"⑨。另外，如尤袤《送吴待制帅襄阳二首》其二："努力功名归报国，莫思山月与林钟。"⑩ 王质《别张君玉二首》其一："他日中原公事了，磨崖千丈要丰碑。"⑪ 赵善括称："某幼固读书，长尝学剑，虽奋身于笔砚，盖有意于功名。"⑫ 读书学剑，锐意功名，正是中兴激进官宦诗人群体生活世界的概括。

2. 豪迈悲壮的心灵世界

从客观来看，南宋中兴时期，以宋朝的政治、经济与军事实力，仍不足以收复故土，而只能与金人对峙。加之南宋朝野始终有一股主和势力阻抑北伐。

---

① 范成大：《范石湖集·石湖居士诗集》卷二六《吴猎一首送丘宗卿自平江移会稽》，第360页。
② 杨万里撰，辛更儒笺校：《杨万里集笺校》卷八二《石湖先生大资参政范公文集序》，第3296页。
③ 陆游：《陆游集·渭南文集》卷一四，第2098页。
④ 周必大：《庐陵周益国文忠公集》卷六二《资政殿大学士赠银青光禄大夫范公成大神道碑》，《宋集珍本丛刊》第51册，第609页。
⑤ 周必大：《庐陵周益国文忠公集》卷一《送陆先生圣修府赴春闱》，《宋集珍本丛刊》第51册，第146页。
⑥ 陆游：《陆游集·渭南文集》卷一五，第2113页。
⑦ 楼钥：《攻媿集》卷八〇，第1080页。
⑧ 脱脱等：《宋史》卷三九五《楼钥传》，第12046页。
⑨ 真德秀：《西山先生真文忠公文集》卷二七《攻媿先生楼公集序》，上海：商务印书馆，1937年，第483页。
⑩ 尤袤：《梁溪遗稿》卷一，《影印文渊阁四库全书》第1149册，第514页。
⑪ 王质：《雪山集》卷一四，第175页。
⑫ 赵善括：《应斋杂著》卷二《郭都统启》，《影印文渊阁四库全书》第1159册，第22—23页。

因此，陆游所谓"诸公尚守和亲策，志士虚捐少壮年"①，成为中兴时代的缩影。一方面是壮志豪情的激荡，另一方面则是英雄失路的悲愤，二者相互交织，形成了南宋中兴激进官宦诗人群体豪迈而又悲壮的复杂心灵世界。

其一，豪情与壮怀。如王十朋《题一览亭》诗云："危亭顶鄂渚，欲上初不敢……北望旧中原，激裂壮士胆。何由登太山，一快天下览。"② 写登临一览亭，面临长江天险，目睹淮南大泽，锦绣的山河尽在眼底，胸中不禁激起恢复中原、尽兴登览祖国河山的壮怀豪情。陆游夜读兵书，百感俱来，赋诗云："平生万里心，执戈王前驱。战死士所有，耻复守妻孥。"③ 抒写万里驱驰的壮怀。周必大即以"大哉横气机，寄此语清壮"④ 称赞陆游诗的豪壮之风。杨冠卿《塞上与郑将夜饮》其二："几年京洛暗胡尘，老上龙庭恨未焚。安得君王倚天剑，提携直上决浮云。"⑤ 蔡戡《南昌大阅》："角声悲壮秋风里，旗影横斜晚照中……此身虽老心犹壮，自笑凭鞍矍铄翁。"⑥ 袁说友《阅兵给赉》："欲挽长江问豪杰，岂无击楫叹中原。"⑦ 都是写报效国家、北取中原的壮怀。

其二，激愤与悲慨。如陆游《关山月》："和戎诏下十五年，将军不战空临边……遗民忍死望恢复，几处今宵垂泪痕。"⑧《夜泊水村》："一身报国有万死，双鬓向人无再青。记取江湖泊船处，卧闻新雁落寒汀。"⑨ 写出了宋金和戎后壮士失志、报国无门的苦闷。又如其《书愤》其一说，"壮心未与年俱老，死去犹能作鬼雄"，其二说，"关河自古无穷事，谁料如今袖手看"⑩。方回《瀛奎律髓》称，"悲壮感慨，不当徒以虚语视之"⑪。再如杨冠卿《塞上与郑将夜饮》其一："白发将军夜枕戈，楼兰未斩奈愁何。挑灯看剑泪如洗，

---

① 陆游著，钱仲联校注：《剑南诗稿校注》卷一六《感愤》，第 1238 页。
② 王十朋：《宋王忠文公文集》卷二六，《宋集珍本丛刊》第 44 册，第 182 页。
③ 陆游著，钱仲联校注：《剑南诗稿校注》卷一《夜读兵书》，第 18 页。
④ 周必大：《庐陵周益国文忠公集》卷二《陆务观病弥旬仆不知也佳篇谢邻里次韵自解》，《宋集珍本丛刊》第 51 册，第 154 页。
⑤ 杨冠卿：《客亭类稿》卷一三，《影印文渊阁四库全书》第 1165 册，第 539 页。
⑥ 蔡戡：《定斋集》卷一八，《影印文渊阁四库全书》第 1157 册，第 746 页。
⑦ 袁说友：《东塘集》卷五，《宋集珍本丛刊》第 64 册，第 273 页。
⑧ 陆游著，钱仲联校注：《剑南诗稿校注》卷八，第 623 页。
⑨ 陆游著，钱仲联校注：《剑南诗稿校注》卷一四，第 1136 页。
⑩ 陆游著，钱仲联校注：《剑南诗稿校注》卷三五，第 2312—2313 页。
⑪ 方回选评，李庆甲集评校点：《瀛奎律髓汇评》卷三二《书愤》诗之评，第 1372 页。

那听萧萧易水歌。"① 赵善括《世事二首》其一:"空持冲斗剑,安得上天槎。远信凭飞翼,流年付落花。"② 蔡戡《游金山》:"千里江淮穷远目,十年尘土愧初心。何人为击中流楫,北望神州泪满襟。"③ 均可见流年空度、壮怀难伸的悲愤。

3. 慷慨激越的诗歌世界

杨万里自跋诗集,称:"若问个中何所有?一腔热血和诗裁。"④ 南宋中兴激进官宦诗人的壮怀豪情和一腔热血熔铸成诗歌,建构出一个慷慨激越的文学世界。如杨万里《跋丘宗卿侍郎见赠使北诗一轴》,以自身入淮河的经历展开联想,从自然万象写到山河呜咽、民不聊生的"中原万象",表现了他内心感念中原、寄意恢复的慷慨情怀。⑤ 这是一个想象建构的文学世界,却是真实生活经历的反映。陆游自称,"早岁志远游,万里携孤剑"⑥,其诗歌更是一个金戈铁马的世界。如《观大散关图有感》描绘了"上马击狂夫,下马草军书"的生活,意气纵横。⑦《金错刀行》塑造了一位豪侠之士的形象,极富感染力。⑧《秋思》说,"慨然此夕江湖梦,犹绕天山古战场"⑨,以梦的形式抒写其慷慨杀敌于边关疆场的强烈渴望。王十朋有《梦庵记》说,"梦者,诚之所形也……心之所念者果何事,梦之所见者果何物耶"⑩。浜田正秀亦论,"梦是贮存着的记忆形象的复苏"⑪。陆游常以梦诗来写边塞与战场,建构出一个独特的文学世界,事实上正是其边关生活体验与矢志恢复中原的内心之诚的反映。

南宋中兴激进官宦诗人笔下的文学世界,亦根植于其风云激荡的历史世

---

① 杨冠卿:《客亭类稿》卷一三,《影印文渊阁四库全书》第 1165 册,第 539 页。
② 赵善括:《应斋杂著》卷五,《影印文渊阁四库全书》第 1159 册,第 53 页。
③ 蔡戡:《定斋集》卷一九,《影印文渊阁四库全书》第 1157 册,第 753 页。
④ 杨万里撰,辛更儒笺校:《杨万里集笺校》卷二六《自跋江西道院集,戏答客问》,第 1373—1374 页。
⑤ 杨万里撰,辛更儒笺校:《杨万里集笺校》卷三〇,第 1564 页。
⑥ 陆游著,钱仲联校注:《剑南诗稿校注》卷八一《远游二十韵》,第 4351 页。
⑦ 陆游著,钱仲联校注:《剑南诗稿校注》卷四,第 357 页。
⑧ 陆游著,钱仲联校注:《剑南诗稿校注》卷四,第 361 页。
⑨ 陆游著,钱仲联校注:《剑南诗稿校注》卷二三,第 1690 页。
⑩ 王十朋:《宋王忠文公文集》卷一四,《宋集珍本丛刊》第 44 册,第 71 页。
⑪ 〔日〕浜田正秀著,陈秋峰、杨国华译:《文艺学概论》,北京:中国戏剧出版社,1985 年,第 33 页。

界。如员兴宗,敢于"毅然抗论,指陈时弊"①,著有《九华集》。其《歌两淮》诗,长达一千多字,详细描述了在国家危难形势下,虞允文督率两淮疲惫之士,以少胜多,击溃完颜亮大军于采石的全过程。② 关于虞允文采石大捷的历史事件,南宋时颇多记述,如员兴宗即另撰有《采石战胜录》③,还有李心传《建炎以来系年要录》④、塞驹《采石瓜洲毙亮记》⑤、佚名《采石毙亮记》⑥、佚名《煬王江上录》⑦ 等。陶晋生《金海陵帝的伐宋与采石战役的考实》亦有深入考证。⑧ 员兴宗诗与这些史书、笔记、专著的记载考述如出一辙,可以诗证史,以史证诗。而相比来看,其诗的描写更为生动具体,形象鲜明,堪称南宋中兴诗坛乃至整个宋代诗歌史上少有的长篇叙事佳构。这是一个文学艺术的世界,更是南宋抗金史上重要时刻的记录和慷慨激越的时代精神的反映。

四、结　语

　　上文就南宋中兴激进官宦诗人群体进行了考述。研究揭示,南宋中兴时期出现了一批政治上积极进取的激进官宦,对于时势的群体自觉,游于艺途的文学交往,促使他们形成一个重要的诗人群体,并且具有鲜明的群体特征,如以阳刚之气为核心的审美观念、爱国忧时的共同主题、慷慨激越的艺术世界。

---

　　① 永瑢等:《四库全书总目》卷一六〇《九华集提要》,北京:中华书局,1965年,第1378页。
　　② 员兴宗:《九华集》卷二,《宋集珍本丛刊》第56册,第198—199页。
　　③ 员兴宗撰,赵维国整理:《采石战胜录》,上海师范大学古籍整理研究所编:《全宋笔记》第6编,第3册,郑州:大象出版社,2013年,第255—264页。
　　④ 李心传:《建炎以来系年要录》卷一九四,北京:中华书局,1956年,第3259—3265页。
　　⑤ 塞驹撰,赵维国整理:《采石瓜洲毙亮记》,上海师范大学古籍整理研究所编:《全宋笔记》第6编,第3册,第265—281页。
　　⑥ 佚名撰,赵维国整理:《采石毙亮记》,上海师范大学古籍整理研究所编:《全宋笔记》第6编,第3册,第283—292页。
　　⑦ 佚名撰,赵维国整理:《煬王江上录》,上海师范大学古籍整理研究所编:《全宋笔记》第6编,第3册,第293—301页。
　　⑧ 陶晋生:《金海陵帝的伐宋与采石战役的考实》,台北:台湾大学文学院,1963年。

《宋史》论，南宋中期"金国平治，无衅可乘"①。由于客观实力的均衡，南宋中兴君臣始终未能实现恢复中原的大业，但他们励精图治、矢志恢复的精神值得肯定。② 南宋中兴激进官宦诗人群体的形成，正是宋室南渡以后风起云涌的爱国思潮及恢复中原的时代旋律的集中体现，具有特定历史与文学史意义。

法国批评家丹纳论，"艺术家本身，连同他所产生的全部作品，也不是孤立的。有一个包括艺术家在内的总体，比艺术家更广大，就是他所隶属的同时同地的艺术宗派或艺术家家族……到了今日，他们同时代的大宗师的荣名似乎把他们湮没了；但要了解那位大师，仍然需要把这些有才能的作家集中在他周围"③。南宋历史上为人熟知的陆游、范成大等伟大爱国诗人，事实上也绝非孤立的个别偶然现象，而是产生于特定历史与文学语境，来源于南宋中兴激进官宦诗人群体这个"艺术家家族"。宋人林景熙指出，"前辈评宋渡南后诗，以陆务观拟杜，意在寤寐不忘中原，与拜鹃心事，悲惋实同。夫同其所以诗之心，则亦同其诗"④，陆游在当世即确立了典范地位⑤。而范成大使金气节凛然，连金世宗都赞叹"可以激励两国臣子"⑥，他也成为南宋中兴时期士风新变与使北诗歌题材开拓的典型⑦。正如林景熙所论，"同其所以诗之心，则亦同其诗"，以陆游、范成大等为代表的南宋中兴激进官宦诗人群体，其锐意进取的时代精神与诗歌书写，传递了一个时代的心声，推动了诗学演进，堪称历史与文学史上的典范。其时代的强音，也将会在历史的时空中永恒回响。

---

① 脱脱等：《宋史》卷三五《孝宗纪三》，第692页。
② 如朱熹即称赞："孝宗是甚次第英武！"（黎靖德编，王星贤点校：《朱子语类》卷一二七《孝宗朝》，北京：中华书局，1986年，第3060页）陈岩肖亦论：孝宗"践阼以来，未尝一日暂忘中兴之图，每形于诗辞。如《新秋雨过述怀》……观此则规恢之志大矣"（陈岩肖：《庚溪诗话》卷上，丁福保辑：《历代诗话续编》，北京：中华书局，1983年，第164页）。叶绍翁称陆游："宦剑南，作为歌诗，皆寄意恢复。书肆流传，或得之以御孝宗。上乙其处而赴之"（叶绍翁撰，沈锡麟、冯惠民点校：《四朝闻见录》乙集《陆放翁》，北京：中华书局，1989年，第65页）。
③ 〔法〕丹纳著，傅雷译：《艺术哲学》，桂林：广西师范大学出版社，2000年，第38—39页。
④ 林景熙：《霁山集》卷五《王修竹诗集序》，上海：商务印书馆，1935年，第115页。
⑤ 参见曾维刚：《典范确立：论陆游的当世接受》，《江海学刊》2014年第3期。
⑥ 周必大：《庐陵周益国文忠公集》卷六二《资政殿大学士赠银青光禄大夫范公成大神道碑》，《宋集珍本丛刊》第51册，第607页。
⑦ 参见曾维刚：《南宋中兴时期士风新变与使北诗歌题材的开拓》，《文学遗产》2017年第2期。

大数据视阈中的明清进士家族研究*

——以 CBDB、中华寻根网为例

中国社会科学院文学研究所 刘京臣

科举制是我国历史上一项非常重要的人才选拔制度。进士科本为诸科之一，后来逐渐成为最重要的一科。姚合说："骞钝无大计，酷嗜进士名"①。《唐摭言》也说："缙绅虽位极人臣，不由进士者，终不为美，以至岁贡常不减八九百人。其推重谓之'白衣公卿'，又曰'一品白衫'；其艰难谓之'三十老明经，五十少进士'。"② 可见时人对进士之推重。

学界对进士群体较为关注，取得了一系列研究成果。这些成果中，有一些是在历代登科录、题名录、碑录以及方志等基础上选取区域进士群体为考察对象的③，极大地推动了区域文化与进士群体研究；还有一些则在此基础上进一

---

* 本文为国家社会科学基金重点项目"元代文学地图数字分析平台"（18AZW008）、国家社会科学基金重大项目"基于大数据技术的古代文学经典文本分析与研究"（18ZDA238）阶段性成果。

① 姚合：《寄陕府内兄郭冏端公》，《全唐诗》卷四九七，第 15 册，北京：中华书局，1960年，第 5646 页。

② 王定保：《唐摭言·散序进士》，上海：上海古籍出版社，1978 年，第 4 页。

③ 例如：多洛肯《明代福建进士研究》（上海：上海辞书出版社，2004 年），《明代浙江进士研究》（上海：上海古籍出版社，2004 年），《清代浙江进士群体研究》（北京：中国社会科学出版社，2010 年），李润强《清代进士群体与学术文化》（北京：中国社会科学出版社，2007年），朱东根《海南历代进士研究》（海口：海南出版社、南方出版社，2008 年），徐红《北宋初期进士研究》（北京：人民出版社，2009 年），丁辉、陈心蓉《嘉兴历代进士研究》（合肥：黄山书社，2012 年）与《明清嘉兴科举家族姻亲谱系整理与研究》（北京：中国社会科学出版社，2016 年），陈尚敏《清代甘肃进士研究》（兰州：甘肃人民出版社，2013 年），毛晓阳《清代江西进士丛考》（南昌：江西高校出版社，2014 年），严其林《镇江进士研究》（上海：复旦大学出版社，2014 年），邱进春《明代江西进士考证》（北京：中国社会科学出版社，2015 年），等等。

步考察进士家族①，探讨这些家族的形成、分布、流动、姻亲以及对地方的影响等。这些研究之所以能取得令人瞩目的成就，绝大部分如郭培贵在梳理明代进士家族时所说的："对所见明代各科《进士登科录》《进士履历便览》《皇明三元考》《献征录》《类姓登科考》及清官修畿辅和各省《通志》中的《选举志》与人物传记等文献中的相关史料进行了全面搜集、整理与考证。"基于对上述文献的一一爬梳，郭培贵认为，明代"273年间共产生2088个进士家族，与其相关的进士总计为4970名，占明代进士总数的20.21%"②。正因为以传统文献梳理为基础，得出来的结论才较为令人信服。

若从另外的角度看，我们如何检验学者们关于进士家族确立③、进士家族数量的判断？或者简单地说，某时段、某区域有多少进士家族，能否比较迅速地探究清楚？构成进士家族的进士们，在家族中分属哪些世系、支派？他们的姻亲状况如何？联姻的家族如果也是进士家族，那么不同的家族之间是否会在治经、传经等问题上产生影响？能否从家谱和家族成员的作品中，细化姻亲、交游、师友等关系？能否借此挖掘出构建更为全面的家族世系图谱的有效数据？借助技术手段，或可回答上述问题，我们以CBDB和中华寻根网为例进行尝试。

一、CBDB：明清进士家族的初步梳理

作为关系型数据库的CBDB，以宋元明人传记资料索引及《清代人物生卒年表》，正史列传、墓志铭、墓表、地方志列传等史料，文集之祭文、序、

---

① 如张杰《清代东北边疆地区的科举进士家族》(《中国边疆史地研究》2000年第3期)、张杰《清代科举家族》(北京：社会科学文献出版社，2003年)、叶可汗《明代福建进士家族研究》(辽宁师范大学硕士学位论文，2012年)、陈秋露《明代江西进士家族研究》(江西师范大学硕士学位论文，2014年)、郭培贵《明代进士家族相关问题考论》(《求是学刊》2015年第6期)以及夏汉宁、黎清《文化地理视域下的宋代江西籍进士家族》(《江西社会科学》2017年第11期)等皆为此类。

② 郭培贵：《明代进士家族相关问题考论》，《求是学刊》2015年第6期。

③ 关于"进士家族"的标准，学界并无定论。郭培贵在《明代进士家族相关问题考论》中提出，"'五代直系亲属内有两名以上进士的家族'即为进士家族，也即五代之内不一定每代都出进士，但至少应有两名以上进士"(《求是学刊》2015年第6期)。本文采用郭先生之说。

记、书信等作品，以及郡守年表、会要、实录等官方文书为主要资料来源，同时还与"明清档案人名权威数据查询"、麦吉尔大学"明清妇女著作"数据库以及京都大学"唐代人物知识库"等开展合作，截至2019年4月，单机版共收录中国历代人物传记资料422607条。①

它以姓、名、生卒、地址、别名、著述、职官、入仕、事件、社会区分、亲属关系、社会关系、财产、出处、社交机构为字段，尽可能将入库的人物信息细化，并在诸多子库之间建立起关联。在CBDB看来，每一位被纳入数据库中的个体，都"被视为被关系网络界定且能够被量化和分析的实体"，基于这种理念，拥有42万多条数据的CBDB可以将某个时段某个区域内的所有个体以某种或某些特定方式呈现出来——当然，呈现的背后是量化与分析。

且看如何利用CBDB介入明清进士家族研究领域。从理论上讲，该数据库能将明清时期整个版图内的进士纳入考察视野，通过亲属关系等判断进士之间的关系，从而推断他们是否来自同一家族。为方便论述，且以明清时期的萧山为例。据CBDB可知明清时期（1368—1911），萧山②共有进士142人，明代40人、清代102人。

从CBDB的角度来考察明清两代的萧山进士群体能否归并到相关家族中，这142位进士是最直接的研究对象。当然，我们也可以从登科录、方志、朱卷集成等文献中一一爬梳，但那样的操作在当下失去了技术的意义，借助于CBDB所提供的一系列查询与呈现方式，我们可以较为便捷地考察出这些进士们有无亲属关系。如果存在亲属关系，再利用社会网络分析软件将这些关系呈现出来。

通过分析，我们发现40位明代萧山进士形成了以张试、张谊、来天球、来汝贤、来经济、来三聘、翁五伦等为中心的27个独立原型，还有13人的亲属关系CBDB尚未梳理。这27个独立原型中，有4个以来氏为中心，分别是来天球、来汝贤、来经济与来三聘，图1是依据CBDB所呈现出来的来天球的亲属关系。

来天球的13种亲属关系，包含了其曾祖来名、祖父来宗表、父亲来雄，

---

① 2019年4月15日下载链接为：https://hu-my.sharepoint.com/:u:/g/personal/hongsuwang_fas_harvard_edu/EXe4gcr6HalEuoyIdRmOBXsBKKFUnEYYXnchcvl0JMEvjg?e=Oop9fa。

② CBDB仅收录乡贯为萧山，未包含户籍为萧山的进士，特此说明。

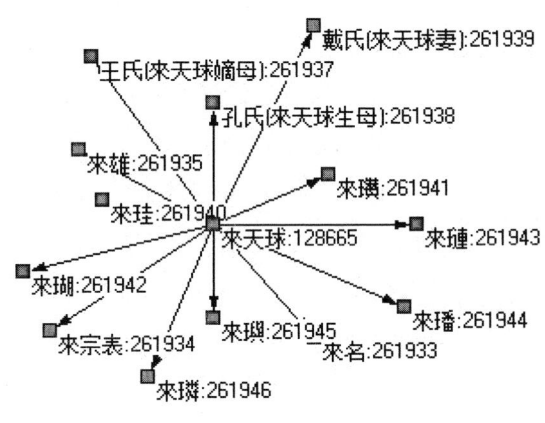

图1

其兄珪、瓒、瑚、琏、璠、玙,其弟璘,嫡母王氏、生母孔氏,其妻戴氏等,未见与其他来姓进士有关联。由来汝贤的亲属关系来看,也未与其他三位来姓进士有关联。来三聘的亲属关系显示他与来汝贤(ID224766)、来经济(ID224767)有关系,但这二人ID都与具有进士身份的来汝贤(ID128666)、来经济(ID205509)不相符,这证明CBDB中至少有两位来汝贤①、两位来经济,且与来三聘有关系的二位皆非进士。在来经济的亲属关系网络中出现的来天球(ID334474)亦非进士来天球(ID128665)。

借助于CBDB及其提供的一系列工具,我们可以较便捷地知道某个时段某地所有进士,还可以探究这些出自同一地域的进士群体的亲属关系(当然如果需要还能探究社会关系等),从理论上讲,这为构建进士家族创造了条件。但在尝试过程中,至少明代萧山一地的四位来姓进士,并没有显示出亲属关系,这意味着他们不能被纳入同一个家族中。

明代如此,清代呢?据CBDB统计出来的清代萧山102位进士中,来姓进士12人,当我们以此为例进行考察时,发现通过CBDB的梳理,他们之间也不存在亲属关系,甚至连社会关系也不存在。这颇令我们怀疑:难道明清两代的萧山来姓进士之间竟然不存在亲属关系?至少目前从CBDB呈现出来的数据表明,他们之间并不存在关联,更不用说出自同一个家族。

为什么会出现这种情况?我们推测可能有如下几种原因:

---

① CBDB中共有三位来汝贤,ID分别为128666、224766、334480。

（1）明清两代的萧山来姓进士确非出自同一家族，遂无亲属关系。依常理，这个判断成立的可能性不大。

（2）由于数据不足，部分进士未被统计进 CBDB，从而导致一些原本可能建立起来的联系因这些关键人物的缺失而中断。

（3）由于算法原因，一些进士虽被 CBDB 收录，却因户籍类别问题而被排除在统计范围之外。如鲁琛、来宗道、陈伯龙、来斯行、来方炜、来集之等虽被 CBDB 收录，却皆未呈现在萧山进士群体中。被 CBDB 认可为萧山进士的来天球、来汝贤、来三聘与来经济四人，皆为灶籍；虽被收录却未被认可为萧山进士的来宗道、来斯行、来方炜三人也是灶籍，这两批人皆为绍兴府萧山县的灶籍，CBDB 出现了厚此薄彼的现象。这给我们带来了新的挑战：如果要依托 CBDB 进行较大规模的数据分析，如何检验数据？就本文而言，我们要以 CBDB 为数据源探讨明清两代进士家族，首要问题是利用大数据梳理出某地所有进士，其次利用 CDBD 的"亲属关系"功能将这些被确认出来的进士们归并到各自的独立原型中，再来判断是否出自同一家族。目前来看，虽然 CBDB 确认进士身份的准确率较高，但是一旦与某地结合起来、确认该地的进士时，往往会出现滥入、失收等问题。就 CBDB 的数据来源而言，如果能将数字化的家谱文献纳入考察视野，与现有的数据相匹配，能在一定程度上解决滥入特别是失收的问题。

（4）人物重名是很常见的现象，CBDB 同样要面临和解决这个问题。在无法确知重名者为同一人的情况下，各自赋予唯一 ID 进行区分确为明智之举。本文中涉及的来天球便有两个 ID（128665、334474），在 CBDB 看来，这便是有两位来天球。实际上这两个 ID 指向同一人，即 ID 为 128665 的进士来天球。与之相似的，还有来汝贤、来经济。正因为 CBDB 将一人认定为两人或多人，且赋予每人唯一 ID 的做法，使得它虽然能勾勒和展现一些亲属关系，却往往伴随着疏误出现——它中断了本应建立起来的关系。除了来氏外，上文统计出来的明代进士张试、张谊兄弟也存在同样情况。

通过重新修正来天球等人的 ID，确定唯一身份之后，便会发现明代萧山的四位来姓进士之间确实存在亲属关系。如何对重复数据进行清洗，如何确定亲属关系？除了进一步完善规则进行数据挖掘外，可能还需要将朱卷、登科录、碑录、《类姓登科考》、方志中的选举志等文献中关于进士的信息尽可能多地纳入数据库中,以便进行数据分析与数据挖掘。当然,这方面最直接的文献,首推家谱。家谱中对于世系、支派、亲属关系的记载,最为翔实。[①] 按照传统做法,从家谱入手,首先应当查询家谱目录,然后去庋藏地梳理相应的谱牒。在大数据时代,是否有更为便捷的途径?答案是肯定的。

二、中华寻根网:以家谱为依托的社会网络分析

近年来,各界对家谱数字化的重视程度越来越高。爱如生开发的《中国谱牒库》专门收录历代谱牒类文献,据称达五万余种,是商用数据库的集大成者。还有一些机构——如中国国家图书馆与其旗下中华寻根网[②]、上海图书馆与其旗下上图家谱网以及美国"犹他家谱学会"图书馆网站等,以公益性质数字化了大量家谱。还有一些网站提供家谱信息查询,比较便捷的有上海图书馆家谱数据库、浙江图书馆家谱数据库以及台北"故宫博物院"家族谱牒文献资料库等。

前述拥有家谱全文影像的国家图书馆、中华寻根网、上海图书馆、上图家谱网以及"犹他家谱学会"图书馆网站等,都利用技术手段对源文件进行了处理。国内网站多采用 Flash 或 Pdf 封装法,需调用 Flash 播放器或 Java 在浏览器中打开相应文件;"犹他家谱学会"图书馆网站虽然可以直接查看、下载 Jpg 源文件,却采用了动态变换源图地址和切分原图等技术。

这些数据源中,只有中华寻根网提供了家谱目录,仅这一点就使其意义远超其他数据源。于是,我们将关注点转到中华寻根网所提供的 2392 种家谱全文影像上。首先抓取 Flash 阅读器文件进行反编译,分析其与后台动态接口交互的参数,再通过 Python 编写爬虫程序,批量抓取分析目录数据。在这 2392

---

① 当然,家谱也可能存在着"出于闾巷,家自为说,事非经典,苟引先贤,妄相假托,无所取信"(颜师古语),甚或冒认始祖、虚美隐恶等问题,所以在使用家谱时,一定要与其他相关文献互相印证。关于这点张剑《宋代以降家族文学研究的理论、方法及文献问题》(《文学评论》2010年第4期)所论甚为详备,可参见。

② 2018年6月11日访问链接如下:http://www.ouroots.com.cn/index.jsp。2019年4月15日访问提示连接超时,据中国国家图书馆·中国国家数字图书馆(http://www.nlc.cn/index_zt_3339.htm)显示,中华寻根网正处于维护中。

种提供全文影像的家谱中，凡是目录中有"选举""科第""科名""科甲""题名""文科志""科宦""职官""仕宦""绅宦""宦达""仕籍""仕履""乡会榜"等，该家族拥有进士、举人、贡生等功名人士的可能性越大。①

明清两代萧山的来姓进士，是否出自同一家族？如果是，他们之间存在怎样的亲属关系？中华寻根网收录光绪二十六年（1900）、民国十一年（1922）两种《萧山来氏家谱》，前者卷七有"文武乡会榜"、后者卷八有"绅宦录"，都将该家族的进士、举人等一一呈现出来。现在看似有了该家族的进士名单，但是还要去伪存真、辨别支派。"去伪存真"，就是要判断进士身份。如果不是，则要剔除；如果是，就要"辨别支派"，考察是否出自本家族，是何世系支派，与其他进士是何关系，等等。

据家谱可知，来廷绍为萧山来氏始迁祖，"以进士历官朝散郎、直龙图阁学士，兼运使加宣奉大夫。嘉泰二年出知绍兴府，未抵任，道卒。萧山子孙因家焉，萧山之有来氏，盖始此"②，并将他列为萧山进士之首③，称其为"宋绍熙癸丑进士"④。家谱中所列的明清两代萧山一地的其他20位来姓进士皆为其后代，可谓盛矣，兹列表（表1）如下：

表1 明清两代萧山的20位来姓进士

	10世	13世	14世	16世	17世	18世	19世	21世	22世	23世	24世
大支				来方炜	来垣	来谦鸣				来珩	来熊
二支						来珏		来宗敏	来学醇		
四支				来斯行	来集之	来燕雯	来起峻	来煦	来凤郊		
五支	来天球	来汝贤	来宗道			来益清					
		来经济									
六支		来三聘									

---

① 当然，这既不意味着目录中没有呈现上述标识的家族定然没有进士、举人等，也不意味着凡出现上述标识的家族中定然就有进士产生，例如民国二十四年《鄞城施氏家乘》卷六"仕履表"仅收录该家族的举人、贡监、生员等，这说明该家族并无进士。
② （民国）《萧山来氏家谱》卷首《原姓氏支派》，民国十一年（1922）刻本。
③ 龚延明《宋代登科总录》未收录来廷绍，此公是否为绍熙癸丑进士，待考。
④ （民国）《萧山来氏家谱》卷八《绅宦录·会榜》。

表 1 所呈现的是家谱中收录的 20 位来姓进士,明代有来天球、来汝贤、来经济、来三聘、来宗道、来斯行、来方炜与来集之 8 人,余下 12 位乃是清代进士。据《明清进士题名碑录索引》,明清两代萧山一地共有 20 位来姓进士,数量与家谱所载吻合,但有两处不同:

第一处不同是,《明清历科进士题目碑录》收录了康熙三十九年(1700)两位来姓进士:三甲 130 名来燕雯与三甲 235 名来楫,称此二人皆为"浙江绍兴府萧山县人"。① 来燕雯出自萧山来氏家族,是四支第 17 世,关于他的记载,碑录、方志与家谱等几种文献吻合。《浙江通志》称来楫为萧山人,然而光绪、民国两种家谱中,皆未收录来楫。

第一,家谱凡例称:"子姓徙居他处,或出仕在外者,今皆邮寄书函,或遣人采访,故谱中较前详备,以示无遗。凡远如滇、黔、闽、粤,近如本省乡僻,寄递谱局稍迟者,则入补遗,以备将来增入。"② 可见凡本家族子孙徙居他处或出仕在外,无论远近,皆力求搜访,载之谱牒。光绪、民国两种家谱除收录萧山来姓进士外,还都有"广世系会榜",连陕西三原人来聘、来复都一并收录,如果来楫果真出自萧山来氏家族,焉有不收之理?

第二,已知来燕雯出自萧山来氏家族,如果来楫果如碑录、《浙江通志》所言亦为萧山来氏,且此二人为同榜进士,家谱中为何只字不提?《清代科举人物家传资料索引》《清代朱卷集成》同样未收录来楫。

第三,来楫有无可能本为他姓而冒姓来氏?《绍兴府志》在康熙三十九年进士中收录了来楫,称:"《县志》本姓陈,知县,俱萧山人。"③ 复核《萧山县志稿》,康熙三十八年举人中有来楫,"本姓陈,萧山籍,山阴人";三十九年进士中称其为"吏部主事,《绍兴府志》作知县"④,据此推知来楫本姓陈,来氏家谱定然不会收录此人。

第二处不同是,《明清历科进士题目碑录》称来珏为"浙江杭州府仁和县人"⑤,家谱却收录其中。《浙江通志》言及康熙四十一年(1702)举人时,

---

① 《明清历科进士题名碑录》第 3 册,台北:华文书局,1969 年,第 1694 页。
② (民国)《萧山来氏家谱》卷首《雪珊公续修宗谱凡例》。
③ 《绍兴府志》卷三一《选举志二·进士》,乾隆五十七年(1792)刻本,第 60 页。
④ 《萧山县志稿》卷一三《选举表》,民国二十四年(1935)刻本,第 50 页。
⑤ 《明清历科进士题名碑录》第 3 册,第 1716 页。

称来珏为"仁和人，丙戌进士"①，在言及康熙四十五年（1706）进士时，又称其为"萧山人，知县"②；《绍兴府志》则称来珏"《碑录》仁和，《旧志》萧山人，知县"③。那么此人到底是仁和人，还是萧山人？《清代科举人物家传资料索引》《清代朱卷集成》亦未收录，我们从家谱中寻找答案。

民国谱称来珏："尔绳子，行彝一，字子苍，号玉峰。生顺治戊戌十二月初四日。仁和廪生。康熙壬午举人，丙戌登施云锦榜进士，进阶文林郎，福建福州府永福县知县。"④来珏之父来尔绳为"钱塘廪生，康熙丁亥科恩贡"⑤，可见最迟在其父时即已迁出萧山。来氏家谱"凡例"称"子孙徙居他处或出赘别乡，并注于世系表内，使后世知所考焉"⑥。所以从家族角度看，将来珏纳入家谱之中无可厚非；从地域角度看，自非萧山进士。

可见，无论是从收录进士数量，还是从人物关系的准确呈现等方面，家谱都优于现阶段的 CBDB。下面我们依据家谱呈现萧山来氏第五支的社会网络图谱，该支在明清两代共有 5 位进士，数量占整个家族进士数量的四分之一，还产生了该家族在明代最早的一位进士来天球。呈现这个分支，有典型性。

如前所述，来廷绍是萧山来氏始祖，二世来师安，三世来大德，四世来贤，五世来尚宾，六世来韶，七世来思名。思名居长河，即是萧山来氏六支之祖。有子二，长励、次仪。来励三子，长阜、次浚、三川，分别是大支、二支与三支之祖；来仪亦三子，长英、次雍、三岊，分别是四支、五支与六支之祖。兹将该家族第五支，以来天球、来汝贤、来经济、来宗道、来益清五位进士为中心的世系图呈现如下，见图 2（凡世系图中的进士，皆在姓名之后加标★符号，特此说明）。

图 1 是据 CBDB 所呈现出来的来天球亲属关系，包括其曾祖、祖、父、兄弟、嫡母、生母与其妻在内共 13 人。CBDB 数据库中，无论这些人物之间是

---

① 《浙江通志》卷一四四《选举二十二》，乾隆元年（1736）刻本，第 13 页。
② 《浙江通志》卷一四二《选举二十》，第 33 页。
③ 《绍兴府志》卷三一《选举志二·进士》，第 61 页。
④ （民国）《萧山来氏家谱》卷二。
⑤ （民国）《萧山来氏家谱》卷二。
⑥ （民国）《萧山来氏家谱》卷首《后江公重修族谱凡例》。

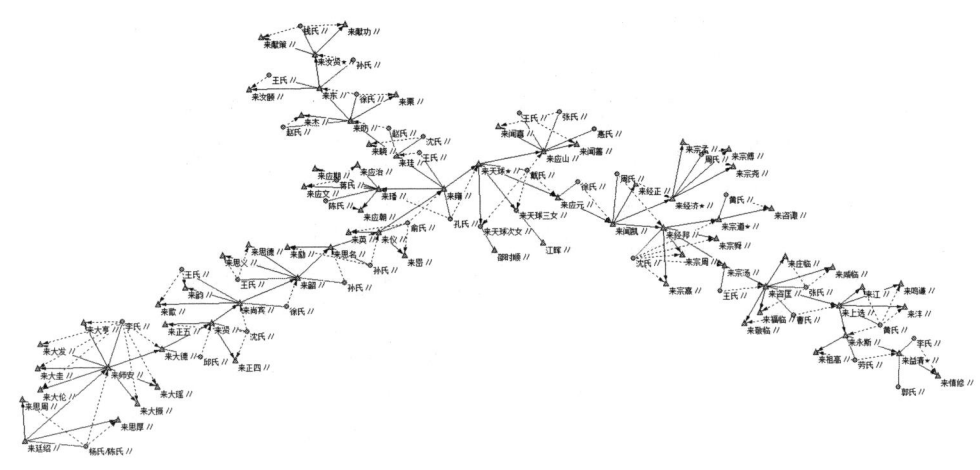

图 2

否存在代际关系，凡有联系，皆是直接关联，所以图示呈现出明显的扁平化态势，仅借助它无法直接判断二者之间的亲疏远近和代际关系。

相较之下，世系图侧重呈现血缘关系与婚姻关系，图 2 起于始迁祖来廷绍，终于来益清之子来慎修，历 19 世、共 114 人、39 个家庭。其中的三角顶点代表男性、圆形顶点代表女性，他们之间无方向的实线代表婚姻关系，弧（即有方向的箭头）代表父母与子女之间的关系。它既强调人与人之间的直接联系，例如父子、夫妻，又重视代际关系，如曾祖与曾孙等，所以世系图的呈现会更加直观。另外，世系图还可以直接计算两人之间的距离远近，判断两人与远祖或世系图上任意一人的关系。

世系图虽然能够呈现血缘、婚姻关系，但图 2 的主体部分，或者说以中国古代家谱为代表的世系图的主体泰半是血缘关系的展现，是否可以利用家族之间的联姻来更多展现婚姻关系？答案也是肯定的。我们以来天球为例，进一步细化他的世系（图 3）：

其一，据 CBDB 可知，来天球有兄 6 人、弟 1 人。是亲兄弟，还是堂兄弟？如果是堂兄弟，各出自哪一支？皆不得而知。据家谱，来珪为天球同父异母（王氏）之兄，来璠与来天球皆为孔氏所生；来瓒、来琏皆四支祖来英之子，来瑚、来玙、来璘皆六支祖来岊之子，这 5 人都是来天球的堂兄弟。如果将整个家族六支的世系图呈现出来的话，那么他们兄弟之间的关系会更加

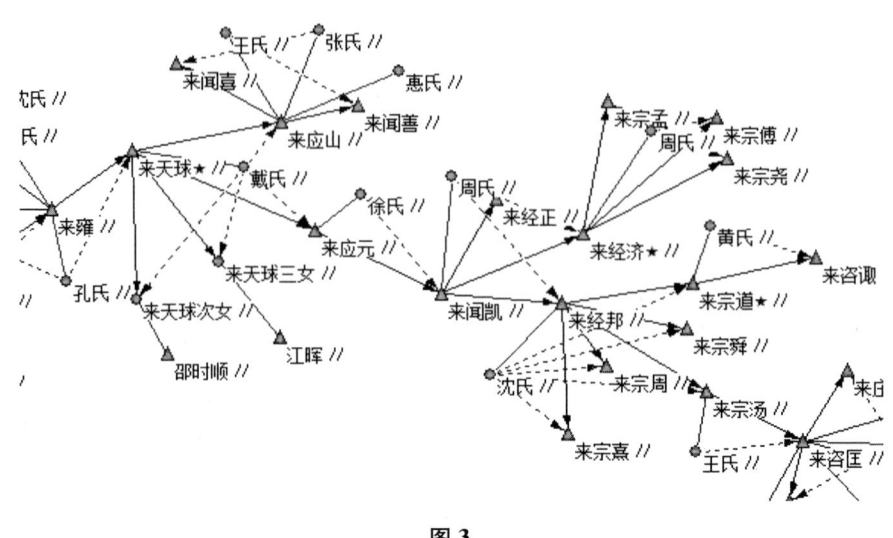

图 3

直观。

其二，据登科录，来天球曾祖来名、祖父来宗表、父亲来雄。家谱则称其曾祖为来思名，"行一，字以实，一字叔顾，号潭居"；祖父为来仪，"行三，字宗表，号冠山"；父亲为来雍，"行五，字淳熙，号侃如"。故而推测来天球曾祖当为来思名而非来名，登科录疑夺字，其祖父即来仪，字宗表，登科录以字行。至于其父，雍、雄形近，似当从家谱作雍。

其三，来雍与孔氏生天球，天球与戴氏有二子、四女。图 3 呈现的虽侧重于父系谱系，却可以利用婚姻关系，即通过来氏与其他家族的联姻，将不同的家族关联起来。《后江公族谱凡例》在论及家族成员的婚嫁时说："妻室不书名，以其不外见也。书曰'娶某乡某氏'，曰'继某乡某氏'。或其祖、父有官者，而书曰'某官之女'，重其妻与己齐也，且识外家也。""所生之女，书曰'女适某处某人'。"① 这种凡例便于我们从家谱中发现更多的与姻亲家族相关的信息。邵蕃称，来天球"子二，长应元，廪生，娶钱塘宪副一轩徐公潭女；次即应山，娶仁和宪副北屏惠公隆女，继都宪张公本孙女。女四，一适山阴周义封天锡公子典膳周淙；二适予仲子临淄知县时顺；三适仁和江尚书文

---

① （民国）《萧山来氏家谱》卷首《后江公重修族谱凡例》。

澜公子编修晖；四适钱塘张腾霄"①，这也与家谱记载相吻合。

徐潭、惠隆，弘治六年（1493）同榜进士，一为三甲 194 名、一为三甲 195 名，其女分适来天球长子应元、次子应山；应山继妻，乃钱塘张本之孙女，张本是成化十一年（1475）进士。来天球二子所娶之妻皆来自"进士之家"，其女所适之邵氏、江氏则为"进士家族"。次女适邵时顺②，余姚邵氏是科举世家，人才辈出，仅明代就有 17 位进士，这其中就包括邵时顺之父成化二十年（1484）进士邵蕃、邵时顺之子嘉靖二十三年（1544）进士邵漳，邵漳也就是来天球的外孙。来天球三女适仁和江晖，江晖祖父江玭是景泰二年（1451）进士，其父江澜是成化十四年（1478）进士，其从子江圻、江圻之子江铎分别是隆庆二年（1568）、万历二年（1574）进士，故而江晖亦出身进士家族。通过来天球子女的婚嫁，可见来氏与邵氏、江氏、惠氏、徐氏和张氏五大家族之间有着较为密切的联系（图4）。

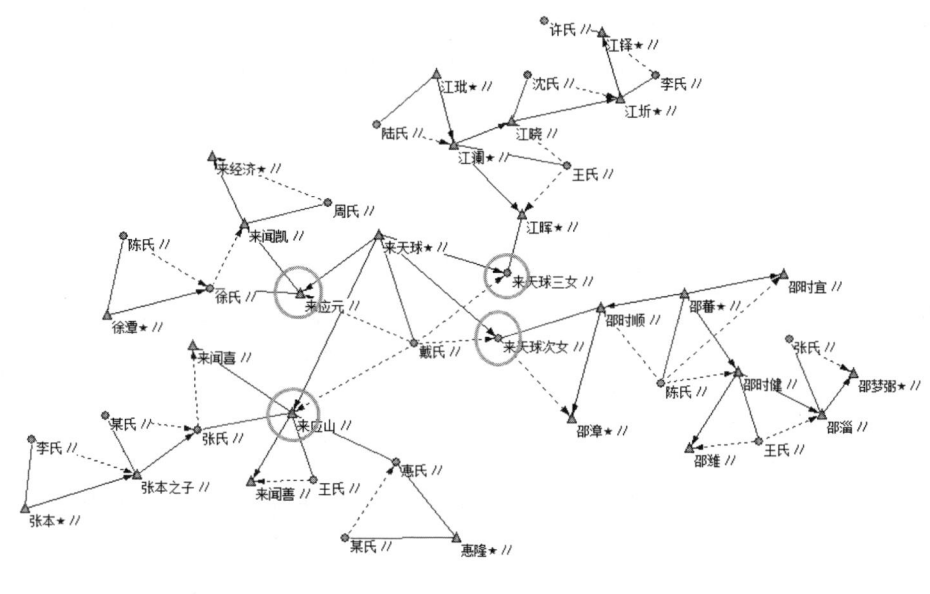

图 4

---

① 邵蕃：《明任中宪大夫陕西按察使致仕奉诏进阶荣禄大夫两山来公墓志铭》，（民国）《萧山来氏家谱》卷五《赠言》。
② 邵时顺"以例贡官山东莱州府滨州州判，调山东青州府莒州州判，三载考最，敕授征仕郎，升青州府临淄县知县……配来氏，敕封孺人，加封安人，生一子漳"（《余姚邵氏宗谱》卷一，光绪十四年刻本），正与来氏家谱所称之"临淄知县"相吻合。

159

来天球二子、二女将萧山来氏与余姚、仁和、钱塘三地的五大家族联系了起来,以上仅仅是涉及六个家族的五段姻亲,如果能将更多的与他们有姻亲关系的家族关联起来,相信将会更有助于我们理解家族与家族、地域、姻亲、教育、经学、文学等领域的关系。

其四,除了依靠血缘、姻亲关系计算和分析家谱世系外,还可以借助于其他社会交往活动来建立不同家族之间的联系,进而绘制新的图谱。[①] 民国谱有《赠言》两卷,对家族中"其人为《乘》所不及载者,或《乘》已载其人而行事又别有所表见者"收录颇多,收录的标准是"诗章、寿章之类无关行事者一概不录,而博收之中仍有谨严者存焉"。目的有二:一是"使后人读之而有所兴起,以仰承之孝友之心";二是"补二《乘》之阙"[②]。《赠言》这种强调记录行事的做法,可以为我们梳理传主生平事迹提供更为翔实的资料。这是从家族与传主的视角着眼,如果我们将视角转向撰写者呢?来氏家族的征言者,会向具有怎样身份的族外人士征求像赞、传略、墓志等,撰者与征言者、传主与征言者是什么关系等,都可以成为社会网络分析的重要材料。

《赠言》所示,为来氏作像赞、传略、墓志等的族外人士,宋代有辛弃疾、徐理等人。来大章认为辛弃疾为来廷绍所作的《宋宣奉大夫知绍兴府事来公墓志铭》"或经后人改纂,以致参差抵牾如此也",似不足信。徐理,绍兴府萧山人,宝祐四年(1256)文天祥榜进士。来师安,生于孝宗淳熙八年(1181)七月,卒于宝祐元年(1253)十月。理论上讲,徐理有为来师安作墓志铭的可能性,但其墓志不存,仅能于族藏抄本中得之,并不著名,"短章寂寥,殊不类传体,且文亦不雅驯",所以来集之怀疑"其为后人失志而补作无疑"。故而所谓辛弃疾、徐理所作墓志似乎皆不足信。

当然,《赠言》之中也有一些确凿无疑的记载。如前所述,邵蕃与来天球是儿女亲家,为来天球夫妇所作的墓志铭记载行事颇为翔实可靠。还有一位是陶望龄,《赠言》卷二有他为来经济夫妇所作的《明贵州参议继山来公暨配周

[①] 这是所有关系型数据库的题中应有之义,CBDB 亦致力于此,它对于宋代文人的信息收录比较完备,相较之下明清则弱一些,这就留下了依据家谱进一步深入开拓的空间。

[②] 来集之:《赠言小序》,(民国)《萧山来氏家谱》卷五《赠言》。

宜人墓志铭》,《歇庵集》中也收有此篇①。陶望龄曾为来经济之弟来经邦作《待赠冠岩来公行状》②,记载来经济抚略四方、来经邦操持家业之事甚详,惜家谱未收;还曾为来弘辉作过《孝义来功伯墓表》③,茅瓒为其作《明授引礼舍人南庄来公墓志铭》,家谱收录茅文而未收陶文。

除此之外,《赠言》中还收录有戴子静④、韩守正、魏骥、钱溥、何舜宾、钱福、张嵲、高台、翁五伦、沈束、朱赓、潘士藻、钱士鳌等人为家族成员所作的墓志。上举诸公,皆为进士,除潘士藻外都是浙江人士。如果这些墓志皆出自诸公手笔⑤,那么说明来氏家族与江浙一地的诸科进士们有着非常密切的联系,这类社会交往活动正是构建社会网络的重要节点之一。

三、进士家族与经学、文学之关系

以上我们关注了以血缘、姻亲为代表的世系图谱,并通过家谱中的像赞、传略、墓志等的写作,将家族成员与其他相关人物关联起来,为进一步丰富世系图、绘制更为宏观的社会网络分析图谱奠定了基础。除了这些带有自然属性、交往属性的数据之外,还可以从家族治经、家族文学等角度挖掘社会网络关系。

治经问题,一直是科举研究中的重点,它首先是一个经学选择、习得的问题;其次,就进士家族而言,还涉及家族内部的经学传承;再次,就地域而言,可能还存在着此地与彼地经学选择的差异。之前学界多关注"一经传家"

---

① 《贵州参议继山来公暨配周宜人墓志铭》,陶望龄:《歇庵集》卷八,台北:伟文图书出版社有限公司,1976年,第1137—1145页。
② 《歇庵集》卷一〇,第1489—1494页。
③ 《歇庵集》卷九,第1401—1406页。
④ 《寰宇通志》称戴子静为至正二年进士,萧启庆以(万历)《绍兴府志·选举·进士》无其名,且同书《职官志·学职》称其为至正七年乡贡,认为其"应非进士"。详见《元代进士辑考》,台北:台湾"中央"研究院历史语言研究所,2012年,第306页。
⑤ 魏骥、钱福、潘士藻现存文集中并无家谱中所存之墓志铭、像赞、行状等。

"地域专经"等,也取得了一系列优秀成果。① 通过对哈佛大学提供的"包含明朝52科的进士登科录"② 共14116名进士信息的初步分析,发现明代萧山进士中治《诗经》者3人、治《易》者2人、治《书》者24人——这其中就包含了来天球、来汝贤、来经济与来三聘,这4人皆治《书》。在来氏家族身上,完美地体现出"一经传家"与"地域专经"的统一。当然,这种"统一"往往带有偶然性,除非我们能证明两者之间有必然的联系。

"一经传家"问题比较复杂,其中一个方面涉及本家族内部的经学习得、经学传承。当一个个地域相近(抑或同地)、时代相仿且又具有"一经传家"传统的进士家族以具有自己家族经学传承特色的姿态出现在科考舞台时,我们不禁要问:在经学传家方面这些进士家族是否有相似性,抑或各具特色?他们的传家之经是否一致?如果不一致,所传之经能否对其他家族的经学习得、传承产生影响?如果产生影响,可能会通过什么途径?进士家族之间的联姻,可能是解决这一问题很好的切入点。

上文中我们以来天球子女的姻亲情况为例,绘制出了来氏、邵氏、江氏与惠氏、徐氏、张氏几大家族的姻亲图谱(图4),这六大家族中,来氏、邵氏、江氏可以被视为"进士家族"。就现有文献来看,明代的萧山来氏以《书》传家。那么,这个家族的"以《书》传家"的传统会影响到与其联姻的其他家族或者受到其他家族的影响吗?

先看余姚邵氏。余姚一地,早期多专《礼记》,后来专《易》者渐多。邵氏家族,情况要复杂一些,该家族有明一代共有17位进士,本经为《礼记》

---

① 如鹤成久章等《明代余姚的〈礼记〉学与王守仁——关于阳明学成立的一个背景》(吴震、吾妻重二主编:《思想与文献:日本学者宋明儒学研究》,上海:华东师范大学出版社,2010年,第356—367页)、《明代安福的〈春秋〉学——举业从见的学问的系谱》(《福冈教育大学国语科研究论集》2015年第56号)、《明代莆田的〈书经〉学——福建的学术与举业关系的一个考察》(《教育与考试》2016年第1期),陈时龙《明代科举之地域专经——以江西安福县的〈春秋〉经为例》(《台湾"中央"研究院历史语言所集刊》2014年第3期,第359—426页)、《明代无锡的科举与〈尚书〉经》(《明清论丛》2016年第1期,第52—83页)、《明代科举与地域专经》(《中国社会科学报》2017年8月22日)等。

② 实际该文件仅包含51科、14116名进士信息。《天一阁藏明代科举录选刊·登科录》中收录的《嘉靖二年进士登科录》《崇祯十三年庚辰科进士三代履历》,本文件并未收录。2017年10月1日访问链接如下:http://projects.iq.harvard.edu/files/cbdb/files/ming_jinshilu_52y_release.xlsx?m=1438181509。

者 10 人、为《易》者 4 人、为《书》者 3 人①，基本上也与余姚当地的"地域专经"特点相吻合。

邵时顺娶来天球次女，邵漳为二人之子，生于正德十年（1515），此年距离其祖父邵蕃登成化二十年（1484）进士第已 32 年、距外祖父来天球中试也已 26 年，可以想见邵漳的成长与就学，可能同时受到本家与外家治学理念的影响。嘉靖二十三年（1544），邵漳以家传之《礼记》中试。万历八年（1580），邵漳从子邵梦弼也以《礼记》为本经中试，续写了家族专治《礼记》的传统。其实，从邵蕃到其孙邵漳，再到邵梦弼，他们延续的可能是邵氏家族道四房的传统。这一支中，早在永乐二十二年（1424），邵宏誉便以《礼记》为本经中试，成为该家族在明代的第一位进士。前贤时彦的深刻影响，早期家族内部较为稳定的《礼记》传统，使我们似乎看不出外家对于邵氏治经选择的丝毫影响。

再来看仁和江氏。明代仁和一地，以《易》中试者最多，《诗经》次之，《书》与《春秋》相仿佛，《礼记》最少。江氏五代进士，江玭、江澜父子以《礼记》中试。娶来天球三女的江晖，与祖、父二人专治《礼记》不同，在正德十二年（1517）以《春秋》登进士第。如果从治经的选择来看，本家族的影响可能要远远大于来氏家族——江晖其父中试要比其岳父来天球早 13 年，且祖、父二人皆治《礼记》。江晖既没有选择《礼记》，也没有选择《书》，而是专治《春秋》——其从子圻、圻子铎皆以《春秋》中试，或许是深受江晖的影响。同样，在治经的选择问题上，江氏与来氏亦未发生交集。

通过以上梳理，我们并没有发现来氏对邵氏、江氏两个家族在治经选择方面的影响，同样，也没有发现邵氏、江氏两个家族对来氏治经的影响。"没有发现"并不意味着这种影响不存在，可能只是囿于文献或思路问题暂时没有解决。姻亲家族之间在教育子孙后代方面，常有比较紧密的联系。例如，清溪沈氏家族第十七世沈初，乾隆二十八年（1763）登进士第。31 年后，在《兰韵堂诗集·自序》中，沈初回忆自小依外祖居且从外祖就学之事，仍有颇多感慨："余生三岁，从外祖识字即辨四声，稍长渐知五七言句法……今老矣，

---

① 参见刘京臣：《大数据视阈中的明代登科录研究——以余姚进士家族为中心》，《清华大学学报（哲学社会科学版）》2019 年第 2 期。

犹忆从外祖学,一长几横窗下,帘阴寂然,外祖时一讽咏,余辄心识之。"①冯建民曾以钱陈群之母、何士祁之母、李滋然之母、吴锡寯之母等为例,说明家族中的女性在课子过程中也会承担教学责任,特别是对一些来自书香门第的女性而言。②我们再向前推进一步,如果这些女性恰好自本家族中习得某经、长于某经,进而以此经教授其子孙辈亦在情理之中。当然,现阶段这一问题并无实例可以佐证,权且提供一种思路而已。如果这一问题能在一定程度上获得解决,那么它所涉及的内容将有利于推动联姻的进士家族在治经选择等方面的研究,也有利于用社会网络分析来再现进士家族与教育、与治经等领域的关系。

明清时期,经学一直是科举考试最重要的内容,载体就是儒家经典,这使得一些家族在擅长经学的同时,往往也熟悉儒家典籍,有可能成为文学家族。

在对中华寻根网的家谱目录进行数据抓取时,发现不少家谱中保存着家族成员的诗文作品,有些还以家集的形式存在。③例如清溪沈氏,是我们利用爬虫程序从中华寻根网中发现的拥有家集的进士家族,潘光旦、龚肇智等都曾予以关注。

光绪十二年(1886)《清溪沈氏家乘》显示,沈文俊为该家族清溪始祖,三世沈珍五子,次子沈昊,是为碧澜公,《清溪沈氏家乘》所涉及的主要就是该支;四子昇,为东林公,另立世系,其子沈琮、沈珒分为正统七年(1442)、景泰二年(1451)年进士,此支暂且不论。碧澜公沈昊支在明清两代共有9位进士,明代7位,分别为六世沈棨,七世沈炼,八世沈圻、沈垔、沈垣,十一世沈萃桢、沈中柱;清代2位,为十三世沈崐、十七世沈初。

家谱中有文集两卷(卷一四、卷一五),共收入自五世沈渭至十八世沈应奎,共29人110篇作品,六世沈棨与十七世沈初数量最多,皆为17篇;诗集三卷(卷一六至卷一八),涵盖了自三世沈珍至十九世沈葆华共92人的1431首诗歌,沈棨、沈不负、沈修龄分别以254首、113首和68首分列前三位;

---

① 沈初:《兰韵堂诗集·自序》,乾隆甲寅(1794)刻本。
② 冯建民:《清代科举与经学关系研究》,武汉:华中师范大学出版社,2016年,第246—247页。
③ 例如萧山来氏,便有家集《冠山逸韵》《冠山逸韵续编》,现藏于国家图书馆。徐雁平《清代家集叙录》(合肥:安徽教育出版社,2017年)考订甚详,可参见。

词、赋共一卷（卷一九），卷一九上收录自沈棨至沈应奎，共16人152首词，数量居前三位的分别是沈岸登（34首）、沈修龄（26首）和沈皞日（19首）；卷一九下收录自沈崐至十九世沈光翰，共9人21篇赋。

就词人与词作而言，16位沈氏家族词人跨越明清两代。《全清词·顺康卷》收录了沈皞日、沈岸登、沈崐以及沈晭四人的部分作品，其他12位词人与词作，《全明词》《全明词补编》以及《全清词·顺康卷补编》《全清词·雍乾卷》等皆失收。

《全清词·顺康卷》所收的这4位词人，有家谱存词而《全清词》失收的情况。如沈皞日《燕山亭·七夕饮华亭兄寓归而赋此以志昔怀》《喝马一枝花·用竹垞送余之来宾韵写意》《喝马一枝花》三首，《全清词·顺康卷》及补编皆失收。① 康熙二十三年（1684），朱彝尊与洪昇、严绳孙、彭孙遹、曹贞吉、朱昆田、沈岸登等送沈皞日之官来宾，朱彝尊作《一枝花·送沈融谷宰来宾》，一时题作云集，严、彭、曹、朱同题词作皆见于《曝书亭集》。② 家谱中除了收有沈皞日次朱彝尊词韵的两首《喝马一枝花》外，还有沈岸登《喝马一枝花·送柘西叔之任来宾》，亦当作于同时。借助词作呈现出来的唱和活动，可以为我们进一步完善家族成员之间、家族成员与其他人士的交游等提供翔实可靠且能通过第三方文献相印证的素材，这些正是深化社会网络分析的重要文献。还有文本相异的情况。《全清词》据《柘西精舍集》《瑶华集》所收沈皞日词与家谱所收，多有字句相异之处。再如沈皞日《摸鱼儿·莼》一首，《柘西精舍集》本下片与《瑶华集》本下片不同，家谱所收除上片个别字句外，基本与《柘西精舍集》本相一致。如果能将几种版本对勘，或许有新的收获。沈皞日是"浙西六家"之一，家谱所存之词为我们深入考察词作的生成、递改提供了范本。

其实，利用技术手段从家谱入手来考察家族成员的作品，甚或家集，整理文献是题中应有之义。同时，还可从以下领域深化研究：

第一，如果家谱中保存了足够多且有分量的本家族成员的诗、文、词、赋

---

① 现阶段收录沈皞日词最为详备的当推胡愚、朱刚点校整理的《柘西精舍词》（上海：华东师范大学出版社，2015年）。胡、朱二位将刻于康熙三十九年（1770）、现藏于上海图书馆的《柘西精舍诗余》与《浙西六家词》本《柘西精舍集》相较，共得沈皞日词176首。

② 系年据张宗友《朱彝尊年谱》（南京：凤凰出版社，2014年，第311页）。

等作品,是否可以为某种文体单独作史,例如家族词史、家族诗歌史等。清溪沈氏,以词知名,在"浙西六家"中占据两席。该家族中有词作者16人,自三世至十九世,历明清两代,可否将沈皞日、沈岸登纳入家族词学创作、发展与演变的长河中考察?可否将家族词学与明清两代的词风宗向相对参?沈荣、沈崐皆是进士出身,除了词作外,还有诗、文存世,他们不同文体的作品在语源、表达等方面是否具有相似性?再如家族诗歌中有不少组诗,且很多与农事、村居相关,例如十二世沈不负、十三世沈岸登各有13首《农具诗》,十四世沈修龄有30首《村居诗》,沈金茎存诗5首皆为《村居杂吟》。擅长多与农事、村居相关的组诗,是否可以视为家族诗歌特色之一?如果是,这种特色有何师法、渊源?除了沈不负、沈岸登父子自道向梅尧臣取法外,与当时的诗坛诗风宗向有无关系,这是否意味着该家族有学宋诗的传统?这些都可以深入探讨。

第二,书信、题跋、传略、墓志等作品中,往往包含着与他人交往的重要信息,有一些极富史料意义。例如,沈中柱是刘宗周门人,《刘蕺山集》《明儒学案》中都有刘宗周答沈中柱书,恰巧家谱中保存了沈中柱《上刘念台老师书一》《上刘念台老师书二》,可以在一定程度上还原师生论学问道的场景。同时,也可以将沈中柱放到蕺山及门下弟子的论学交往圈中考察,从而扩大了社会网络分析的考察范围。

简单来看,引入家谱中的诗文辞赋等作品或者家集,主要有三方面意义:一是整理家族存世文献;二是从文学发展流变的角度来考察相应作品,将家族作品放到文学发展的长河中,放到地域文学的对照中进行纵向与横向关照;三是利用作品所反映出来的人与人之间、人与群体之间、家族与群体之间的复杂关系,建构社会网络谱系,将以血缘、姻亲为主的世系图,与社会交往属性更复杂的谱系结合起来,从而实现对进士家族的全面而整体的关照。

回到开篇那个问题,现阶段最直观判断某时段、某区域进士家族的方法是利用CBDB,它在带来便利的同时,也暴露出匹配不准确、字段多重复等问题——对关系型数据库而言,这是比较严重的问题。

于是,我们便尝试利用爬虫程序从中华寻根网的家谱中直接提取信息,判断进士家族。为了梳理进士家族的繁衍过程,还引入了社会网络分析,借助技术手段将家族中的相关成员呈现在世系图中。世系图可以呈现血缘、姻亲两种关系，前者着眼于本家族的支脉传承，后者着眼于家族间的联姻，将之前一个一个独立繁衍的进士家族与其他家族联系起来——本文中，主要以进士家族间的联姻为着眼点，当然，也可以将标准放得更为宽泛一些。进士家族联姻之后，彼此家族的治经传统是否会影响对方家族？就我们所举的几个联姻的家族例子来看，似乎并不明显——当然也有可能是数据量不够大，缺乏典型性，但这也是关于专经、传经问题的新思路。再有，家谱中留存的诗文辞赋等作品也是继续完善进士家族社会网络分析的最原始、最有价值的材料之一。借助这些作品，一是可以准确判断出哪一支成员更擅长哪种文体，从而梳理出整个家庭的文学发展脉络；二是可以将本家族的文学发展与其他家族的文学发展、整个时代的文学发展相对照，从中探讨本家族文学发展的独特性，抑或是趋同性等；三是可以借助数据挖掘，将家族文学作品中的时间、地点、人物、事件等客观信息提取出来，在家族成员之间、家族成员与其他相关人物之间建立起联系，从而进一步完善以血缘、姻亲为核心的世系图谱，尽可能更全面地呈现出进士家族的社会网络分析图谱，这正是借助于大数据推动明清进士家族研究的意义之一。

文本与文体、文献

话语变迁与概念重塑[*]

——从文体角度考察《中庸》升格

北京师范大学文学院　谢　琰

　　唐宋时期，《中庸》迎来升格运动，最终成为"四书"之一。目前学界研究《中庸》升格，主要采取思想史或哲学史视角。前者如束景南、王晓华先生《四书升格运动与宋代四书学的兴起——汉学向宋学转型的经典诠释历程》[①]，从制度、士风、学风、文本注释、概念诠释等众多角度考察《中庸》地位的上升；后者如杨儒宾先生《〈中庸〉怎样变成了圣经》[②]，依次分析诸家诠释《中庸》的哲学理路，进行归类和评价。前者视野宏阔，后者辨析深细，但都只研究人们关于《中庸》的言说内容，而不考虑其言说方式也就是文体问题。比如两文论及王通《中说》、孔颖达《礼记正义》、李翱《复性书》、胡瑗《中庸义》、周敦颐《通书》、二程《二程遗书》、王安石《性论》、司马光《中和论》《再与景仁论中和启》、朱熹《中庸章句》《朱子语类》等诸多文本，都放在同一层面去阅读与衡量。可事实上，它们分属于注疏体、论说文、笔记体等不同文体，这些文体各自具有特定的话语传统，同时又随时代变迁而不断形成新的话语特征。言说者使用怎样的文体、承续怎样的话语传

---

[*] 本文为国家社会科学基金青年项目"唐宋转型视野下的散文演变研究"（14CZW026）、国家社会科学基金重大项目"中国古代散文研究文献集成"（14ZDB066）阶段性成果。

[①] 束景南、王晓华：《四书升格运动与宋代四书学的兴起——汉学向宋学转型的经典诠释历程》，《历史研究》2007年第5期。

[②] 吴震主编：《宋代新儒学的精神世界——以朱子学为中心》，上海：华东师范大学出版社，2009年，第490—518页。

统、形成怎样的话语特征，与其思维方式、思考内容、思想表达效果都有密切关系，这种关系可能是全局性的，也可能是细节性的。因此，忽略文体而讨论思想，忽略形式而讨论内容，既是一种研究视角的缺失，也意味着思想信息的漏失。有鉴于此，本文试图从文体角度考察《中庸》升格。笔者无意于挑战哲学史、思想史工作者的研究范式及相关结论，而是希望从自身学术立场和学术积累出发，为这段意义重大的思想发展历程提供一种别样的文学考察。

一、概念重塑：《中庸》升格的实质

在"四书"中，《中庸》是一个极为独特的文本。首先，《中庸》《大学》不同于《论语》《孟子》：后两者是思想型文本，即表达思想时顺便提出概念；前两者是概念型文本，即提出概念以阐述思想。其次，《中庸》又不同于《大学》：后者纲举目张，对于核心概念的相互关系有明确规定；前者相对散漫，没有交代各部分之间的逻辑联系，留下巨大的言说空间与理论张力。再次，《中庸》是"四书"中最具抽象色彩的文本。劳思光先生指出，《中庸》"混有形上学、宇宙论及心性问题种种成分"[1]。一般而言，越是抽象的问题就越依赖于提炼概念、运用概念的思考过程，因此上述思想成分以极为醒目的概念形式被密集地提出。《中庸》呈现出怎样的思想价值，取决于几个核心概念的含义及相互关系。

无论从义理本身判断，还是结合郭店楚简进行对照分析，今本《中庸》都可分剖为"中庸""诚明"两个部分。[2]"中庸"思想常被表述为"中和""用其中""时中""守中""中立""中正"以及"中庸"，其核心概念皆是"中"；"诚明"思想的核心概念显然是"诚"；而开头一段讲"性命""中和"之理，又是围绕"性"概念而展开。因此，"性""中""诚"应是《中庸》的三大核心概念。这三大概念在其他儒家经典中也或轻或重占有一定地位，比

---

[1] 劳思光：《新编中国哲学史（二卷）》，桂林：广西师范大学出版社，2005年，第56页。
[2] 朱彝尊：《经义考》卷一五一，引王祎语，《四部备要》第12册，北京：中华书局，1989年；梁涛：《郭店竹简与思孟学派》，北京：中国人民大学出版社，2008年，第268—270页。

如《尚书》《左传》《论语》谈"中",《易传》谈"性"谈"中",《孟子》《荀子》谈"性"谈"诚",《大学》谈"诚",皆可与《中庸》所论相参。也就是说,《中庸》是一个自足的文本,但它的核心概念却是被共享的。由于每部经典的理论环境不同,被言说的历程又各异,就会赋予这些概念以不同含义,进而影响《中庸》的言说者们对它们的理解。佛教盛行之后,佛教相关概念对它们又会产生更为复杂的挑战和渗透效果。当概念含义不断衍化,它们之间的关系也会发生重塑。

陈来先生指出:"理学讨论的问题是通过概念范畴来表达的。……在宋明理学中最重要而又比较容易引起理解上混乱的概念是理、气、心、性。"①《中庸》升格最终完成于理学宗师朱熹之手,朱熹也的确用"理"之概念来统摄"性""中""诚",提供了《中庸》概念重塑的一个终极版本:"曰:何以言诚为此篇之枢纽也?曰:诚者,实而已矣。天命云者,实理之原也。性,其在物之实体。道,其当然之实用。而教也者,又因其体用之实而品节之也。不可离者,此理之实也。……中和云者,所以状此实理之体用也。天地位,万物育,则所以极此实理之功效也。中庸云者,实理之适可而平常者也。过与不及,不见实理而妄行者也。……盖此篇大指,专以发明实理之本然,欲人之实此理而无妄,故其言虽多,而其枢纽不越乎诚之一言也。"② 他认为,"诚"就是"实理",是《中庸》概念体系之枢纽;"性"是"理"在万物中的落实与表现;"中"则分为"中和"与"中庸",前者是讲"理"的体用关系,后者专讲"理"的应用状态。经过如此精美的诠释,《中庸》的三大核心概念在整个理学概念体系中的位置与特色得到了明晰界定,该文本的理论价值与经典地位方得以牢固确立。这样的言说终局,既非汉唐经师所能想见,亦非唐宋诸子的任何一家所能考虑周全,而是经历了漫长的概念重塑过程。

总之,《中庸》升格的实质就是概念重塑。在《中庸》升格运动中,概念往往突出为主要言说对象,且容易被割裂、被分别讨论、被自由联想。与其说《中庸》是作为一个经典文本而完成升格,不如说它是作为一组概念群而被审视、被重塑、被升华。整个《中庸》升格运动,可以被视作"性""中"

---

① 陈来:《宋明理学》,北京:三联书店,2011年,第15页。
② 卫湜撰,杨少涵校理:《中庸集说》,桂林:漓江出版社,2011年,第239页。

"诚"三大概念的衍化史与关系史,这是非常特别的思想史景观。《复性书》《性论》《正蒙·诚明篇》《中和论》这样一些以三大概念为名目的文本反复出现在研究者的视野中,便是最直接的证明。

二、文本笼罩概念:汉唐注疏体的话语传统

研究《中庸》升格的前提,是弄清楚它为何一直"泯然众人"。既然《中庸》升格的实质是概念重塑,那么它升格前的生存状态一定是概念不彰。作为一个以宇宙论、心性论为特色的概念型文本,《中庸》本应收入《子思子》一类文献,但最终归入《礼记》。中国古代强大的"正名"传统和"宗经"意识,使得《中庸》言说史进入以"礼"为统的时代。尽管"刘向谓之通论,师古以为非本《礼经》"①,质疑之声不绝,但汉唐经师终究围绕"礼"而言说《中庸》,集大成于《礼记正义》。

《礼记正义》卷首云:"郑作序云:'礼者,体也,履也。统之于心曰体,践而行之曰履。'……且圣人之王天下,道、德、仁、义及礼并蕴于心,但量时设教,道、德、仁、义及礼,须用则行。"②可见,"礼"的本原在"心",但"礼"的实质则是"用""行""履",这是郑玄对《礼记》文本的基本定性。郑玄解《中庸》篇题云:"以其记中和之为用也。庸,用也。"③"中和之用",也就是"心"之用。在他看来,《中庸》的主旨和《礼记》保持一致,重在讲"用",故云:"中为大本者,以其含喜怒哀乐,礼之所由生,政教自此出也。"又解"致中和"云:"致,行之至也。"通观《礼记正义·中庸》对"性""中""诚"以及相关概念的诠释,"行"是一个关键词,为郑、孔所常用。比如郑注:"循性行之,是谓道。""'反中庸'者,所行非中庸,然亦自以为中庸也。""过与不及,使道不行,唯礼能为之中。""言知善之为善,

---

① 永瑢等:《四库全书总目·中庸辑略·提要》,北京:中华书局,1965年,第294页。
② 本文引用《中庸》原文及郑注、孔疏内容,皆出自《十三经注疏·礼记注疏》,台北:艺文印书馆,2013年。后不再出注。
③ 后文郑注又云:"庸,常也。用中为常,道也。""庸犹常也,言德常行,言常谨也。"曰"犹常",可知以"常"解"庸"当为随文训释,不是正解。而郑玄解"常",亦非如后世二程解释为"常理""不易之理",而是解释为"用中为常",其实仍是以"用"解"庸"。

乃能行诚。""天所以为天，文王所以为文，皆由行之无已，为之不止，如天地山川之云也。"又孔疏："此节明中庸之德，必修道而行。""是贤人至诚同圣人也。言圣人、贤人俱有至诚之行，天所不欺，可知前事。""言选择善事，而坚固执之，行之不已，遂致至诚也。""悠久无疆，疆，穷也。言圣人之德既能覆载，又能长久行之，所以无穷。"显然，这样一种实用主义话语传统，严重消解了"性""中""诚"概念的宇宙论、心性论含义，只保留政治或伦理含义。就政治学或伦理学而言，《中庸》所论并无特色，只能泯然于儒家经典之中。

  《礼记正义》只训诂语词、疏通文意，而不单独言说概念，此种话语传统同样不利于《中庸》独特思想价值的凸显。比如《中庸》第一次出现"诚"概念，是在"鬼神之为德"一段。朱熹《中庸章句》立刻就解释说："诚者，真实无妄之谓。阴阳合散，无非实者。"郑玄则只疏通文意："言神无形而著，不言而诚。"孔疏则云："此一节明鬼神之道无形，而能显著诚信。中庸之道与鬼神之道相似，亦从微至著，不言而自诚也。"显然，孔疏将"诚"理解为"诚信"。《说文》："诚，信也。"可见孔疏只是训诂语词，不是言说概念。后来《中庸》又讲"唯天下至诚"一段，孔疏将"至诚"解为"至极诚信"，仍然是训诂语词。更有意思的是，孔疏将"与天地参"解释为"功与天地相参"，加了主语"功"，这就立刻消解了"诚"的宇宙论含义，而浅化为政治含义。同样道理，《中庸》云"致中和，天地位焉，万物育焉"，显然有宇宙论倾向，但孔疏也加了主语"人君"，遂阐发为政治学："言人君所能至极中和，使阴阳不错，则天地得其正位焉。生成得理，故万物得其养育焉。"尤为可惜的是，孔疏在此段之前，曾大量征引有关"性情之义"的种种说法，还将"中"解释为"澹然虚静，心无所虑而当于理"，说明他对心性论其实抱有一定见解，超离了郑玄以"五行"解"性"的窠臼。然而他终究还是以"人君"立义，并且在后文中再也不讨论"性""心""理"等概念，遂使其心性论层面的见解沦为昙花一现。由上述诸例可知，《礼记正义·中庸》重视训诂语词，遂只关注概念的基本语义，而不关注哲学含义；重视疏通文意，常常增补必要的语法结构来弥缝前后文，由于通常以实用主义立场来理解文意，遂能轻易遮蔽概念的哲学活力；严守注疏文体的惯例，述而不作，随文释义，不作额外的发挥与勾连，遂使极少数哲学创见极易消泯。

总之，作为汉唐注疏体的典型代表，《礼记正义·中庸》将"性""中""诚"三大概念牢牢笼罩在《礼记》的文本环境和《中庸》的文本格局之中，未能深入探讨三者的哲学含义及相互关系，遂使《中庸》之独特思想价值无法凸显。作为一种聚焦于语言和事实的言说文体，汉唐注疏体对于经典文本给予了最大程度的尊重与保护，大到内容旨趣、学术源流，小到篇章次序、文字书写，无不力求维持稳定的"通见"。对于思想型文本、事实型文本而言，这种话语传统可以造就长期的学术积累，有助于对思想和事实进行精确还原。但对于文学型文本、概念型文本而言，仅仅还原是不够的，或者说文本本身的性质与特点决定了它们从根本上是拒绝还原的。那么，汉唐注疏体对于这一类文本的言说，往往是片面的或浅层的。《中庸》若想完成哲学品质的升格，需要新的言说文体的出现与助力。

三、命题牵制概念：唐宋论说文的话语特征

中唐古文家反对骈文，当然是文体革新。他们反对章句、记诵之学，通常被当作思想史、学术史问题，但事实上也包含文体革新，即悬置滞重厚大、随文释义的汉唐注疏体，采用灵活多变、自足成章的唐宋古文体来言说经典。他们使用的具体文体，以"论"体文为首要但又不限于此。中唐兴起的各类论说文，包括"论""原""辨""说""解"以及一些以议论为主的书信、序跋等，固然存在一定的文体差异，但若就言说经典而言，它们具有明显共通的理论倾向与话语特征，可以被视作同一类文体。

章太炎先生指出："唐以后人只能论事理，不能论名理矣。"① 这是专就"论"体文而言，其实也道破各类唐宋论说文的理论倾向：关注具体政治、伦理、历史问题要远多于关注抽象哲学问题，讨论相对抽象的问题也多立足于经世致用。这些文章探讨"性""中""诚"等概念，往往服务于具体现实目的。最典型的例子就是柳宗元论"中"。他使用的文体主要是论、序以及

---

① 上海人民出版社编，虞云国、马勇整理：《章太炎全集》第 2 辑《演讲集》，上海：上海人民出版社，2015 年，第 1051 页。

"论"为题的书信，如《与吕道州温论非国语书》言"大中""从容……大道""中庸""中"，《与韩愈论史官书》言"直"与"中道"，《答吴武陵论非国语书》言"中道"，《非国语序》言"由中庸以入尧舜之道"，《答元饶州论政理书》言"兄通《春秋》，取圣人大中之法以为理"，《时令论下》言"中道""大经""中正""大中"，《断刑论下》言"经权""大中之道"。①这些论说文或是讨论修史、读书，或是直接讨论士风、政治，具有极强的经世致用倾向。柳宗元几乎不假思索就将"中"化约为一个政治概念，而《中庸》中最具心性论价值的"中和"思想，在他的思想世界中难觅踪迹。古文家论"诚"，也有明显的经世致用倾向。如韩愈《省试颜子不贰过论》②，从"明诚"着眼，讲的是"择善而固执之"的伦理。此文为应吏部博学宏词试而作，重实用而不言玄理，自是题中之义。又欧阳詹《自明诚论》开篇即云："自性达物曰诚，自学达诚曰明。"③显然他是在"达物"层面理解"诚"。欧阳修的态度比中唐诸子更为偏激。《问进士策三首》其三云："孔子必须学，则《中庸》所谓自诚而明、不学而知之者，谁可以当之欤？……若《中庸》之诚明不可及，则怠人而中止，无用之空言也。"④《读李翱文》云："智者诚其性，当读《中庸》。愚者虽读此，不晓也，不作可焉。"⑤可见他对于那种超出常识之外、不可经世致用的心性论，持有深刻的怀疑。以上诸家论"诚"，皆对"诚"的心性论、宇宙论含义茫然无感。

经世致用倾向不仅直接消解了很多唐宋论说文对于概念的深入思考，而且潜移默化地塑造了它们的话语特征。所谓"名理""事理"之辨，不仅意味着言说对象的变化，也意味着话语特征的转型。刘宁先生指出，"论"是一种"折中群言"的"反思性的文体"⑥，这道出了唐宋论说文的重要话语传统。

---

① 柳宗元撰，尹占华、韩文奇校注：《柳宗元集校注》，北京：中华书局，2013年，第2065、2026、2070、3131、2089页。
② 韩愈著，马其昶校注，马茂元整理：《韩昌黎文集校注》卷二，上海：上海古籍出版社，2014年，第139页。
③ 董诰等编：《全唐文》卷五九八，北京：中华书局，1983年，第6041页。
④ 欧阳修著，李逸安点校：《欧阳修全集》卷四八，北京：中华书局，2001年，第675—676页。
⑤ 欧阳修著，李逸安点校：《欧阳修全集》卷七二，第1049页。
⑥ 刘宁：《"论"体文与中国思想的阐述形式》，《北京大学学报（哲学社会科学版）》2010年第1期。

此种传统与经世致用倾向相碰撞，便会产生以命题为中心的话语特征。一般而言，概念是客观陈述，命题是主观判断。相比之下，命题更容易作为宣言而迅速发生现实影响，而反思一个"有出处"的命题尤其容易引发广泛的共鸣。韩愈开创的"原"体文，表面看是围绕一个概念展开论述，但实际上是对某些历史命题的全面回应与澄清，以达到其确立"道统"和定位自身价值的现实目的。① 他接续了儒家"正名"的传统，他要正的"名"，偏向于"名分"，而不是"名相"。② 比如《原性》对于"性"本身的认识还停留在"与生俱生"的浅层，其对"性"所作出的"五常""三品"的二级分类，并没有对"性"的本质阐释产生任何推进，而是梳理出"性"的伦理内容与表现方式，以服务于"性善恶论"命题的权衡，并最终归结于"上者可教""下者可制"等现实关怀。③ 从中唐到北宋前期，论"性"之文甚多，如皇甫湜《孟荀言性论》、杜牧《三子言性辩》、孙抃《辨孟上》《好学》、李诩《性诠》等④，它们皆讨论"性善恶"命题或相关的"性三品"命题，而对"性"本身的属性、来源、价值缺乏辨析，其话语特征与韩愈《原性》如出一辙。正是由于这些古文家只关注"性"的伦理含义，故其所论实与《中庸》的概念体系非常疏远。

同样道理，古文家对"诚""中"概念的辨析，也常被命题所牵制、所掩盖。如欧阳詹《自明诚论》，围绕"自性而诚""自明而诚"两个命题展开"折中"，结论是二者"异派而同流"，但对于"诚""性"概念则缺乏辨析，所以只能用辞章来加强说服力："既明且诚，施之身，可以正百行而通神明；处之家，可以事父母而亲弟兄；游于乡，可以睦闾里而宁讼争；行于国，可以辑群臣而子黎氓；立于朝，可以上下序；据于天下，可以教化平。"这是古文

---

① 刘真伦：《五〈原〉的创作与道统的确立——兼论韩愈阳山之贬与文风之变》，《周口师范学院学报》2006年第1期。
② 刘宁先生认为："韩愈'五原'，在推原本义的鲜明追求中，改变了传统正名思想中描述式的概念界定法，对核心概念做出明确的本质界定。"（刘宁：《韩愈"五原"文体创新的思想意涵》，《安徽大学学报（哲学社会科学版）》2018年第4期）笔者认为，此种"明确的本质界定"之法，恰恰遮蔽、阻碍了"名相"的辨析；而"描述式的概念界定法"，在宋人笔记中得到恢复和升华，详见后文。
③ 韩愈著，马其昶校注，马茂元整理：《韩昌黎文集校注》卷一，第21—24页。
④ 李诩《性诠》三篇不存，但从欧阳修《答李诩第二书》可揣知其大意。参见《欧阳修全集》卷四七（第668—670页）。

家"文其浅易之说"的惯法。再如柳宗元《与吕道州温论非国语书》,开篇对"近世之言理道者"进行了依次批判,继则集中抨击《国语》,最后借对李景俭《孟子评》的肯定,表达"求诸中而表乎世"的著述原则。他同样没有辨析概念,而是聚焦于论证命题。这样的话语特征,直接导致当今学者对其"大中"概念出自哪部经典争论不已。①

北宋仁宗朝,《中庸》逐渐作为独立专书而为人所重。古文家,包括积极用古文写作的僧人,开始从整体上言说《中庸》,且多写成系列文章。比如释智圆撰有《中庸子传》三篇,释契嵩撰有《上仁宗皇帝万言书》及《中庸解》五篇,张方平撰有《中庸论》三篇,苏轼亦有《中庸论》三篇。这些声势更为浩大、论理更为精深的论说文,在概念言说方面仍然是保守的或局限的。比如释契嵩《中庸解第一》云:"夫中庸者,盖礼之极,而仁义之原也。……夫中庸者,立人之道也。"《中庸解第三》云:"皇极,教也;中庸,道也。……夫《中庸》之于《洪范》,其相为表里也。"《中庸解第四》云:"夫诚也者,所谓大诚也,中庸之道也。"《中庸解第五》云:"故言中庸者,正在乎学也。……礼乐修,则中庸至矣。"② 可见,作为一位积极交游儒家士大夫乃至上书皇帝的"入世"高僧,释契嵩完全从"礼""教""学"角度来理解"中""诚",不仅与柳宗元、欧阳詹相似,而且与《礼记正义·中庸》如出一辙。③ 又如张方

---

① 关于"大中",章士钊先生认为出自《春秋》且猜测可能也受王通影响,孙昌武先生认为源自《周易·大有·象辞》,陈弱水先生认为源自《尚书》伪孔传对"皇极"的解释,漆侠先生则明确指出"大中"就是"中庸之道",且云:"柳宗元则把沉寂几近千年的《中庸》提到如此高的重要地位,对此后儒学的发展具有重要意义。"包弼德先生持论更为周密:"尽管柳宗元从《中庸》接受了'中'的概念,他并没有对《中庸》做探讨和阐释。"参见章士钊:《柳文指要》,上海:文汇出版社,2000年,第1011页;孙昌武:《柳宗元评传》,南京:南京大学出版社,1998年,第181页;陈弱水、王汎森主编:《思想与学术》,北京:中国大百科全书出版社,2005年,第84页;漆侠:《宋学的发展和演变》,石家庄:河北人民出版社,2002年,第121—122页;[美]包弼德著,刘宁译:《斯文:唐宋思想的转型》,南京:江苏人民出版社,2001年,第148页。

② 曾枣庄、刘琳主编:《全宋文》第36册,上海:上海辞书出版社、合肥:安徽教育出版社,2006年,第241—242、243、245、246页。

③ 余英时先生认为:"北宋释氏之徒最先解说《中庸》的'内圣'含义,因而开创了一个特殊的'谈辩境域'","我假定《中庸》在北宋是从释家回流而重入儒门的"。事实上,释智圆三篇《中庸子传》不谈《中庸》而只谈佛家"中道",释契嵩固然泛论"性""中""诚",但既重视"外王"含义,也并不开掘《中庸》自身的"内圣"含义。余先生的"假定"不能成立。参见余英时:《朱熹的历史世界:宋代士大夫政治文化的研究》,北京:三联书店,2004年,第95—96、86页。

平《中庸论》开篇云："至于孟、荀、扬三子善恶之论，则其于中庸之教异矣。或问其说。对曰：三子之言性，一人之性也。中庸之为道，天下之化也。"① 这是典型的"折中群言"的写法，而"天下之化"也成为三篇文章所讨论的共同命题：它们依次讲"性""诚""中"，皆归结于此命题，而没有对三个概念进行任何辨析，遂使文章近于辞章游戏。

相比之下，苏轼三篇《中庸论》更有创见，《中庸论上》出语不凡："自子思作《中庸》，儒者皆祖之以为性命之说。嗟夫，子思者，岂亦斯人之徒欤？盖尝试论之。夫《中庸》者，孔氏之遗书而不完者也。……是故去其虚词，而取其三。其始论诚明之所入，其次论圣人之道所从始，推而至于其所终极，而其卒乃始内之于《中庸》。盖以为圣人之道，略见于此矣。"② 此段为三篇大纲：上篇论"诚明"，中篇论"人情"（圣人之道所从始），下篇论"中庸"，而三篇皆不论"性"，因为苏轼否认《中庸》是"性命之说"。有意思的是，在同时所作《子思论》中苏轼却说："孟子之所谓性善者，皆出于其师子思之书。子思之书，皆圣人之微言笃论，孟子得之而不善用之。"③ 由于《子思论》探讨的命题是"子思善为论"，《中庸论》探讨的命题其实是"圣人之道本于人情"，所以前者可以言"性"，后者则不言"性"，由此可见古文家常为服务命题而搬弄概念。苏轼提出，"诚者何也？乐之之谓也"，"夫明者何也？知之之谓也"，也是为"圣人之道本于人情"服务，不是严肃的概念辨析。事实上，苏轼将"诚"视作《中庸》的首要概念，将"中"视作实现"诚"的外在保障，都极有见地。但他没有结合《中庸》文本进行深入的概念辨析，很大程度上是因为被命题论证所牵制、阻断了。

总之，在经世致用倾向影响下，唐宋论说文形成了以命题为中心的话语特征。人们使用这种文体来言说"性""中""诚"三大概念，会形成明显的牵制作用，容易使三者含义停留于政治、伦理层面，且常屈服于一些聚讼纷纭或自出机杼的命题。从表面看，古文家将概念从文本的笼罩中解放出来予以自由言说，但实际上，《中庸》里这些具有独特而深邃含义的概念，在论说文的语

---

① 曾枣庄、刘琳主编：《全宋文》第38册，第135页。
② 苏轼著，孔凡礼点校：《苏轼文集》卷四九，北京：中华书局，1986年，第60页。
③ 苏轼著，孔凡礼点校：《苏轼文集》卷五〇，第95页。

境中陷入了新的不自由。出路何在呢？李翱的三篇《复性书》提供了关键线索。①《复性书》的思想成就早已被充分讨论，但其文体问题一直没有得到认真探究。它实质是三种文体的组合：上篇是序文（先论理，再述创作缘起，结尾说"有问于我，我以吾之所知而传焉，遂书于书……命曰《复性书》"，是典型序文写法）；下篇很短，是杂说；中篇文体最为暧昧，有些部分像"《中庸》之义疏"②，整体则更像笔记甚至语录，但肯定不属于古文，因为中唐古文中的论说文，虽也常使用对话问答形式，但绝无如此琐碎、如此冗长者。简言之，《复性书》又可大致分为论说文、笔记体二体。上下篇以论说文形式论证命题、发布宣言，辨析概念比较粗糙；中篇则在极为自由的笔记体中，对"诚""性""情"概念作出了前所未有的丰富思考。比如上篇只说"诚者，圣人性之也，寂然不动"，这很容易让人以"静"解"诚"；中篇则云"方静之时，知心无思者，是斋戒也。知本无有思，动静皆离，寂然不动者，是至诚也"，将"诚"与"斋戒"相比勘，遂得出"动静皆离"之说，这是非常关键的辨析。相比之下，下篇提出"道德之性"的概念，但未作辨析，故其思想价值有限，未能形成有意味的新命题。整体来看，中篇牺牲了条理性，选择了丰富性和深刻性，既是思想突破，也是文体革新。而中篇与上篇的呼应关系，则揭示了一条健康、合理的思想突破路径：先充分辨析概念，再集中论证命题。

四、文体自由与概念重塑：宋人笔记体的话语新变

宋代笔记大兴，究其大体可分为史料笔记和学术笔记两类。与《中庸》言说相关的文体，当然主要是学术笔记。哲学史家向来极为重视的理学语录，也属于学术笔记之一种。贾德讷（Daniel K. Gardner）先生指出："在'语录'中，他们（宋人）找到了自由地联系概念与概念、文本与文本、文本与同时代情境的途径。由于不再受制于一个'在场'的经典文本，'语录'里关注的

---

① 董诰等编：《全唐文》卷六三七，第6432—6437页。
② 欧阳修著，李逸安点校：《欧阳修全集》卷七二《读李翱文》，第1049页。

焦点、提出的看法，其视域便可以广阔得多。"① 这段论述大体不错，但并不精密。首先，上述"途径"和"视域"，也完全是唐宋古文所能做到的。其次，理学语录的勃兴是在北宋后期，而此前学术笔记已然产生了不少重大的思想突破。因此，宋人笔记体的话语特征及哲学功能，需要更进一步的分析：它与其他经典言说文体的区别，不仅在于"自由"与否，更在于获得何种"自由"。

在《中庸》言说史上，笔记体的《通书》和《正蒙》处于"旋转乾坤的地位"，"周、张以后的理学家看到的《中庸》与其前的儒者看到的《中庸》，文字载体是一样的，其思想却是异质的"②。徐洪兴先生指出，《通书》开篇两章"基本是以《周易》与《中庸》互训的方法，论证'诚'这一传统的儒家范畴具有天道的本质属性，而试图重新沟通天道与性命的关系，进而为儒家的道德本体论建立一个天道自然的哲学基础"③。《正蒙》也是这种思路。张载说"有天德，然后天地之道可一言而尽"④，这是他诠释"性""诚"的出发点。从哲学史来看，周、张"重新沟通天道与性命的关系"具有极为关键的意义。赖永海先生云："中国佛性论自隋唐之后，表现出一种注重心性的唯心倾向，亦即日愈把佛性归诸心性，把成佛诉诸反悟自心，了见自性。"⑤ 佛教对儒学的思想挑战，也集中在心性论（包括本体论和工夫论）方面。北宋释昙颖尖锐指出："今古圣贤言性者，只得情也。脱能穷理，不能尽性，何也？不知三才万物皆性也。"⑥ 释契嵩也骄傲地宣称："《中庸》其意尚谦，未踰其天地者也。及佛氏所论法界者，谓其广大灵明，而包裹乎十方者也。其谓博厚高明，岂止与天地相配而已矣？经曰：'不知色身外，洎山河大地虚空，咸是妙明真心中物。'岂不然乎？而孔子未发之者，盖尊天地而欲行其教

---

① 贾德讷：《宋代的思维模式与言说方式——关于'语录'体的几点思考》，[美] 田浩著，杨立华、吴艳红等译：《宋代思想史论》，北京：社会科学文献出版社，2003年，第399页。
② 吴震主编：《宋代新儒学的精神世界：以朱子学为中心》，第502页。
③ 徐洪兴：《周子通书导读》，周敦颐撰，徐洪兴导读：《周子通书》，上海：上海古籍出版社，2000年，第23页。
④ 张载著，章锡琛点校：《张载集》，北京：中华书局，1978年，第15页。
⑤ 赖永海：《中国佛性论》，南京：江苏人民出版社，2010年，第298页。
⑥ 曾枣庄、刘琳主编：《全宋文》第19册《性辨》，第97页。

也。"① 对于以上观点,张载正好有段针锋相对的话:"释氏妄意天性而不知范围天用,反以六根之微因缘天地。明不能尽,则诬天地日月为幻妄,蔽其用于一身之小,溺其志于虚空之大,所以语大语小,流遁失中。"② 言下之意,佛教以空幻为宇宙实相,故只能拘泥于狭隘的心性论,看不见天人共存互通的那个气韵生动的世界,而儒家则能统合"性"与"天道",也就是将心性论和宇宙论在本体高度上统一起来。

周、张的上述思想成就是一项宏大的历史任务,涉及若干概念和命题的深刻思考,绝非一蹴而就。而《通书》和《正蒙》的文体形式与话语特征,为两人的思想突破提供了最恰当的载体,也为两人思想的传播起到了关键作用。首先,两书皆属于讲学论道之文,没有直接的经世致用的诉求,这就为"性""中""诚"概念的辨析营造了纯粹的学术语境。其次,两书常作概念比勘,即将相关、相近、相对的概念不断进行区分或勾连。比如《通书》第一到第四篇都论"诚",但不是孤立分析,而是结合"圣""天(乾)""性""几""神"等概念进行比勘:"诚者,圣人之本。'大哉乾元,万物资始',诚之源也。'乾道变化,各正性命',诚斯立焉。纯粹至善者也","诚无为,几善恶","寂然不动者,诚也。感而遂通者,神也。动而未形,有无之间者,几也。诚精故明,神应故妙,几微故幽。诚、神、几,曰圣人"③。又如《正蒙》将"大(中)""中""诚"相比勘:"知德以大中为极,可谓知至矣;择中庸而固执之,乃至之之渐也","体正则不待矫而弘,未正必矫,矫而得中,然后可大。故致曲于诚者,必变而后化","不致广大,则精微无所立其诚;不极高明,则择乎中庸失时措之宜矣"④。经过比勘,周、张对于"诚""中"的认识更为精致、深刻:"诚"既是心性本体,又是心性功夫,同时与宇宙又有密切联系;"中"既是最高原则,也是具体方法,既是外在实践,又具有内在功夫的向度。再次,两书还常围绕概念进行多角度的理论描写。比如《通书》论"中",既说它是"天下之达道也,圣人之事也",又特别强调"性

---

① 曾枣庄、刘琳主编:《全宋文》第 36 册《上仁宗皇帝万言书》,第 115 页。
② 张载著,章锡琛点校:《张载集》,第 26 页。
③ 周敦颐著,陈克明点校:《周敦颐集》,北京:中华书局,1990 年,第 12—17 页。
④ 张载著,章锡琛点校:《张载集》,第 27—28 页。

者,刚柔善恶中而已矣"①,可见他既承认"中"的政治、伦理含义,又特别表出"中"的心性含义,这对于后来程、朱"苦参中和"应有重要启迪。又如《正蒙》论"诚":"诚明所知乃天德良知,非闻见小知而已","天人异用,不足以言诚;天人异知,不足以尽明。所谓诚明者,性与天道不见乎小大之别也","'自明诚',由穷理而尽性也;'自诚明',由尽性而穷理也"②,短短三句话,分别讲清了"诚"的本质、目的、方法。以上两种方法,概念比勘与概念描写,常相配合,相得益彰。它们不仅构成理学家自身的思考模式,而且也成为后世以至当今学者研究理学所必须采用的研究模式。它们塑造了宋人笔记体的一种崭新话语特征:以概念为中心进行完全自由的思想表达,不断创造"概念群"或"概念场",从而澄清每个重要概念的丰富内涵与相互关系。周、张二人用这种文体来言说"性""中""诚",让我们清晰地看到了《中庸》概念体系的重塑历程。

《通书》和《正蒙》还采取"类编"方式,将相关概念或思想相对集中地编写在一起。《正蒙》专设《天道》《诚明》《大心》《中正》诸篇,最为醒豁,而《通书》也题写了篇名,便于搜检。当然,笔记体的"类编"特征一般不直接出于作者的安排,而是弟子或后人加工后的产物。它主要不是影响作者的思想表达,而是影响其思想的传播。杨时、张栻编《二程粹言》,朱熹编《近思录》,黎靖德编《朱子语类》,皆采取"类编"方式,而此种方式源头在《通书》和《正蒙》。两书的"类编"特征,使其辨析概念的成果得以更清楚地表露出来。我们可将胡瑗与周、张作个对比。胡瑗撰有《中庸义》,其书已佚,但卫湜《礼记集说》保存了27条胡瑗论《中庸》的片段,应该出自《中庸义》。胡瑗对"天""性""诚"的认识,与周、张相似:"能知天则是知性者也","圣人得天之全性,众人则禀赋有厚薄","此皆至诚前知,默契天意者也"。③ 在《周易口义》中,他还提出"天地之性"概念,是个创举。④ 然而,他选用注疏体来言说概念,尽管其注疏体具有义理化倾向,但仍然随文

---

① 周敦颐著,陈克明点校:《周敦颐集》,第19页。
② 张载著,章锡琛点校:《张载集》,第20—21页。
③ 卫湜:《中庸集说》,第185、251、261页。
④ 郭晓东:《宋儒〈中庸〉学之滥觞——从经学史与道学史的视角看胡瑗的〈中庸〉诠释》,《湖南大学学报(社会科学版)》2014年第1期。

说解多而辨析较少,不能如周、张那样自如挥洒、多方比勘,更无法形成"类聚"效果,故其思想的清晰度和影响力皆受限制。事实上,《通书》原名《易通》①,周敦颐精于《易》学,想必私下里对《周易》也有诸多随文疏释。张载《经学理窟·义理》自述:"某观《中庸》义二十年,每观每有义,已长得一格。"② 他或许也撰有类似《中庸义》的著作。我们可以设想,如果周、张也选择《易义》《中庸义》作为平生著述的终极形态,那么不但他们的影响力会大打折扣,连其思想本身的深刻度和清晰度或许也会降低。又据《张载集·正蒙》校勘记可知,《正蒙》的很多条目出自《横渠易说》,而《正蒙》是张载亲自"以书属门人,乃集所立言"③ 而编成,可见张载对于注疏体著作有一种自觉的重编冲动。我们固然不宜夸大文体对思想的影响,但既然作者本人都具备自觉意识,并且《中庸》升格中最关键的思想突破的确主要发生在笔记体中,那么文体因素就必然需要认真对待和研究。

总之,汉唐注疏体、唐宋论说文、宋人笔记体,分别在中唐以前、唐宋之际、北宋以降,成为各自历史时期《中庸》言说的主要文体,其各自不同的话语传统以及不断发展的话语特征,深刻影响着言说者的思想表达。汉唐注疏体最为保守和固化,基本只解释文本,不能自由言说概念;唐宋论说文可以自由言说概念,但在经世致用倾向影响下,其话语特征以命题为中心,容易消解概念的抽象哲学含义,也容易造成重视命题而淡化概念的倾向;宋人笔记体既提供了最大程度的文体自由,且将此种自由引向充分的概念辨析,遂使重要概念得以重塑,《中庸》的独特思想价值得以凸显。周、张之后,宋代思想史进入理学时代。如果我们将朱熹视作《中庸》升格运动的终局人物,那么从周、张到朱熹,《中庸》言说还有漫长道路要走。我们可以列出王安石、司马光、二程、范祖禹、吕大临、晁说之、游酢、杨时、张九成、谢良佐、尹焞、吕本中、叶适等长长的名单。这些学者对于《中庸》的言说,常常是在注疏体、论说文、笔记体三种文体之间游走自如。比如司马光有论说文《中和论》及多封书信,又有注疏体《中庸广义》;二程有注疏体《中庸解》,又有笔记体《二程遗书》;朱熹则使用《中庸章句》《中庸章句序》《朱子语类》三种文体

---

① 徐洪兴:《周子通书导读》,周敦颐撰,徐洪兴导读:《周子通书》,第 4—6 页。
② 张载著,章锡琛点校:《张载集》,第 277 页。
③ 张载著,章锡琛点校:《张载集》,第 384 页。

言说《中庸》，而其《中庸或问》，文体大致处于注疏和笔记之间。由此可见，整个宋代的《中庸》言说史，呈现出注疏体、论说文、笔记体互补发展的局面，三者自身的话语特征也在交融中不断变化。比如注疏体、论说文都开始重视概念辨析，尤其是注疏体几乎脱胎换骨；某些论说文的实用性和修辞性降低而理论性提升，比如论学书信和书序；笔记体变得更为庞杂，篇幅和段落都变得冗长，不仅辨析概念，也论证命题，有时甚至焕然成章。尽管有种种"破体"现象发生，但三种言说文体整体上维持着各自的话语特征和哲学功能：注疏体解释文本，论说文论证命题，笔记体辨析概念。三种文体分工明确而又相互配合，共同构建了宋代《中庸》言说的思想大厦。因此，《中庸》升格的终局，既意味着概念重塑的完成，也意味着话语变迁的落定。而从文体角度研究唐宋思想史中的文本、命题、概念，或许还可以推广到其他经典，烛照更广阔的思想世界。

从欧阳修论小序看宋代新《诗》学的内在张力

——兼与民国《诗》学比较

华东师范大学国际汉语文化学院 成 玮

欧阳修《诗本义》排弃汉唐注疏,是宋代《诗》学史上开风气的著作。《四库提要》卷一五此书条下称:"自唐以来,说《诗》者莫敢议毛、郑。虽老师宿儒,亦谨守小序。至宋而新义日增,旧说俱废。推原所始,实发于修。"① 欧氏不仅疵议毛传、郑笺,对《诗序》也非寸步不离。但如论者所言,态度有别:"疑《序》而未为激烈,斥毛、郑不遗余力"②。因此学界聚焦点,多在《诗本义》与传、笺的关系。关于此著如何处置《诗序》,虽偶有讨论③,尚可进一步细化;关于由此显露的诠释问题及其学术史内涵,也较少探究。本文围绕这两方面试作考察。

---

① 纪昀等:《钦定四库全书总目》,北京:中华书局,1997年,第190页。
② 陈战峰:《欧阳修〈诗本义〉研究新探》,北京:中国社会科学出版社,2015年,第124页。
③ 譬如李梅训:《欧阳修〈诗本义〉对〈诗序〉的批评及影响》,《安徽师范大学学报(人文社会科学版)》2004年第4期;李君华:《欧阳修〈诗本义〉研究》,浙江大学硕士学位论文,2008年;曾建林:《欧阳修经学思想研究》,杭州:浙江大学出版社,2014年,第97—101页;陈战峰:《欧阳修〈诗本义〉研究新探》,第121—128页。

一、年代与文本证据：欧阳修论《诗》小序

欧阳修对小序的基本态度，见之如下论述：

> 今考《毛诗》诸序，与孟子说《诗》多合，故吾于《诗》，常以序为证也；至其时有小失，随而正之。惟《周南》《召南》，失者类多，吾固已论之矣，学者可以察焉。①

他一边提出："《诗序》非子夏之作"②，将小序时代从孔子门生那里，下移到"孟子之后的战国时期"③；一边又以与《孟子》所解多合为由，重新肯定了小序的证据价值。之所以悬孟子为判准，系因"孟子去《诗》时近而最善说《诗》"④。善解《诗》义与否，只是主观判断；离《诗》时间较近，却是客观因素。事实上，欧阳修拣择昔人《诗》说，年代在前者优先乃一贯原则，不仅谈小序为然。《小雅》中《小旻》《小宛》两篇，毛传以为刺周幽王，郑笺以为刺周厉王。⑤ 欧氏弃郑而取毛，并申明个中缘故："毛氏当汉初兴，去《诗》犹近，后二百年而郑氏出。使其说可据而推理为得，从之可矣。若其说无据而推理不然，又以似是之疑为必然之论，则吾不得不舍郑而从毛也。"⑥ 在毛、郑之间，同样因时序在先，而更倾向于毛传。⑦ 这一立场，甚至贯穿于个别名物之解释。《诗本义》卷二论《邶风·匏有苦叶》，采《左传》载叔孙

---

① 欧阳修：《诗本义》卷一四《序问》，《影印文渊阁四库全书》第 70 册，台北：台湾商务印书馆，1983 年，第 294 页。《诗本义》卷一论《周南·麟之趾》所言略同，同书第 188 页。
② 欧阳修：《诗本义》卷一四《序问》，《影印文渊阁四库全书》第 70 册，第 293—294 页。
③ 李梅训：《欧阳修〈诗本义〉对〈诗序〉的批评及影响》，《安徽师范大学学报（人文社会科学版）》2004 年第 4 期。
④ 欧阳修：《诗本义》卷一论《周南·麟之趾》，《影印文渊阁四库全书》第 70 册，第 188 页。
⑤ 郑玄笺，孔颖达疏：《毛诗注疏》卷一二之二、之三，上海：上海古籍出版社，2013 年，第 1055、1068 页。
⑥ 欧阳修：《诗本义》卷七论《小雅·十月之交》等四首，《影印文渊阁四库全书》第 70 册，第 233—234 页。
⑦ 阮葵生《茶余客话》卷一〇"欧阳修重毛诗"条已拈出此点（北京：中华书局，1959 年，第 283 页）。

穆子赋诗之义①，以苦匏为渡水之具，且说："《春秋》《国语》所载诸侯大夫赋《诗》，多不用《诗》本义，第略取一章或一句，假借其言以苟通其意，如《鹊巢》《黍苗》之类，故皆不可引以为《诗》之证，至于鸟兽草木诸物，常用于人者，则不应缪妄。苦匏为物，当毛、郑未说《诗》之前，其说如此。若穆子去《诗》时近，不应缪妄也。"② 明知春秋时人诵《诗》，多断章取义，而释名物仍引为凭据，理由无非去《诗》未远。可知时代先后，确是他考量的要点。

还有一则公案，也与此有关。《诗本义》卷二论《召南·驺虞》，释驺为驺圉、虞为虞官。欧阳修《新五代史》复畅言之："驺虞，吾不知其何物也。《诗》曰：'吁嗟乎驺虞！'贾谊以谓驺者，文王之圉；虞，虞官也。当谊之时，其说如此，然则以之为兽者，其出于近世之说乎？"③。释驺虞为兽，实出毛传。④ 王观国就"出于近世"一点，反驳欧氏，谓毛亨"与贾谊同时人也"，不当专信贾氏。王楙又遍举署名姜太公《六韬》、司马相如《封禅书》、刘安《淮南子》等作以驺虞为兽之证，谓："太公在毛、郑之前，相如、淮南王与毛公同时，在郑之前。其言亦尔，安得不信乎？"⑤ 二王攻讦之所，皆在年代前后，足见欧氏对诸家时序特为关心，在南宋已声名广播。

要之，依欧阳修之见，说《诗》者自孟子起，效力呈一递减序列：孟子→小序→毛传→郑笺，他对各环节的态度随之而异。论者多注意到，他颇回护小序，兹与毛、郑作一比较。《诗本义》卷九论《小雅·白华》："又序言以妾为妻，以孽代宗，虽为两事，而其实一也。盖妾子为孽，妻子为宗，既升妾为妻，则自然其孽子为適矣。今考诗但述妻妾之事，而无及適庶之语，乃作序者

---

① 左丘明撰，杜预集解：《左传》卷一五"襄公十四年"，上海：上海古籍出版社，1997年，第905页。
② 欧阳修：《诗本义》，《影印文渊阁四库全书》第70册，第195—196页。
③ 欧阳修：《诗本义》，《影印文渊阁四库全书》第70册，第194页；欧阳修：《新五代史》卷六三《前蜀世家》，北京：中华书局，2016年，第894页。贾谊之说见《新书》卷六《礼》（贾谊撰，阎振益、钟夏校注：《新书校注》，北京：中华书局，2000年，第215页）。
④ 郑玄笺，孔颖达疏：《毛诗注疏》卷一至卷五，第142页。
⑤ 王观国撰，田瑞娟点校：《学林》卷一《祥瑞》，北京：中华书局，1988年，第11页；王楙撰，郑明、王义耀校点：《野客丛书》卷三《欧公论驺虞》，上海：上海古籍出版社，1991年，第31页。

因言及之耳。"① 诗中既未提及庶子为宗之事，小序"以孽代宗"一语便无着落。欧阳修弥合小序与正文的裂痕，以为妾夺妻位，自然导致庶夺嫡位，小序由前者推言及后者，固无不可。而卷五论《陈风·衡门》，则说："自'泌之洋洋'以下，郑解为任用贤人，则诗无明文。大抵毛、郑之失在于穿凿，皆此类也。"② 他释此节命意："泌水洋洋，然若阅之而乐，则亦可以忘饥。言陈国虽小，若有意于立事，则亦可以为政。"郑笺同样于诗无征，可自诗之为政推言郑氏之任贤，又同样水到渠成，他却对郑笺此说以及此说所代表的"毛、郑之失"一概弃去，绝无宽假，态度宽严迥异。从这里亦可看到，出现时代较早，给小序带来的特殊保护。

此外，论者多已察觉，欧阳修《诗》学见解，前后有所变化。③ 其实关于小序，也是如此。《问进士策题五道》其一，有"子夏序《诗》"④ 等语，初无疑《序》之意。这五道策问，撰年不明，但不妨略作排序。欧氏约写于景祐四年（1037）的《诗解统序》，公然批评毛传、郑笺："不合于经者亦不为少，或失于疏略，或失于谬妄。"⑤ 而是年之前，他官职未显，不可能主持进士考试。换言之，在他开始排击毛、郑之后，有段日子依然信任《诗序》。对小序的疑惑，是随研索进展，逐渐逼出来的。这应该是他攻小序不若攻毛、郑之苛的又一原因。

欧阳修称小序"惟《周南》《召南》，失者类多"，根本原因在于，整体诠释取向不同。他视二《南》为"周衰之作"⑥，旨在刺讥；小序则多视之为西周盛期作品，旨在颂美。而谛观具体篇章，这部分也未尝尽废小序。《诗本

---

① 欧阳修：《诗本义》，《影印文渊阁四库全书》第70册，第249页。参见《毛诗注疏》卷一五之二，第1325页。
② 欧阳修：《诗本义》，《影印文渊阁四库全书》第70册，第211页。参见《毛诗注疏》卷七之一，第633页。
③ 譬如何泽恒：《欧阳修之经史学》，台北：台湾大学出版委员会，1980年，第63—68页；裴普贤：《欧阳修诗本义研究》，台北：东大图书有限公司，1981年，第136页；曾建林：《欧阳修经学思想研究》，第116—122页；[日] 种村和史著，李栋译：《宋代〈诗经〉学的继承与演变》，上海：上海古籍出版社，2017年，第430页。
④ 欧阳修著，洪本健校笺：《欧阳修诗文集校笺》，上海：上海古籍出版社，2009年，第1852页。
⑤ 欧阳修著，洪本健校笺：《欧阳修诗文集校笺》，第1597页。
⑥ 欧阳修：《诗本义》卷一四《时世论》，《影印文渊阁四库全书》第70册，第288页。

义》卷一论《周南》中《樛木》《汉广》两篇可证。卷二论《召南·草虫》，甚至说毛、郑之误，恰因"不以序意求诗义"所致。① 反过来，在二"南"之外，抹倒整篇小序处又间或有之，不止纠其"小失"而已。在他，废去小序必出于不得已。然则其理由何在？

《诗本义》卷八论《小雅·何人斯》："古诗之体，意深则言缓，理胜则文简。然求其义者，务推其意、理。及其得也，必因其言、据其文以为说，舍此则为臆说矣。"② 这里"意"指内容；"义"指用意，即美刺之类。二者当就"文"与"理"求之。故欧阳修标举的解诗要素，在此只得正文、道理两项。卷一斥小序："不惟怪妄不经，且与诗意不类。"③ 前句据道理而言，后句据正文而言，分别对应两者，即可为例。另外，对勘各篇小序，发见彼此抵牾之迹；旁参《诗》《书》《史记》等书记载，揭出小序不符史实之处，也是他采用的方法。④ 这与其解《诗》的一般策略，大致相当⑤，或者说，即其解《诗》策略之一体现。值得一提的是，欧阳修极少单据道理便下断语，往往与细绎正文或比对载籍相结合，如卷二论《召南·鹊巢》："据诗，但言'维鸠居之'，而序言'德如鸤鸠，乃可以配'，郑氏因谓'鸤鸠有均一之德'。以今物理考之，失自序始，而郑氏又增之尔。"⑥ 凭据一在物理，即后文所说"鹊鸠异巢，类不能作配也"；另一则在正文始终未道两鸟相配之事，不支持小序说法。又如卷七释《小雅·节南山》："作诗序者，见其卒章有'家父作诵'之言，遂以为此诗，家父所作，此其失也。……诗言民畏其上，不敢戏谈，岂有作诗之人，极斥其君臣过恶，极陈其乱亡之状，而自道其名字，又显言我究穷王之致乱之由？与不敢戏谈之义顿乖，此不近人

---

① 欧阳修：《诗本义》，《影印文渊阁四库全书》第 70 册，第 185、186、189 页。
② 欧阳修：《诗本义》，《影印文渊阁四库全书》第 70 册，第 237 页。
③ 欧阳修：《诗本义》卷一论《周南·麟之趾》，《影印文渊阁四库全书》第 70 册，第 188 页。
④ 欧阳修：《诗本义》卷二论《召南·野有死麕》、卷八论《小雅·鼓钟》，《影印文渊阁四库全书》第 70 册，第 192、242 页。李梅训《欧阳修〈诗本义〉对〈诗序〉的批评及影响》已指出前一点。
⑤ 曾建林《欧阳修经学思想研究》总结其考求《诗》义之方，共四点：以史证诗、考以文意、质以人情、以理说诗（第 85—97 页）。若将人情归为理之一种，则可简化至文、理、史三点。对照上述攻小序之由，四项已占其三。
⑥ 欧阳修：《诗本义》，《影印文渊阁四库全书》第 70 册，第 189 页。

情之甚者。又自称其字曰'家父'。案《春秋》桓十五年,'天王使家父来求车',距幽王卒之年至桓王卒之年,七十五岁矣。然则幽王之时所谓'家父'者,不知为何人也。"① 既衡之以情理,显扬君过,不会坦然自表名字;又证之以《春秋》,当周幽王时,史上所知那位"家父"尚未出世。双管齐下,攻去小序。其论证,主要仍依赖各类文本证据。其中,诗篇正文较其他典籍记载更为重要。②

综上所述,欧阳修因时序较前,而整体肯定小序;又据诗篇正文及其他文献,而个别否定小序。其间蕴含的种种张力,留待第四节再论。

二、从局部到整体:欧阳修之后的北宋斥小序风气

就现存文献看,欧阳修同时代,说《诗》摒弃传注者不乏其人,疑小序者却寥寥无几。如周尧卿"考经指归,而见毛、郑之得失",对小序的态度,可惜无从考见。③ 又如姚辟。欧氏嘉祐六年(1061)致焦千之一函交代:"姚辟《诗说》,请试看,有长处签出示及,为无工夫细看故也。"④ 由是观之,《诗本义》之作,曾参考友朋著述,或有采撷。姚氏《诗说》已佚,内容难详。不过欧阳修致他一函,称道其纠驳《礼记》经文甚确。⑤《获麟赠姚辟先辈》又说:"世已无孔子,获麟意谁知?我尝为之说,闻者未免非。而子独曰然,有如埙应篪。"⑥ 孔子撰《春秋》,绝笔于获麟,系《公羊传》和《左传》

---

① 欧阳修:《诗本义》,《影印文渊阁四库全书》第 70 册,第 228 页;参见左丘明撰,杜预集解:《左传》卷二"桓公十五年",第 116 页。
② 欧阳修:《诗本义》卷一论《周南·兔罝》,《影印文渊阁四库全书》第 70 册,第 186 页。据本诗而不采信《左传》成公十二年郤至之说,即为一证。参见左丘明撰,杜预集解:《左传》卷一三,第 718 页。
③ 陈战峰:《欧阳修〈诗本义〉研究新探》,第 48 页。参见脱脱等:《宋史》卷四三二《儒林二·周尧卿传》,北京:中华书局,1985 年,第 12847 页。欧阳修为之撰《太常博士周君墓表》,于其学仅言"长于毛、郑《诗》,《左氏春秋》",别无他语(欧阳修著,洪本健校笺:《欧阳修诗文集校笺》,第 692 页)。
④ 欧阳修著,李逸安点校:《欧阳修全集》卷一五〇《与焦殿丞》其十一,北京:中华书局,2001 年,第 2478 页。
⑤ 欧阳修著,李逸安点校:《欧阳修全集》卷一五〇《与姚编礼》其二,第 2482—2483 页。
⑥ 欧阳修著,洪本健校笺:《欧阳修诗文集校笺》,第 106 页。

杜预注的说法①，知姚氏还同他一道，反对《春秋》传注。疑经疑传，殆为前者治经之常态。以此推想，其《诗说》当多有攻诘传疏处，可惜对小序有何理会，也无从考见了。欧阳修畏友刘敞（1019—1068），时时不取毛传、郑笺，于《诗序》虽"间亦驳之"②，偶然一条罢了③，总体而言，仍维护着《诗序》权威。他说：

> 子夏《诗》序云："礼义废，政教失，国异政，家殊俗，而变风变雅作矣。"然则诸《国风》，其言正义善、事合于道者，皆正《风》也。其有刺讥怨讽者，乃变《风》也。亦犹二《雅》，言文、武、成、康为正《雅》，言幽、厉为变《雅》矣。今说者皆断《周南》《召南》为正风，自《邶》以下为变风，遂令《淇奥》《缁衣》与《南山》《北门》同列，非夫子之意，子夏之指。④

在此，《诗序》为子夏作，且见出孔子原意，地位自然无可撼动。欧阳修大量质疑小序，在当日近乎空谷足音。

然而稍后，对小序的怀疑便日益萌生。本节与下节，扣住三项论题加以探索：第一，小序作者是谁？第二，缘何否定小序？第三，弃置小序后，怎样构造新解读？三者又常缠绕在一起，难以剖分。

首先值得注目的是王安石（1021—1086）、苏辙（1039—1112）、程颐（1033—1107）三家。王安石不从毛诗、郑笺，人所悉知⑤，对小序却亦步亦

---

① 何休解诂，徐彦疏：《春秋公羊传注疏》卷二八"哀公十四年"，北京：北京大学出版社，1999年，第709—721页。参见左丘明撰，杜预集解：《左传》卷三〇，第1796页。

② 参见姜广辉主编：《中国经学思想史》第三卷，北京：中国社会科学出版社，2010年，第226页。

③ 刘敞攻毛、郑之例，有《七经小传》卷上论《召南·甘棠》《小雅·伐木》等；攻《诗序》之例，仅论《周南·卷耳》一则（《影印文渊阁四库全书》第183册，第10—11、9—10页）。

④ 刘敞：《七经小传》卷上，《影印文渊阁四库全书》第183册，第9页。

⑤ 参见朱熹：《吕氏家塾读诗记后序》，朱杰人等主编：《朱子全书》第24册，上海：上海古籍出版社、合肥：安徽教育出版社，2002年，第3655页；严粲：《诗缉》卷首林希逸序，《影印文渊阁四库全书》第75册，第8页。《诗经新义》非尽出王安石之手，有王雱等人合撰，但经王安石统稿，反映了他的思想，这里不复区分。

趋①。他也怀疑子夏未著《诗序》，不过策略是更向上追溯，"推到孔子、子夏之前"②。王氏写道："然传以为子夏，臣窃疑之。《诗》上及于文王、高宗、成汤……方其作时，无义以示后世，则虽孔子亦不可得而知，况于子夏乎？"于是另辟蹊径，称"《诗序》是国史撰作"③。孔子、子夏晚于《诗》，《诗序》倘出自他们手笔，能否照见原义，令人不能无疑。不若据大序"国史明乎得失之迹"一语④，系在对诗作同时负辑录之责的史官名下。这样，反而进一步巩固了《诗序》的信用。

苏辙不取子夏序《诗》说，他的贡献在于，首次提出史传书证。《后汉书》卷七九下《儒林列传下》载："后汉有九江谢曼卿，善《毛诗》，又为之训。（卫）宏从曼卿受学，因作《毛诗序》"。《隋书》卷三二《经籍志一》载："先儒相承，谓之《毛诗》。序，子夏所创，毛公及敬仲（卫宏）又加润益。"⑤ 苏氏《诗集传》引两书，以证小序"皆毛氏之学而卫宏之所集录也"⑥。欧阳修已看见卫宏作《序》说，但只道："《诗》之序，不著其名氏，安得而知之乎？"⑦ 以不可知的态度了之。苏辙则引以为据，直指系卫宏所撰。

---

① 王安石顺小序而为说之处，俯拾皆是，譬如《诗经新义》（程元敏辑本）卷四论《清人》《有女同车》《子衿》、卷五论《东方未明》《十亩之间》、卷七论《月出》、卷一一论《鸿雁》、卷一二论《何人斯》、卷一七论《公刘》、卷一八论《崧高》等（王水照主编：《王安石全集》第2册，上海：复旦大学出版社，2016年，第429、433、437、443、448、471、536、574、659、679页）。南宋李樗指其释《卫风·竹竿》"巧笑之瑳"两句，"欲以此说强合于序"；释《王风·兔爰》"有兔爰爰"及"罗""罦""罿"等字，"迂回曲折，求合于序"，更见其尊崇之切（佚名《毛诗李黄合解》卷八、卷九引，《影印文渊阁四库全书》第71册，第173、188页）。又参见李祥俊：《王安石学术思想研究》，北京：北京师范大学出版社，2000年，第52—53页；方笑一：《北宋新学与文学——以王安石为中心》，上海：上海古籍出版社，2008年，第61—66页。
② 李祥俊：《王安石学术思想研究》，第53页。
③ 王安石：《诗经新义》（程元敏辑本）卷一，王水照主编：《王安石全集》第2册，第350页。
④ 郑玄笺，孔颖达疏：《毛诗注疏》卷一之一，第18页。
⑤ 范晔：《后汉书》，北京：中华书局，1965年，第2575页；魏征等：《隋书》，北京：中华书局，1973年，第918页。
⑥ 苏辙：《诗集传》卷一论《周南·关雎》，曾枣庄、舒大刚主编：《三苏全书》第2册，北京：语文出版社，2001年，第266页。
⑦ 欧阳修：《诗本义》卷一四《序问》，《影印文渊阁四库全书》第70册，第293页。

不过他承认，小序保留了若干"古说"，故弃其余而独取其首句。①

小序仅取首句的做法，通常认为，发端于唐代成伯玙。② 他的理据有二：一是《诗》中六首有题无诗，小序皆仅一句，别无他说，乃因正文佚失，后人"无由得措其辞也"；类推其他小序，首句而外，当也为后人续补。二是《周颂·丝衣》小序："绎宾尸也。高子曰：'灵星之尸也。'"高子为战国时人，在子夏之后，"子夏无为取引一句之下"③。后一说孔颖达疏已揭出："子夏作序，则唯此一句而已。后世有高子者，别论他事……有人著之。"④ 相比孔疏，成氏是将关于局部篇目小序的结论，推扩到了全书。苏辙与之说同而理异，主要细察单篇小序内部罅隙，"从《小序》首句和余句在语言、内容及逻辑思维方面的不同，找到了划分依据"⑤。正面探求《诗》义，则大致自正文、道理、史证三方面立论。⑥ 苏氏解释正文，力去迂回之说。其《诗集传》卷一二论《小雅·裳裳者华》："《毛诗》之叙曰：'古之仕者世禄，小人在位则谗谄并进，弃贤者之类，绝功臣之世。'原其所以为是说者，不过以诗之'乘其四骆'为守其先人之禄位，'是以似之'为嗣其先祖，其说盖劳苦而不明如此。""劳苦"即迂曲之谓。他改释"乘其四骆"为乘坐大骆，"言亦不失盛也"；改释"是以似之"为内充实而外发于容貌，"睟然其似之矣"，直截了当。⑦ 之所以能如此，是因为在苏辙意中，《诗》乃"天下之人，匹夫匹妇，羁臣贱隶，悲忧愉佚之所为作也"，未必语皆合道，"夫圣人之于《诗》，以为其终要入于仁义，而不责其一言之无当"⑧。这为《诗》的局部解读放宽

---

① 在具体诗篇解读中，苏辙有时说小序首句为孔子作，有时说子夏作。参见郝桂敏：《宋代〈诗经〉文献研究》，北京：中国社会科学出版社，2006年，第81页。
② 洪湛侯：《诗经学史》，北京：中华书局，2002年，第229页。
③ 成伯玙：《毛诗指说·解说第二》，《影印文渊阁四库全书》第70册，第174页。
④ 郑玄笺，孔颖达疏：《毛诗注疏》卷一九之四，第2011页。
⑤ 李冬梅：《苏辙〈诗集传〉新探》，成都：四川大学出版社，2006年，第60页。例子可参见苏辙《诗集传》卷二论《邶风·旄丘》（曾枣庄、舒大刚主编：《三苏全书》第2册，第293页）。
⑥ 据正文如《诗集传》卷一一论《雨无正》，据道理如卷五论《东方未明》《十亩之间》，据史证如卷一八论《烈文》（曾枣庄、舒大刚主编：《三苏全书》第2册，第431、338、346、542页）。参见李栋译：[日]种村和史著，李栋译：《宋代〈诗经〉学的继承与演变》，第224—259页。
⑦ 苏辙：《诗集传》，曾枣庄、舒大刚主编：《三苏全书》第2册，第460—461页。
⑧ 苏辙著，陈宏天、高秀芳点校：《苏辙集·诗论》，北京：中华书局，1990年，第1273页。

了尺度。

程颐在此问题上的观点,像是王安石与苏辙的综合。《河南程氏遗书》卷一八《伊川先生语四》录其说。刘安节问:"《诗·小序》何人作?"答:"《(大)序》中分明言'国史明乎得失之迹'。盖国史得诗于采诗之官,故知其得失之迹。……使当时无《小序》,虽圣人亦辨不得。"依此则小序为国史所写,与诗作同时,早于孔子,这和王安石同一声口。《小序》之可信,似乎无可置疑,孰料不尽然。又问:"圣人删《诗》时,曾删改《小序》否?"答:"有害义理处,也须删改。今之《诗序》,却煞错乱,有后人附之者。"①国史述其事,孔子审其理,经过两道程序,小序当绝无违牾,可是程颐又用"有后人附之者",削弱了其效用。着一"煞"字,言下之意,错乱还不少。后来他进而认定:"史氏得《诗》,必载其事,然后其义可知,今《小序》之首是也,其下则说《诗》者之辞也。"②对小序大幅裁汰,惟取首句,其余均表怀疑,又投向了苏辙一方。

程氏与王安石、苏辙皆不相能,而说《诗》立场不自主地由王氏向苏氏推移,足窥《诗》学发展至此,已断非汉唐注疏所能笼罩;小序与正文的不协调,也愈来愈展露尽致。

后来朱熹说苏辙:"他虽不取(小序)下面言语,留了上一句,便是病根。"③待到下一代,晁说之(1059—1129)出来,便弥补了这个缺憾。其《诗之序论二》引韩愈语:"子夏不序《诗》之道有三焉:不智,一也;暴中冓之私,《春秋》所不明不道,二也;诸侯犹世,不敢以云,三也。"④此说今不载于韩集,而首见于晁氏称引,关注点在小序未合儒家之教。晁说之此文从之,主要从儒教角度,全面否定子夏作小序说。这是道理层面的论据。除这点外,证小序之非的理由,尚有多条,《诗之序论一》说岐下石鼓刻有逸

---

① 程颢、程颐著,王孝鱼点校:《二程集》,北京:中华书局,2004年,第229页。程颐发表此类观点处甚多,参见《二程集·河南程氏遗书》卷二上、卷六、卷一九《伊川先生语五》、卷二四《伊川先生语十》(第40、92、256、312页)。前两条未标主名,当亦出程颐之口。

② 程颢、程颐著,王孝鱼点校:《二程集·河南程氏经说》卷三《伊川经说三·诗解》,第1047页。

③ 黎靖德:《朱子语类》卷八〇,朱杰人等主编:《朱子全书》第17册,第2745页。

④ 曾枣庄、刘琳主编:《全宋文》第130册,上海:上海辞书出版社、合肥:安徽教育出版社,2006年,第176页。

《诗》,前无小序,可知"作诗者不必有序";《诗之序论三》征引上述《后汉书》与《隋书》两则记载,以后者所言为近是。① 这是传承层面的论据。后一篇又说小序"多骈蔓不纯之语,亦似非出于一手"②。这是来自小序内部的疑点。《诗之序论四》又举孟子、荀子、《左传》以讫贾谊、刘向,无一言及于《诗序》,以明"序之所作晚矣"③。这是其他文献方面的论据。攻小序之多方,态度之彻底,驾苏辙、程颐而上之,前无伦比。以往学界对于北宋新《诗》学的历史地位,估计不足。譬如说:"继欧阳修而起的反《序》先锋应是郑樵"④,似乎北宋人多只反毛诗、郑笺,上及《诗序》者为数甚少。实则当时疑小序者,非但不乏其人,且论证角度已大体齐备。就此观之,关于北宋新《诗》学的重要性,理应给予更高评价。

三、从观点到原理:南宋斥小序风气的发展

南宋自郑樵(1104—1162)以降,驳小序者层出不穷,人所周知。就作者问题言,论据拓展无多,论证略有翻新。郑樵思力刻深,不仅指摘旧说,而且努力寻绎旧说产生背后的根源。他问道:"设若有子夏所传之《序》,因何齐、鲁间先出,学者却不传,返出于赵也?《序》既晚出于赵,于何处而传此学?"⑤ 三家《诗》早于《毛诗》,而未冠有小序,惟后者有之,可知小序晚出,非子夏之学。依旧从传承层面立论,与晁说之取径相近,只是具体论证各别。但是他并未止步,更进而指出子夏序《诗》说,乃附会孔子与子夏谈《诗》,赞叹"起予者商(卜商,子夏名)也"一事而起。⑥ 揭示此说来龙去脉,其无足恃自不待言。王质(1127—1189)解《诗》"常能从文学角度入

---

① 曾枣庄、刘琳主编:《全宋文》第130册,第174、178—179页。
② 曾枣庄、刘琳主编:《全宋文》第130册,第178页。
③ 曾枣庄、刘琳主编:《全宋文》第130册,第179页。
④ 洪湛侯:《诗经学史》,第330页。
⑤ 郑樵:《诗辨妄》(顾颉刚辑本),北平:朴社,1933年,第3页。
⑥ 郑樵:《诗辨妄》(顾颉刚辑本)附录一周孚《非诗辨妄》引,第18页。参见程树德撰,程俊英、蒋见元点校:《论语集释》卷五《八佾上》,北京:中华书局,1990年,第159页。

手"①，疑《诗序》则从辞气方面，提供了另一理由："左氏之文，不及周以上裕而纯，过于秦以下肆而驳，气象皆古而有纯驳也"，《诗序》较之文风更卑，"殆西汉以下，东汉以前，其驳又甚也"②，由是定为西汉人手笔。杨简（1141—1226）糅合《后汉书》与《隋书》，取前者之卫宏所撰说，取后者之子夏相传说，得出："卫宏作《毛诗序》，盖本于毛公，毛公本于古毛，自谓其学自子夏"，"子夏却未尝有章句，徒传其说"③，则子夏仅口述，数传至卫宏，始落为文字。他强调卫宏之前，小序一直停留在口述状态，是为卫宏增饰说张本。口传稳定性不够，卫宏记录时添入己义，几乎事有必至。杨氏论《召南·殷其雷》："盖因夫卫宏不知庸常无邪之即道，故穿凿其义"；论《王风·君子阳阳》："本诗初无闵周之意，乃卫宏自起意"，皆直以小序为卫宏之意。④ 不过，既然承认子夏述《诗》，则小序多少包含其意见在内，要全面消除小序的权威，仍有所待。于是，杨简索性连子夏其人一并攻之："孔子曰：'女为君子儒，无为小人儒'，盖谓子夏。又曾子数子夏曰：……夫子夏之胸中若是，其学可以弗问而知。"⑤ 其说在当时，可谓骇人听闻，弃小序之决绝，不难体会。

由于正面语及小序来历的史料，唯有苏辙所揭两条，各家讨论，就难以越其藩篱。另行设法证明，不免多陷于疑似之间。杨简鄙子夏之意为不足道，因孔子论《诗》，明有"起予者商也"之称美，很容易被反驳。王质以风格为判准，更是凌空蹈虚。而苏辙那两条史料，承认小序源出子夏，给后移小序时代造成不少障碍。杨简《慈湖诗传》"放言自恣，无所畏避"⑥，最终犹不得不部分地认同子夏著作权；朱熹（1130—1200）斥《诗序》极力，这方面却无甚新建树，最终也承认："然犹以其所从来也远，其间容或真有传授证验而不

---

① 洪湛侯：《诗经学史》，第 397 页。
② 王质：《诗总闻》卷九论《小雅·皇皇者华》，《影印文渊阁四库全书》第 72 册，第 567—568 页。
③ 杨简：《慈湖诗传》（四库馆臣辑本）卷一一论《小雅·四牡》卷首自序，《影印文渊阁四库全书》第 73 册，第 144 页。
④ 杨简：《慈湖诗传》（四库馆臣辑本）卷二、卷六，《影印文渊阁四库全书》第 73 册，第 26—69 页。
⑤ 杨简：《慈湖诗传》（四库馆臣辑本）卷首自序，《影印文渊阁四库全书》第 73 册，第 4 页。参见同书卷一一论《小雅·四牡》，第 144 页。
⑥ 纪昀等：《钦定四库全书总目》卷一五，第 194 页。

可废者"①，足见此事之难。藉作者问题排斥小序，既然有其局限，对小序内容抵瑕蹈隙，便成了更迫切的要求。

就小序内容言，郑樵多方抉发其谬。民国学者张正（西堂）归纳其疑《序》理由凡十条，除了第五条"强立分别"专责大序区分正风、变风等说之外，余九条，都针对小序而发。②细审之，约可归为四大类：（1）在小序内部发现裂隙，如自相矛盾、叠见重复；（2）对勘正文发现不合，如妄生美刺、曲解诗意、望文生义；（3）衡以道理发现不妥，如不合情理；（4）参酌《诗》外书证发现失误，如杂取传记、附会书史、误用《传》说。苏辙执序、文、理、史四者，辨别小序当否，已然轻车熟路。在这一层面，郑氏并未有所补益，其特别处是深入一层，抽绎小序背后的构成原理。③他论《陈风》起首三篇："《宛丘》《东门之枌》刺幽公，《衡门》谓刺僖公。幽、僖之迹无所据见，作序者但本谥法而言之。"④小序力求指实每篇所美刺者为谁，若史传无载，即依国君谥号美恶，而各系诗于下。这是很大一部分小序之由来。此论穷探力索，透入纸背，确能解释一些现象。譬如他点出："诸《风》皆有指言当代之某君者，惟魏、桧二《风》，无一篇指言某君者，以此二国，《史记》世家、年表、书传不见有所说，故二《风》无指言也。"⑤何以《魏风》《桧风》小序独异于其他，不言美刺具体指向？据郑樵所谈小序原理，一切便迎刃而解：此即因史籍未载二国君主谥号，无从比附之故。

朱熹驳小序，自言袭自郑樵。⑥后者发掘的小序构造原理，为他全盘接受。此外，执道理、正文及其他书证以攻之，均是他常用的方法。⑦他又细读

---

① 朱熹：《诗序辨说》，《续修四库全书》第56册，上海：上海古籍出版社，2002年，第261页。

② 郑樵：《诗辨妄》（顾颉刚辑本）卷首"张西堂序"，第9—11页。

③ 郝桂敏《宋代〈诗经〉文献研究》已见及："郑樵指出了《小序》作伪的方法"（第89页）。

④ 郑樵：《诗辨妄》（顾颉刚辑本），第7页。朱熹转述郑氏意见，大致相同（黎靖德：《朱子语类》卷八〇，朱杰人等主编：《朱子全书》第17册，第2751页）。

⑤ 郑樵：《诗辨妄》（顾颉刚辑本），第3页。

⑥ 黎靖德：《朱子语类》卷八〇，朱杰人等主编：《朱子全书》第17册，第2747页。

⑦ 郝永《朱熹〈诗经〉解释学研究》总结朱熹所说小序致误原因，分五点：不明文质、不通于理、强就美刺、傅会书史和依托名谥、随文生义，即包括道理、正文、书证与小序深层构成原理各方面（上海：上海古籍出版社，2014年，第124—159页）。

小序，察觉"《小序》非出一手，是后人旋旋添续"，"但今考其首句，则已有不得诗人之本意而肆为妄说者矣"①，揭发小序内部之乖牾，着眼点和苏辙、晁说之一致，态度之坚决则更近后者。凡此足见其方法之全面。朱氏博涉多通，有时又动用各类知识，譬如古诗措辞习惯或礼学等，纠正小序之失②，但这显然只能触机而行，不成其为通则。

  杨简时或借助史传订正小序③，但其重心所在，则是依傍正文反驳之。《慈湖诗传》卷首《总论一》批评小序"求诸诗而无说，故委曲迁就，意度穿凿，殊可叹笑"④，接着详列例证，足以表明其立场。他的特点，在于倡导直就诗篇字面作解，相形之下，小序每嫌迂曲。究其缘由，乃因他拜陆九渊为师，后者教以"日用平常"即道，杨氏对此，亟思"少致辅翼之力"。⑤ 聚焦日用平常，则诗作表面所写情事，纵使琐屑无涉于国事，也已有大义在，殊不必为拔高作意而侈言美刺。他论《召南·鹊巢》："人知夫妇之即天地，则一而不二，正而不邪，化生而无为。为序者不明乎道，故不足于此诗，而于诗外起说曰：'夫人之德也'，'德如鳲鸠'，又及于'国君积行累功'，如此为《周南》《召南》，而欲不正墙面，不可得也。"⑥ 以为寻常夫妇间即道之所存，一扫小序求之国君、夫人的曲说。直率明快，一时无两。⑦

  就诗篇正面阐释言，王质摒斥小序后，往往撷取只字片语，牵合其他文献，寻觅蛛丝马迹。《诗总闻》卷首《原例》标示读解原则："凡事，实是古事，安可容易推寻？但先平心精意，熟玩本文，深绎本意，然后即其文意之

---

① 黎靖德：《朱子语类》卷八一，朱杰人等主编：《朱子全书》第 17 册，第 2793 页；朱熹：《诗序辨说》，《续修四库全书》第 56 册，第 261 页。
② 据古诗措辞习惯纠之，譬如《诗序辨说》论《小雅·頍弁》（《续修四库全书》第 56 册，第 280 页）；据礼学纠之，譬如《诗集传》卷二〇论《商颂·长发》（朱杰人等主编：《朱子全书》第 1 册，第 756—757 页）。
③ 譬如杨简：《慈湖诗传》（四库馆臣辑本）卷五论《卫风·淇奥》引《史记》《国语·楚语上》，《影印文渊阁四库全书》第 73 册，第 58—59 页。
④ 《影印文渊阁四库全书》第 73 册，第 4 页。
⑤ 杨简：《象山先生集序》，曾枣庄、刘琳主编：《全宋文》第 275 册，第 104 页。
⑥ 杨简：《慈湖诗传》（四库馆臣辑本）卷二，《影印文渊阁四库全书》第 73 册，第 20 页。参见同书卷一论《周南·葛覃》、卷二论《召南·行露》等处（第 10、24 页）。
⑦ 比较朱熹《诗集传》卷一对同首诗的解读："南国诸侯被文王之化，能正心修身以齐其家，其女子亦被后妃之化，而有专静纯一之德，故嫁于诸侯"，朱氏显然尚未尽脱小序影响（朱杰人等主编：《朱子全书》，第 1 册，第 411 页）。

罅，探其事实之迹，虽无可考而亦可旁见隔推，有相霑带，自然显见。"① 因为确认《诗》道古事，所以别取史料相证；因为诗篇未必直言，所以只得取一二疑似之点相凑泊。譬如卷一论《周南·兔罝》："西北地平旷，多用鹰犬取兔；东南山深阻，多用罝。东南自商至周，常为中国之患，当文王之时，江汉虽定，然淮夷未甚尽服。当是此地有睹物兴感者，寻诗可见。"② 前提是信《周南》为周文王时作品，而后由诗中"兔罝"一物，定其地在东南，复联系史籍所载文王时淮夷之患以释此作。又如卷二论《邶风·静女》，诗里"自牧归荑"之"牧"，毛传以为"田官也"，郑笺、孔疏以为"牧田"，大同小异。③ 王氏则说："牧，见《左氏》隐五年郑侵卫。杜氏：'卫邑'，当是此地。夫自牧而归，女隅城而候，当是官役稍苛，牧夫迟归。"④ 他在《左传》中偶见卫国有一地名"牧"，即以此句当之，将全诗解为行役初返之作。类此皆由一极小细节出发，辗转以求通。《四库全书》谓其"冥思研索，务造幽深"⑤，可为定评。

和王质相比，朱熹、杨简要平实许多。朱氏解《诗》与驳小序一致，综合使用各种方法。他针对"思无邪"的观念，提出"彼虽以有邪之思作之，而我以无邪之思读之"，此即"劝善惩恶"之道。⑥ 把"无邪"的责任交给读者，而不苛求本文，诗作本义因而变得更其自由。这点论者已知之。⑦ 另须一提的是，《诗集传》不尽代表朱熹《诗》学定论。如《朱子语类》卷八○有一条："《诗·小序》全不可信。如何定知是美刺那人？诗人亦有意思偶然而作者。……且如《葛覃》一篇，只是见葛而思归宁，序得却如此！"认为《葛覃》只是出嫁后思亲之诗，人之常情而已。《诗集传》则仍承认："《小序》以为后妃之本，庶几近之。"⑧ 可见《诗集传》成书后，他还在思考中，且继

---

① 王质：《诗总闻》，《影印文渊阁四库全书》第 72 册，第 436 页。
② 王质：《诗总闻》，《影印文渊阁四库全书》第 72 册，第 443 页。
③ 郑玄笺，孔颖达疏：《毛诗注疏》卷二之三，第 239 页。
④ 王质：《诗总闻》，《影印文渊阁四库全书》第 72 册，第 470 页。
⑤ 纪昀等：《钦定四库全书总目》卷一五《诗总闻》，第 192 页。
⑥ 朱熹：《读吕氏诗记桑中篇》，朱杰人等主编：《朱子全书》第 23 册，第 3371 页。
⑦ 参见莫砺锋：《朱熹文学研究》，南京：南京大学出版社，2000 年，第 232—234 页。
⑧ 朱杰人等主编：《朱子全书》第 17 册，第 2745 页；朱熹：《诗集传》卷一，朱杰人等主编：《朱子全书》第 1 册，第 405 页。

续朝着平实的方向发展。杨简服膺"日用即道",平实更是题中应有之义,上文言其驳小序之法已涉及,此不再述。

南宋各家斥去小序后,解《诗》向幽深与平实两极分化,后者尤为常态。较之北宋,除了深入小序背后,究其构成原理一点,有所发展,其余建树无多。以小序存废问题观之,北宋新《诗》学的重要性,似乎犹胜南宋一筹。

四、小序存废之间:宋代新《诗》学的张力及其学术史内涵

欧阳修虽对小序颇多质疑,却未断然舍去。论者甚至称:"他的《诗本义》之所以成就不大,正是因为他说诗'常以序为证'的缘故。"[①] 然而其后斥小序各家,拒之再坚,依旧多有采撷。正如郑振铎所说,在现代之前,"即攻击《诗序》极力的人也不敢毅然地说他完全无据"[②]。要知宋人驳倒子夏序《诗》说,《诗序》的权威早无外在保障,何以仍不能尽去?这便须谈到解《诗》的内在困难了。

如前所述,诸家攻讦小序、诠释诗义,基本从小序本身、道理、其他史料、诗作正文四方面入手。小序内部裂痕,经苏辙、程颐、晁说之、郑樵、朱熹迭次揭发,其不足依凭,已是彰明较著。可仅依赖这点,尚不足彻底否认它,因矛盾两端,舍一仍不妨取一。倘以道理判之,则各家所执之理本非一致,纷纭难定,不言自明。因而史料与诗作正文,便成了最受关注的两点。

以史料论,欧阳修常以《诗》《书》《孟子》《左传》《国语》《史记》为据。《孟子》为其判准,《左传》《史记》则征引最是频繁。他认为《孟子》时代较早,善说《诗》,与小序多同。但这几条均有窒碍。若以年代先后为由,则对晚于小序的《史记》,又不能不时时取证。这一立场,难以贯彻始

---

① 洪湛侯:《诗经学史》,第306页。
② 郑振铎:《读〈毛诗序〉》,顾颉刚编著:《古史辨》第3册,上海:上海古籍出版社,1982年,第401页。

终。若谓《孟子》善于说经,朱熹后又指出,其书有时断章取义,未可信从。① 若言其与小序相合,也不尽然。晁说之便举过一例:"孟子曰:'《凯风》,亲之过小者也。'而序者曰:'卫之淫风流行,虽有七子之母,犹不能安其室。'是七子之母者,于其先君无妻道,于七子无母道,过孰大焉?孟子之言妄欤?孟子之言不妄,则序《诗》者非也。"② 小序释《邶风·凯风》,说七子之母不安于室,如此则罪愆极重;《孟子》却称过失轻微,两种诠解绝不兼容。以后者证前者,恐怕难以推行。而取《左传》与《史记》考量小序,也殊非易事。《左传》有两个问题:一是书中人物诵《诗》,多为浇自己块垒,发挥较远。欧阳修明言:"《春秋》《国语》所载诸侯大夫赋《诗》,多不用《诗》本义……故皆不可引以为《诗》之证。"③ 此事向为常识,王质便说:"大率先儒杂记引《诗》,多随意随事,不皆叶其本"。朱熹也看到了这点④。这些诵《诗》之义,无法作为证据。二是若以《左传》中史事对勘小序,则前者所记囿于春秋时期,未上及西周,内容范围也有限,作用因之大打折扣。《史记》内容倒颇丰赡,可惜时代较后,更重要的是,欧阳修对此书评价不高,讥其"谶纬符命怪妄之说""讹缪之世次""博学好奇……初无所择"。苏辙与之所见略同。⑤ 史料价值如此,据以发论,说服力自然不够。要之,旁征文献说《诗》,总有未尽之处。

以诗作正文论,欧阳修相当注重这方面。朱熹更说:"须先去了《小序》,只将本文熟读玩味,仍不可先看诸家注解。看得久之,自然认得此诗是说个甚事。"⑥ 现实情形却不这样简单。《诗》与他书有别,每每比兴成文。但据字面直解,或无所得,不能不参酌小序。譬如《周南·麟之趾》:

---

① 朱熹:《诗序辨说》论《大雅·既醉》,《续修四库全书》第56册,第282页。参见顾颉刚:《〈诗经〉在春秋战国间的地位》第五节《孟子说〈诗〉》,《古史辨》第6册,第358—367页。
② 晁说之:《诗之序论四》,曾枣庄、刘琳主编:《全宋文》第130册,第179页。
③ 欧阳修:《诗本义》卷二论《邶风·匏有苦叶》,《影印文渊阁四库全书》第70册,第195页。
④ 王质:《诗总闻》卷四论《郑风·缁衣》,《影印文渊阁四库全书》第72册,第496页;朱熹:《诗序辨说》论《郑风·褰裳》,《续修四库全书》第56册,第271页。
⑤ 欧阳修:《诗本义》卷一〇论《大雅》之《文王》《生民》,《影印文渊阁四库全书》第70册,第251、259页;欧阳修著,洪本健校笺:《欧阳修诗文集校笺·帝王世次图序》,第1111页;苏辙著,陈宏天、高秀芳点校:《苏辙集·颍滨遗老传》,第1017页。
⑥ 黎靖德:《朱子语类》卷八〇,朱杰人等主编:《朱子全书》第17册,第2759页。

> 麟之趾，振振公子，于嗟麟兮。
> 麟之定，振振公姓，于嗟麟兮。
> 麟之角，振振公族，于嗟麟兮。

除了确知吟咏对象为诸侯宗族外，其义何居，全看怎样理解比兴寓意。小序说："虽衰世之公子，皆信厚如麟趾之时也"①，以为美颂公子之仁厚。《诗本义》卷一申言："但直考诗文，自可见其义"，而释之说，宗族"皆有信厚之行，以辅卫其公室，如麟有足有额有角，以辅卫其身尔。其义止于此也。"②这里宗族辅卫公室之意，是欧阳修添加的，可还是就小序"信厚"之说引申而来。若去除小序，通篇便无从索解，岂是"直考其文"所能解决？欧氏实已见及于此："且诗人取物比兴，本以意有难明，假物见意尔"③，有时就字面作解不得。即使抛开比兴不谈，《风》诗直涉人事处，也多是抒情或行动、情节、场景的单一截面，缺乏完整叙述。④用现代学者的话说，总会遇到一些时刻，"无法依靠作品本身的语文之舟航向作品本义的彼岸"⑤，非小序无以明其本事。

宋代诸多《诗》学家感觉到这一点。保留小序首句者，大都出于这层考量。程颐说："史氏得《诗》，必载其事，然后其义可知"⑥，故无法将小序芟夷净尽。南宋初，程大昌（1123—1195）也单取小序首句，而称："毛氏之传，固未能悉胜三家，要之有古序以该括章旨，故训诂所及，会一诗以归一贯，且不至于漫然无统。"⑦小序负发明章旨之责，与其失之，不如存之。尊小序派更屡以为言。范处义说："苟不据序之所存，亦何自而见其兴衰之由而

---

① 郑玄笺，孔颖达疏：《毛诗注疏》，第78页。
② 《影印文渊阁四库全书》第70册，第188页。
③ 欧阳修：《诗本义》卷三论《鄘风·墙有茨》（参见同卷论《邶风·静女》），《影印文渊阁四库全书》第70册，第198、200页。
④ 钱志熙：《从歌谣的体制看"〈风〉诗"的艺术特点——兼论对〈毛诗〉序传解诗系统的正确认识》，《北京大学学报（哲学社会科学版）》2005年第2期，第64—66页。
⑤ 车行健：《诗本义析论——以欧阳修与龚橙诗义论述为中心》，台北：里仁书局，2002年，第57页。
⑥ 程颢、程颐著，王孝鱼点校：《二程集·河南程氏经说》卷三《伊川经说三·诗解》，第1047页。
⑦ 程大昌：《诗论十三》，《四库全书存目丛书》第60册，济南：齐鲁书社，1997年，第508页。程氏之小序首句论，见同书《诗论十三》（第504页）。

知其美刺之当否哉?"吕祖谦(1137—1181)说:倘无小序,"安得许多文字证据?"黄震学宗朱熹,却反对废小序,而说:"夫《诗》非序,莫知其所自作,去之千载之下,欲一旦尽去自昔相传之说,别求其说于茫冥之中,诚亦难事。"① 各家均注目于是。宋元之交,马端临(1254—1323)更详细开陈:

> 至于读《国风》诸篇,而后知《诗》之不可无序,而序之有功于《诗》也。盖《风》之为体,比兴之辞多于叙述,风谕之意浮于指斥,盖有反覆咏叹,联章累句,而无一言叙作之之意者。而序者乃一言以蔽之,曰:为某事也。②

他以《国风》为代表,正因《诗》多比兴而不直斥,所以必须以小序为之阐发,始得稍窥作意。切当与否,是另一回事。而小序之不可去,观此已不难了然。

由是可见,单在文字(诗作正文与《诗》外文献)层面盘桓,对于《诗》义的探索,终究存在窒碍,不免有求助小序之时。这是宋代新《诗》学止步处,扩大来看,也是传统《诗》学始终无法突破的界限。直至20世纪,新文化运动过后,局面方逐渐改变。1924年,梁启超发表《清代学者整理旧学之总成绩》第一部分,还说:"清儒的《诗》学,训诂名物方面,我认为成绩很优良;诗旨方面,却不能满意,因为受《毛序》束缚太过了。但研究诗旨,却不能有何种特别的进步的方法,大约索性不去研究倒好。"③ 清代学者治《诗》,在小学训诂方面超过前人,而《诗》义诠解反较宋儒退步。这更鲜明表现出,单就字面着眼不足以解《诗》。面对此种困境,梁氏无计可施,只得以不解解之。一年后,胡适撰《谈谈〈诗经〉》,展望现代《诗经》研究,分训诂与诗义两方面观之。谈到前一点,也承认:"清朝的学者最注意训诂,如戴震、胡承珙、陈奂、马瑞辰等等,凡他们关于《诗经》的训诂著作,我们都应该看的。"尽管清人犹有疏略,至少推进了一大步,必须充分吸收。可

---

① 范处义:《诗补传》卷首《明序篇》,《影印文渊阁四库全书》第72册,第22页;黄震:《黄氏日抄》卷四《读毛诗》,《影印文渊阁四库全书》第707册,第27页;黎靖德:《朱子语类》卷八〇引吕祖谦语,朱杰人等主编:《朱子全书》第17册,第2749页。

② 马端临:《文献通考》卷一七八《经籍考五·诗序》,北京:中华书局,1986年,第1539页。

③ 梁启超著,夏晓红、陆胤校:《中国近三百年学术史(新校本)》第13讲,北京:商务印书馆,2011年,第226页。这一讲1924年初刊于《东方杂志》21卷12号。

惜这些训诂成就,在诗义阐发上作用甚微,与前代相去未几。故谈到后一点,胡适便绝口不提清儒,而倡言:"你要懂得三百篇中每一首的题旨,必须撇开一切毛传、郑笺、朱注等等,自己去细细涵咏原文。但你必须多备一些参考比较的材料:你必须多研究民俗学、社会学、文学、史学。"[1] 他对清代《诗》学的看法,与梁启超如出一辙,解决方案却迥不相侔。梁氏尚未想到新的研究工具,所以态度消极。胡氏主张拨落传注,直面原文,仍近宋人立场,但进而要求执民俗学、社会学等现代学科工具求之,方法已然发生本质变化。在新工具的助力下,态度一变而为积极。梁启超、胡适这时间紧相衔接的两段论述,恰标示出《诗》学从传统走向现代的一个转捩点。质言之,传统《诗》学仅就文句索解,边幅较窄,效力较弱,因此依赖小序,几乎是必然的。直至民国时期,现代《诗》学兴起,借助各门现代学科展开探索,解读遂能另开一路。此后说《诗》尽弃小序,始真正成为可能。欧阳修《诗本义》,"文辞舒缓,而其说直到底,不可移易"[2],思维相当彻底。因而在客观上,首度将宋代新《诗》学——也是整个传统《诗》学的内在张力,清晰展现出来。这是其主要学术史意义之一。

---

[1] 顾颉刚:《古史辨》第 3 册,第 580、587 页。此文 1925 年初刊于《艺林旬刊》第 20 期。

[2] 黎靖德:《朱子语类》卷八〇,朱杰人等主编:《朱子全书》第 17 册,第 2764 页。

文本的"公"与"私"
——苏轼尺牍与文集编纂

大阪大学大学院文学研究科　浅见洋二

文学作品的文本不能独立存在，其生成、接受、传播离不开人类群体及由之构成的社会。换句话说，文学文本存在于纷繁复杂的社会关系网中。我们很难洞悉复杂多样的社会关系，在此笔者不揣谫陋，试从"公"与"私"的角度切入，也就是把文学文本存在的社会圈、关系网分为公共领域和私人领域来思考问题。如果分别用一句话来表示，可以说前者是以皇帝为顶点，及在其权力统制下的官僚士大夫群体构成的社会圈、关系网，后者是日常生活中能交流思想、分享心情的亲密友人构成的社会圈、关系网。

在中国近代以前文学文本的制作、交换、传承过程中，公共社会与私人空间有怎样的联系，又是怎样相互影响的？从这一视点出发，本文主要着眼于北宋苏轼的"书简（尺牍）"作品，并将之与苏轼文集的编纂情况联系起来，对文本的存在形态作一考述。

一、文集与书简

首先来确认文集（诗文集）这一概念。文集是诗文作品的汇集、文学作品的集合体，大体分为别集和总集。这里所说的别集，是收录个人文学作品的文集。那么，对于一个个文学文本来说，文集意味着什么，发挥着怎样的作用？

　　文学作品的文本是极其不稳定的。文人创作作品，草稿首先被作者或其周边的亲友保存。然而若放置不管，多数情况下原稿会散佚。也就是说，这类文学作品还未得到社会的认可，就消失在历史长河中。《史记·司马相如传》里有一段记载，展现了文学文本的宿命：

> 相如既病免，家居茂陵。天子曰："司马相如病甚，可往从悉取其书；若不然，后失之矣。"使所忠往，而相如已死，家无书。问其妻，对曰："长卿固未尝有书也。时时著书，人又取去，即空居。长卿未死时，为一卷书，曰有使者来求书，奏之。无他书。"其遗札书言封禅事，奏所忠。忠奏其书，天子异之。①

风靡一世的文学大家司马相如，去世后除《封禅书》外，其他作品均散佚。由此可见，文学文本是非常脆弱、极易散佚的不稳定的存在。正是文集给这些文学文本提供了一个面向社会的载体，并使之得以流传后世。换而言之，文学文本之所以成为一种具有社会性、历史性的存在，是因为文集为文本提供了安身保全之所。可以说，一个文本最初只是私人领域的草稿，后来通过"文集"，变成了公开面向大众的文学文本，即开始属于公共领域，真正具有社会性和历史性。这种转变过程，大致如下图所示：

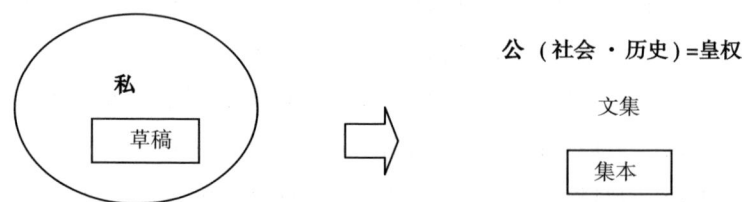

　　需要注意的是，在近代以前的中国，所谓延伸在私人领域之外的公共领域，其实是以皇帝（帝王）为顶点，被皇帝的权威、权力所统筹控制的空间范围。从私人领域向公共领域传送输出的文本，原则上都被强制性地要求服从于皇权统制，前文所引的《司马相如传》的记叙就明显地反映了这一点。本来司马相如的文学作品很可能就此停滞于私人领域，所背负的命运就消失在社会历史长河中，但是将这些文学作品抽引出来推向社会的不是别人正是皇帝，

---

① 司马迁：《史记》卷一一七《司马相如传》，北京：中华书局，1959年，第3063页。

之后作品才得以流传后世。一般情况下，文学文本只有处于皇帝的统制下，才算真正脱离私人空间，实现向公开领域的转变。

再次重申，文集是使文本立足于公共空间最好的载体。在司马相如等西汉文人的传记中，还没有明确记载关于文集也即别集的编纂情况。在后汉文人的传记中，才开始出现颇多关于文人著作的收集情况的记载。可以说，后汉时才明确出现了收集、整理个人文学作品的活动。如《后汉书·东平宪王苍传》有关于东平宪王刘苍遗留作品情况的记载：

> 明年正月薨，诏告中傅，封上苍自建武以来章奏及所作书、记、赋、颂、七言、别字、歌诗，并集览焉。①

上段文字提到的"集览"是把各种文学文本收集到一起以供阅览。虽然此时别集的名称还未成立，但是收集文本的实际活动已经出现了。

在上述刘苍传的记事中值得注意的是，皇帝发布诏令把刘苍的文学文本编纂成文集，之后其作品才得以在社会历史中留存。在文集的成立期，上述记事如实记载了给文学文本提供公存在场所的是皇帝，类似的记事在《司马相如传》中亦有所见。

以下，试举六朝及唐代文集编纂之例。作为六朝时的例子，首先来看三国时蜀国诸葛亮的文集编纂情况。《晋书·陈寿传》："（陈寿）撰《蜀相诸葛亮集》，奏之。"② 陈寿将诸葛亮的作品编纂成集后上奏朝廷。另《三国志·蜀书·诸葛亮传》载有诸葛亮集的目录，紧接着还录有陈寿将集子呈奏朝廷时的上表。上表中明确记载了陈寿是奉朝廷命令编纂诸葛亮集的。③ 接着来看南朝宋鲍照的文集编纂情况。《鲍氏集》卷首所附虞炎《鲍照集序》载：

> 身既遇难，篇章无遗，流迁人间者，往往见在。储皇博采群言，游好文艺，片辞只韵，罔不收集。④

鲍照去世后，其作品的文本散落在人间。齐永明年间，文惠太子（后来的文帝）萧长懋命虞炎收集、编纂了鲍照的文集。

再来看唐代骆宾王的情况。《旧唐书·骆宾王传》云：

---

① 范晔：《后汉书》卷四二《东平宪王苍传》，北京：中华书局，1965年，第1441页。
② 房玄龄等：《晋书》卷八二《陈寿传》，北京：中华书局，1974年，第2137页。
③ 陈寿：《三国志》卷三五《诸葛亮传》，北京：中华书局，1959年，第929页。
④ 鲍照：《鲍氏集》卷首，《四部丛刊》，影印毛斧季校宋本。

> 敬业败，伏诛，文多散失。则天素重其文，遣使求之。有兖州人郄云卿集成十卷，盛传于世。①

骆宾王曾参加徐敬业的叛乱，后因兵败被杀，结果导致其诗文文本大多散佚。武后命人搜求其作品，之后由郄云卿编成十卷文集。

此外还有李泌之例，梁肃《丞相邺侯李泌文集序》载：

> 既薨之来载，皇上负扆之暇，思索时文，征公遗编，藏诸御府。②

李泌去世后的第二年，皇帝命人收集他的遗编，藏于宫中府库。

最后来看皎然之例。《皎然集》所附于頔《吴兴昼上人集序》云：

> 贞元壬申岁，余分刺吴兴之明年，集贤殿御书院有命征其文集，余遂采而编之，得诗笔五百四十六首，分为十卷，纳于延阁书府。③

于頔接到集贤院发布征求皎然文集的命令后就收集其诗文，将之编成十卷，又被纳入宫中书库。④

诸葛亮、鲍照、骆宾王、李泌、皎然，无论是谁，在他们的作品文本被收集、整理编成文集之时，皇帝或朝廷的意思发挥了决定性作用。中国自古就有帝王或朝廷收集、管理书籍的传统。换而言之，天下的书籍是为了供帝王"御览"，文集（别集）也不例外。当然，并非所有的文集都是为了供皇帝"御览"而编的，这样的实例其实并不多见。但是，鉴于统治者皇帝在中国公共的言论空间拥有至高无上的权威、权力，应从如下前提来考虑问题：所有的

---

① 刘昫等：《旧唐书》卷一九〇上《骆宾王传》，北京：中华书局，1975年，第5007页。关于《骆宾王集》，陈振孙《直斋书录解题》云："其首卷有鲁国郄云卿序，言宾王光宅中广陵乱伏诛、莫有收拾其文者，后有敕搜访，云卿撰焉。"（陈振孙著，徐小蛮、顾美华点校：《直斋书录解题》卷一六，上海：上海古籍出版社，1987年，第467页）另外，《新唐书·骆宾王传》载，"敬业败，宾王亡命，不知所之。中宗时，诏求其文，得数百篇"（欧阳修、宋祁：《新唐书》卷二〇一《骆宾王传》，北京：中华书局，1975年，第5742页），命令收集骆宾王诗文的并非武后，而是中宗。《直斋书录解题》在上述语句之后，还指出骆宾王文集另有别本"蜀本"流传于世，在所附序文中有"中宗朝诏令搜访"之句。原先是奉武后之命编纂的，或许是因政治上的顾虑而改成了中宗。关于此点，可参见吴夏平《唐代文人别集国家庋藏制度及相关文学问题》（《中国唐代文学学会第19届年会暨唐代文学国际学术研讨会论文集》下册，第230—244页）。

② 李昉等编：《文苑英华》卷七〇三，北京：中华书局，1966年，第3624页。

③ 皎然：《吴兴昼上人集》卷首，《四部丛刊》影印江安傅氏双鉴楼藏景宋写本。

④ 关于唐代由集贤院等国家机构收集、管理别集之事，参见上注吴夏平《唐代文人别集国家庋藏制度及相关文学问题》。

文本在编入文集时，或多或少会考虑到皇帝的眼光。传统上中国文人的理想是，诗应该被当作"采诗"的对象。在这种情况下，可以说皇帝（王）是这些诗的最终读者。

接下来看书简（尺牍）的情况。中国自古就把书简（"书"）视为一种文体，历代文人持续创作了各种形式、各样内容的书简作品。关于这一文体的特性，学界所论颇多。现代辞典中，书简被定义为"一种（向某个特定对象）记录并传递思想、信息等的应用文书"，此定义也基本适用于中国古代。

但是，以"记录并传递思想、信息等的应用文书"这一说法作为定义，却显得极为单薄。极端地说，这个定义能适用于任何文体。但是书简（尺牍）被这样简单定义，其文体特性是否还存在？归根结底，书简这种文体的独特性稍显薄弱，其文本形式与内容也并非别具一格。如果是像诗歌这样的韵文文体，可以在韵律形式方面彰显独特性；即便是散文，像诏书、檄文这种文体也可以从文书的作用、功能方面彰显各自的独特性，但是在书简中，这样明确而突出的特征并没有得到体现。《文心雕龙》将"书"置于各类文体之末，这种安排也许正是"书"缺少文体独特性的一个反映。

尽管如此，书简终究有书简的特性，也因此才能穿越历史长河被广泛书写。笔者认为，对于书简来说，最重要的必要条件之一就是"私密性"。当然不能一概而论，公开性强的书简也是存在的。但是总体来说，发信者和收信者之间进行私密性质的交谈，这一要素在书简中能明确地感知出来。《文心雕龙·书记》里提出"辞若对面"一词，可以作为书简的特征之一。写信人和收信人的"对面"，可以认为指的是书信所具备的"对话"功能。如西汉司马迁《报任少卿书》、杨恽《报孙会宗书》等。这些均是被朝廷问罪之人互相交换的书简，所以在当时应是秘密进行的交流。司马迁在《报任少卿书》中为李陵辩护，陈述其功绩，而天子（武帝）却不理解、不赏识，司马迁就此写道："适会召问，即以此指推言陵之功，欲以广主上之意，塞睚眦之辞，未能尽明。明主不晓，以为仆沮贰师，而为李陵游说，遂下于理。"① "明主不晓"，这样的说法恐怕不能被毫无顾忌地公开发表，所以可以认为这是私下里

---

① 萧统编，李善注：《文选》卷四一，第 5 册，上海：上海古籍出版社，1986 年，第 1859 页。班固《汉书》卷六二《司马迁传》作"明主不深晓"（北京：中华书局，1962 年，第 2730 页）。

进行的对话。再看杨恽，《汉书》中有如下记述："会有日食变，驷马猥佐成上书告恽'骄奢不悔过，日食之咎，此人所致'。章下廷尉案验，得所予会宗书，宣帝见而恶之。廷尉当恽大逆无道，要斩。"① 据此可知，有个名叫成的养马官向皇帝上书告发杨恽，说日食这一天谴就是因其骄奢而导致的。之后杨恽的这封《报孙会宗书》，也被当作告发他的证据提了出来。宣帝看后大怒，杨恽也因此贾祸。这些记录如实地展现了书简这种文体的性质——原本是一种隐蔽的书写，并不显露于世间。司马迁的《报任少卿书》也好，杨恽的《报孙会宗书》也好，无论是创作还是阅读，原本就具有私密性。甚至有的时候很可能就这样一直不见天日，最终消失在历史的黑暗中。然而优秀的书简往往会被推向社会，穿越历史动荡的洪流呈现到世人眼前。上述的两篇书简就因为被收录到了《汉书》本传和《文选》之中，其生命才得到了永恒。这样文本由私密性转向公众性的过程也得以完成。

一般认为，在中国历史上，个人著述的整理与保存开始于后汉。以上文所引《史记》传记资料为据，汉司马相如并未整理、保存自己的作品，因此也未能使其作品留传后世。然而后汉的知识分子的情况则不同。在《后汉书·列传》中，相关人物著书情况的记录有很多。可以想见，当时别集的编纂工作已经开始进行，尽管"集"这个概念是稍后才确立的。在编纂别集这一趋势中，书简渐渐作为一种独立的文体被整理、保存。《后汉书·列传》中有很多记录能体现此点：

> 固所著《典引》、《宾戏》、《应讥》、诗、赋、铭、诔、颂、书、文、记、论、议、六言，在者凡四十一篇。②

> 所著诗、赋、碑、诔、铭、赞、连珠、箴、吊、论议、《独断》、《劝学》、《释诲》、《叙乐》、《女训》、《篆艺》、祝文、章表、书记凡百四篇传于世。③

> 所著诗、颂、碑文、论议、六言、策文、表、檄、教令、书记凡二十五篇。④

---

① 班固：《汉书》卷六六《杨恽传》，第 2897—2898 页。
② 范晔：《后汉书》卷四〇下《班固传》，第 1386 页。
③ 范晔：《后汉书》卷六〇下《蔡邕传》，第 2007 页。
④ 范晔：《后汉书》卷七〇《孔融传》，第 2279 页。

这些传记里均出现了"书"（书简）这一文体名。可以说，这体现了一种文体认知的倾向：具有私密性质的"书"类文本也被认为是可以收入到文集中的，即使文集这种承载文本的"容器"本身具有公开性、社会性。

后汉的知识分子、文人的文集编撰实态已不得而知，他们是否亲自参与文集的编纂亦不详。但能明确判定的是，在鲁迅所言"文学的自觉时代"的魏晋时期，文人亲自编纂文集这一现象已经出现。此后从六朝到唐代，知识分子、文人编纂文集的自觉不断加深，这种意识在宋代文人那里也得到了继承和发展。唐宋时期的文集中，能明确判定出是文人自编的几个代表性例子有：白居易《白氏文集》、欧阳修《居士集》、苏轼《东坡集》等。此外，虽然不是文人自编，但是可以看作是按照"自编"的标准被编成文集的例子有苏轼《东坡后集》、黄庭坚《豫章先生文集（山谷内集）》等。前者由苏轼之子苏过编成，后者由黄庭坚外甥洪炎集得，可以说都是作者去世后不久经其亲属之手作成的，相对来说是能够强烈地反映出作者生前意志的文集。翻阅上述文集可知，集内都设有"书"这一别类，其所占卷数大概是文集的一到三卷不等。以下列出各文集中的总卷数和书简卷数：

  白居易《白氏文集》七十一卷，"书"二卷

  欧阳修《居士集》五十卷，"书"三卷

  苏轼《东坡集》四十卷，"书"三卷

  苏轼《东坡后集》二十卷，"书"一卷

  黄庭坚《豫章先生文集（山谷内集）》三十卷，"书"一卷

由此可知，书简已被看作是一个独立的文体，在文集中也占有一定位置。①

二、"书"与"尺牍"的分离、区别

上文对中国文集的编纂历史进行了简单概述。接下来拟对宋代尤其是苏轼

---

① 如果从广义上思考书简的话，除了"书"，还需要注意其他几个文体。若按《文选》的文体分类来看，还有"上书""启""笺""奏记"等。这些都是面向皇帝、高官等身居上位之人来创作或寄出的，所以相对"书"来说，其官方性、公开性、社会性更强。本该对这些类型的书简作一些探讨，但本文暂不讨论，可作为今后的研究课题。

文集的编纂及所收书简情况进行考察。

在考察宋代所编文集中书简的处理问题时，应该明确宋代特有的、值得关注的一个现象，即"书"与"尺牍"的分离与区别。即使二者都被通称为"书简"，但是其形式和内容是多种多样的。虽然有形形色色的分类方式，但至宋代尤其是南宋，作为一种文集编纂的方法，"书"和"尺牍"的区分才真正变得明确（"尺牍"有各种各样的称呼，其中也混杂着被称为"书简"的篇章，本文采用最具普遍性的"尺牍"这一称呼来进行论述）。那么，这两者有何差异？以下就此问题作一梳理。

首先，最根本的差异在于"书"是强调公共（社会）性质的书简，与之相对，"尺牍"则是强调私密（私人）性质的书简。从篇幅长短来说，"书"多是长篇，而"尺牍"则多是短篇。从信息内容、语言表达等方面来看，"书"更为典雅正式，"尺牍"则通俗随意。换而言之，"书"陈述的是非日常的、特殊的内容，"尺牍"记录的则是日常的内容。再往细处说，在题目的表示方法上两者也存在差异。"书"类书简的题目上就有明确的"书"字，而"尺牍"一类则不在题目中附"书"字，这样的特征清晰可见。

到了宋代，公开性的书简"书"和私人性的书简"尺牍"被区分开来，是由于当时"尺牍"开始作为书简的一个类别登上了文集编纂的舞台。就像由于近体诗的登场，人们才开始区分古体诗和近体诗一样。然而"尺牍"新登场的说法，似乎也不太准确。这种书简其实原本就存在，但并未以明确而固定的姿态呈现在历史的表面。东晋王羲之因是书法名家之故，有颇多书简遗存，他可以说是个例外。古时"尺牍"消失在历史的黑暗中似乎就是宿命。而到了宋代，尤其是南宋，尺牍作为一种文体的价值才得到了认可，相关文本也被大量保存，并在文集中占据了一席之地。

以下，结合苏轼文集的例子对上述内容作一阐释。当初，苏轼的自编文集《东坡集》以及接近自编文集的《东坡后集》中仅收录"书"，并未收录所谓的"尺牍"。也就是说，作者苏轼自身并没有打算把"尺牍"推向社会，也不期望让它留存历史。在苏轼文集中设立与"书"不同的分类"尺牍"，或者说尺牍被收入苏轼文集是在南宋。而能够确认此点的苏轼文集是《东坡外集》八十六卷。钱谦益、余嘉锡等学者认为此书编纂于南宋，现存明万历重刊本。① 《东坡外集》中除了有"书"二卷外，还有"小简"（即"尺牍"）十九卷。这种将"书"和"尺牍"分开收录的编纂方式在此后也被继承，例如明代所编《东坡续集》十二卷②中除"书"一卷外，还有"书简"四卷；同样编于明代的《三苏全集·东坡集》八十四卷③中除"书"二卷外，还有"尺牍"十二卷。这些苏轼的"尺牍"，均是原来被埋没的、未收于文集的文本，由后人辑录进去的。可以说"尺牍"类的书简是作为辑佚、补遗的对象，逐步浮上历史表面的文本群。④

在南宋，"尺牍"作为辑佚、补遗的对象，亦可见于苏轼以外的文人集中。例如，周必大等人所编《欧阳文忠公集》有"书简"十卷，李彤所编《山谷外集》有"书"一卷，黄𰷖编《山谷别集》有"书简"八卷，其中收集汇编的文本都是"尺牍"（其中虽用"书""书简"之语，但实际上是"尺牍"类的作品）。

以上对南宋以来私人性的书简"尺牍"成为文集辑佚对象的问题进行了考察。那么，苏轼的书简，特别是"尺牍"类作品具备怎样的特质，作为文本在文集中又占有怎样的位置？也许研究者都有各自不同的发问角度，在此笔者拟在最近出版的拙论《言论统制下的文学文本——以苏轼的创作活动为中心》⑤的基础上略陈一得之见。

三、苏轼与尺牍——私密文本

上文提到了汉代司马迁、杨恽都是罪人之身。回顾中国文学史，除此之外

---

① 《四库全书存目丛书》，济南：齐鲁书社，1997年。参见刘尚荣：《苏轼著作版本论丛·〈东坡外集〉杂考》，成都：巴蜀书社，1988年；祝尚书：《宋人别集叙录》卷九，北京：中华书局，1999年，第430页。

② 成化年间刊《东坡七集》，《四部备要》本。

③ 《三苏全集》，道光年间眉州三苏祠堂刊，日本京都：中文出版社影印，1986年。

④ 再者，与上述这些文集不同，还有一种含括大量尺牍的书简专集在很早就已被编成，例如《东坡先生往还尺牍》十卷（上海图书馆藏元刻本，北京：北京图书馆出版社影印，2005年）、《东坡先生翰墨尺牍》八卷（纷欣阁丛书本）等现存至今，均是以南宋坊刻本为源头的书简专集。

⑤ 参见［日］浅见洋二著，李贵、赵蕊蕊等译：《文本的密码——社会语境中的宋代文学》，上海：复旦大学出版社，2017年，第20—66页。

还有为数众多的被问罪之人。这些人多是由于官场的权利争斗而获罪，其中有很多冤案。从结果上看，被问罪入狱的文人并不少，左迁、被贬的文人更是不胜枚举。例如屈原、曹植、嵇康、陆机、潘岳、谢灵运、江淹、骆宾王、陈子昂、沈佺期、刘长卿、李白、韩愈、柳宗元等。接下来所举北宋时期的苏轼，就是其中的典型。

苏轼因言论诽谤朝廷而被问罪、投狱，然后遭贬。元丰年间（1078—1085）被贬黄州（所谓的乌台诗祸）、之后绍圣年间（1094—1098）又被贬惠州、儋州。在这样的境遇下，苏轼认识到自己是罪人之身，例如元丰二年，在因乌台诗祸入狱之际所作《十月二十日，恭闻太皇太后升遐。以轼罪人，不许成服，欲哭则不敢，欲泣则不可，故作挽词二章》①诗，就以"罪人"自称。另外，苏轼自称"楚囚"的例子也有很多，即把自己比作春秋时代被晋囚禁的楚国钟仪。例如元丰三年，在被贬黄州途中于陈州所作《陈州与文郎逸民饮别，携手河堤上，作此诗》云：

此身聚散何穷已，未忍悲歌学楚囚。（诗集卷二〇，第 2113 页）

同时期所作《子由自南都来陈三日而别》云：

夫子自逐客，尚能哀楚囚。（诗集卷二〇，第 2115 页）

另外，还有绍圣二年，被贬惠州之作《闻正辅表兄将至，以诗迎之》云：

人言得汉吏，天遣活楚囚。（诗集卷三九，第 4617 页）

同时期所作《正辅既见和，复次前韵，慰鼓盆，劝学佛》云：

我亦沾霜渥，渐解钟仪囚。……犹胜嵇叔夜，孤愤甘长幽。（诗集卷三九，第 4646、4647 页）

此外，苏轼还在其他诗和书简中反复陈说自己所犯之"罪"。若说苏轼的这些阶段言论、创作活动是他背负着"罪人"的影子进行的也毫不过分。

上述背负着罪人影子的苏轼，在从事言论、创作活动时有怎样的顾虑？据前文所提拙论《言论统制下的文学文本——以苏轼的创作活动为中心》考察，简单地说就是抑制公开的言论、创作活动，即自我控制、自主规范言论。这是自古以来被问罪或者有被治罪嫌疑的知识分子、文人的传统处世姿态。用

---

① 张志烈、马德富、周裕锴主编：《苏轼全集校注》诗集卷一九，石家庄：河北人民出版社，2010 年，第 2098 页。以下所引苏轼作品出此本者，为免重复，随文出注。

《论语·宪问》的话来说,就是"辟(避)言"或"言孙(逊)"。此外,还有"慎言""谨言""闭口""噤口""绝口""慎口""箝口""咋舌""结舌"等多种类似的说法。苏轼自己也常用"慎言""闭口""结舌"等语,尽力在公共场合停止或减少自己的言论和创作。

然而,另一方面苏轼也在与关系密切的亲友秘密地进行诗歌、书简(尺牍)交流。有幸的是这些交流信件得以流传,所以我们现在也能阅读到苏轼乌台诗祸之后秘密创作的众多诗作。像这样在亲友之间形成的私密的文学圈内(类似一种"地下文坛")流传的文学文本,就是前揭拙论中所说的"私密文本"。在此,试举苏轼在两封书简中提到自己的诗文是以一种私密文本的形态被创作和阅读的例子。如元丰三年苏轼在黄州写给李之仪的书信《答李端叔书》云:

> 得罪以来,深自闭塞。……辄自喜渐不为人识,平生亲友无一字见及,有书与之亦不答,自幸庶几免矣。……自得罪后,不敢作文字。此书虽非文,然信笔书意,不觉累幅,亦不须示人。必喻此意。(文集卷四九,第5345页)

元丰六年,同样是在黄州写给陈章的书信《与陈朝请》云:

> 某自窜逐以来,不复作诗与文字。所谕四望起废,固宿志所愿,但多难畏人,遂不敢尔。其中虽无所云,而好事者巧以酝酿,便生出无穷事也。切望怜察。(文集卷五七,第6281页)

这些都记叙了苏轼作为罪人停止了文学作品的创作之事。《答李端叔书》中写道,虽然将此书信送出,但正如"不须示人"所言,苏轼并不希望将它展示于公众之前。他也在书简中多次反复提到类似的话语。这些都表明了苏轼所写的书简是作为一种"私密文本"来交换的。另外在《与陈朝请》中,苏轼陈述了自我控制言论、抑制创作活动的理由。如其所说"好事者巧以酝酿",也就是说诽谤之人会牵强附会他的作品,给他捏造罪名。

四、尺牍与诗词

如果阅读这些作为"私密文本"来进行交流的苏轼的书简特别是"尺牍"

类的文章，会发现这些书信其实多与诗赋、词等联结在一起。当然这种形式的交流自古就有，举一个例子来说，晋代卢谌有篇题为《赠刘琨一首并书》（《文选》卷二五）的作品，就是把诗歌和书简一起寄给友人刘琨的。刘琨收到后作《答卢谌诗一首并书》（同上），同样用诗歌和书简来回复卢谌。另外，晋代帛道猷有《与竺道壹书》（《高僧传》卷五）传世，此书简云：

> 始得优游山林之下，纵心孔释之书，触兴为诗，陵峰采药，服饵蠲疴，乐有余也。但不与足下同日，以此为恨耳。因有诗曰："连峰数千里，修林带平津。云过远山翳，风至梗荒榛。茅茨隐不见，鸡鸣知有人。闲步践其迳，处处见遗薪。始知百代下，故有上皇民。"①

这书简中包含了他创作的诗歌。由此可以窥见，在文人间的诗歌交流上，书简承担着传递诗歌文本的重要作用。通过苏轼的尺牍，我们能更为详细地看到文学文本在文人间互相交换时的实际状态。

以下试举苏轼在尺牍中附添诗歌，或者在赠诗时附上尺牍送至亲友的部分例子。例如元丰六年，苏轼在黄州写给蔡承禧的《与蔡景繁十四首》其十一云：

> 小诗五绝，乞不示人。（文集卷五五，第6166页）

元丰六年，写给钦之（未详）的《与钦之》云：

> 轼去岁作此赋，未尝轻出以示人，见者盖一二人而已。钦之有使至，求近文，遂亲书以寄。多难畏事，钦之爱我，必深藏之不出也。（佚文汇编卷二，第8557页）

元丰七年，在泗州写给王巩的《与王定国四十一首》其十六云：

> 今日景繁到泗州，转示十二月二十三日所惠书并新诗六首、妙曲一首，大慰所怀。……黄师是遣人往南都，故急作此书，仍和得一诗为谢，他未暇也。（文集卷五二，第5701页）

元丰八年，在去登州途中写给杨景略的《与杨康功三首》其三云：

> 今日忽吟《淮口遇风》一篇，粗可观，戏为和之，并以奉呈。（文集卷五五，第6153页）

---

① 慧皎著，汤用彤校注，汤一玄整理：《高僧传》卷五，北京：中华书局，1992年，第207页。

绍圣二年，在惠州写给曹辅的《与曹子方五首》其三云：

> 公劝仆不作诗，又却索近作。闲中习气不除，时有一二，然未尝传出也。今录三首奉呈，览毕便毁之。（文集卷五八，第6448页）

另外，同年写给程之才的《与程正辅七十一首》里也有为数众多的类似记载。例如：

> 辄巳和得白水山诗，录呈为笑。并乱做得香积数句，同附上。（其九，文集卷五四，第5960页）

> 兄欲写陶体诗，不敢奉违，今写在扬州日二十首寄上、亦乞不示人也。（其二十一，文集卷五四，第5976页）

> 二诗以发一笑，幸读讫便毁之也。（其二十六，文集卷五四，第5982页）

> 老弟却曾有一诗，今录呈，乞勿示人也。（其三十五，文集卷五四，第5999页）

> 不觉起予，故和一诗，以致钦叹之意，幸勿广示人也。（其三十七，文集卷五四，第6002页）

> 并有江月五首，录呈为一笑。（其五十九，文集卷五四，第6038页）

以上所举尺牍言及的诗作大多知道题目，把这些知题之作的题目依次列出，如下：《与蔡景繁》所言五首绝句为《南堂五首》[①]，《与钦之》所言赋为《赤壁赋》[②]，《与王定国》所言和诗为《次韵王定国南迁回见寄》[③]，《与杨康功》所言和诗为《追作〈淮口遇风诗〉，戏用其韵》[④]，《与程正辅》其九所言《白水山诗》为《次韵正辅同游白水山》[⑤]，所言"香积数句"为《与正辅游香积

[①] 张志烈、马德富、周裕锴主编：《苏轼全集校注》诗集卷二二，第2443页；《东坡集》卷一三。

[②] 张志烈、马德富、周裕锴主编：《苏轼全集校注》文集卷一，第27页；《东坡集》卷一九。

[③] 张志烈、马德富、周裕锴主编：《苏轼全集校注》诗集卷二四，第2715页；《东坡集》卷一四。

[④] 张志烈、马德富、周裕锴主编：《苏轼全集校注》诗集卷二六，第2885页；《东坡集》卷一五。

[⑤] 张志烈、马德富、周裕锴主编：《苏轼全集校注》诗集卷三九，第4657页；《东坡后集》卷五。

寺》①，其二十一所言《和陶二十首》为《和陶饮酒二十首》②，其二十六所言"二首诗"为《追饯正辅表兄至博罗，赋诗为别》③《再用前韵》④，其三十五所言诗为《碧落洞》⑤，其三十七所言"和诗"为《次韵程正辅游碧落洞》⑥，其五十九所言诗为《江月五首》⑦。在这些诗中，除《和陶饮酒二十首》外，其他均收于《东坡集》和《东坡后集》（所收卷数参考注释）。苏轼和陶诗的作品流传状况稍显特殊，均被收于《和陶诗集》（苏轼去世后不久编成）。南宋施元之、顾禧、施宿对苏轼诗所作的注释《注东坡先生诗（施注苏诗）》卷四一（"追和陶渊明诗"）亦将其收录。以上这些诗作均是苏轼自身认为有价值，并积极主动努力去保存的作品。

阅读苏轼的尺牍会发现，除诗赋之外，词（诗余）也常与尺牍结合在一起作赠答交流。例如元丰四年，在黄州写给朱寿昌的《与朱康叔二十首》其二十云：

> 章质夫求琵琶歌词，不敢不寄呈。（文集卷五九，第6491页）

元丰四年，写给章楶的《与章质夫三首》其一云：

> 承喻慎静以处忧患。非心爱我之深，何以及此，谨置之座右也。《柳花》词妙绝，使来者何以措词。本不敢继作，又思公正柳花飞时出巡按，坐想四子，闭门愁断，故写其意，次韵一首寄去，亦告不以示人也。《七夕》词亦录呈。（文集卷五五，第6097页）

元丰五年，写给陈轼的《与陈大夫八首》其三云：

> 比虽不作诗，小词不碍，辄作一首。今录呈。（文集卷五六，

---

① 张志烈、马德富、周裕锴主编：《苏轼全集校注》诗集卷三九，第4664页；《东坡后集》卷五。
② 张志烈、马德富、周裕锴主编：《苏轼全集校注》诗集卷三五，第3974页。
③ 张志烈、马德富、周裕锴主编：《苏轼全集校注》诗集卷三九，第4528页；《东坡后集》卷五。
④ 张志烈、马德富、周裕锴主编：《苏轼全集校注》诗集卷三九，第4532页；《东坡后集》卷五。
⑤ 张志烈、马德富、周裕锴主编：《苏轼全集校注》诗集卷三八，第4405页；《东坡后集》卷四。
⑥ 张志烈、马德富、周裕锴主编：《苏轼全集校注》诗集卷三九，第4580页；《东坡后集》卷五。
⑦ 张志烈、马德富、周裕锴主编：《苏轼全集校注》诗集卷三九，第4610页；《东坡后集》卷五。

第 6251 页）

元丰五年，在黄州写给苏不疑的《与子明兄一首》云：

> 近作得《归去来引》一首寄呈，请歌之。（文集卷六〇，第 6623 页）

其中《与朱康叔》所言词为《水调歌头》（昵昵儿女语）①，《与章质夫》所言词为《水龙吟·次韵章质夫杨花词》② 和《渔家傲·七夕》③，《与子明兄》所言词为《哨遍》（为米折腰）④。与诗歌不同，词因体裁特性，内容甚少涉及政治话题。也许正因如此，文人们考虑到填词相对安全，不容易被问罪，《与陈大夫》就明确表达了此观点。⑤ 另外，与诗赋不同，这些词并没有被看作正统的文学作品，所以《东坡集》和《东坡后集》并未收录。但是，让这些词作得以保存和传承下来的，还存在一些与文集（正集）的编纂方式不同的本子，如南宋傅幹为苏词所作的注本等。

之前所举晋代帛道猷《与竺道壹书》，是在书简中直接写入自作诗歌。这种情况在苏轼的尺牍中亦有同样的例子。例如元丰四年，苏轼在贬谪地黄州写给王巩的《与王定国四十一首》其十四云：

> 耕荒田诗有云："家童烧枯草，走报暗井出。一饱未敢期，瓢饮已可必。"又有云："刮毛龟背上，何日得成毡。"此句可以发万里一笑也。故以填此空纸。⑥

尺牍中有自作诗《东坡八首》⑦ 的部分诗句。此时，苏轼与王巩之间的文学交

---

① 邹同庆、王宗堂：《苏轼词编年校注》上册，北京：中华书局，2002 年，第 323 页；《苏轼全集校注》词集卷一，第 309 页；刘尚荣校证：《东坡词傅幹注校证》卷一，上海：上海古籍出版社，2016 年，第 32 页。

② 邹同庆、王宗堂：《苏轼词编年校注》上册，第 314 页；张志烈、马德富、周裕锴主编：《苏轼全集校注》词集卷一，第 302 页；刘尚荣校证：《东坡词傅幹注校证》卷一，第 8 页。

③ 邹同庆、王宗堂：《苏轼词编年校注》上册，第 270 页；张志烈、马德富、周裕锴主编：《苏轼全集校注》词集卷一，第 243 页；刘尚荣校证：《东坡词傅幹注校证》卷三，第 112 页。

④ 邹同庆、王宗堂：《苏轼词编年校注》中册，第 388 页；张志烈、马德富、周裕锴主编：《苏轼全集校注》词集卷一，第 378 页；刘尚荣校证：《东坡词傅幹注校证》卷八，第 270 页。

⑤ 关于此点，可参考王兆鹏、徐三桥《苏轼贬居黄州期间词多诗少探因》（《湖北大学学报（哲学社会科学版）》1996 年第 2 期），尚永亮、钱建状《贬谪文化在北宋的演进及其文学影响——以元祐贬谪文人群体为论述中心》（《中华文史论丛》2010 年第 3 期）。

⑥ 张志烈、马德富、周裕锴主编：《苏轼全集校注》文集卷五二，第 5698 页。另，该书简是写入《与王定国》其十三的"空纸"中的。

⑦ 张志烈、马德富、周裕锴主编：《苏轼全集校注》诗集卷二一，第 2242 页。此诗与书简中写入的诗有若干字句的差异。

流活动貌似已很频繁，尺牍其十二云：

> 某递中领书及新诗，感慰无穷。……重九登楼栖霞楼，望君凄然，歌《千秋岁》，满坐识与不识，皆怀君。遂作一词云："霜降水痕收。浅碧鳞鳞欲见洲。酒力渐消风力软，飕飕。破帽多情却恋头。佳节若为酬。但把清樽断送秋。万事回头都是梦，休休。明日黄花蝶也愁。"其卒章，则徐州逍遥堂中夜与君和诗也。（文集卷五二，第5693页）

《南乡子·重九涵辉楼呈徐君猷》① 词的全文都被写入其中。同样在元丰四年，苏轼写给判官彦正（未详）的《与彦正判官一首》云：

> 试以一偈问之："若言琴上有琴声，放在匣中何不鸣？若言声在指头上，何不于君指上听？"录以奉呈，以发千里一笑也。（文集卷五七，第6332页）

《琴诗》② 全篇被写入。另外，建中靖国元年（1101）苏轼在北归途中写给黄寔的《与黄师是五首》其一云：

> 有诗录呈："帘卷窗穿户不扃，隙尘风叶任纵横。幽人睡足谁呼觉，欹枕床前有月明。"一笑！一笑！（文集卷五七，第6367页）

七言绝句《无题》③ 被写入。

尺牍中写入的很多诗歌，在之后被编入文集（诗集、词集）的时候都脱离了尺牍，被看作是独立的文学文本。但是由于作品的特质不同，处理的方式也不尽相同。就以上所举尺牍中的三首诗而言，最初的《东坡八首》载于苏轼自编的《东坡集》卷一二，可见苏轼自身认为此诗有很高的价值。之后，此诗在南宋编纂的《集注分类东坡先生诗》（旧王本卷四，新王本卷二四）和《施注苏诗》（卷一九）等诗集中亦有收录；接下来的《琴诗》未被收于《东坡集》和《集注分类东坡先生诗》（旧王本），而被收入新王本卷三〇，也未收于《施注苏诗》（但收于清代编纂的补遗卷）。恐怕此篇在当初作为独立的诗的价值还未得到认可，所以未被收入诗集，此后随着苏轼诗的辑佚工作的推

---

① 邹同庆、王宗堂：《苏轼词编年校注》上册，第331页；张志烈、马德富、周裕锴主编：《苏轼全集校注》词集卷一，第322页；刘尚荣校证：《东坡词傅干注校证》卷四，第137页。此词与书简中写入的词有若干字句的差异。
② 张志烈、马德富、周裕锴主编：《苏轼全集校注》诗集卷二一，第2269页。
③ 张志烈、马德富、周裕锴主编：《苏轼全集校注》诗集卷四八，第5569页。

进，才逐渐脱离尺牍而被辑出。此篇在南宋编纂的《东坡外集（重编东坡先生外集）》卷六中题为《题沈琴》，在明代编纂的《东坡续集》卷二中则题为《琴诗》；而最后的《无题》诗，从南宋到明代编纂的各集本均没有收录，直到清代时才从上举尺牍中辑出，收入查慎行编《苏诗补注》卷四八"补遗"及冯应榴所编《苏文忠公诗合注》卷五〇"补编"中。《琴诗》与《无题》二篇，可以说是虽被写入尺牍但最后得以侥幸流传至今的作品。另外，虽然与诗歌的收录途径不同，《南乡子》词也因被收入傅干注本而流传下来。

同样是在书信中写有诗的例子，还有《答范纯夫十一首》其十一。兹举绍圣四年（1097）春闰三月五日，苏轼在惠州写给范祖禹的书信的开头和末尾部分：

> 丁丑二月十四日，白鹤峰新居成，自嘉祐寺迁入。咏渊明《时运》诗曰："斯晨斯夕，言息其庐。"似为予发也。长子迈与予别三年，携诸孙万里远至。老朽忧患之余，不能无欣然，乃次其韵：……丁丑闰三月五日。多难畏人，此诗慎勿示人也。①

绍圣四年二月，在惠州的白鹤峰修建新居的苏轼，虽为贬谪之身却也暂时过上了相对平稳的生活。在谪居的这段时间，苏轼品鉴陶渊明的《时运》诗并次韵陶诗，上面所举书信中省略的部分就是《和陶时运四首》的全文。② 此诗起初被收入苏轼晚年（抑或是殁后不久由他人）所编《和陶诗集》，南宋时又被收入《施注苏诗》卷四一（"追和陶渊明诗"）。这里值得注意的是，苏轼在尺牍的末尾处写有"此诗慎勿示人"。这可以说如实地反映了尺牍在传达作为"私密文本"的诗时所发挥的媒介作用。③

综上所述，本章列出的文本，其尺牍部分均是在私人领域内，即在极为亲近的友人间被书写、阅读的。通常来讲，这些文本或许会散佚，不传于世。尽

---

① 张志烈、马德富、周裕锴主编：《苏轼全集校注》文集卷五〇，第5445—5446页。另，在明代毛九苞所编《重编东坡先生外集》卷四六（《四库全书》第11册，存目丛书本，济南：齐鲁书社，1997年，第329页）中，收录了以《录诗寄范纯夫》为题的题跋，判断该尺牍实际上是《和陶时运四首》所附的题跋。

② 张志烈、马德富、周裕锴主编：《苏轼全集校注》诗集卷四〇，第4812页。此诗与写入书简的诗歌有若干字句的差异。在引用和陶诗之后，接着引有与范祖禹之书相关的记述。因字句差异以及引述内容与本章意旨无关，故割爱不作引用和说明。

③ 该尺牍的前半部分在苏轼诗集中被视为《和陶时运四首》的序文，二者内容几乎一模一样。由此可以窥见，作为私人文本的"尺牍"的话语在转换为公开文本诗集的序文时的轨迹。

管如此,仍有如此大量的作品流传后世,究其缘故,或许是因为苏轼作为文人学者的声望极高,周围的人即使冒着风险也要不断记录、保存他的作品草稿。① 如此众多的私密文本传存至今,这种现象在苏轼以前几乎看不到。据此,我们也可以认识到苏轼的作品在中国文学史上所具有的划时代意义。

五、墨迹的辑佚

正如上节所举,苏轼尺牍承载的诸多诗歌被收入在其生前或去世后所编的诗文集《东坡集》《东坡后集》《和陶诗集》等中。这些诗在比较早的阶段就在文集中被赋予了应有的位置,被收入了具有公共性质文本载体中。但是苏轼的尺牍中承载、传递的诗歌并非仅仅只有这种类型。还有《与彦正判官》中的《琴诗》、《与黄师是》中的《无题》等诗,文集中并没有它们的位置。后来,到南宋《东坡外集》乃至更晚的清代,这种类型的诗歌才被编辑出来。暂且不论前者《琴诗》,就后者《无题》的情况来说,如果此诗没被写入尺牍,那么在公开的场所也许永远没有它的位置,甚至会消失在历史的黑暗中。

基于以上的考察,在此拟将焦点集中在苏轼亲笔书写的文本即墨迹、石本(石刻拓本)上。这些也是自古没能呈现在历史表面的文本。到南宋时才开始在一定程度上记录这些文本,特别是记录苏轼、黄庭坚的墨迹、石本等相关资料被大量保存流传了下来。②

---

① 前文引用的司马迁、杨恽的书简也可以说与此类似,原本都是作为一种"私密文本",很可能就此消失在历史的黑暗中。但是因为其文本包含极大艺术性和文学价值,所以偶然得以保全留存至今。现如今已经基本看不出书简文本的"私密"性质了,也就是说,其文本的"私密性"在不断弱化。换言之,因为文本得以留存,所以"私密性"在减弱;也因为"私密性"的减弱,所以文本才得以留存。或许可以总结为,"留存"就等同于"私密性的弱化"。

② 关于此现象及其所见文献学、文学史特质,已在拙论《由"校勘"到"生成论"——论宋代诗文集的注释特别是苏黄诗注中真迹、石刻的利用》(《东华汉学》2008 年第 8 期)、《黄庭坚诗注的形成与黄㽦〈山谷年谱〉——以真迹、石刻的利用为中心》(《中山大学学报(社会科学版)》2011 年第 2 期)、《宋代文本生成论之形成——从欧阳修撰〈集古录跋尾〉到周必大编〈欧阳文忠公集〉》(杨国安、吴河清主编:《第七届宋代文学国际研讨会论文集》,开封:河南大学出版社,2013 年)中作过考察,详细情况请参考上述拙论。以上三篇均收录于拙著《文本的密码——社会语境中的宋代文学》。

兹举一例关于黄庭坚诗歌墨迹的记录。元祐之初，黄庭坚作《子瞻继和复答二首》①。在此之前，黄庭坚作有《有惠江南帐中香者戏答六言二首》，苏轼写《和黄鲁直烧香二首》来唱和。此处所举之诗是黄庭坚对苏轼的和诗所作的再度唱和之作。关于此诗，黄䎽（黄庭坚从孙）所编《山谷年谱》卷一九云：

> 先生有此诗墨迹题云："有闻帐中香，疑为爇蜡者，辄复戏用前韵。愿勿以示外人，恐不解事者或以为其言有味也。"因附于此。②

在《子瞻继和复答二首》的墨迹也就是黄庭坚亲笔原稿中，载有"愿勿以示外人，恐不解事者或以为其言有味也"之句。黄庭坚与苏轼同属旧党，身处不安定的政治环境中，不得不尽力"避言"。这是在当时新旧两党格格不入的微妙的政治局势下生发出的"避言"意识，可谓是私密的、暗地里的言论。如前所述，在苏轼的诗歌和尺牍中也有很多类似的言论。

苏轼的墨迹、石本的流传情况和上述黄庭坚的情况一样，也有相关文献的记载。如南宋施元之、顾禧、施宿的《注东坡先生诗（施注苏诗）》中就有许多。《施注苏诗》中的注释，特别是题下注中参照苏轼"真迹""墨迹"或参考具有同样性质的"石本""碑本"等例颇多（这些题下注被认为是出自施宿之手）。且看绍圣四年（1097），被贬惠州的苏轼与当地知事方子容（字南圭）、循州知事周彦质（字文之）交流的四首诗所附施注的记载。首先，第一首《次韵惠循二守相会》③ 的题下注（施宿注）云："'阴'字韵四诗墨迹及惠守和篇并藏吴兴秦氏。"之后叙述所举的四首诗墨迹与方子容的和篇均藏于吴兴的秦氏处，又云：

> 此诗云："轼次韵南圭使君与循州唱酬一首。"……后题云："因见二公唱和之盛，忽破戒作此诗。与文之一阅讫即焚之，慎勿传也。"

现在流传的苏轼诗集中，本诗的题目记作《次韵惠循二守相会》，而墨迹中的

---

① 黄庭坚著，任渊等注，黄宝华点校：《山谷诗集注》卷三，上海：上海古籍出版社，2003年，第68页。
② 曹清华校点：《山谷年谱》卷一九，吴洪泽、尹波主编：《宋人年谱丛刊》第5册，成都：四川大学出版社，2003年，第3042页。
③ 冯应榴辑注，黄任轲、朱怀春校点：《苏轼诗集合注》卷四〇，上海：上海古籍出版社，2001年，第2095页。以下四首诗的施注均引自郑骞、严一萍编校《增补足本施顾注苏诗》卷三七（台北：艺文印书馆，1980年）。

题目是《轼次韵南圭使君与循州倡酬一首》。另外值得注意的是，墨迹中的诗歌之后还附有"因见二公唱和之盛，忽破戒作此诗，与文之。一阅讫即焚之，慎勿传也"句，意谓打破"避言""慎言"的规诫而写此诗赠给周彦质，并希望他阅读后马上焚毁。

第二首《又次韵二守许过新居》的题下注云：

> 先生真迹云："轼启，叠蒙宠示佳篇，仍许过顾新居，谨依韵上谢，伏望笑览。"集本作"晓窗清快"，墨迹作"明快"。后题云："一阅讫，幸毁之，切告切告。"①

由此可知，墨迹的诗题与诗集中的《又次韵二守许过新居》不一致。苏轼在墨迹中使用"蒙""谨""伏"等字来表达对子容和周彦质的尊敬。而且与第一首诗歌所附墨迹的结尾所述情况一样，苏轼在此也诉说了希望对方阅读后将文稿焚毁的意愿。

第三首《又次韵二守同访新居》的题下注中亦有：

> 墨迹云："□□次韵南圭、文之二太守同过白鹤新居之什，伏望采览。"后云："请一呈文之便毁之，切告切告。"②

与第二首情况相同，墨迹的诗题使用敬语，且有勿示他人、阅后焚毁的请求。

第四首《循守临行，出小鬟，复用前韵》的题下注中载有：

> 石刻云："请一呈文之便毁之，切告切告。蒙示廿一日别文之后佳句，戏用元韵记别时事为一笑。"末又云："虽为戏笑，亦告不示人也。"③

可以看到在墨迹文本中，诗歌的题目也附有详细的敬语表现，同时末尾再次提醒、忠告不要传示他人。

以上苏轼与方子容、周彦质交流的诗歌墨迹，传达出这样一个信息：言论统制下的苏轼在努力"避言"。施宿在注释第四首时，承接之前一系列墨迹记录，作出如下评论："每诗皆丁宁至切，勿以示人。盖公平生以文字招谤蹈

---

① 冯应榴辑注，黄任轲、朱怀春校点：《苏轼诗集合注》卷四〇，第 2096 页。另，此注文接着载有"集本与后诗相连，题云《次韵二守同访新居》。以墨迹观之，非也。今析题为二"等语。文中的"新居"是绍圣四年二月于惠州白鹤峰所建的新居。
② 冯应榴辑注，黄任轲、朱怀春校点：《苏轼诗集合注》卷四〇，第 2097 页。
③ 冯应榴辑注，黄任轲、朱怀春校点：《苏轼诗集合注》卷四〇，第 2098 页。

祸，虑患益深。然海南之役竟不免焉。吁，可叹哉。"如其所述，这些文本很好地传达了苏轼对"招谤蹈祸"也就是言论镇压的畏惧心理。正是因为墨迹的文本具有在私人领域内传播的隐秘性特质（私密文本），这些言论才有可能被表达出来。

通过阅读以上所举墨迹文本，我们发现这些墨迹和之前所举尺牍传递着一个相似的信息，即"赠与此诗，并希望读完后焚毁"的意旨。这些墨迹、石本似乎也可以看作是一种"尺牍"。特别是第二首诗的墨迹中写有"轼启……"，完全是写书简时惯用的措辞。也许是因为这些墨迹被看作是附随诗歌的未成熟的文本，所以最终没能像独立的尺牍文本那样成为辑佚的对象。①

当时，在文集编纂过程中，一种文本是否能作为辑佚的对象，其标准恐怕并不明确。这些墨迹没有被作为辑佚对象，可能只是一种偶然，也或许是因为当初《施注苏诗》还没有广泛普及。如果当时南宋和明朝人都阅读《施注苏诗》，那么墨迹或许就作为一种尺牍变成了辑佚的对象也未尝可知。总之，墨迹和尺牍是处于"公"与"私"的临界领域的文本，这些文本能否被收入文集，就好像能否进入客厅获得自己的一席之地一样，可以说处在一个极其微妙的位置上。

结　语

综上所述，本文以尺牍及其辑佚过程为着眼点，对苏轼文集编纂问题作了若干考察。如果是其他文人的话，其作品可能会散佚于世，但在苏轼那里却保留着众多的文献记录。也正因如此，各类文学文本是如何被交换、保存、传承的，如何被编纂、辑佚的，从苏轼的文集里获得的信息自然比其他文人多。本文通过考察苏轼文集的编纂情况，明确了"书简（尺牍）"这一文体所具备的"私密性文本"特质。此论目前仍极为浅显，有待日后开展更为深入的考察。

---

① 此外，苏轼手书墨迹的留存与辑佚者的能力有关。由于墨迹具有与尺牍相似的"私密文本"性质，因此流传不广，难以收集。时代变易后，"私密"解禁，墨迹不断上石，被公开传播，辑佚者才有更多机会接触这些作品。

《灵源和尚笔语》书简受主考释

上海师范大学人文学院 李 贵

《灵源和尚笔语》一书，不分卷，北宋禅僧灵源惟清（？—1117）撰。作者法名惟清，字觉天，自号灵源叟，洪州武宁（今属江西）人，俗姓陈。少入本县高居寺，17岁受具足戒，即起游方。尝谒县内延恩院法安禅师，后往黄龙派祖庭黄龙寺（今属江西修水），嗣法晦堂祖心禅师，深受器重，诸方号为清侍者。通称灵源惟清、黄龙惟清。因长期住持舒州太平寺（今属安徽潜山），亦称太平惟清。主太平期间，法席极盛，四方僧徒争趋求谒。祖心寂后，惟清重回江西住持黄龙寺，不久称病退居昭默堂，以堂为号。卒葬本寺，赐号佛寿。

禅门身份，首重法系，惟清属临济宗黄龙派南岳下十三世，法系为：

> 六祖惠能—南岳怀让—马祖道一—百丈怀海—黄檗希运—临济义玄—兴化存奖—南院慧颙—风穴延沼—首山省念—汾阳善昭—石霜楚圆—黄龙慧南—黄龙祖心—灵源惟清

其生平事迹详见释惠洪《石门文字禅》卷二三《昭默禅师序》[①]、《禅林僧宝传》卷三〇《黄龙佛寿清禅师》[②]、释普济《五灯会元》卷一七《黄龙惟清禅师》[③]。

---

① 惠洪：《石门文字禅》卷二三，《四部丛刊》影明刊本。
② 慧（惠）洪：《禅林僧宝传》卷三〇，《卍续藏经》第137册，台北：新文丰出版公司影藏经书院，1995年，第563—565页。
③ 普济著，苏渊雷点校：《五灯会元》卷一七，北京：中华书局，1984年，第1133—1134页。

《灵源和尚笔语》书简受主考释

《灵源和尚笔语》一书，前有南宋乾道五年己丑（1169）释了朴题识，云系"德进侍者所录"。① 全书录载惟清致程颐、陈瓘、徐俯、惠洪等31人书简共79通（另附虞䕎致惟清书4通），是考察北宋佛教文化史、僧徒与文人、佛教与儒林相互交流之重要资料。惟清著作世所罕见，南宋释净善淳熙间（1174—1189）重编《禅林宝训》，卷二摘录惟清语录及致黄庭坚、程颐等人书简计18则②；释晦堂师明嘉熙二年戊戌（1238）编《续刊古尊宿语要》，第一集"天"部有《灵源清禅师语》，收惟清语录10则。③ 以上篇幅均极简。清释道古辑《缁林尺牍》，宋代部分载"黄龙惟清"致黄龙祖心、惠洪觉范等11名禅僧之书简共16通，然未注出处。④ 今人续有辑佚，《全宋诗》收"释灵源"诗5首，又录"释惟清"诗12首⑤，《全宋诗订补》补"释灵源"诗2首⑥，《宋代禅僧诗辑考》续补"释惟清"诗15首⑦，《全宋文》辑"释惟清"文22篇（包括《缁林尺牍》中全部惟清书简）⑧。以上诸书均不及《灵源和尚笔语》一书来源清晰、首尾完整、内容丰富。此书中国本土已佚，日本有五山版、江户刊本等，近年金程宇据静嘉堂文库藏五山版影印，收入所编《和刻本中国古逸书丛刊》"子部·释家"语录类。⑨ 据椎名宏雄《宋元版禅籍之研究》考察，静嘉堂此本乃南北朝历应五年（1342）临川寺版，应系覆宋版⑩，价值甚高。天壤间孤本一朝化身千百，极便学者。

《灵源和尚笔语》一书所载书简受主众多，标题所指或隐或显，难以索

---

① 了朴系惟清裔孙，法系：灵源惟清—长灵守卓—育王介谌—慈航了朴。
② 净善：《禅林宝训》，《中华大藏经》汉文部分第79册，影清藏本，北京：中华书局，1994年，第233—236页。
③ 晦堂师明：《续刊古尊宿语要》，日本宫内厅书陵部藏戊戌年（1238）师明序刊本，第81a—83b页。
④ 道古：《缁林尺牍》，《佛藏辑要》第31册，影清康熙辛亥（1671）刻本，成都：巴蜀书社，1993年，第177—181页。
⑤ 北京大学古文献研究所：《全宋诗》第17册，北京：北京大学出版社，1995年，第11752页；第20册，第13489页。
⑥ 陈新等补正：《全宋诗订补》，郑州：大象出版社，2005年，第277—278页。
⑦ 朱刚、陈珏：《宋代禅僧诗辑考》，上海：复旦大学出版社，2012年，第277—279页。
⑧ 曾枣庄、刘琳主编：《全宋文》第128册，上海：上海辞书出版社、合肥：安徽教育出版社，2006年，第402—417页。
⑨ 金程宇编：《和刻本中国古逸书丛刊》，南京：凤凰出版社，2012年。
⑩ ［日］椎名宏雄：《宋元版禅籍の研究》，东京：大东出版社，1993年，第100页。

解。日本禅僧多有为之作注者,其中阙名《灵源笔语别考》亦已收入《和刻本中国古逸书丛刊》,作为《灵源和尚笔语》一书的附录。日本学者编印《国译禅宗丛书》,有《灵源和尚笔语》排印本,将全书译成日文,并对书中某些词语、人名作出解释。① 然以上人名注释多有未当或未尽处,或仅注出人名,无依据,无解释;或注释错误,人物张冠李戴。今对书中全部受书人逐一考释,兼及相关人物交游,以见当时僧徒之社交网络及儒释之交涉情况。

1. 《答伊川居士》。程颐。3 通。(第 323—331 页)

程颐(1033—1107),字正叔,北宋洛学代表人物,世称伊川先生。

世传程颐曾向惟清问学,二人有书信往来,主要证据一直是《禅林宝训》所录惟清致程颐书简 2 通,钱锺书谓"退之与大颠三书,适可与灵源与伊川二简作对"②,即指《禅林宝训》中语。今《灵源和尚笔语》起首载《答伊川居士》3 通,又添新证。然此事古今学者、中日禅林素有争议,朱熹力主其伪,指所谓与伊川居士帖实为灵源致潘淳(字子真),黄庭坚尝录其语,以致后人误认③;久须本文雄则力证其真,并考证惟清 5 通书简的写作时间及信中"天下大宗匠"的具体所指。④ 聚讼纷纭,难以定谳。此亦儒学史、禅宗史上一大事因缘,不容不辨,个中细节可参见石立善的考辨。⑤

2. 《答朱世英》。朱彦。1 通。(第 331—332 页)

朱彦(?—1113),字世英,南丰(今属江西抚州)人,神宗熙宁九年(1076)进士。调舒州司法参军,累官给事中、显谟阁待制。两知江宁府,后知抚州、洪州、杭州、颍昌府、通州,政和元年(1111)召为刑部侍郎。张商英罢相,出知濠州,政和三年(1113)卒于任上。生平事迹材料及考辨详

---

① 《国译禅宗丛书》第 2 卷,东京:国译禅宗丛书刊行会,1919 年。
② 钱锺书:《谈艺录》,北京:中华书局,1984 年,第 65 页。
③ 黎靖德编,王星贤点校:《朱子语类》卷一二六,北京:中华书局,1986 年,第 3040—3041 页。
④ [日]久须本文雄:《宋代儒学の禅思想研究》第五章《程伊川と禅》,名古屋:日进堂书店,1980 年。
⑤ 石立善:《程伊川学禅说考辨——禅僧灵源惟清与程伊川书帖五通之真伪》,陈义初主编:《二程与宋学:首届宋学暨程颢程颐国际学术研讨会论文集》,上海:华东师范大学出版社,2013 年,第 524—532 页。

见周裕锴《宋僧惠洪交游人物考举隅》。① 朱彦祖母曾氏，曾巩《夫人曾氏墓志铭》称之为"吾从女兄也"②，知朱彦祖母乃曾致尧孙女、曾巩从姊。朱彦父轼，字器之，从曾巩学，仕为房州司户。③ 朱彦兄弟三人相继登第。④ 兄京，字世昌，登进士甲科，授太学录，擢监察御史，见者目为真御史。尝提点淮西刑狱。官至国子司业。《宋史》卷三二二有传。朱京提点淮西刑狱时，请惟清住持舒州太平寺，时在元符二年（1099）。⑤ 朱彦亦与僧徒交游密切，禅门视为佛教外护⑥，因问黄龙慧南法嗣真净克文佛法而有省，与惟清有同门之谊。惟清此简乃答复朱彦问疾，并论及保养身心之法。

3. 《答陈莹中》。陈瓘。1通。（第332—334页）

陈瓘（1057—1122），字莹中，号了翁、了斋、了堂，南剑州沙县（今属福建）人。元丰二年（1079）进士。徽宗即位，召拜左正言，又除右司谏。崇宁中列名党籍，以气节名世，极为士林所尊。追赠谏议大夫，谥号忠肃。《宋史》卷三四五有传。陈瓘爱读佛经，交游多禅宗高僧，议论风生。宋代禅籍记载，陈瓘自号华严居士，"留神内典，议论夺席，独参禅未大发明，禅宗因缘，多以意解"，酷爱黄龙慧南《语录》，"诠释殆尽"。⑦《佛法金汤编》载陈瓘嗣法惟清事，谓陈瓘参谒惟清后"乃开悟"，寄惟清偈曰："书堂兀坐万机休，日暖风柔草木幽。谁识二千年远事，如今只在眼睛头。"⑧ 禅林乃列陈瓘为惟清法嗣。⑨

---

① 周裕锴：《宋僧惠洪交游人物考举隅》，四川大学古籍整理研究所、四川大学宋代文化研究中心编：《宋代文化研究》第16辑下册，成都：四川大学出版社，2009年。
② 曾巩：《元丰类稿》卷四六，北京：中华书局，1984年，第631页。《文渊阁四库全书》本作"吾从兄女也"，倒文，当乙正。《文津阁四库全书》本不误。
③ 王梓材、冯云濠：《宋元学案补遗》卷四，《四明丛书》本。
④ 祝穆撰，祝洙增订，施和金点校：《方舆胜览》卷二一《建昌军·人物·朱轼》，北京：中华书局，2003年，第383页。
⑤ 周裕锴：《宋僧惠洪行履著述编年总案》，北京：高等教育出版社，2010年，第46—47页。
⑥ 详见周裕锴《宋僧惠洪交游人物考举隅》。
⑦ 释道谦编：《大慧普觉禅师宗门武库》，《大正藏》第47册，台北：佛陀教育基金会出版部，1990年，第945页。
⑧ 释心泰编：《佛法金汤编》卷一三，《卍续藏经》第149册，第1952页。吴之鲸《武林梵志》卷八"陈瓘"条全同。陈瓘此诗，《全宋诗》失收，《全宋诗订补》据《武林梵志》补辑（第2册，第297页）。此诗或云周敦颐呈东林常总偈，见《宋元学案》卷一二《濂溪学案下》。
⑨ 朱时恩：《居士分灯录》卷下，《卍续藏经》第147册，第910页。

惟清此简当作于政和五年（1115）或其后。书简起首云：

> 敬绎所示诸偈，皆《华藏》蕴藉醇全之旨，由是见存诚之所常胜尔，钦服感幸。《凤池华藏阁记》，尤示发玄关而布法施之妙利也。

惟清所称陈瓘《凤池华藏阁记》，乃陈瓘于政和五年所撰。《淳熙三山志》卷三八《寺观类六·僧寺·怀安县》载怀安县（今属福建福州）凤池寺华藏阁，下云："政和五年承事郎陈瓘为记云：'罪窜之余，世念衰歇，惟致一内典而已。'时了翁在丹丘，方蒙恩自便。"① 知陈瓘政和五年便自居于丹丘（今浙江台州），作《凤池华藏阁记》。元代陈宣子《陈了翁年谱》则系于政和六年，云是年"七月朔，作《福州凤池报慈院华严阁记》"。② 知惟清此简作于政和五年或六年。

此简亦为陈瓘与《华严经》之密切关系添一明证。陈瓘侄子陈渊称，陈瓘酷爱《华严经》，"尝写《华严经》尽八十卷，不错一字"。③ 李纲《跋了翁所书华严偈》亦云："谏议陈公留心内典，尤精于《华严》，手写数过，前后抄录其要，积累篇帙。平生践履，惟以泽物为心，处忧患如游戏，盖深解乎此。观其所书'世间法界'等语，真知言之要哉！"④ 可与惟清此简参证。

惟清所言陈瓘揭示《华严经》意蕴诸偈，惠洪诗题亦有提及，如《石门文字禅》卷三有诗题："陈莹中由左司谏谪廉，相见于兴化，同渡湘江，宿道林寺，夜论华严宗。"卷一五有诗题："了翁谪廉，欲置《华严》，托余将来，以六偈见寄，其略曰：'杖头多少闲田地，挑取《华严》入岭来。'次韵寄之。"知陈瓘寄给惟清者，乃讨论《华严经》奥义之偈语六首。"杖头多少闲田地"一首今存，见惠洪《冷斋夜话》卷七。⑤

此简末云："师川寄龙舒，闻将还豫章，渠服道义为厚，应以取道为谒觐

---

① 梁克家：《淳熙三山志》卷三八，《文渊阁四库全书》本。按，明刻本"华藏阁"作"华严阁"，"了翁"作"乃翁"，误，今不从。参见《宋元方志丛刊》第8册，北京：中华书局，1990年，第8233页。
② 吴洪泽、尹波主编：《宋人年谱丛刊》第6册，成都：四川大学出版社，2003年，第3478页。
③ 陈渊：《默堂先生文集》卷二二《书了斋笔供养发愿文》，《四部丛刊》影宋钞本。
④ 李纲：《梁溪集》卷一六二，《文渊阁四库全书》本。
⑤ 张伯伟编校：《稀见本宋人诗话四种》，南京：江苏古籍出版社，2002年，第65页。

之便也。"据研究,政和前后,徐俯往来舒州、南昌两地,为豫章诗社骨干。① 惟清此简可为佐证。

4.《徐师川》。徐俯。1通。(第335—336页)

徐俯(1075—1141),字师川,号东湖居士,洪州分宁(今江西修水)人。父禧,字德占,新党人物,旧党黄庭坚表兄。母黄氏,黄庭坚从姊。徐俯以父死国事,荫补通直郎,娶妻为新党吕惠卿侄女,南宋初赐进士出身,官至权参知政事。徐俯少有诗名,得舅氏黄庭坚称赏,客淮南时与郡守陈瓘为忘年友,入吕本中《江西诗社宗派图》。② 徐禧、黄庭坚皆参晦堂祖心,亦皆师友惟清,徐俯少时即常侍父亲谒见惟清,听谈佛法终日,后来复因惟清开示而悟道。③ 黄庭坚尝致书徐俯,推介惟清,鼓励徐俯向惟清请教学道作诗之法:"太平清老,老夫之师友也,平生所见士大夫,人品未有出此公之右者。方吾甥宴居,不婴于王事,可数至太平研极此事,精于一而万事毕矣。"④ 据前述《答陈莹中》简末,惟清知悉徐俯行踪近况,知二人来往密切。又据宋代禅林笔记,惟清居黄龙寺昭默堂时,仍常与徐俯"夜话"。⑤

此简亦见居士灯录摘抄。明初《佛法金汤编》"徐俯"条载:"尝扣问灵源清禅师禅道,师答以书,略曰:'古之达人所以鉴世间如影响、了圣道如蘧庐者,无他,自彻心源而已。'云云。"⑥ 所引惟清答复即此简。

5.《洪帅张司成》。张邦昌。2通。(第336—339页)

洪帅,洪州(今江西南昌)知州。司成,即大司成,宋朝国子监祭酒之拟唐官称。考北宋后期洪州知州,官大司成之张姓知州只有张邦昌一人。张邦昌(1081—1127),字子能,永静军东光县(今属河北)人,元符三年(1100)进士⑦,《宋史》卷四七五本传:"举进士,累官大司成……知光、汝

---

① 吴肖丹、戴伟华:《江西诗派主脉——豫章诗社考述》,《南昌大学学报(人文社会科学版)》2011年第1期。
② 伍晓蔓:《江西宗派研究》,成都:巴蜀书社,2005年,第248—252页。
③ 普济著,苏渊雷点校:《五灯会元》卷一九,第1298页。
④ 黄庭坚著,刘琳等校点:《宋黄文节公全集·续集》卷五《答徐甥师川》,《黄庭坚全集》第4册,成都:四川大学出版社,2001年,第2029页。
⑤ 释晓莹:《罗湖野录》卷下,《卍续藏经》第142册,第992页。
⑥ 释心泰编:《佛法金汤编》卷一三,《卍续藏经》第149册,第1952页。
⑦ 杨倩描主编:《宋代人物辞典》(下),保定:河北大学出版社,2015年,第1073—1074页。

二州。政和末，由知洪州改礼部侍郎。"① 光绪《江西通志》卷九《职官表九·宋》："张邦昌……知洪州，政和中任。据《宋史》本传补。"②《僧宝正续传》谓"政和末"，"大帅张司成"请应端主持黄龙寺，嗣法惟清。③ 又，《宋会要》云，政和六年（1116）九月二十九日，"知洪州张潆落职"④，而惟清卒于政和七年（1117）九月十八日⑤，故张邦昌知洪州在政和六年十月以后。

张邦昌帅洪州期间，多次参谒或称赏灵源惟清、法轮应端、宝峰景祥、宝峰（草堂）善清等黄龙派名僧。⑥ 惟清复张邦昌书简共两通。第一通感谢张邦昌来寺见面，恳辞出任黄龙寺法席住持之请。第二通详细解释因病辞谢，自述"抱病闲居已十五年"，近日"虽苟保未绝之气，而痰涎吐哕，时时不绝。同居闻其声，莫不起酸苦怜悯之念。其狀如此，众所共知"。比对惠洪《黄龙佛寿清禅师传》所言惟清退居昭默堂，"闲居十五年"，卒于政和七年（1117）九月十八日，知惟清此二简作于政和六年（1116）十月至七年（1117）九月之间，时惟清已病重。

6.《答伯刚提举》。伯刚。1 通。（第 339—340 页）

伯刚提举，不可考。惟清信中云"伏承示谕参秀、遇、楷"，知伯刚曾参禅于法云法秀、法昌倚遇和芙蓉道楷。释法秀（1027—1090），云门宗青原下十一世，天衣义怀禅师法嗣，丛林号秀铁面，宋神宗赐号圆通禅师。⑦ 释倚遇（1005—1081），云门宗青原下十世，嗣法北禅智贤禅师。⑧ 释道楷（1043—

---

① 脱脱等：《宋史》卷四七五，北京：中华书局，1977 年，第 13789—13790 页。
② 光绪《江西通志》卷九，《续修四库全书》影印本，上海：上海古籍出版社，2002 年，第 223 页。
③ 祖琇：《僧宝正续传》卷三《法轮端禅师》，《卍续藏经》第 137 册，第 593 页。"大帅"，原作"大师"，天头校勘记云"师疑帅"，是。
④ 刘琳等校点：《宋会要辑稿》职官六八，上海：上海古籍出版社，2014 年，第 4893 页。
⑤ 惠洪：《禅林僧宝传》卷三〇，《卍续藏经》第 137 册，第 564 页。
⑥ 祖琇：《僧宝正续传》卷三《法轮端禅师》、卷四《宝峰祥禅师》、卷五《宝峰清禅师》，《卍续藏经》第 137 册，第 593、599、602 页。
⑦ 普济著，苏渊雷点校：《五灯会元》卷一六《法云法秀禅师》，第 1037—1039 页。参见周裕锴：《宋僧惠洪行履著述编年总案》，第 14 页。
⑧ 普济著，苏渊雷点校：《五灯会元》卷一六《法昌倚遇禅师》，第 1022—1025 页。生卒年据朱刚、陈珏《宋代禅僧诗辑考》（第 62 页）。

1118），属曹洞宗青原下十一世，投子义青法嗣。①

7.《答洪刍父》。洪刍。1通。（第340—342页）

洪刍（1066—?），字驹父，南昌（今属江西）人，黄庭坚外甥。绍圣元年（1094）与弟炎同举进士，崇宁三年（1104）入党籍，五年，复宣德郎，靖康元年（1126）官谏议大夫。洪刍与兄朋、弟炎、羽并称"四洪"，诗入江西宗派，有《老圃集》和《香谱》传世。② 此简答洪刍有关参请优劣如何，举黄庭坚往年入蜀后之了悟以阐发，足见惟清对黄庭坚之禅悟评价甚高。

8.《答虞察院》。虞蕃。3通。（第352—357页）

此简前附虞蕃来信4通。第一通，起首云"蕃顿首启上灵源禅师"，知来信人乃虞蕃（金程宇解题作"虞谟"，误）。书简云，素仰惟清之道德，时值暑毒，请晏坐凝养。据其自述，服膺佛典已三十七八年，生长二浙，为官多在吴越，始仕即为会稽教官，其时已询叩浙江名僧。后得官京师，过相国大寺之慧林、智海二禅院，分别叩请德化、佛印二禅师。诵《法华经》而有省。大观三年己丑（1109），虞蕃在杭州居丧，真乘慧古（?—1136）禅师自惟清昭默堂来，二人朝夕论难，言及当年惟清住舒州令慧古阅疏山造塔话而领契之事，虞蕃廓然开泰，"乃知华严法界，不必外求，而近在方寸之间"。又云"某与真乘别已十年"，"行年五十矣，颇知四十九之非"，而惟清卒于政和七年（1117）九月十八日，则此简作于政和六年（1116）前后。虞蕃自念开悟乃受慧古激发，而慧古系惟清之法嗣，故热望面谒惟清，"欲求一差遣至江西，终未能遂"。是以投书惟清，望能"远续法裔"，祈惟清"相与证据"。第三通，云洪州吴姓通判近期来访，知洪州有司备礼数再请惟清住持黄龙寺，惟清"坚卧不从"。结合前述惟清复张邦昌函，可断此简亦约作于政和六年。又云近见圆首座于祥符寺，得知惟清近况，黄龙寺已别请住持，遂致函一二监司，托他们关照惟清，俾得安居颐养。第四通，谓往年请瑞岩住持龟峰寺，固辞，今再三延请慧古，亦不从。按龟峰寺在信州（今属江西上饶），属江南东路，知虞蕃时知信州，则第三通所云祥符寺亦在信州。

---

① 普济著，苏渊雷点校：《五灯会元》卷一四《芙蓉道楷禅师》，第882—886页。参见周裕锴：《宋僧惠洪行履著述编年总案》，第140—141页。

② 张剑主编：《宋才子传笺证·北宋后期卷》，沈阳：辽海出版社，2011年，第368—374页。

惟清复函共3通。第一通称对方为"察院知郡大夫",知虞蕡尝为监察御史,时任某州知州。下言感谢虞蕡远道来信,前此已从慧古处知晓其入道因缘,自己已病愈难以书写,敬请原谅。第二通答复虞蕡第二次来函所谓己意"如饮水,冷暖自知,不可以告人"的问题,并发挥教义。第三通言,因衰病,已拒绝洪州知州住持黄龙之邀,虽对虞蕡请监司关照表示感谢,但认为纯属画蛇添足,并要求今后仅"以道相照",绝不许涉及丝毫世俗情识。至于再请慧古前去住持,亦予婉拒。《禅林宝训》载惟清《与虞察院书》,阐发诚信义理,不见于此《笔语》,盖为另一通之摘录。

今按,《宋会要辑稿》职官六八之三五载,政和六年三月十五日,"朝请大夫、前知信州虞蕡追毁出身以来文字,特除名勒停,永不得收叙,送朱崖军编管"。可知虞蕡致函惟清时任信州知州,二人书信往来在政和六年。信州龙虎山上清观天师张继先,徽宗朝赐号虚靖先生,有《答太守虞察院游仙岩诗》,尾联云:"谁拟上饶新太守,却因朝谒到山阳。"① 亦系答信州知州虞蕡。此虞蕡为虞太熙子。王存撰虞太熙(1018—1085)墓志铭云:太熙父肃,祖籍上饶,致仕后卜居于阳羡之荆溪(今属江苏宜兴),有子五人,其一早亡,其四太微、太宁、太熙、太蒙,皆名文学,举进士。太熙字元叟,皇祐元年(1049)进士,历官当涂守,官至侍讲,子男四人,分别名芹、芝、莊、蕡。② 虞蕡自谓"生长二浙",盖指出生长地为宜兴,并非祖籍,其祖籍为上饶。考乾隆《铅山县志》元祐榜:"虞蕡,戊辰李常宁榜第二甲,终鸿胪卿。"③ 又同治《铅山县志》:"虞蕡,字佩芳,铅山县新塘人,元祐三年戊辰科李常宁榜进士,鸿胪卿。"④ 铅山属上饶,正与虞太熙墓志所称祖籍上饶相符。虞蕡对惟清言,自己为官多在吴越,而《宝庆会稽续志·提刑题名》载:"虞蕡。崇宁元年十二月十六日,以承议郎到任。""虞蕡。政和元年七月十八

---

① 北京大学古文献研究所编:《全宋诗》第20册,第13520页。
② 王存:《宋故扬王荆王府侍讲朝散郎虞公墓志铭》,《石刻史料新编》第1辑第13册《江苏金石志》卷九,台北:新文丰出版公司,1982年,第9658—9659页。拓片存傅斯年图书馆,志6542,索书号T622.612147。参见邱佳慧:《从"请铭"与"撰铭"探究宋代社会的伦常关系》,《东华人文学报》2008年第12期。
③ 乾隆《铅山县志》卷九,《故宫珍本丛刊》第110册,海口:海南出版社,2001年,第369页。
④ 同治《铅山县志》卷一二,清同治十二年(1873)刻本。

日,以朝奉大夫到任,政和三年正月二十六日罢任。"① 与虞𦸣自述正合。

9.《上宝觉和尚》。释祖心。2通。(第358—360页)

黄龙祖心(1025—1100),俗姓邬,南雄州始兴(今属广东)人,嗣法黄龙慧南,退隐后名居室曰晦堂,因号晦堂禅师。卒,谥号宝觉大师,黄庭坚为撰塔铭并颂。此简篇名称"宝觉和尚",乃编者后加。惟清嗣法祖心,深得器重。第一通为向祖心报告首次住持寺庙、升堂说法之事,感谢老师教化奖掖之恩。中云"某此月二十八日入院,蒙郡官办开堂","今四来学众,粗成丛林。宰官檀那,咸垂资护"。据前引周裕锴考证,朱京(世昌)提点淮西刑狱,请惟清继法演主舒州太平寺,时在元符二年(1099),惠洪代朱京作《请灵源外(升)座》疏。则此简作于是年。

第二通问候祖心,提及"江东朱漕自金陵遣书,近到,令致意和尚","渠亦致书来召某到金陵相聚,以乍此住持,不能往也"。所云江南东路朱姓转运使,即朱京。据《宋史》本传,朱京"历太常博士、湖北、京西、江东转运判官,提点淮西刑狱、司封员外郎。元符初,迁国子司业……固辞不拜。徽宗初立,复命之,逾月而卒"②。此简作于惟清主太平之后,时在哲宗元符二年或三年。

10.《上五祖演和尚》。释法演。3通。(360—363页)

五祖法演(?—1104),绵州巴西(今四川绵阳)人,俗姓邓。白云守端法嗣,初住四面,迁白云,晚住太平,移黄梅县东山五祖道场,事具《补禅林僧宝传》。③ 第一简云"伏惟东山堂头和尚,尊候万福",知法演时住五祖道场。据前文,法演于元符二年移住东山,则此简作于元符二年或三年。第二简感谢法演赠送白云守端《语录》,自言"熙宁间尝披阅","二十年中每怀想之"。自熙宁元年(1068)下推20余年,正是元符年间。

11.《示卓禅人》。释守卓。12通。(第363—380页)

长灵守卓(1065—1123),俗姓庄,泉南(今福建泉州)人。嗣法惟清。面目严冷,诸方称曰卓铁面。尝住太平长灵室,丛林因以长灵称之。惟清第

---

① 张淏:《宝庆会稽续志》卷二,《宋元方志丛刊》第7册,第7107页。
② 脱脱等:《宋史》卷三二二,第10453页。
③ 释庆老:《补禅林僧宝传·五祖演禅师》,《卍续藏经》第137册,第565—566页。

一、二简均呼之为"卓首座"。按《长灵守卓禅师语录》卷末附其门人介谌所撰《行状》载:"灵源迁住黄龙,师随侍十载,一日辞去。……既而复造太平,佛鉴懃禅师请居第一座。师以懃为知己,不固辞。"①"第一座",即"首座"。据考证,惟清迁黄龙在元符三年(1100),守卓随侍十载,辞去,当在大观三年(1109)。惠洪《石门文字禅》卷八有《送贤上人往太平兼简卓首座》诗,其中"卓首座"亦系此僧。② 第五通,惟清呼守卓为"甘露卓长老",对其受邀住持寺庙经过甚感欣慰,知作于守卓主舒州甘露寺期间。末署"庚寅十月望日",时为大观四年(1110)。据《守卓行状》,守卓初到太平任首座,"众皆疑骇。及闻说示,罔不钦服。太守孙公(杰)闻其名,偶以甘露阙人,请师主之"。益证守卓辞别惟清在大观三年(1109)、住持甘露在四年(1110)。故惟清致守卓书简之第五通作于大观四年十月十五日,第一到第四通作于大观三年到次年十月前。

第六至十二通亦可与《守卓行状》比对。《行状》载,孙杰邀请守卓前往住持甘露寺,佛鉴懃与众僧"咸以荒村破院,欲其无行"。守卓决意赴任,"腰包而往"。"衲子归之,各以巾囊长余,增修堂室。舒民素号难化,至是亦翕然信向,乐于不斁,竟化草莱为宝坊也"。随后记录惟清与守卓书简往来事:

> 开堂后,灵源睹书,则曰:"吾之责可付,而积翠之风可追矣。"遂以拂子表法信,示偈曰……又曰:"世称承绍者,多名存而实亡。予于此时,法尔不能忘,有望于汝,汝亦能不法尔所虑哉。"又曰:"执善应之枢,处会通之要。理须遵古,事贵适时。委靡结他缘,孤标全己任。是必自勉,不待吾言也。"次迁庐之资福、京之天宁,皆法席久废处,未几则向合如甘露。……尝谓众曰:"灵源嘱予:'当易众人之所难,缓时流之所急。'予终身佩之不敢忘。"

所记守卓广大甘露、弘扬佛法、备极艰辛诸事,惟清复函中皆见述及。所录惟清诸语,亦多存简中。"世称承绍者"数句,见第十简:"世称承绍者,多名存而实亡。予丁此时,法尔不能忘,而望于汝矣,汝亦能不法尔虑予之所虑

---

① 介谌:《行状》,《卍续藏经》第102册,第334页。
② 周裕锴:《宋僧惠洪行履著述编年总案》,第138—139页。

哉。勉旃，勉旃。""吾之责可付""当易众人之所难"数句，见第十一简："但弥坚操履，易众人所难，而缓时流之急，以孜孜建业，则积翠祖风行可追矣。勉旃。""积翠祖风"，指惟清老师慧南之宗风。第六简言"积翠师翁"，亦指慧南。慧南尝于新昌黄檗山溪上方结庵名"积翠"。

12.《示逢禅人》。释德逢。2通。（第380—383页）

通照德逢（1073—1130），洪州靖安人，俗姓胡，又称黄龙德逢，惟清法嗣。宣和六年（1124），诏移东都报恩寺，赐号通照。生平具祖琇《僧宝正续传》卷三《黄龙逢禅师》。《全宋诗》无其人，《宋代禅僧诗辑考》辑得颂古6首。惟清第一简呼"逢长老"，"昨领书，知寓止得所"。知是在德逢初主云岩时。据德逢本传，其首次长寺院乃在云岩："政和初，出世云岩，唱灵源之道，宗风盛行。六年，有旨移余杭中天竺，以疾固辞。宣和初，江西帅徐任道请居天宁。"① 又，李之仪《重修云岩寿宁禅院记》谓李孝遵知洪州分宁县，命蜀僧天游重修云岩寿宁禅院，政和二年（1112）夏工成，"因众所愿，请今长老德逢以承所付"②。可见惟清此简作于政和二年。

13.《示德禅人》。释元德。1通。（第383—387页）

钦山元德，嗣法惟清。据灯录，惟清的禅门法嗣共18人，中有"钦山元德禅师"。③ 钦山寺位于澧州（今湖南澧县），惟清在简中称之为"长老"，知作于元德住持钦山寺时。

14.《觉范》。释惠洪。4通。（第387—392页）

清凉惠洪（1071—1128），筠州新昌（今江西宜丰）人，俗姓彭，名乘，或姓喻。"惠"亦作"慧"。一名德洪，字觉范，时称洪觉范，亦以之自称。自号冷斋、明白庵、明白老、老俨、俨师、寂音、甘露灭、筠溪，又号石门精舍，简称石门。赐号宝觉圆明。生平经历及与惟清之交游详见前引周裕锴《宋僧惠洪行履著述编年总案》。

15.《智海慧老》。释思慧。2通。（第392—395页）

雪峰思慧（1071—1145），"思慧"又称"思睿"，学者疑其本名思睿，进

---

① 祖琇：《僧宝正续传》卷三，《卍续藏经》第137册，第594页。
② 李之仪：《姑溪居士前集》卷三六，《文渊阁四库全书》本，第566页。
③ 释居顶：《续传灯录》卷二三，《大正藏》第51册，第621页。

京后改名思慧，或因"睿"字为天子专用，故避之。① 字廓然，赐号妙湛，钱塘人，俗姓俞，法云善本法嗣。尝住持径山、净慈，诏居京师大相国寺智海禅院，移补黄檗、雪峰。《全宋诗》录诗12首，《宋代禅僧诗辑考》辑诗2首。生平具惠洪《石门文字禅》卷二三《临平妙湛慧禅师语录序》、正受《嘉泰普灯录》卷八《福州雪峰妙湛思慧禅师》②。惟清首简呼"智海堂头禅师慧公"，又云"今闻演法都城，通真达俗，得四众之欢心"，知作于思慧主东京智海寺时。

16. 《宝峰祥老》。释景祥。2通。（第396—398页）

泐潭景祥（1062—1132），真如慕喆法嗣，住持洪州泐潭宝峰寺。传见《嘉泰普灯录》卷八《隆兴府泐潭景祥禅师》、《五灯会元》卷一二。《全宋诗》录其诗2首，《宋代禅僧诗辑考》辑诗10首。

17. 《与死心和尚》。释悟新。5通。（第398—403页）

黄龙悟新（1044—1115），韶州曲江人，俗姓王，号死心叟，黄龙晦堂祖心禅师法嗣，出住云岩、翠岩，政和初迁黄龙。与黄庭坚、惟清有深交。惠洪《石门文字禅》卷一九《死心禅师舍利赞序》曰："余不识禅师，灵源以为法门畏友，山谷以为禅林奇秀。"事具《补禅林僧宝传》。《全宋诗》录诗1首。《宋代禅僧诗辑考》续辑37首，中有《送灵源》《和灵源瞌睡歌》《寄灵源》3首。

18. 《端禅人》。释应端。2通。（第403—405页）

法轮应端，惟清法嗣。据前引《僧宝正续传》卷三本传，死心禅师主云岩寺，灵源遣二三弟子前往佐之，应端为侍者。此第一简云："端禅人乍舍恬寂，入彼尘劳，应不易为趣。即日作止四事，能随缘安适否？"佛教四事乃衣服、饮食、汤药、卧具，知彼时应端为死心侍者。死心主云岩在绍圣年间，故此简亦当作于此时。第二简作于应端父亲去世后。

又《端禅人》2通，见第439—444页，亦系致法轮应端。首简称"端首座，闻为云岩作前导"。次简请对方"逢长老且为致意"，复言"今汝俦既悟

---

① 周裕锴：《宋僧惠洪行履著述编年总案》，第48—49页。
② 正受：《嘉泰普灯录》卷八《福州雪峰妙湛思慧禅师》，《卍续藏经》第137册，第142—144页。

道之源，又晓修行之理，其成就特要勉耳"，知德逢主云岩时，此前任死心禅师侍者的应端升任首座。

19.《与灵竹长老》。释德宗。1通。（第405—406页）

灵竹长老，盖系鄂州（今湖北武汉市武昌）灵竹德宗禅师，嗣法南岳法轮齐添。① 法轮齐添乃黄龙慧南法孙（黄龙慧南—泐潭洪英—法轮齐添），与惟清同辈，则灵竹系惟清法侄。

20.《安侍者》。释某安。2通。（第406—408页）

安侍者，生平不详。惟清在2通信中反复提及"东山古风"，再三叮嘱安侍要久留彼处，助力共建，使佛法再还淳厚。此"东山"当指法演。据前述，元符二年（1099），法演移住黄梅东山，惟清继主舒州太平，安侍者本为惟清弟子，由惟清派去助力法演。

21.《空室道人》。释惟久。1通。（第408—410页）

空室道人智通（？—1124），宣城人，范珣之女，苏颂孙苏悌之妻，因从夫守分宁，遂参死心禅师于云岩，灵源禅师以空室道人号之。后于姑苏西竺寺削发为尼，法名惟久，嗣法死心悟新。②《全宋诗》录诗3首，《宋代禅僧诗辑考》辑诗2首。

22.《答佛眼》。释清远。5通。（第410—417页）

龙门清远（1067—1120），号佛眼，俗姓李，临邛（今四川邛崃）人，与佛果（圆悟）克勤、佛鉴（太平）慧勤同为法演高弟，世称"三佛"。事具李弥逊《筠溪集》卷二四《和州褒山佛眼禅师塔铭》、普济《五灯会元》卷一九。《古尊宿语录》收其语录多达8卷（卷二七至三四），是该集所选禅师语录之篇幅最多者。《全宋诗》录其诗3卷，《宋代禅僧诗辑考》补得2首，《全宋文》收其文2篇。

23.《与佛鉴》。释慧勤。5通。（第417—423页）

太平慧勤（1059—1117），舒州怀宁人，俗姓汪。五祖法演法嗣，与圆悟

---

① 释惟白：《建中靖国续灯录·目录》卷下，《卍续藏经》第136册，第30页。
② 正受：《嘉泰普灯录》卷一〇《空室道人智通》，《卍续藏经》第137册，第165—166页。

克勤并称"东山高弟两勤"。① 住持舒州太平寺，政和二年诏住东京智海院，赐号佛鉴。事具《僧宝正续传》卷二。慧勤之"勤"，或作"懃"。

24.《古禅人》。释慧古。3 通。（第 423—428 页）

真乘慧古（？—1136），号灵峰，俗姓项，舒州宿松（今属安徽）人，嗣法惟清，事迹具《嘉泰普灯录》卷一〇《舒州真乘灵峰慧古禅师》，参见前《答虞察院》考释。《全宋诗》录诗 1 首，《宋代禅僧诗辑考》辑诗 6 首。

25.《才禅人》。释本才。1 通。（第 428—430 页）

上封本才（？—1150），福建长溪人，号佛心，惟清法嗣。生平见《五灯会元》卷一八。惠洪《石门文字禅》卷二六有《题才上人所藏昭默帖》，才上人即此僧。《全宋诗》录诗 20 首，《宋代禅僧诗辑考》补得 50 首。

26.《觉禅人》。释宗觉。3 通。（第 430—434 页）

天宁宗觉禅师，《续传灯录》卷二三列为惟清法嗣。惟清信中称之为"宗觉禅者"。

27.《秀禅人》。释若秀。1 通。（第 434 页）

广化若秀禅师，《续传灯录》卷二三列为惟清法嗣。

28.《然禅人》。释了然。3 通。（第 434—438 页）

惟清第一简呼对方为"福唐连江然禅者"，第三简又称"了然禅者"，知对方名释了然。通读三简，知了然先参龟山晓津，晓津寂后转请参惟清，逢惟清病愈，"掩室谢绝应缘"，惟清乃指示了然去往他处。了然来信，谓师兄渐觉名所居庵曰借庵，请惟清作颂。惟清颂云："了本元无物，随缘用不亏。百年资善贷，一念洞灵知。假有云兴处，真空海湛时。庵人标此旨，游客贵旋思。"此为惟清佚诗。

29.《答高居山主》。高居寺住持。1 通。（第 438—439 页）

高居山主，高居寺的住持。据前引惠洪《昭默禅师序》《黄龙佛寿清禅师传》，惟清少时于本县高居寺出家，师事戒律师，17 岁为大僧，受具足戒，往依延恩院耆宿法安，愿留学法。黄庭坚对惟清的高居经历时常提及。其《赠

---

① 惠洪：《蜀道人明禅过余甚勤，久而出东山高弟两勤送行语句，戏作此，塞其见即之意》，《石门文字禅》卷一二。

郑交》诗云："高居大士是龙象，草堂丈人非熊罴。……开径老禅来煮茗，还寻密竹径中归。"任渊注云，高居大士是惟清，草堂丈人指郑交。又云：山谷于《欧阳元老帖》云："清师归所受业院武宁之高居，想甚得所也。"题下又注："山谷有《招清公诗》跋云：老禅，延恩长老法安师，怀道遁世，清公少时，盖依之数年。"① 传世黄庭坚所谓《惟清道人帖》，实为致郑交函，其中亦言及惟清："或问清欲于旧山高居筑庵独住，不知果然否？"② 凡此皆可补惟清早年经历及交游（更多材料详见下文）。

30.《权书记》。释善权。2 通。（第 444—446 页）

释善权，字巽中，号真隐，洪州靖安（今属江西）人，俗姓高。因相貌清癯，人称瘦权。为南岳下十四世、黄龙慧南三传弟子，于惟清为法侄，以诗鸣，入《江西宗派图》。法系：黄龙慧南—东林常总—宝峰应乾—真隐善权。③ 惟清此简称对方所住之"彼山"古多道人高士，又拈出庐山慧远之文集，以见昔日庐山丛林之盛况，而善权常住庐山，时地人名若合符契。《全宋诗》录"权巽"诗 2 首，作者实即善权，"权巽"乃"权巽中"之讹。④《全宋诗订补》补 2 首，《宋代禅僧诗辑考》续辑 10 首。

31.《与兴长老》。释智兴。1 通。（第 446—448 页）

此兴长老与黄庭坚交游之兴上座、兴上人、释智兴当为同一人，太和（今江西泰和）僧。今胪列黄庭坚提及兴禅师之文字如下：

《跋亡弟嗣公列子册》："智兴上人喜异闻，故以遗之。"⑤

《跋招清公诗》："草堂，郑交处士隐处也。……老禅延恩长老法安师怀道遁世……清公少时盖依之数年……舟中晴暖，闲弄笔墨，为太和释智兴书。"⑥

《与死心道人书》："兴、佺在彼否？此两道人却需要打剥净，未审如

---

① 《山谷诗集注目录·赠郑交》题下注、《山谷诗集注》卷一《赠郑交》，任渊等注，刘尚荣校点：《黄庭坚诗集注》第 1 册，北京：中华书局，2003 年，第 5、69、70 页。
② 故宫博物院编：《故宫博物院藏品大系·书法编》第 2 册，北京：故宫出版社，2012 年，第 174 页。
③ 周裕锴：《宋僧惠洪行履著述编年总案》，第 72、194、212 页。
④ 关于唐宋僧徒的法名字号称呼义例，详见周裕锴：《宋僧惠洪行履著述编年总案》附录六《略谈唐宋僧人的法名与表字》，第 441—445 页。
⑤ 黄庭坚著，刘琳等校点：《黄庭坚全集》第 2 册，第 652 页。
⑥ 黄庭坚著，刘琳等校点：《黄庭坚全集》第 2 册，第 664 页。

何？清公到高居，计无不安稳，亦颇为衲子追逐邪？然已是名满天下，恐终不得闲耳。"①

《答王观复》其三："来日或瞿户部不见访，即同兴上座奉谒。"②

其五："见兴公"。③

《答中玉金部简》其二："兴上座本亦同入城，当乞饭承天耳。"④

《跋荆州为兴上人书赠郑郊（交）诗》："癸亥岁，予解官太和，过武宁，闻清上人当来延恩，因谒郑子通问消息，题诗子通之壁。草堂，郑郊处士隐处也。"⑤

排比以上材料，此智兴禅师尝师事死心悟新，与黄庭坚过从甚密，与惟清亦为旧识，三人多有交集。惟清此简教示对方养病之法，径呼对方为"汝"，系对后辈口吻，而智兴论辈分是惟清法侄，正合身份。简中言"计彼居近府城，多医药，必不失调治也"，知兴长老所居在州府近郊，与黄庭坚在荆州时所云"入城"亦相切合。

以上考释了《灵源和尚笔语》一书所载 79 通书简之受主共 31 人，细读书简文本，广涉禅宗文献及士大夫作品，从中可见北宋禅宗之学术化、文字化与世俗化，亦可见儒者交往禅门之密切、浸染佛理之深入。这些书简不仅可以揭示出僧徒之社交网络，对理解禅门、政事、儒林和文苑四者之交互影响亦不无裨益。日本学者曾指出，惟清的书简真迹虽已无从目睹，但自宋以来的中土禅林乃至日本禅林皆有珍视书法墨迹的传统，其精神当源自惟清。⑥ 本文所论亦可作为佐证。

从以上考释尚可总结，考辨人物时，对士林文人，要区别里籍、仕履、官职；于释道方外，要强调法系传承及称呼惯例，庶几作者与文本各安其位。研究的前提是准确理解文本，首先是对"本文"的细读，找出关键信息；其次在作者的其他文本中发现相关信息，是为"互见"；再次在其他作

---

① 黄庭坚著，刘琳等校点：《黄庭坚全集》第 3 册，第 1850 页。
② 黄庭坚著，刘琳等校点：《黄庭坚全集》第 4 册，第 2082 页。
③ 黄庭坚著，刘琳等校点：《黄庭坚全集》第 4 册，第 2083 页。
④ 黄庭坚著，刘琳等校点：《黄庭坚全集》第 4 册，第 2187 页。
⑤ 黄庭坚著，刘琳等校点：《黄庭坚全集》第 4 册，第 2297 页。
⑥ [日] 长谷川昌弘：《靈源惟清と墨跡》，《临济宗妙心寺派教学研究纪要》第 4 号，2006 年 7 月。

者的文本和其他媒介形式的文献文本中发现相关信息,是为"互文"。本文、互见和互文三者交相为用,始能准确定位、确定人物,然后始可言知人论世、阐释发挥。

(附记:承蒙周裕锴、朱刚二教授多方赐教,谨致谢忱!)

《集杜诗》：三重文本张力下的"诗史"建构

复旦大学中文系　侯体健

元至元十七年（1280）二月，文天祥囚禁于大都，狱中因有感于杜甫诗歌"凡吾意所欲言者，子美先为代言之"①，而集杜甫五言，以成二百首绝句《集杜诗》。至元十九年（1282）文天祥殁后，乡人张毅甫（号千载心）将此集与其他遗物带回家乡庐陵，这部古今无两的奇作由此得以流传世间。文天祥在自序中，特别提及："昔人评杜诗为诗史，盖其以咏歌之辞，寓纪载之实，而抑扬褒贬之意，灿然于其中，谓之史可也"，赞誉杜甫以诗纪实的"诗史"精神；接着又说："予所集杜诗，自余颠沛以来，世变人事，概见于此矣，是非有意于为诗者也。后之良史，尚庶几有考焉"，显然把继承发扬杜甫的"诗史"精神，作为这组集句作品的核心价值所在，无怪乎后人径将此集颜曰《文山诗史》②。

《集杜诗》被视为"诗史"，既是对文天祥集句创作的肯定，也是对"诗史"命题的丰富③，因为在此之前，还未出现将带有强烈游戏色彩的集句诗与

---

①　文天祥：《文天祥全集》卷一六《集杜诗·自序》，北京：中国书店，1985年，第397页。本文所引均据此版，随文注。

②　"文山诗史"之称当自明代刘定之（1409—1469）始，其作有《文山诗史序》。清末东吴范祎丽诲堂本《文山别集四种》（宣统二年东雅社铅印本）则称此集为《诗史集杜》，其名亦凸显"诗史"性质。

③　关于"诗史"内涵的探讨，学界成果甚多，如专著即有张晖《中国"诗史"传统》（北京：生活·读书·新知三联书店，2012年），重要论文如孙之梅《明清人对"诗史"观念的检讨》（《文艺研究》2003年第5期）、项念东《"诗史"说再思》（胡晓明主编：《文章、文本与文心——古代文学理论研究》第44辑，上海：华东师范大学出版社，2017年）等，也多有创新。本文所言"诗史"，乃取传统意义上的诗歌记录、反映重大历史事件之意，特别强调文天祥认为"诗史"应有的记载、褒贬两个质素。

反映重大历史事件的"诗史"称呼联系起来的先例,此后,也不再有如此典型的作品。这二百首集杜诗,艺术地反映出以文天祥为代表的宋季士大夫群体的亡国之痛与战乱之苦,是诗艺传统与时事书写的结合体,具有丰富的内涵。学界早已注意到《集杜诗》在集句诗史上的特殊意义,强调它专集一家(杜甫)和专集一体(五言)相结合的特色;而且《集杜诗》善于利用小序记录历史事件,也让其成为宋末史料的重要补充;又由此可追索文天祥对杜甫"诗史"精神的承袭,以及他的诗歌学杜历程。这些认识角度,是当前《集杜诗》研究的主要方面。[①] 不过,如果只注意其中一端,而不留意文本内部形成的特殊张力和彼此勾连的内在关系,则不能揭示此集动人心魄之关键。深入分析此集脉络纹理,我们可以发现,它是将文字游戏与宏大主题、史实叙事与情感抒发、诗歌经典与自我创造三重冲突有机融合为一体,是"一人之史"与"一国之史"的艺术再现,从而构成了充满多种紧张感的历史画卷与文学文本。那么这三重张力是如何体现于文本之中,它们又是怎么相互交织,并且建构起具有"诗史"特征的集句组诗的呢?这是本文试图阐述的问题。

一、"集句"与"诗史":文字游戏如何转向宏大主题

众所周知,集句是我国诗歌史上出现的特殊创作类型,它以一个诗句而非字词作为作品的基本构建单位,由此排列组合以成新作,并获得与诗句原作不一样的审美效果和表意指向。集句诗自西晋开始出现,到了宋代异军突起、蔚成大观,特别是第一流诗人王安石的大量实践(作有集句诗69首),不但让"荆公体"成为集句诗的代称[②],引起了众多作者的写作兴趣,而且也使得宋

---

① 关于《集杜诗》的研究,也有丰富成果,张福清《20世纪以来文天祥〈集杜诗〉研究综述》(《韩山师范学院学报》2014年第5期)已有梳理,可以参考,本文从略。此后像王妍卓《文天祥诗史观与性情观初探——以〈文山诗史〉为例》(《前沿》2015年第2期)等文,也有所讨论。但从文本角度切入探讨此集者,尚不多见。

② 参见刘成国:《"荆公体"别解》,《文学遗产》2006年第4期。

代集句诗达到了前所未有的艺术高度①。诗人们在创作集句时，大多是游戏心态，典籍所录集句诗本事，常有"集句嘲之"的表达；一些诗人在集句诗的标题中，亦多"戏作""戏赠""戏答""戏集"之目。在文学批评家看来，这也只是文字游戏，聊备一格而已。如《宋文鉴》卷二九"杂体"列有集句一体，与药名诗、建除体、藏头诗、回文诗等并置，将其视为文字游戏的立场非常明显。在文天祥之前，诗人们集句之作即使要表达消极的情绪，饱蘸苦闷与幽怨的笔墨，也多带有戏谑的成分，展现的是作者优裕的才学和游刃有余的诗歌技巧，比如王安石的《胡笳十八拍》。这组集句作品感慨蔡文姬的一生遭遇，所述所叹，"如蔡文姬肺腑间流出"②，浑然天成，委曲入情，动人心弦，然该作并没有寄寓王安石太多的现实感慨，只是一类特殊的"代言体"，创作的情感指向自然仍是游戏。他在其中集了自己诗句9次之多，而且所集最晚近的句子是比他小25岁的晁端礼的《浣溪沙》词，就从一个侧面反映出王安石创作《胡笳十八拍》虽然态度认真，但意义指向并不算严肃。宋代创作集句诗最多的是释绍嵩，他的《江浙纪行集句》多达376首，在自序中，他也借人之口，说"谈禅则禅，谈诗则诗，是皆游戏，师何愧乎"③，虽含"感物寓意"之旨，亦必兼"是皆游戏"之趣。

在这样一种戏谑游戏的集句传统下，我们再来审视《集杜诗》，就不得不惊愕于文天祥的创作动机与创作目的。他亲历国家飘摇颠沛，直至崖山一战，流尸漂血，半生奔波，付与海鱼，家国之丧，其痛也可知。如此关系民族存亡的重大历史事件，文天祥在《指南录》《指南后录》《吟啸集》中已经有了大量的书写、感发。他为何再选择集句来表达，又是通过什么机制让集句在文字游戏的轨道上瞬间转向，寓史笔与沉思于其中？严肃的题材与戏谑的形式既融为一体，又形成强烈冲突，这组矛盾如何化解？张力如何呈现？要讨论这些问

---

① 关于宋代集句诗的研究，张明华等近年陆续推出《集句诗嬗变研究》（北京：中国社会科学出版社，2011年）、《集句诗文献研究》（北京：社会科学文献出版社，2012年）、《文化视域中的集句诗研究》（北京：中国社会科学出版社，2014年）等书，对宋代集句诗多有讨论；张福清也有《宋代集句诗校注》（上海：上海古籍出版社，2013年）、《宋代集句诗研究》（北京：中国社会科学出版社，2015年）两书，全面呈现宋代集句诗的成绩，可以参考。

② 严羽著，张健校笺：《沧浪诗话校笺》下册《诗评》，上海：上海古籍出版社，2012年，第636页。

③ 绍嵩：《江浙纪行集句》，陈起编：《江湖小集》卷三，文渊阁四库全书本，第20页。

题，还得先从《集杜诗》自序中所透露的文天祥"诗史"观念入手。

黄宗羲在讨论易代之际的诗歌时说"史亡而后诗作"①，这和孟子的"《诗》亡然后《春秋》作"之说看似相反，实则都强调了诗歌具备记录历史的功用。黄氏认为，板荡之际，朝廷原有史官功能丧失，倘若没有诗人们发挥诗歌的实录精神，重大事件就可能缺席于文献，乃至消逝于历史长河，其所举事例，就包括文天祥《集杜诗》："景炎、祥兴，《宋史》且不为之立本纪，非《指南》、《集杜》，何由知闽、广之兴废？……可不谓之诗史乎？"② 这种看法，与文天祥《集杜诗》自序中所言一脉相承。文天祥说杜诗是"诗史"，而他集杜诗，也是为良史提供材料，"诗史"的质素，在文天祥看来有两点，一是"以咏歌之辞，寓纪载之实"，二是"抑扬褒贬之意，灿然于其中"，简言之，诗歌要成为"诗史"，须具有纪实与褒贬两重功能。这种理念，在《集杜诗》中体现得很充分。

先说纪实。《集杜诗》与《指南录》都有强烈的纪实性质，但是就创作的心态来说，两者的纪实又有区别。《指南录》是即时性的记录，随逃随记，呈现了许多细节与过程，没有经过太多的沉淀与反思，比如《指南录》有《天下赵》一首，小序记云：

> 予至真，苗守再成为予言："近有樵人破一树，树中有生成三字，曰'天下赵'。"亟取木视之，果然。木一丈，二尺围，其字青而深。半树解扬州，半树留真州。三字了然，不可磨也。以此知我朝中兴，天必将全复故疆。真州号迎銮，艺祖发迹于此，非在天之灵所为乎！（第328页）

这段祥瑞的记录，表达的是一个历经磨难的忠臣怀有的美好愿望而已，是在逃亡过程中才可能出现的文字，绝不可能出现在监狱撰成的《集杜诗》之中。这里不仅仅是时间和处境的区别，更是心态与姿态的大异其趣。与《指南录》相较，《集杜诗》的纪实是文天祥"反刍"后的理性表达，是对苦难历程带有宏观性的自觉梳理，记载细节偏少，而大节居多。如《集杜诗》所列"祥兴"8首（第三十二至三十九），几乎是崖山行朝简史，从"祥兴登极"，到张世杰摆长蛇阵对抗，再到行朝覆灭，列述甚明。因为是经过思索后的表达，所以

---

① 黄宗羲著，沈善洪、吴光主编：《黄宗羲全集》第10册《万履安先生诗序》，杭州：浙江古籍出版社，2005年，第49—50页。

② 黄宗羲著，沈善洪、吴光主编：《黄宗羲全集》第10册《万履安先生诗序》，第49—50页。

《集杜诗》的记录就不仅有史料的价值，还带有史评的意味，《祥兴第三十六》就说：

> 初，行朝有船千余艘，内大船极多。张元帅大小船五百，而二百舟失道，久而不至。北人乍登舟，呕晕执弓矢不支持，又水道生疏，舟工进退失据。使虏初至，行朝乘其未集击之，蔑不胜矣。行朝依山作一字阵，帮缚不可复动，于是不可以攻人，而专受攻矣。先是，行朝以游舟数出得小捷，他船皆闽浙水手，其心莫不欲南向，若南船摧锋直前，闽浙水手在北舟中必为变，则有尽歼之理。惜世杰不知合变，专守常法。呜呼，岂非天哉。（第405页）

且不管文天祥的"事后诸葛"是否符合实际，这段叙述与评论，显然是他经历崖山海战之后，痛定思痛的理性思考所得，故而《集杜诗》中的史笔就显得更具有思辨色彩，兼具纪实与褒贬两重性。

再说褒贬。文天祥不但在《集杜诗》的小序中明确抑扬时事，像上文所言对张世杰军事战略的评价，即是其例，而且还巧妙利用集句的功能予以褒贬抒发。比如《襄阳第五》一首，没有小序，也没有在标题中表露情感，但所集四句，态度鲜明：

> 十年杀气盛，百万攻一城。贼臣表逆节，胡骑忽纵横。（第398页）

从诗题中我们可以推断，该诗乃痛指吕文焕，虽为集杜，而能字字落实，技艺不可谓不高超，真是"但觉为吾诗，忘其为子美诗也"（自序）。吕文焕坚守襄阳六年余，"十年杀气盛"最终抵不过蒙古军"百万攻一城"的强力围攻，只得投降蒙古，在文天祥看来已堕入"贼臣"之列；不但如此，吕文焕投降后转而"表逆节"成为攻宋急先锋，蒙古大兵势如破竹。这里的褒贬之意，完全依赖杜甫的诗句来完成，比用标题、小序来表达，更能彰显集句内在的杜甫"诗史"精神。

文天祥的"诗史"观，是他后期诗歌创作的重要指导思想。史之观念，在狱中的文天祥脑海里，已经占据了核心地位，其所著《系年录》就是典型表现。而其诗作，无论《指南录》《吟啸集》还是《集杜诗》，也都是在这样的观念下创作出来的。故而，与前两者相比，《集杜诗》的"诗史"内涵特殊之处，恐怕还不在纪实与褒贬，而在独特的形式。

据统计，杜诗现存约1450首，其中各类五言诗共约1050首，《集杜诗》

采源 380 余首，占杜诗总数的三分之一强，而采集率前五名依次是《八哀诗》（45 次）、《北征》（20 次）、《遣兴五首》（18 次）、《自京赴奉先县咏怀五百字》（13 次）、《后出塞五首》（13 次）。这些作品都是意兴浑茫、朴拙有力的五言古诗，集中表现出"沉郁顿挫"的杜诗格调，在内容上也颇具"诗史"意蕴。考虑到《八哀诗》《遣兴五首》和《后出塞五首》都是组诗，文天祥所集非出于一首而已，若仅以首为单位计，那么高居榜首的当数《北征》。这篇作品是杜诗中融叙述与议论为一体的杰构，或称其"书一代之事，以与《国风》、《雅》、《颂》相为表里"①，或誉之"如太史公纪传"②，或言"似骚似史，似记似碑"③，都突出了该诗具有史传意味的叙事性，是杜甫"诗史"作品的代表。可见，文天祥采诗而集中于此，并不是偶然现象，而在于《集杜诗》的旨趣与杜诗某些诗篇内在精神的契合。前文已及，集句诗的基本构建单位，就是句子。诗句本已具有的字面意义与美学风格，在很大程度上制约与影响着集句作者的表达意图和集句作品的文本呈现。集句作者必须主题先行，并设置相应的美学标准，才能在海量的备选诗歌中找到合适风格与合适意义的句子；选取的句子又必定对作者预设的主题，产生一定的反作用。也就是说，要表达的主题与选取的句子之间，是互相作用的双向关系。杜甫诗歌风格多样，即以五言诗而论，也绝非单一的朴拙简质、沉郁矫健，还有清新明快、绮丽精工，乃至俚俗浅切诸格。可以假设，文天祥选取的若是杜甫诗中偏于绮靡流丽风格的句子，它所呈现出来的总体风格将会如何，能否与要表达的主题和谐一体？答案是明显的。试看王质的一首集杜五律：

  田舍清江曲，柴扉扫径开。野花千更落，水鸟去仍回。

  眇眇春风见，冥冥细雨来。幽栖身懒动，坐稳兴悠哉。④

诗题《集杜子美句赋所居》，与《集杜诗》相较，虽同是五言，但因主题不同，所重在于自然之景与悠然之态，故而作者选取的杜诗诗句偏向清丽一格，

---

① 胡仔纂集，廖德明校点：《苕溪渔隐丛话·前集》卷一二《杜少陵（七）》，北京：人民文学出版社，1962 年，第 78 页。

② 叶梦得撰，逯铭昕校注：《石林诗话校注》卷上，北京：人民文学出版社，2011 年，第 47 页。

③ 黄周星评选：《唐诗快》卷二，清康熙年间刊本。

④ 王质：《集杜子美句赋所居二首》，北京大学古文献研究所编：《全宋诗》第 46 册，北京：北京大学出版社，1998 年，第 28828 页。

整体所呈现的美学意蕴自然与《集杜诗》所要呈现的亡国之痛相迥。从这一点来说，文天祥所采杜诗"母文本"的整体风格与价值旨趣，是《集杜诗》由文字游戏最终转向宏大主题的先决条件。

除了作为最小结构单元的诗句，《集杜诗》的组织构架也为其整体呈现重大历史事件做好了铺垫。刘定之述此集结构："首述其国，次述其身，次述其友，次述其家，而终以写本心叹世道。"① 全书始于社稷宗庙，止于思怀家乡，其中又以国家与自身的事、行、人、情四类相杂，彼此关联而互有分工，秩序井然，有条不紊，可谓不能擅移一首。我们完全有理由相信，文天祥作此集必定是先有整体框架、后有主题设定，才开始集杜诗以明志、以记史的，他的创作应该不是遵循情感，而是遵循理性的结果。有了理智的总体框架设定，他对这段史实的梳理才得以借集句而完整呈现。我们可以将《集杜诗》所列《出使第五十六》至《行府之败第七十四》十九首诗的内容，与《指南录》相对照。二者叙述起止时间基本一致，事件大体也相呼应，但《指南录》收诗非常丰富，是原生态的纪行之作，记录的是作为诗人的文天祥在战乱中的所思、所感、所遇，是大变局背景下的诗人历险记；而《集杜诗》这十九首诗则更多地呈现出宏大历史背景下，个人与国家的关系，隐藏的是细节，凸显的是作为战士的文天祥追随流亡政府的斗争历程，是个人眼中的历史大变局。《指南录》是个人经历之片段，《集杜诗》因为有了理性的结构安排，便是首尾完具的南宋王朝覆灭史了。这种纲目了然而叙事密集的组诗结构，将本来纤巧的集句艺术引向了广阔而悲壮的历史图景。

可以说，正是文天祥"诗史"观念的强力灌注、"母文本"来源的价值旨趣以及组诗的整体性结构，让《集杜诗》的游戏色彩淡化，而被浓厚的历史精神与深沉情感所笼罩，具备了为严肃的宏大主题服务的条件。当然，这些条件还依赖一个更关键、更核心的因素，才能最终完成集句的"诗史"转向——那就是以每篇集句前的小序为主体的"副文本"。

---

① 刘定之：《文山诗史序》，《明文在》卷四八，上海：商务印书馆，1936年，第400页。

二、谁是"副文本":抒情与叙事冲突下的《集杜诗》

所谓"副文本"①,简单来说即是指围绕在文本周边的依附性文本,它蕴藏着许多正文本没有的信息,这些信息为读者理解文本提供了阐释路径和意义指向。在《集杜诗》中,一般所言的副文本包括四个部分:自序(也可称书前"大序")、标题、小序、注文。正是因为这些副文本的存在,让我们能够充分理解文天祥的《集杜诗》意义所在。试想,倘若没有文天祥在自序中阐述他的集杜动机、交代创作环境,没有标题指明每一首集句的主题,也没有小序说明每一首的历史背景或人物履历,那么《集杜诗》就将沦为一堆纯粹展示文天祥集句艺术技巧的封闭文本,其中的历史意蕴、士人精神乃至意义指向都将是空洞苍白的。毫不夸张地说,《集杜诗》的精神价值完全依赖副文本而有,文字游戏向"诗史"的转变,副文本是最关键的因素。文天祥在《集杜诗》之后,又曾集杜以成《胡笳曲》,我们只要将二者略加比较,即可见出副文本的"魔力"。

同在元至元十七年(1280),琴师汪元量于中秋日探望狱中的文天祥,援琴奏《胡笳十八拍》,并索胡笳诗,两个月后,文天祥集杜甫句成《胡笳曲》十八首。这组作品在集句艺术上毫不逊色于《集杜诗》,甚至从某些具体作品来看,其巧妙浑融之处还在《集杜诗》之上,但它绝无"诗史"之名实。和《集杜诗》一样,《胡笳曲》也是以组诗形式专集杜甫诗句而成,共集 160 句,以七言为主(148 句),五言为辅(12 句),单首的篇幅多则 14 句,少则 8 句,亦可谓集句之鸿篇。与冠名蔡文姬的《胡笳十八拍》原作不同,也和王安石集句《胡笳十八拍》相异,即文天祥此作看似写蔡文姬,实则仅仅

---

① 这一概念由法国结构主义批评家热拉尔·热奈特(Gérard Genette)提出,在氏著《隐迹稿本》中,热奈特提出了五种跨文本关系,其中之一即"副文本",认为:"副文本如标题、副标题、互联型标题;前言、跋、告读者、前边的话等;插图;请予刊登类插页、磁带、护封以及其他许多附属标志,包括作者亲笔留下的或是他人留下的标志,它们为文本提供了一种(变化的)氛围,有时甚至提供了一种官方或半官方的评论。"([法]热拉尔·热奈特著,史忠义译:《热奈特论文选》,开封:河南大学出版社,2009 年,第 58 页)

是借蔡、杜的躯壳,抒发自己的怀抱,全诗从口吻到情感和蔡文姬、杜甫都是若即若离的关系,并不那么密切。《颐山诗话》就指出:"文文山亦有《十八拍》集句,意不逮荆公,其体制声气,俱非文姬口中语。"①《胡笳曲》组诗也很讲究结构,大体而言一至六拍写遭乱被掳,七至十一拍写异域怀乡,十二至十七拍写思子之情,第十八拍总结全诗。脉络与蔡文姬原作基本一致,与文天祥自己的身份处境也颇相合。但是倘若深究一下,诗歌的指向性就显得不太明了,比如第四拍:

> 黄河北岸海西军,翻身向天仰射云。胡马长鸣不知数,衣冠南渡多崩奔。山木惨惨天欲雨,前有毒蛇后猛虎。欲问长安无使来,终日戚戚忍羁旅。(第370页)

《胡笳曲》的篇幅都较《集杜诗》长,四联八句的七言诗,信息容量比五绝扩大了好几倍,此诗最后一句透露了主旨,乃是伤羁旅。由此再回看全诗,第一联是泛写蒙古军队,第二联是写蒙军攻宋,第三联似是写自己逃亡,第四联写囚禁异邦。这种解读总体自然不错,可是,若问文天祥经历战事无数,这首诗中究竟是指哪一次"胡马长鸣",恐怕就无法坐实了。因为文天祥没有任何其他信息透露此诗所指,有叙述意义的副文本(小序)是缺席的,我们仅凭所集杜诗,根本无法推断其具体指向,只能笼统言之。然在《集杜诗》中,同样的情形,所指却是非常确切的。《镇江之战第十八》云:

> 海潮舶千艘,肉食三十万。江平不肯流,到今有遗恨。(第401页)

如果仅看文本,我们只能推测这是一次水战(有"舶"之意象),失败方败得很惨烈(所谓"肉食三十万"),作者的立场是在失败一方的(所谓"遗恨")。但小标题已指明,这是写"镇江之战",标题指引了集句诗的意义方向。若仅有标题,或许我们通过其他史料记载,也能够推测解读这首集句。不过,更清楚的是,此诗有小序:

> 张世杰率舟师趋金山,约殿帅张彦自常州陆出京口,扬州兵出瓜洲,三路交进,同日用事。既而扬州失期,先出取败;常州竟不出。世杰多海舟,无风不能动。江水平,虏以水哨马,往来如飞,遂以溃败。呜呼!岂

---

① 安磐:《颐山诗话》,周维德集校:《全明诗话》第1册,济南:齐鲁书社,2005年,第811页。

《集杜诗》：三重文本张力下的"诗史"建构

非天哉。（第401页）

由此序再结合标题，我们不但知晓了诗歌所指是镇江之战，还了解了此役具体经过。特别对"江平不肯流，到今有遗恨"有了更深切的认识，原来"江平不肯流"一句并非泛泛集来，而是真正反映出当时"世杰多海舟，无风不能动"的现实情况。有此小序，事件的经过得以清晰呈现，文天祥的"遗恨"，也更能引起读者的共鸣了。因小序而明了全诗意蕴所在的情况，在《集杜诗》中俯仰皆是，成为此集不同于其他集句组诗的最大特点。

以上的对比充分说明，小序在《集杜诗》的整体意义构建中，占据了核心的位置；没有小序的《集杜诗》，充其量是另一风貌的《胡笳曲》而已，虽情感指向明确，但事实指向暧昧，更不可能完成"集句"向"诗史"的转变。不过，我们也应当指出两百首《集杜诗》中，配有小序仅有105首，所占比例一半多一点点，尚有95首作品是无小序的。然而分析这95首无序之作，会发现它们带有一定的共性，除了少部分是同一主题承前省略外（如《南海第七十五》有长序，《南海第七十六》即承前省略了），绝大多数（不是所有）无序之作是纯感叹性质的作品，比如《第一百五十九》"人生无家别，亲故伤老丑。剪纸招我魂，何时一樽酒"，全诗都是感慨之言，无本事可叙，连标题也只是统摄于第一百五十六下的"思故乡"主题下。这也就能够解释，为什么无序之作多集中在《集杜诗》的后两部分，因为后两部分是文天祥怀恋家乡、感叹世道之作，集中抒发的就是内心感受，并不指向具体事件。质言之，无序的作品基本都是停留在较为单纯的抒情层面的作品。这样，一个核心问题也就浮现出来，那就是集句文本内在地倾向于抒情，其功能也是长于抒情。也就是说，我们如果把所有的序文全部拿掉，《集杜诗》就只是一部感叹集而已，叙事因素变得可以忽略不计，抒情因素占据了绝对中心的位置。正是因为集句是倾向于抒情的，所以作为副文本的小序才承担起叙事的功能。如果文本本身就是叙述性较强的作品，现实指向明确，能融纪事、议论、抒情为一体，那么副文本的意义就要大打折扣了。比如杜甫的《北征》，即使它取名"无题"，也丝毫不影响我们通过此作去理解杜甫的想法以及它反映的那个时代。所以，当我们充分肯定《集杜诗》序言、标题的重大作用的同时，其实也就从一个反面说明了无法准确叙事是集句诗天然的缺陷所在。

如果承认以上推论，那么，转换视角，回到文天祥自序所言"后之良史，庶几有考"的目的，单纯从"史"的角度来看，作为"副文本"的小序才是文天祥真正要传递的内容。换言之，从抒情或艺术的角度看，《集杜诗》自然是以集句诗为中心文本；但从历史记录的角度看，我们不得不将小序看作此集的中心文本，集句诗由此也就从中心走向了边缘，变成了点缀。中心与边缘因为视角的不同，而互换位置，谁是谁的"副文本"，边界变得模糊起来。甚至可以说，一种新型的跨文本关系，在《集杜诗》中有趣地表现出来。叙事与抒情的紧张感，也就成为我们理解《集杜诗》文本张力的重要维度。

我们不妨试看一例。《南海第七十五》完整的小序与诗：

> 予被执后，即服脑子约二两，昏眩久之，竟不能死。及至张元帅所，众胁之跪拜，誓死不屈。张遂以客礼见，寻置海船中，守护甚谨。至厓山，令作书招张世杰，手写诗一首复命，末句云："人生自古谁无死，留取声名照汗青。"张不强而止。厓山之败，亲所目击，痛苦酷罚，无以胜堪。时日夕谋蹈海，而防闲不可出矣。失此一死，困苦至于今日，可胜恨哉。
>
> 开帆驾洪涛，血战乾坤赤。风雨闻号呼，流涕洒丹极。（第415—416页）

此诗写文天祥被捕后的遭遇，是其一生中最为关键的时刻。序言详细铺叙了自己被捕后的反应，以及被张世杰带上船，亲历崖山海战、目睹行朝覆灭的感想，并特别提到了他那首著名的《过零丁洋》中的句子。"后之良史，庶几有考"，所能考者，自然在此序提供的具体历史信息；而在读者，此序较之《指南录》所叙同一经历，尽管少了一些惊心动魄的情节，但仍是我们真切贴近文天祥的历史遭遇与内心感受的重要文本。阅读此序此诗，序才是获得史实、感受心灵的主要（甚至可以说是唯一）载体，而集句之诗，虽然妙巧无痕，从"血战乾坤赤"的战事写到"流涕洒丹极"的情感，更多也只是提升了表达的艺术性，唤起了读者对文天祥遭遇更强烈的同情之感而已。从这个意义上说，我们与其将《集杜诗》看作是一部集句诗集，不如将其看作是文天祥的一部诗文合集。小序作为单篇文章的艺术价值与史料价值，在《集杜诗》中都展示出引人注目的独特性和独立性。

《集杜诗》中的小序，描述性语言偏少，概述性语言较多，与《指南录》的小序比较，生动性固然缺乏，但叙述的节奏感却很强，明白洗练，言简意深,表现出史传文字特有的节制、冷静的美学特质。比如从《去镇江第五十八》到《自淮归浙东第六十一》的四篇小序,所叙述的内容连缀起来就是《指南录》卷三、卷四两卷近130首诗歌所记录的历程。在《指南录》中,文天祥的历险与磨难,展现得生动翔实而真切可感,荡气回肠的场景如在目前,情感非常强烈,特别是"定计难"到"入城难"一段,真可谓波澜起伏而九死一生。然在《集杜诗》中的小序中,此段所叙不过寥寥数笔,我们能够明显体味到文天祥在小序中表达的克制感,字字血泪的沉重被有意地安排在短小的篇幅中,所谓"余时日夜在死亡中,惊惴危惧,饥饿无聊。人生逆境有如此者,哀哉"(《行淮东第六十》小序,第411页)。事后的抒写比起事中细大不捐、感慨万端的记录,更蕴含着一股一字褒贬的历史精神和书写力量。

　　《集杜诗》的小序有不少堪称是"简而有法"的史传,除了记叙历史事件,还为专人立传43篇,近似正史中的纪传体,姓名确凿者36位(亲人除外),后人就从中读出了文天祥特有的史笔。① 如明人钟越曾评点《集杜诗》,其中评《赵太监时赏第一百一十九》小序就颇有意味。据《宋史》文天祥本传记载赵时赏曾冒充文天祥,以吸引蒙军,掩护文天祥逃脱,云:"至空坑,军士皆溃,天祥妻妾子女皆见执。时赏坐肩舆,后兵问谓谁,时赏曰'我姓文',众以为天祥,禽之而归,天祥以此得逸去。"② 叙述生动,如是亲见。而在《集杜诗》中也有《赵太监时赏第一百一十九》小序,则记其人云:

　　　　直宝章阁军器太监、督府参议官、江西招讨副使赵时赏,宗室,有志气。首宰旌德,以一县抗虏,数有功。京师陷,入闽。行朝擢知邵武军,以弃城罪去。自余开督,随府典兵,数将偏师,以当一面。神采明隽,议论慷慨。空坑之败,走之吴溪,寻被执,于隆兴遇害。哀哉!
　　(第424页)

文天祥此段小序只字不提赵时赏掩护自己逃脱一事,以至钟越怀疑《宋史》之谬,评曰:"空坑之败,时赏走吴溪被执耳,可见史传之谬。若公以时赏故

---

① 今人也已经注意到此点,如焦斌、崔思鹏《文天祥〈集杜诗〉对〈宋史〉的补阙——从"人物列传"的角度探析》(《哈尔滨师范大学社会科学学报》2014年第6期)一文就完全从史料角度来看《集杜诗》的价值。
② 脱脱等:《宋史·文天祥传》,北京:中华书局,1977年,第12537—12538页。

得脱,此必叙出。"① 在钟越看来,文天祥在《集杜诗》中的史笔,是有《春秋》般之意味的,其序不及掩护一事,《宋史》所言便很可疑,《集杜诗》的真实性远胜于《宋史》。我们检视钟越批点《集杜诗》,其评语约 60 则,除了《祥兴第三十八》"借他人口,写自己兄,天成妙句"、《张制置珏第十五》"先生有心,子美言之;先生重义,子美道之"、《自淮归浙东第六十一》"颠离惨苦,子美先为写出"等少数几则是感慨文天祥集句之妙外,绝大多数都是批点评论小序所记史实。如此而言,在钟越这样的读者这里,《集杜诗》的集句艺术并非关心重点,所述史实更能引起他们的兴趣,而这样的读者想必不在少数。

综上可见,许多时候《集杜诗》中叙事小序的吸引力已经胜过抒情的集句,集句成为小序的附庸,似乎只是将序文之事诗意化的路径而已。一般意义上的"副文本"——小序,变成了读者阅读《集杜诗》的中心文本,《集杜诗》也就从倾向于抒情的集句诗集变成了一个记录历史事实的叙事文集。这种奇妙的转化,充分体现出叙事与抒情两大因素在《集杜诗》中的张力。

三、重叠的"互文":杜甫的句子与文天祥的精神重塑

在《集杜诗》的副文本中,还有一个特殊的存在,那就是注文。这些注文准确地标示了每一句诗在杜集中的原标题(长题则缩写)②。从创作的角度看,这种标注自然展示了文天祥内心世界与杜甫诗歌的对应关系。而在读者来说,它一方面是于事实层面指明了集句的来源,另一方面则是不停地在提醒读者《集杜诗》文本与杜诗的高度关联性,集句即使再怎么浑融一体,都会因了注文的明确标示,而不得不让读者清晰认识到它的集句性质,强调着杜甫的永远在场,从而让两种声音在读者耳边交互回响,一个是五百年前的杜甫,一个是眼前的文天祥;特别是熟悉杜诗的读者,更可能在注文密集的提示下,穿

---

① 钟越评点、[日]内村笃棐校:《文天祥集杜诗》,日本明治五年刊本。
② 从现有的文献传承来看,我们没有证据表明这些注文乃后人所加,故应看作是文天祥的手笔。

梭于两个不同的历史时空，感受到两种力量的激荡。正因为如此，我们便不得不指出《集杜诗》中另一个文本张力，即所集之句与杜甫原诗的复杂关系，以及这种关系背后所包蕴的杜、文两人在精神上的呼应。

法国符号学家朱丽亚·克里斯蒂娃（Julia Krinsteva）曾提出"互文性"概念，指出："任何文本的建构都是引言的镶嵌组合；任何文本都是对其他文本的吸收与转化。"① 她的理论被广泛接收并多有发展，法国作家菲力普·索莱尔斯（Philippe Sollers）即阐释说："每一篇文本都联系着若干篇文本，并且对这些文本起着复读、强调、浓缩、转移和深化的作用。"② "互文性"理论如今已被广泛运用在各类文学研究之中，而集句诗的存在简直就是这一理论极为典型而生动的脚注。《集杜诗》与杜甫原诗之间的关系，恰好就是在"镶嵌组合"的基础上，反复、强调，乃至转移、深化的特殊关系，集句文本和源文本的互文性展露无遗。从杜甫的诗句到文天祥的集句，这些句子因为重新拼接镶嵌，从而完成了意义的转移和改变，举其大端而言，可以有三种关系：

第一种是顺承语境，移植旧义。这种关系在《集杜诗》中占据了大多数，文天祥能够准确地剪辑、拼接杜诗相应的句子，以和自己需要表达的意思合为一体，所集诗句在新作中的语境和在原作中的大体相近。如前文所述《襄阳第五》就是很好的例证，而这样的例证在《集杜诗》中可谓触目皆是、不胜枚举。比如《怀旧第一百六》"访旧半为鬼"、《二女第一百四十四》"床前两小女，各在天一涯"、《弟第一百五十一》"兄弟分离苦"、《第一百七十》"天长眺东南"、《第一百八十四》"读书破万卷，许身一何愚"等等，都能准确达意，似从文天祥肺腑间流出，又与杜诗原作语境和语义颇相吻合。这种关系应该较好理解，此不赘述。

第二种是改变语境，转移诗义。杜甫是诗歌艺术的泰山北斗，他的诗句很多时候本就充满多层、多义的内涵，文天祥将他们截取组合，形成不同语境，诗句所取意义自然也会有相应改变。如《入狱第一百一》："行行见羁束，斯人独憔悴。欲觉闻晨钟，青灯死分翳。"诗句"斯人独憔悴"在杜甫原诗《梦

---

① ［法］朱丽亚·克里斯蒂娃著，史忠义等译：《符号学：符义分析探索集·词语、对话和小说》，上海：复旦大学出版社，2015年，第87页。
② 参见［法］蒂费纳·萨莫瓦约著，邵炜译：《互文性研究》，天津：天津人民出版社，2003年，第5页。

李白二首》中,乃是用来惋惜李白的遭遇,"冠盖满京华,斯人独憔悴"的"斯人"是代指对象李白,而在集句诗中"斯人"变成了文天祥的自称,憔悴者正是囚牢中的诗人自己,这个句子因了集句全诗语境的变化,而改变了具体所指。又如《入狱第一百二》:"劳生共乾坤,何时有终极。灯影照无睡,今夕复何夕。"诗句"今夕复何夕"在杜甫原诗《赠卫八处士》中,是用来感叹今日相聚时光的难得,"今夕复何夕,共此灯烛光",这样的故人重逢之夜充满了温馨,而在集句诗中"今夕复何夕"虽然字面意义依然,但感慨所系,乃在于眼前囚禁之苦,实在凄楚难禁,无法入眠。同一句诗,从原来的语境中切换过来,与其他诗句合成了新的语境,字面意思不变,甚至感叹如旧,但是内涵已经发生了迁移。

第三种是切断语境,重赋新义。这一情况,较之"改变语境,转移诗义",诗句的意义改变更大,甚至与原语境已毫无关联,杜诗意涵发生了重大变动,被文天祥赋予了新的内涵。比如《驻潮第七十二》:"寒城朝烟澹,江沫拥春沙。群盗乱豺虎,回首白日斜。"这首集句诗乃写流亡政府驻兵潮阳,序云"稍平群盗,人心翕然",全诗少了一些战争的紧张感,末句"回首白日斜"是由白日而指向时光,表达的是对战乱何时可以平息的期待。而在杜甫原诗《喜晴》中"顾惭昧所适,回首白日斜",要表达的则是与此并不相关的另一层意思,蔡梦弼即言:"甫自愧昧于所适,不能脱身晦迹,回首自愧,恨年已老矣。"① 在杜甫原诗中"白日斜"是写自己年龄益增而事无所成,显然与文天祥所要表达的意思很不相同。又如《吉州第八十一》:"泊舟沧江岸,身轻一鸟过。请为父老歌,歌长击樽破。"诗句"身轻一鸟过",是杜甫五言排律《送蔡希鲁都尉还陇右因寄高三十五书记》诗中用来夸赞蔡希鲁"蔡子勇成癖"的,杜甫笔下的"身轻一鸟过,枪急万人呼",将一个功夫了得的武将形象刻画得栩栩如生;而在文天祥的这首集句中,写的是自己被俘北上的所闻所感,吉州乃诗人的家乡,俘虏过此,心中不免思绪万千,"请为父老歌,歌长击樽破"是十分沉痛的表达。所以,这里的"身轻一鸟过"绝非形容勇猛迅捷的武将,而是由景起兴,写自己泊船家乡,却如小鸟飞过,并无痕迹。身之轻,已经不是动作的敏捷如飞,而是指地位的沉沦、身份的卑微——落为

---

① 蔡梦弼:《杜工部草堂诗笺》卷九,日本内阁文库藏元大德年间刊本。

敌营阶下囚。和杜甫原诗相比,"身轻一鸟过"的句子在新语境下有了崭新的意义。这种互文关系,看似最不符合集句的要求,文天祥已经改变了杜诗原句意涵,是"断章取义"之举;实则不然,倘若没有对杜诗的万分熟稔,"断章取义"的集句之法,是最难实行的,或者可以说,文天祥在这里对杜诗的故意"误读",才是真正的艺术张力所在,在剪接拼贴之中蕴藏了作者创造性的表达。

以上三种关系,是《集杜诗》与杜诗原作互文性的三个作用方向,集句对于原句来说产生了意义的承续和变异。这种承续与变异,一方面让原作衍生出新的意义,丰富了杜诗的阐释空间;另一方面,也展现出文天祥对杜甫诗句的理解与把握,是着上了文天祥色彩的杜诗。集句诗这种引文密集镶嵌之法,赋予了它和原作之间特有的跨文本关系。当然,不管以上哪一种关系,在《集杜诗》中最终指向的仍然都是精神的一致性。也就是说,在诗句的互文背后,还有两位异代知音在精神层面的互文贯穿始终,文天祥截取了杜甫的精神文本,镶入了自己的生命之中,重塑了精神世界。

杜甫是宋代诗人普遍尊崇的诗学典范,学杜是宋诗特色形成的重要源头。不过,在文天祥早期的诗歌创作中,杜甫的意义并不显得特殊。钱锺书先生已经指出,以率兵勤王为界限,"这位抵抗元兵侵略的烈士留下来的诗歌绝然分成前后两期"①。前期风格沉浸于晚宋江湖诗风之中,某些诗句虽也有杜诗的影子,但只停留在"形"而未得"神";后期风格陡然变化,悲痛沉郁的色彩顿浓,与杜甫在精神上的共鸣,更是加深了诗作学杜的痕迹,尤以被俘北上途中所作《六歌》(约作于1279年9月)为典型标志。这组作品仿《乾元中寓居同谷县作歌七首》而作,从句式、篇章到情感脉络,皆相步武。明代谢榛《四溟诗话》即指出:"杜子美《七歌》,本于《十八拍》,文天祥《六歌》,与杜异世同悲。"② 仇兆鳌甚至认为,由于文天祥比杜甫的遭遇更艰辛,所以《六歌》的情感也更悲痛:"宋元词人多仿《同谷歌》体,唯文丞相居先……少陵当天宝乱后,间关入蜀,流离琐尾而作《七歌》,其词凄以楚。文山当南宋讫箓,絷身赴燕,家国破亡而作《六歌》,其词哀以迫。少陵犹是英雄落魄

---

① 钱锺书选注:《宋诗选注》,北京:生活·读书·新知三联书店,2002年,第456页。
② 谢榛著,宛平校点:《四溟诗话》卷二,北京:人民文学出版社,1961年,第47页。

之常，文山所处，则糜躯湛族而终无可济也，不更大可痛乎！"①翁方纲持论亦同："文信国《乱离六歌》迫切悲哀，又甚于杜陵矣。"②从率兵勤王到镇江脱险，从五坡岭被俘到目睹崖门亡国，文天祥奔波颠沛，似乎并无时间检视自己的人生，更无暇顾及五百年前的那个漂泊诗圣，直到国家破灭，求死不能，被俘北上，他才开始认真地思索起目睹安史之乱的杜甫来。《六歌》的创作，引爆了文天祥与杜甫精神世界的强烈共鸣，职是之故，四个月后便有《集杜诗》的诞生。

文天祥与杜甫都经历了国家的动乱，个人的苦难都与国家命运紧密相关；但相异之处也很明显，杜甫只是政局动荡的局外人，是一个清醒的旁观者，文天祥却是这幕悲剧的主角，经受的苦难程度自不相同。可贵的是，被俘的文天祥从诗圣那里看到了文字之于精神安顿的力量，所以他一方面感慨老杜"偏是文章被折磨"，一方面也说"千年夔峡有诗在"，《集杜诗》成为这种精神的典型映射。文天祥被俘后的心态十分复杂，心知自己不得不死，却又速死不成，折磨纠缠，不可名状。③ 在他生命的晚期，"唯求一死"的意愿愈为强烈，《集杜诗》的出现意味着他已经完成了对其所处历史以及精神嬗变的自觉梳理，系统地检视了自我与现实、自我与内心、自我与亲人的关系；《集杜诗》独特的结构与小序也一再表明这是一组精心安排的文天祥的一生自传。文天祥向杜诗再三致敬，是他出于现实洗礼后精神升华的需要。让我们再一次回到《集杜诗》的自序，他说：

> 凡吾意所欲言者，子美先为代言之。日玩之不置，但觉为吾诗，忘其为子美诗也。乃知子美非能自为诗，诗句自是人情性中语，烦子美道耳。子美于吾隔数百年，而其言语为吾用，非情性同哉。（第397页）

就此时的文天祥来说，与杜甫的"情性同"绝非一般意义上的情感共鸣，而是已经将杜甫的生命感受内化为自我人生的一段文本，完成了精神世界的一次重塑。如同裁剪融化杜诗而为自己的诗歌那般，杜甫的那段特殊经历，以及由

---

① 杜甫著，仇兆鳌注：《杜诗详注》卷八，北京：中华书局，1979年，第700—701页。
② 翁方纲著，赵迺冬校点：《石洲诗话》卷四，北京：人民文学出版社，1981年，第147页。
③ 文天祥对待死的态度，除了"速死"，尚有更丰富的指向，可参见温海清《文天祥之死与元对故宋问题处置之相关史事释证》(《文史》2015年第1期)。

此生发的忧世报国、百折不挠的精神,也成为文天祥生命中的重要组成部分。因"性情同"而"言语为吾用",因"言语为吾用"而更显"性情同",一个巨大的精神互文网络,在两位伟大诗人之间蔓延。从这个意义上说,《集杜诗》的作者已不是一个人,而是两个人,是文天祥和杜甫的合作。诗句互文与精神世界互文由此彼此重叠,真正让《集杜诗》脱离了一般的文字游戏,杜甫"流离陇蜀,毕陈于诗,推见至隐,殆无遗事"(孟启《本事诗》)的"诗史"精神得以贯穿于集句之中,饱含文天祥人生苦难和历史思考的集杜典范得以完成。

总之,《集杜诗》的多重文本张力,赋予了该作特有的艺术价值与史料价值,形成了震撼人心的易代"诗史",成为文学史上引人注目的独特风景;特别是它所承载的宝贵的民族精神,凛然肃迈,彪炳史册,堪称我国文化之瑰宝。最后,我们很乐意以两首集文诗,向这位宁死不屈的诗人报以崇高的敬意:

无限斜阳故国愁《立春》,忠魂多少暗荒丘《有感》。千年夔峡有诗在《读杜诗》,前代风流不肯休《遣兴其一》。

杜鹃声破洛阳烟《遣兴其二》,志士忠臣泪彻泉《出真州》。自入燕关人世隔《宫籍监五首》,风吹诗史落西川《送人往湖南》。

东亚汉籍视域下的宋诗宋注*

——朝鲜本《须溪先生评点简斋诗集》考论

南京大学文学院　卞东波　陈　越

一、问题的提出

陈与义（1090—1138，字去非，号简斋居士）早有诗名，"少在洛下，已称'诗俊'；南渡以后，身履百罹而诗益高，遂以名天下"①。宋人对其评价非常高："自陈（后山）、黄（山谷）之后，诗人无逾陈简斋"②；理学大师朱熹亦"叹其词翰之绝伦"③。陈与义在南北宋之际，江西诗派流行之时，创造出一种独特的诗体，以至于宋人"世以简斋诗为新体"④，严羽《沧浪诗话·诗体》甚至单列其诗为"陈简斋体"⑤。陈与义生活在江西诗派诗风大行于世

---

*　本文为国家社会科学基金重大项目"东亚古代汉文学史"（19XDA260）、国家社会科学基金冷门"绝学"和国别史等研究专项"中国古代文集日本古写本整理与研究"（2018VJX025）阶段性成果。

① 　楼钥：《简斋诗笺叙》，《四部丛刊》影宋本《增广笺注简斋诗集》卷首。
② 　罗大经撰，王瑞来点校：《鹤林玉露》甲编卷六《简斋诗》，北京：中华书局，1983年，第105页。
③ 　朱熹：《晦庵先生朱文公文集》卷八一《跋陈简斋帖》，朱杰人等主编：《朱子全书》第24册，上海：上海古籍出版社、合肥：安徽教育出版社，2002年，第3852页。
④ 　陈善：《扪虱新话》上集卷四《咏梅》，俞鼎孙、俞经辑刊：《儒学警悟》，北京：中华书局，2000年，第734页。
⑤ 　严羽著，张健校笺：《沧浪诗话校笺》，上海：上海古籍出版社，2012年，第243页。

之时，也受到江西诗风的影响，宋末元初的方回甚至将其列为江西诗派"三宗"之一。① 故其作诗亦不免有江西诗派"无一字无来历"之习，"至用事深隐处，读者抚卷茫然，不暇究索"。② 为了索解简斋之诗，在宋元时代就已经产生两种简斋诗注本，一种为胡稚《增广笺注简斋诗集》三十卷，另附有《无住词》一卷，另一种为《须溪先生评点简斋诗集》十五卷③。前者有宋本存世，已经影印入《四部丛刊》中，而后者的元刻本可能在中国本土已经失传，目前只有朝鲜本、和刻本行世。《须溪先生评点简斋诗集》以胡稚《增广笺注简斋诗集》为底本，删削了部分胡注，并添加了胡本未有的"增注"，另有刘辰翁评语以及"中斋"评语。因为《增广笺注简斋诗集》比较常见，学术界已经有了一些研究④；《须溪先生评点简斋诗集》和刻本在中国有流传，学者知之甚多，并加以利用⑤，而和刻本的底本朝鲜版见之者少，论之者更鲜。

《须溪先生评点简斋诗集》成书于宋元之际，与南宋以降的"宋人注宋诗"以及宋末元初的诗歌评点风气息息相关。宋代是中国古代诗歌注释史上第一个繁荣时期，诗歌注释本大量出现，尤其是南宋时期。除注释杜诗、《楚辞》、陶潜诗、李白诗等前代优秀作品之外，南宋以降还出现了"宋人注宋诗"这种本朝诗歌自我经典化的学术现象，宋祁、王安石、苏轼、黄庭坚、

---

① 陈与义：《清明》诗评，方回选评，李庆甲集评校点：《瀛奎律髓汇评》卷二六，上海：上海古籍出版社，1986年，第1149页。
② 楼钥：《简斋诗笺叙》，《四部丛刊》影宋本《增广笺注简斋诗集》卷首。
③ 关于《增广笺注简斋诗集》《须溪先生评点简斋诗集》，参见祝尚书《宋人别集叙录》卷一七（北京：中华书局，1999年，第820—831页）。但祝尚书先生关于《须溪先生评点简斋诗集》的叙录有一些讹误，最大的问题是将十五卷无注本的《简斋诗集》与十五卷本的《须溪先生评点简斋诗集》混为一谈，从而认为朱睦楔《万卷堂书目》卷四、祁承㸁《澹生堂藏书目》卷一二、《徐氏家藏书目》卷六著录的十五卷本《简斋诗集》为《须溪先生评点简斋诗集》，又称上海图书馆、北京大学图书馆、静嘉堂文库等处藏有所谓明初刻本《须溪先生评点简斋诗集》。笔者亲自查阅了此三处的藏本，证明所藏并非须溪评点本，而为无注本。
④ 参见何泽棠：《论胡稚〈增广笺注简斋诗集〉》，《中国石油大学学报（社会科学版）》2011年第5期。
⑤ 李盛铎曾在东京购得庆安元年（1648）野田弥兵卫所刊江宗白翻刻朝鲜嘉靖二十三年（1544）本，现藏于北京大学图书馆，书志见其《木犀轩藏书书录》。傅增湘亦藏有和刻本，见其《藏园群书经眼录》卷一四。吴书荫、金德厚先生点校的《陈与义集》（北京：中华书局，1982年）则以夏敬观手校江宁蒋国榜湖上草堂覆刻瞿氏铁琴铜剑楼所藏胡注本为底本，校以和刻本，并附录了和刻本所有"增注"及刘辰翁评。

陈师道、陈与义等人的诗集皆有宋人之注,有的还不止一种。①而诗歌评点在南宋末年才出现,刘辰翁评点唐宋诗、方回的《瀛奎律髓》《唐宋千家联珠诗格》中的蔡正孙自评是当时最有代表性的评点著作,甚至彼时还出现了一种诗选、诗格、诗话及评点合一的诗学文本新形式。②自兹以后,诗歌注释不但成为诗集的一部分,评点也逐渐成为文本的组成部分。③《须溪先生评点简斋诗集》不但利用了现在已经亡佚的《简斋诗集》宋代其他版本,如简斋手定本、武冈本及闽本,对文本进行校勘,使其又具有"汇校"的性质;而且除保存了胡穉原注之外,还有"增注",使其具有"集注"的性质;再加上刘辰翁、中斋的评点,又使其具有"集评"的性质。于是,这部成书于宋元之际的诗学文本,成为一部融汇校、集注、集评为一体的新型"宋人注宋诗"文本,但其重要性尚未得到学术界的重视。学界对该书保存的简斋诗刘辰翁评点已有研究④,而对《须溪先生评点简斋诗集》注文和版本问题,以及其在东亚流传迄今未有深入研究,本文拟对这些问题加以考论。

---

① 参见张三夕教授的硕士论文《宋诗宋注纂例》(南京大学,1982年),该文的前言后以《宋诗宋注管窥》为名,发表于《古籍整理与研究》1989年第4期,文中附录的"宋诗宋注总目"是对宋诗宋注存佚情况的第一次整体性的考察;参见李晓黎《宋诗宋注辑补(一)》《宋诗宋注辑补(二)》(《华中学术》第5辑、第7辑,武汉:华中师范大学出版社,2012年、2013年),其分别以他注和自注为切入点,对宋诗宋注进行辑补;参见李晓黎《宋诗宋注考论》(北京:中国社会科学出版社,2018年)。何泽棠先生亦有研究"宋人注宋诗"的一系列文章,此处不赘。

② 参见卞东波:《南宋诗选与宋代诗学考论》导论,北京:中华书局,2009年,第3页。

③ 对于南宋诗歌评点脉络的梳理,学界已有丰硕的研究成果。吴承学先生《中国古代文体形态研究(第三版)》(北京:北京大学出版社,2013年,第1—2页)从文体学的角度,讨论评点方式的形成;张伯伟先生《中国古代文学批评方法研究·外篇》第六章《评点论》(北京:中华书局,2002年,第543—591页)研究章句、论文、科举、评唱四个因素对评点形成的影响;日本学者高津孝《宋元评点考》([日]高津孝著,潘世圣等译:《科举与诗艺:宋代文学与士人社会》,上海:上海古籍出版社,2005年,第69—94页)也考察了评点的历史;姜云鹏《试论评点符号早期的发展历程》(黄霖、周兴陆主编:《复旦大学第三届文学评点国际学术研讨会论文集》,南京:凤凰出版社,2015年,第10—18页)是对宋元时期评点符号发展的专题研究。

④ 参见王次澄:《刘辰翁评点陈简斋诗研析》,莫砺锋编:《第二届宋代文学国际研讨会论文集》,南京:江苏教育出版社,2003年,第371—394页。关于刘辰翁,亦可参见焦印亭《刘辰翁文学研究》(北京:中国社会科学出版社,2011年)、《刘辰翁文学评点寻绎》(北京:中国社会科学出版社,2015年)。

二、《须溪先生评点简斋诗集》的版本与文本

检历代书目,只有清代藏书家陆心源藏有元刻本《须溪先生评点简斋诗集》,这应是此书最早的刊本。《皕宋楼藏书志》卷八〇著录云:

> 案此元刊本,每叶十六行,每行十六字,小字双行,大黑口。第一卷赋,二之十四卷诗,第十五卷则《无住词》也。穉字仲孺,号竹坡,宋绍兴时人。其注皆注出处,不同稗贩,而与酬赠诸人,皆一一考明里贯仕履,真为简斋功臣。张氏《藏书志》所载宋刊三十卷本,前有楼钥及穉自序。此元刊合并本,两序已失。①

陆氏此段文字疑点很多。首先,他所说的"元刊合并本",是指将胡穉《增广笺注简斋诗集》三十卷压缩"合并"为十五卷,还是指将胡注与刘评"合并"在一起,语焉不详。其次,陆氏明言所见本为刘评本,但却一言不及"增注"及须溪评点,反而强调胡注。笔者怀疑陆氏此处所言并非《须溪先生评点简斋诗集》。陆氏《仪顾堂题跋》卷一二《宋麻沙本陈简斋诗注跋》又云:

> 《须溪先生评点简斋诗集注》十五卷,前有刘辰翁序,卷一赋,卷二至十三诗,卷十四杂著,卷十五《无住词》。年谱散入诗题之下,《续添正误》散入每卷之后。与张月霄(金吾)所著录、阮文达(元)所进呈之三十卷本分卷不同,编次亦异,或即辰翁所合并欤?注为胡穉作,又有增注,以黑质白章别之,不知出自何人,今不可考。有"汲古阁"、"稽瑞楼"、"方氏若蘅"、"曾观贻典"、"姚婉贞"、"芙初女史"诸印。目录后有文文肃题字,卷六后有张丑题字。盖经毛子晋、陆敕先、陈子準、方芙初诸家收藏者。②

这里,陆氏又将刘评本定为"宋麻沙本",又判断与《皕宋楼藏书志》"元刻本"之说不同,但这个说法应不准确。因为刘辰翁生活于宋元之际,其评点

---

① 陆心源:《清人书目题跋丛刊一·皕宋楼藏书志》,北京:中华书局,1990年,第908—909页。
② 陆心源著,冯惠民整理:《仪顾堂书目题跋汇编》,北京:中华书局,2009年,第419页。

活动大多在南宋灭亡之后，故《须溪先生评点简斋诗集》不可能有宋本，当作元本。陆心源藏书后归日本岩崎氏，藏于静嘉堂文库，笔者查阅了《静嘉堂文库汉籍分类目录》及静嘉堂文库在线查询系统中所有与《简斋诗集》有关的条目，发现静嘉堂文库现在仅藏有《须溪先生评点简斋诗集》的朝鲜本及和刻本和明刻无注本《简斋诗集》（此本与上海图书馆、北京图书馆藏本同），未见陆心源所说的元刻本《须溪先生评点简斋诗集》。后笔者于2018年4月又亲赴静嘉堂文库查阅，仍然未见陆氏原藏的元刻本之所踪，那么陆心源所著录的元刻本可能已经失传。从历代的著录和实物来看，《须溪先生评点简斋诗集》应该仅有元刻本，而在明代未曾刊刻，但很早就东传到朝鲜。参照陆心源的描述，则朝鲜刊本与元版的分卷、体例几乎全同，其底本当出自元版。如果元刻本已经亡佚，那么以元刻本为底本进行翻刻的朝鲜本价值更高了，盖其乃最接近元刻本的版本。

《须溪先生评点简斋诗集》的朝鲜本及以之为底本翻刻的和刻本删去了部分胡穉注，增加了"增注"，以及刘辰翁评语一百九十六条和"中斋"评点三十七条。此本在成书时又参考诸本，除胡注本外，又有简斋手定本、武冈本及闽本等，都是宋代刻本，今皆亡佚，幸赖本书得窥梗概，十分珍贵。须溪评点本与胡注本颇可互补，当对读并观。它与胡注本在分卷、编次、录文上都有不同，据中华书局吴书荫、金德厚《陈与义集》点校本《前言》云："（须溪评点本）比胡注本多出《次周漕族人韵》《水车》《山居二首》《拜诏》及《别诸周二首》等七首诗和《书堂石室铭》一篇。"则又有辑佚价值，其文献价值于此可见。

朝鲜本有朝鲜古活字本及各种木版本，韩国国立中央图书馆、韩国学中央研究院、韩国高丽大学（晚松文库）、日本国立国会图书馆等处藏有甲寅字本，韩国延世大学图书馆藏有甲辰字本，韩国国立中央图书馆、韩国国会屏山书院、延世大学图书馆、东京大学图书馆藏有训练都监字木活字本，韩国高丽大学（华山文库、新庵文库、晚松文库）、雅丹文库、韩国国会玉山书院、韩国学中央研究院、延世大学图书馆、韩国檀国大学罗孙文库、日本国立公文书馆内阁文库、日本蓬左文库、日本尊经阁文库等处藏有木版本。[①] 甲寅字、甲

---

① 韩国的馆藏信息，据［韩］全寅初先生编《韩国所藏中国汉籍总目》（首尔：韩国学古房出版社，2005年，第458—461页）。日本的馆藏信息，据京都大学人文科学研究所开发的"日本所藏中文古籍数据库"。

辰字、训练都监字本及木版本在版式上多有不同：图 1 为日本国立国会图书馆藏甲寅字本、图 2 为日本内阁文库藏甲辰字本、图 3 为韩国国立中央图书馆藏训练都监字木活字本、图 4 为京都大学文学部图书馆所藏日本庆安本：

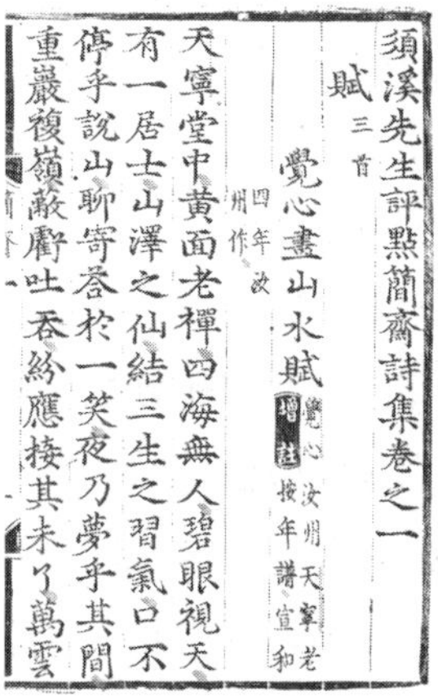
須溪先生評點簡齋詩集卷之一
賦三首
覺心畫山水賦
天寧堂中黄面老禪四海無人碧眼視天
有一居士山澤之仙結三生之習氣口不
停乎説山聊寄吝於一笑夜乃夢乎其間
重巖複嶺蔽虧吐吞紛應接其未了萬雲

图 1

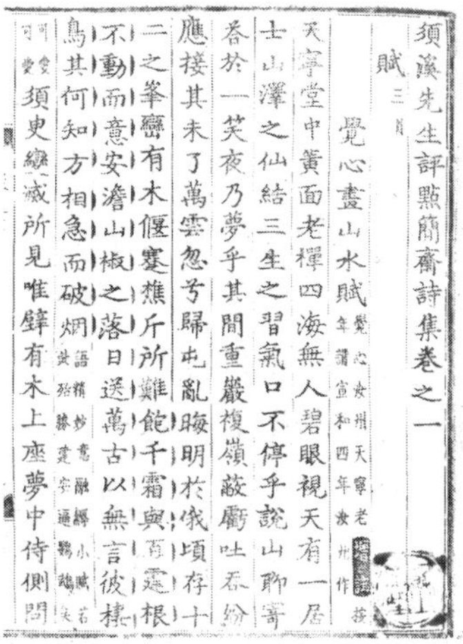
須溪先生評點簡齋詩集卷之一
賦三首
覺心畫山水賦
天寧堂中黄面老禪四海無人碧眼視天有一居
士山澤之仙結三生之習氣口不停乎説山聊寄
吝於一笑夜乃夢乎其間重巖複嶺蔽虧吐吞紛
應接其未了萬雲忽兮歸屯亂晦明於俄頃存十
二之峯巒有木偃蹇樵斤所難飽千霜與百靈根
不動而意安濬山椒之落日送萬古以無言彼棲
鳥其何知方相急而破烟
須臾變滅所見唯壁有木上座夢中侍側問

图 2

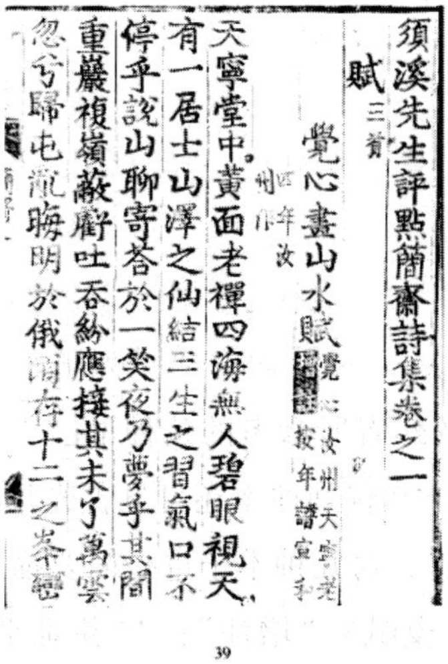
須溪先生評點簡齋詩集卷之一
賦三首
覺心畫山水賦
天寧堂中黄面老禪四海無人碧眼視天
有一居士山澤之仙結三生之習氣口不
停乎説山聊寄吝於一笑夜乃夢乎其間
重巖複嶺蔽虧吐吞紛應接其未了萬雲
忽兮歸屯亂晦明於俄頃存十二之峯巒
39

图 3

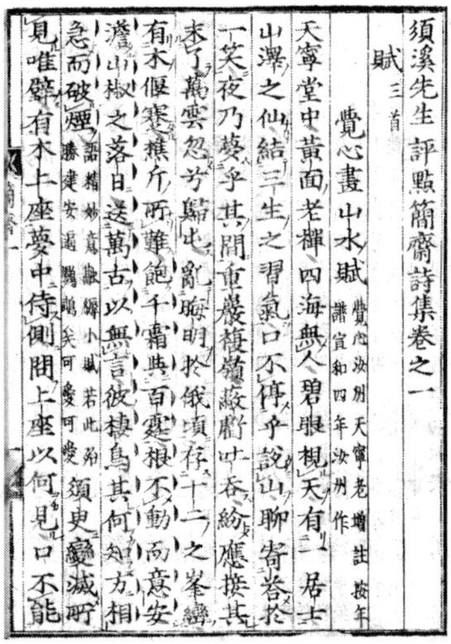
須溪先生評點簡齋詩集卷之一
賦三首
覺心畫山水賦
天寧堂中黄面老禪四海無人碧眼視天有一居士
山澤之仙結三生之習氣口不停乎説山聊寄吝於
一笑夜乃夢乎其間重巖複嶺蔽虧吐吞紛應接其
未了萬雲忽兮歸屯亂晦明於俄頃存十二之峯巒
有木偃蹇樵斤所難飽千霜與百靈根不動而意安
濬山椒之落日送萬古以無言彼棲鳥其何知方相
急而破烟
須臾變滅所
見唯壁有木上座夢中侍側問上座以何見口不能

图 4

从上可见，甲寅字本版面疏朗，字大行稀，每半页八行，行十六字，四周单边，上下大黑口，上下内向黑鱼尾；而甲辰字本版面比较紧凑，每半页十一行，行十九字，四周双边，上下大黑口，上下内向黑鱼尾；训练都监字木活字本每半页九行，行十六字，上下内向黑鱼尾。朝鲜本都是双行夹注，"增注"也承袭了元刻本"黑质白章"的形式。另外，甲寅字本末有柳希春之跋以及刊刻者姓名及结衔，而甲辰字本则没有，有一段"新铸字跋"。从现存这么多朝鲜本可见《须溪先生评点简斋诗集》在朝鲜多次刊刻，颇受欢迎。

和刻本乃日本庆安元年（1648）野田弥兵卫覆朝鲜本，末有朝鲜柳希春跋、刊刻者姓名及甲申年（1644）江宗白跋；另有江户时代后印本，则没有上述诸跋。和刻者在日本比较常见，日本国立国会图书馆、内阁文库、东洋文库、东京大学综合图书馆、京都大学人文科学研究所、关西大学图书馆等处皆有收藏，中国国内亦有藏本，见藏于北京大学图书馆（李盛铎旧藏）、湖南省图书馆（两部，一有黄丕烈跋、叶启勋题识，一有王礼培题识）及辽宁省图书馆。影印本见于长泽规矩也编《和刻本汉诗集成》第十五辑（汲古书院，1974—1977年）、金程宇编《和刻本中国古逸书丛刊》（凤凰出版社，2013年）。

《须溪先生评点简斋诗集》是在胡注本基础上刊刻而成的，故在文本上对胡注本多有更正，略举数例如下：刘评本卷六《初夏游八关寺》"闭门睡过春"句，胡注本误作"闲门"。又朝鲜本卷五《咏蟹》"四海神交顾建康"句，胡注本误作"四海神交顾长康"，注云："顾长康事未详。"刘评本径改，并有"增注"云："胡氏以顾长康事未详，今按：当作顾建康，谓酒也。前卷《陪诸公登南楼》诗云'建康九酝美'是也，事详前卷注。"再如朝鲜本卷四《述怀呈十七家叔》"浮生万事蚁旋磨"句注："《抱朴子》曰：日月右行，随天左转。譬之蚁行磨石之上，磨左旋而蚁右去"，胡注误作"《列子》"。

在刘评本对胡注本的修订中，"增注"的作者所参考的几种早已亡佚的宋代刻本起了很大作用，今虽已无法窥其全貌，幸赖刘评本还可见吉光片羽。下文根据《须溪先生评点简斋诗集》的"增注"，对几种本子进行简要描述。①

第一，简斋手定本。见刘评本卷一〇《夜赋》"增注"："'莽难平'，诸本作'评'，疑非，盖以下有'平世'字重，误改耳。此从先生手定本。"郑

---

① 郑骞《陈简斋诗集合校汇注》附录一《简斋诗集考》（台北：联经出版事业公司，1975年，第369—386页）对诸本有详细的考证，本文结合朝鲜本再作进一步的分疏。

骞先生认为即是周葵绍兴年间在吴兴的刊本，极可能是胡注所据底本。外集及武冈本拾遗诸诗，胡注本都没有收，那些诗的确很少佳作，去取之间，极可能是简斋自己的意思。① 晁公武《郡斋读书志》卷一九著录云："周葵得其家所藏五百余篇刊行之，号《简斋集》。"② 简斋晚年曾知吴兴，此本既印行于简斋晚年定居之地，又是他的学生所印、故交葛胜仲所序，以简斋手订稿本为根据的可能性很大。明代安世凤撰《墨林快事》卷七云："余有宋刻《陈简斋集》，是公自书上木者。醇古丰圆，出自《黄庭》。"安氏所见可能即所谓简斋手定本。然考安氏原文有"诗则又集中最合作者"及"况于集之大全，恨不及请益"等语，则安氏所见非全集③。沈曾植《海日楼题跋》卷一引安氏原文，并据此说："然则周葵所刻，非但为公自订本，且为自书本也"④，恐不足为据。

第二，武冈本。此本大概与简斋建炎四年（1130）避地邵阳有关。刘评本卷一一《次周漕示族人韵》"增注"："按武冈本有《拾遗》一卷，《次周漕示族人韵》及《咏水车》《山居》《拜诏》《别诸周》，凡七首。古汴姜桐跋云：'建炎庚戌，公因避地挈来紫阳周氏甥馆之所作也。'合附于此。"周葵刻本所据为陈氏家藏稿，避地邵阳所作可能为家藏稿所缺，而保存在紫阳周氏处。武冈本为补胡注本之缺，编为《拾遗》一卷。从上可见，此本还有姜桐之跋。

第三，闽本。此本为"增注"参校所用最多的本子，也可能是当时比较流行的文本。刘评本卷二《杂书示陈国佐胡元茂四首》其一"增注"："'梁'字据闽本从木。按《本草》：梁米出梁州。又按《战国策》梁肉字皆从木"；卷七《邓州城楼》"增注"："'城楼'，闽本作'城头'。"刘评本所引闽本文字与他本不同之处是，有许多错字，不是形近讹误就是臆改。如卷六《早起》（"一简了百事"句）"增注"："'简'，闽本作'闲'，非"；卷三《即席重赋

---

① 参见郑骞：《陈简斋诗集合校汇注》附录一《简斋诗集考》，第382—383页。
② 晁公武撰，孙猛校证：《郡斋读书志校证》卷一九，上海：上海古籍出版社，2011年，第1030—1031页。
③ 陈与义撰，白敦仁校笺：《陈与义集校笺》附录六《诸家著录题识·墨林快事》，上海：上海古籍出版社，1990年，第1030页。
④ 沈曾植撰，钱仲联辑：《海日楼札丛　海日楼题跋》，沈阳：辽宁教育出版社，1998年，第358页。

且约再游二首》其二"增注":"'岁情',闽本作'世情',非。"南宋时福建刻书业非常发达,特别是建阳麻沙一带,是当时的印刷业中心。所谓"建本"或"麻沙本"风行天下,但刻印质量不高。不知此处的"闽本"是不是就是建阳地区所刻。

另外,"增注"中还提到一种"后村选本"。刘评本卷八《有感再赋》"增注":"后村选本'此日'作'北望'。"卷三《和张规臣水墨梅五绝》其四"增注":"苕溪渔隐曰:简斋《墨梅》诗,徽庙称赏乃皋字韵一首。《朱文公语录》:晦庵尝问学者:'简斋《墨梅》诗,何者最胜?'或以皋字韵一首为对,晦庵曰:'不如"相逢京洛浑依旧,唯恨缁尘染素衣"。'刘后村选江左绝句,亦取衣字韵一首。"此处所指应该也是所谓"后村选本"。刘克庄曾经编纂过《本朝五七言绝句》《中兴五七言绝句》,后分别又有《续选》。此四书今皆不存,但刘克庄自作序还保存在《后村先生大全集》中。《中兴五七言绝句序》云:

> 客问余曰:"吕氏《文鉴》起建隆迄宣靖,何也?"曰:"炎、绍而后,大家数尤盛于汴都,其人非朝廷之公卿,即交游之祖父。并存则不胜记诵之繁,精练则未免遗落之恨,去取之际,难哉!"客曰:"子选本朝绝句亦此意乎?"曰:"固也。"客曰:"昔人有言,唐文三变,诗亦然(笔者按,原作'然亦'),故有盛唐、中唐、晚唐之体,晚唐且不可废,奈何详汴都而略江左也?"余蘧然起谢曰:"君言有理。"乃取中兴以后诸篇,五七言各选百首。内五言最难工,前选犹有未满人意者。此编则一一精善矣。穷乡无借书处,所见取狭可恨,惟此一条尔。至于江湖诸人,约而在下,姜夔、刘翰、赵蕃、师秀、徐照之流,自当别选。①

《中兴绝句续选序》又云:

> 南渡诗尤盛于东都。炎、绍初,则王履道、陈去非、汪彦章、吕居仁、韩子苍、徐师川、曾吉甫、刘彦冲、朱新仲、希真。乾、淳间,则范至能、陆放翁、杨廷秀、萧东夫、张安国一二十公,皆大家数,内放翁自有万诗。稍后如项平父、李秀章诸贤,以至江西一派,永嘉四灵占毕于灯

---

① 刘克庄:《后村先生大全集》卷九四,《四部丛刊初编》本。

窗，鸣号于江湖，约而在下，以诗名世者不可殚纪，如之何限以二百篇也？①

所谓"中兴"即南宋，也就是刘评本"增注"中所言的"江左"，而"江左"一词也出现在《中兴五七言绝句序》中。《中兴绝句续选》可能多选"永嘉四灵"及江湖诗人之作，《中兴绝句续选序》中提到"陈去非"诗多半是选入前编，故而增注所参考的"后村选本"极可能是《中兴五七言绝句》。那么"增注"提及此种亡佚的宋诗分体选本，弥足珍贵。

三、《须溪先生评点简斋诗集》的成书与流传

《须溪先生评点简斋诗集》与施顾《注东坡先生诗》、李壁注荆公诗、任渊集注黄陈诗一样，经历了注释、编撰、刊刻、评点与流传等环节。② 最早刊行陈与义诗集的是陈与义的门生周葵。葛胜仲《陈去非诗集序》云："绍兴壬戌（1142），毗陵周公葵自柱史牧吴兴郡，剸裁丰暇，取公诗厘为若干卷，委僚属雠校，而命工刻板，且见属为叙。"③ 但葛胜仲没有说明周葵刊本具体的卷数与篇数。晁公武《郡斋读书志》卷一九云："陈参政《简斋集》二〇卷。……周葵得其家所藏五百余篇刊行之，号《简斋集》。"④ 陈振孙《直斋书录解题》卷二〇所著录《简斋集》则为十卷⑤。两者记载的卷数不同。《须溪先生评点简斋诗集》卷四《闻葛工部写华严经成随喜赋诗》"增注"云：

> 工部名胜仲，字鲁卿，丹阳人。……卒谥文康。又按：公既没之四年，毗陵周简翼公葵牧吴兴，取公诗厘为十卷，刻之郡庠，文康公为

---

① 刘克庄：《后村先生大全集》卷九七。
② 巩本栋先生《论〈王荆文公诗李壁注〉》一文（《宋集传播考论》，北京：中华书局，2009年，第118—141页），依据现存文献资料对李壁注荆公诗的成书及流传有过详尽的考证。《王荆文公诗李壁注》与《须溪先生评点简斋诗集》同为宋诗宋注，都有刘辰翁评语，又都曾传至他国。本文参考该文的考证思路，来探索《须溪先生评点简斋诗集》的成书。
③ 曾枣庄、刘琳主编：《全宋文》第142册，上海：上海辞书出版社、合肥：安徽教育出版社，2006年，第344页。
④ 晁公武撰，孙猛校证：《郡斋读书志校证》卷一九，第1030—1031页。
⑤ 陈振孙撰，徐小蛮、顾美华点校：《直斋书录解题》卷二〇，上海：上海古籍出版社，2015年，第601页。

之序。

可见,周葵刊刻的《简斋诗集》的最早版本共十卷,收诗五百余首,应该未收词。此本极可能是《须溪先生评点简斋诗集》"增注"中提到的"简斋手定本"。可惜此版失传已久,葛序仅存于《丹阳集》中,简斋集各本均不载。另外,从"增注"透露的"刻之郡庠"信息可知,周葵本是由吴兴郡学即官方刊刻的,其刊刻质量应该是有所保证的。

胡穉对这个版本进行了整理,对简斋诗"编纪岁月而悉笺之"①,著成《增广笺注简斋诗集》三十卷附《无住词》一卷,已比周葵刊本增附词一卷。楼钥序云:"而简斋之作,不过六百篇,故注释精详,几无余蕴。"② 可见,胡穉在周葵刊本的基础上可能又搜集了一些篇目。胡注本于宋人书目未见著录。常熟瞿氏的铁琴铜剑楼藏书有宋刻本,原本已失传,赖《四部丛刊》之影印本得以传世。书首有楼钥序,并胡穉自序,又有胡穉所编《简斋先生年谱》《胡学士续添简斋诗笺正误》。胡穉自序作于南宋光宗绍熙元年(1190),成书时间当在此年前后,上距陈与义去世(1138)不过52年。楼钥序作于绍熙三年(1192),胡注本刊刻不晚于此年。

《须溪先生评点简斋诗集》有刘辰翁评语一百九十六条,又有佚名所作"增注",从朝鲜本还可以看到这些"增注"都是以黑底白字形式加以标识,篇幅较长的增注,补于卷尾的空页上,同时,删去一部分胡穉注。增注作者已不可考,然应为宋末之人,但不是刘辰翁。③ 巩本栋先生《论〈王荆文公诗李壁注〉》中所论朝鲜活字本《王荆文公诗》李壁注所以区别于《须溪先生评点简斋诗集》,在于多了一个整合宋本与元本的过程,文中勾勒的朝鲜本李壁注的成书过程可为本文提供参照。我们可以作出以下推断:

在胡注绍熙刊本问世以后,有人做了修订和补充注释的工作,形成了"增注"本。"增注"有可能是在原刻基础上的补刻,因为不能改动版面,篇幅较长的增注就直接补在卷尾的空页上。此本成书之后,刘辰翁取此书进行评

---

① 陈义著,吴书荫、金德厚点校:《陈与义集·又序(胡穉)》,北京:中华书局,2007年,第2页。
② 陈义著,吴书荫、金德厚点校:《陈与义集》,第1页。
③ 参见何泽棠:《论胡穉〈增广笺注简斋诗集〉》,《中国石油大学学报(社会科学版)》2011年第5期。

点,并认为原本注释太繁,故删去了一部分,最后形成《须溪先生评点简斋诗集》。须溪晚年评点简斋诗时应已入元,《须溪先生评点简斋诗集》应该最早刊刻于元代。

另外,刘辰翁评语和"增注"时有呼应。如卷二《题刘路宣义风月堂》:"长风将佳月,万里到此堂。""增注"云:"韩昌黎诗:晚色将秋至,长风送月来。又《竹径》诗:若要添风月,应除数百竿。"刘评"长风将佳月"二句:"脱用韩语,造以己意,便非众人风月。"又评"此君本无心"二句:"又是韩意,用之愈别。"又卷八《咏青溪石壁》:"更欲访野人,窥探视其背。""增注":"老杜《石笋行》:安得壮士掷天外,使人不疑见根本。"刘评:"贤于'壮士掷天外'之诞。"可见,刘辰翁评点《简斋诗集》时,所依据的应是绍熙年间所刊胡注之后的"增注"本。

《须溪先生评点简斋诗集》从中土传至朝鲜半岛的具体年代已不可确考,现在韩国和日本还藏有朝鲜甲寅字覆刻本、甲辰字覆刻本,皆为古活字本。甲寅字本末附朝鲜柳希春(1513—1577)嘉靖二十三年(1544)之跋,因此《须溪先生评点简斋诗集》传入朝鲜的时间,不会晚于明代中期。[①] 柳希春跋云:

> 《陈简斋集》未能盛行于东方,有志学诗者恨之。岁癸卯,宋相麟寿出按湖南,多刊书册,而是集亦预焉。县前宰柳侯泗掌其事,未毕而筒满去。今年五月功乃讫。噫!宋相开广文籍,嘉惠后学之意,于此亦可见其千一云。嘉靖二十三年甲辰五月上澣,承议郎行茂长县监柳希春谨跋。

此跋交代了《须溪先生评点简斋诗集》在朝鲜的刊刻过程。柳希春,字仁仲,号眉岩。朝鲜时代著名朱子学者,著有《眉岩集》《眉岩日记》,编有《国朝儒先录》,并校《朱子大全语类》等。刊刻《须溪先生评点简斋诗集》的主事者宋麟寿(1499—1547),字眉叟,号圭菴。其曾为司宪府大司宪,故柳希春称其为"宋相"。关于宋麟寿出按湖南(即为全罗道观察使)之事,其从弟宋麒寿所撰《神道碑铭》有记载:"旋出为全罗道观察使。是时,东宫无嗣,大君在邸,人心危疑。李芑与尹元衡阴相结为后日地,恶公持正,故有是行。揽

[①] 关于陈与义与朝鲜诗人之间的关系,参见曹春茹《朝鲜诗人对陈与义诗歌的接受》(《中国文学研究》2014年第1期)。

辔之初，便访有道之士，务讲学敦教化，湖俗丕变，得于观感者多。"① 可见，其出任全罗道观察使亦是党争的结果，但其到任之后，"务讲学敦教化"，举措之一就是"多刊书册"，同时也注意发现人才，据柳希春《眉岩集》卷二〇附录李好闵《谥状》载：

> 明年（甲辰。引者按：仁宗元年，1544）四月，大司宪宋公麟寿启曰："新政之初，最重经筵，宜不拘内外，遴择其人，用备顾问。"盖指公也。宋公按湖南，公适知茂长，相得甚欢，故力荐之。于是，公以五月召入为修撰。②

柳氏跋文，与李好闵的《谥状》颇可以对读。柳希春跋云："岁癸卯，宋相麟寿出按湖南，多刊书册，而是集亦预焉。县前宰柳侯泗掌其事，未毕而个满去，今年五月功乃讫。"可见宋麟寿主持刊刻自癸卯岁（1543）开始，至次年（1544）五月完成。柳氏未言朝鲜本翻刻的底本为何本，参照陆心源对其所藏元刻本的描述，其底本应该就是元刻本。

朝鲜本后传到日本，日本又有庆安元年（1648）野田弥兵卫所刊江宗白覆朝鲜本者，是为和刻本。野田弥兵卫是江户时代京都的书肆之一，在宋代文学典籍刊刻方面，除了《须溪先生评点简斋诗集》之外，还在庆安五年据宋绍定刊本重刊了《山谷诗集注》。《须溪先生评点简斋诗集》江宗白跋云："尝得是集手写自珍，遂欲锓梓广其传于不朽矣，且欲便童蒙，加以和训。"江宗白，可能即江村讷斋（1623—1673）。讷斋，名宗流，字若水，别号节斋，京都人，江户时代初期的汉学家，曾出仕伊予（爱媛县）宇和岛藩。其翻刻朝鲜本的同时，又对全书加以"和训"，目的是"欲便童蒙"。因为朝鲜本比较难见，和刻本流传较广，后也流传到中国。中国学者其实是通过和刻本来了解《须溪先生评点简斋诗集》的，而对和刻本的底本朝鲜本则知之甚少。

---

① 宋麟寿：《圭庵集》，《韩国文集丛刊》第 24 册，首尔：景仁文化社，1996 年，第 48 页。参见宋麟寿从曾孙宋时烈所撰的《圭庵宋先生谥状》："黜为全罗监司，先生揽辔之初，便访有道之士，一以讲学敦化为务。湖之士民，从化大悦。"（《宋子大全》，《韩国文集丛刊》第 114 册，首尔：景仁文化社，1993 年，第 485 页）

② 柳希春：《眉岩集》，《韩国文集丛刊》第 34 册，首尔：景仁文化社，1996 年，第 531 页。

四、朝鲜本《须溪先生评点简斋诗集》的文本形态

《须溪先生评点简斋诗集》的元刻本可能已经失传,唯有朝鲜本与和刻本传世。和刻本虽为朝鲜本之翻刻本,但我们从上面的书影可以看到,和刻本对朝鲜本的版式已经做了改变。朝鲜甲辰字本每半页十一行,行十九字,而和刻本为行二十字。另外,比较明显的区别是,朝鲜本中"黑质白章"的"增注",在和刻本中已经与注文刻在一起,不仔细辨认则不易分别。

朝鲜本卷首有刘辰翁序。卷一收赋三篇,卷二至卷一三收诗五百六十三首,卷一四单收铭赞三首,末卷为《无住词》十八首。胡注本与此不同,首卷除收赋三篇外,还收了《次韵谢文骥》《风月堂》《送吕钦问》《秋怀》四首诗(刘评本卷二前四首);不为铭赞单编一卷,《书堂石室铭》胡注本未收,《以玉刚卯为向伯共生朝》《书简斋像》分别收在卷二三、卷二七。朝鲜本目录每卷卷次之后,若该卷文体与上卷不同,另行低一字注明,如卷一注明"赋",卷二注明"诗",卷一四"铭赞",卷一五"无住词",卷三至卷一三不注。文体之后另行低一字标诗题,卷三至卷一三不注文体,则卷次之后另行低二字标诗题。卷一至卷一三每行两题,诗题过长则简称之,卷一四至卷一五每行一题,《无住词》词调书在上,标题书在下(正文卷一五标题书在上,词调书在下)。以上和刻本同。

朝鲜本正文卷端首行顶格题"须溪先生评点简斋诗集卷之一",次行低一字题:"赋三首"。正文为大字,不避讳。注文为文后注,双行小字。又多有题下注,格式亦同。不同诗句的注释之间,用圈号隔开。以上和刻本同。

朝鲜本"增注"在题下、篇末和卷尾往往都有。为了显示与原注的区别,一般都使用黑底白文的"增注"字样,以为标识。上文我们推测"增注"具有补刻的性质,"增注"的面貌可以用这个推测来解释。"增注"既然为后来在原刻基础上的补刻,那就为其补刻的条件所限制,即不能改动版面。无论是题下还是篇末、卷尾的增注,无不遵循着不改动版面的原则。凡"增注"的文字较少者,多置于题下,而篇幅较长的"增注",则多在卷尾的空页上。如卷三《和张规臣水墨梅五绝》其四和卷七《题董宗禹园先志亭宗禹之父早失

母万方求得之此其晚节色养之地也》("风露所沐浴"二句)"增注",都近两百字,则置于卷尾。此外,对字句的校勘,多在篇末。引诗话、笔记等来评品诗作、说明诗作背景以及影响的"增注",多在卷尾的空页上,所引书题用括号标出。如卷五《夏日集葆真池上以绿阴生昼静赋诗得静字》"增注"引《容斋随笔》,卷一二《寄德升大光》"增注"引《后村诗话》,都置于卷尾。引中斋评语时,"中斋云"三字用括号标出。胡注本正文之前的《简斋先生年谱》,刘评本删去,但将其中有关作诗年月部分,分注在各诗题目下。

朝鲜本文中有刘辰翁圈点,评语置于文中。另外,刘评本较胡注补充了很多简斋自注,朝鲜本文中使用阴文"自注"字样,与同在文中的刘辰翁评语区别开来。如卷二《次韵谢文骥主簿见寄兼示刘宣叔》篇末自注"来诗有十年之约",卷四《谢杨工曹》("市朝大隐亦长贫"句)自注"工曹亦甚贫",皆为胡注所无。和刻本"自注""增注"字体与注文同,引诗话、笔记等书题不用括号标出,余同朝鲜本。

刘评本中,当上一首诗已经注释过的典故在其他诗里再次出现时,重复注出。胡注本并不重复注释,只在其后云见某卷某诗。如卷四《再用景纯韵咏怀二首》其一("士龙同此屋三间"句)胡注本原注:"见六卷《寄若拙弟》诗。"刘评本"增注":"《世说》:陆机兄弟住参佐廨中,三间瓦屋。"可能是为了门生子弟阅读之方便。

相对于朝鲜本,日本据朝鲜本翻刻而成的和刻本错误较多。以卷二为例。《送吕钦问监酒受代归》("以我千金帚"二句)注:"《颜氏家训》:昔在江南,人不信有千人毡帐;及来河北,不信有二万斛船","千人"和刻本误作"千金"。《次韵建除体》("执此以赠君"二句)注:"张平子《四愁诗》:美人赠我貂襜褕","襜"和刻本误作"檐"。《八音歌二首》其二("石火不须臾"句)注:"古词:命如击石见火,居世竟能几时",和刻本脱"能"字。《杂书四首》其一("不忧稻梁绝"二句)"增注":"按《昌黎集·鸣雁》诗注云:鸿雁,前辈多用稻梁事,盖出《战国策》",和刻本脱"盖"字。《书怀示友十首》其一("贤士费怀思"二句)注:"《魏略》:王凌自缚归罪,遥谓司马宣王曰:'凌若有罪,公当折简召我,何苦自来耶!'宣王曰:'以君非折简之客故耳'",和刻本脱"之"字。其六("万事屋上乌"句)注:"《说苑》：大公曰：'爱其人者，兼屋上之乌；憎其人者，恶其储胥'"，"屋上之乌"和刻本误作"屋上之鸟"。其九（"萧萧十月菊"二句）注："李太白《游猎篇》：胡马秋肥宜白草"，和刻本缺"太"字。

不过，和刻本也在少数几处订正了朝鲜本的错误。同样以卷二为例，《杂书四首》其一"增注"："梁字，据闽本从木。按《本草》：梁米出梁州。又按《战国策》梁肉字皆从木"，朝鲜本脱"战"字，和刻本补上。其四（"壮志各南溟"句）注："《庄子》：南溟者，天池也"，朝鲜本误作"天地"；其七（末句）刘评："何其能言，与人意合，正是具眼"，"具眼"朝鲜本误作"具眠"；《萤火》（"却马已录仙人方"句）注引《神仙感应篇》载务成子《萤火丸方》，"道士"误作"道土"，和刻本均已改正。综合两方面来看，朝鲜本与和刻本虽可相互补充，但还是以朝鲜本质量更佳。

五、《须溪先生评点简斋诗集》"增注"再论

关于《须溪先生评点简斋诗集》"增注"，吴书荫、金德厚在点校本《陈与义集·前言》中曾作如下评价，指出其注释质量和版本价值：

> 它出自何人之手，难以考订。但增注或补充胡笺，或订其讹误，或评品诗词，都有一定的见地，可补正胡笺的疏陋和错误。尤其值得注意的是，增注引用了胡笺本、武冈本、闽本及简斋手定本的校勘文字，后三种刊本早就亡佚，幸有此本，我们还能粗知各本的异文。①

当代学者对增注作者仍存疑，并指出，"增注"之所以有较高的水平，在很大程度上得益于其注释手法的灵活和注释视野的开阔，主要表现在两个方面：一是能以简斋诗注简斋诗，二是能频频参考宋人注释唐宋诗文的成果。对于"增注"中摘引最多的注者"中斋"的身份，论者在多数学者所倾向的邓剡之外，又提出唐从龙（亦号"中斋"）之说②。本文拟在先行研究的基础上，继续讨论"增注"的注释特质。

---

① 陈义著，吴书荫、金德厚点校：《陈与义集·前言》，第10—11页。
② 参见李晓黎：《〈须溪先生评点简斋诗集〉"增注"考论》，《天中学刊》2016年第2期。

一方面,"增注"或可补充胡注,或可订正胡注的疏漏。如卷四《谨次十七叔去郑诗韵二章以寄家叔一章以自咏》其三("元龙今悔不求田"句)胡注本原注:"陈登,字符龙,学通古今。许汜在刘表坐上谓刘备曰:'昔过下邳,见元龙无客主之意,不相与语,自上大床卧,使客卧下床。'备曰:'君有国士之名,天下大乱,不忧国忘家,乃求田问舍,言无可采,是元龙所讳。我自卧百尺楼上,卧君于地下,何但上下床之间哉!'表大笑。见《陈琳传》。"刘评本"增注":"中斋云:荆公:'无人说与刘玄德,问舍求田计最高。'此用其意。"胡注只注出处,而此诗反用该典,正是至"增注"摘引"中斋云"才真正落到实处。卷七《至叶城》("深知念行李"句)胡笺本无注。"增注"云:"后山诗:深知报消息。"可见简斋句法渊源。卷九《夜赋寄友》("卖药韩康伯"句)"增注":"胡氏笺:'韩康伯,名伯,晋人也。本传及《世说》并无卖药事,盖误用耳。'今按:此正用后汉韩伯休,非误。盖古有二名而独举一字以成文者,如《春秋》策书'晋重'、'鲁申',及子美、苏州诗中'马卿'、'丁令'之类不一。此盖合姓名字并举,而减一字以成文耳。须溪先生诗中用'米嘉',亦此例。"此条订正胡氏笺注,并结合古今诗文,说明该处用法,可谓十分详备。这里的"增注"明确引用了刘辰翁的诗,则"增注"的作者应该与刘辰翁同时或稍晚。对于胡注征引的出典,"增注"亦加以完善。如卷二《八音歌》其二("白驹隙中驰"句)胡注本原注:"汉魏豹曰:'人生一世间,如白驹之过隙。'颜注:白驹,日景也。隙,壁际也。又见《张良传》中。""增注"则举出更早的文例:"《庄子》:'人生天地之间,若白驹之过隙,忽然而已。'此语亦见张良、魏豹传云。"卷四《再用景纯韵咏怀二首》其一("试谋小隐可无山"句)胡注本原注:"王康琚《反招隐》诗:小隐隐林薮,大隐隐朝市。""增注"云:"《南史》:何胤,字子季,隐居不仕。以会稽山多灵异,往游焉,居若耶山云门寺。初,胤二兄求、点并栖遁,至胤又隐焉。世号点为大山,胤为小山,亦曰东山兄弟,又云大隐小隐。"此注比胡注更贴合原诗诗意。

另一方面,"增注"中有对简斋诗的品评,以中斋的注释最为典型。如卷一〇《与王子焕席大光同游廖园》"侨立司州溪水上"句,中斋云:"用'侨立'字新";卷六《再游八关》中斋云:"此诗似储光羲";卷九《登岳阳楼二首》中斋云:"第五、六句用老杜'万里悲秋长作客,百年多病独登台'体。"或点出细节上的精致与创新,或从整体上对诗歌的艺术风格进行把握,或揭示诗句构思的来源,可补刘辰翁评语之阙。

除了中斋评语,《须溪先生评点简斋诗集》还收录了胡仔《苕溪渔隐丛话》、刘克庄《后村诗话》等宋人诗话有关简斋诗的评论,并能对前人观点作出自己的评判。如卷八《感事》"增注":"《后村诗话》:徐师川《闻捷》云:'时时传破虏,日日问修门。'又云:'诸公宜努力,荆棘已千村。'陈简斋《感事》云:'风断黄龙府,云移白鹭洲。''菊花纷四野,作意为谁秋。'颇逼老杜。"又卷一一《山中》"增注":"苕溪胡仔曰:去非诗:'风流丘壑真吾事,筹策庙堂非所知。'其后登政府,无所建明,卒如其言。今按此诗正言似反,以寄恨意,苕溪之评,是以成败论,非知人者,非知诗者。"对宋人笔记中有价值的资料也有所辑录,如卷三《和张规臣水墨梅五绝》其四"增注":"曾达臣《独醒志》云:'花光仁老作墨梅,简斋题五绝句,徽庙见而善之,召对擢用。于是画亦因诗而重。绍兴,花光之侍僧来清江慧力寺,杨补之、谭逢厚与之往来,遂得其传。'"所谓"曾达臣《独醒志》"即曾敏行的《独醒杂志》,本处所引见该书卷四。这些笔记介绍字词用法、典故,或说明诗作创作的背景、诗作在当世以及后世的影响,对于研读简斋诗具有非常大的帮助。

除诗话、笔记之外,"增注"的内容还有几个主要来源。一是原附于胡注三十卷本的《简斋先生年谱》(胡穉所编),几乎全部以题下注的形式编入卷中。二是原附于胡注本的《胡学士续添简斋诗笺正误》,在"增注"中也多被采纳,如上文举卷二《八音歌》其二("白驹隙中驰"句)的"增注",就是在《续添诗笺正误》中出现的。三是当时的国史,并以此来印证自己对诗意的疏解,如卷一一《雷雨行》"增注":"'禹巡会稽不到海,未省驾舶观民风'二句有讽意,谓高宗南奔泛海,不能励志中原也。故下用张孟同、高共事,皆有所指而言。后篇《伤春》'岂知穷海看飞龙',亦'禹巡会稽不到海'之意。按《国史》:建炎三年冬,高宗自明州航海。四年春,舟次台州;夏,复次明州,又次越州。而公此诗乃四年五月作也。"南宋宋人注宋诗有一个共同的现象,就是在注释时会大量援引宋代的《国史》,如李壁的《王荆文公诗注》,施元之、顾禧、施宿的《注东坡先生诗》都因为多次引用

《国史》①，从而增加了诗注的史料价值。这些《国史》都是宋代的第一手史料，对于准确理解诗歌的创作语境至为重要，这也体现了宋人注宋诗"以史证诗"的特色。

"增注"致力于补充字句史料之出处和对诗意的解说，兼及对艺术技巧与艺术境界的评赏感悟，与宋诗宋注的整体风格一致，其水平不在胡注之下。同时，"增注"通过对"中斋"评语的摘引，有效地充实了胡注，使其更加详备。李盛铎说其可补正宋刊孤本，将其比作"虎贲中郎"②，并不夸张。

六、结　语

《须溪先生评点简斋诗集》是宋元之际成书的一部新型的宋诗评注本，具有汇校、集注、集评多重的文本肌理，这在宋代典籍史上是仅有文本，也是颇具特色的文献编纂形式。从以上对朝鲜本《须溪先生评点简斋诗集》刊刻与流传的简单勾勒可以看到一个东亚汉籍史上极有意味的汉籍流传的个案，《简斋诗集》原为宋元之际刘辰翁评点，后在元代刊刻；元刻本东传到朝鲜，朝鲜又用活字和木版多次刊刻；江户时代后，朝鲜本传入日本，日本又比较忠实地翻刻了朝鲜本。朝鲜本、和刻本皆流传至今，其书末所附的柳希春、江宗白跋文无言地述说了《须溪先生评点简斋诗集》在东亚三国流传的历史，也让我们真切地感到，研究中国古代文学，视野绝不能限于中国文献之内，而应从东亚汉文化圈的整体视角予以全面的观照。

---

① 关于李壁《王荆文公诗注》对《国史》的援引及考证，参见卞东波《南宋李壁〈王荆文公诗注〉中宋代文献辑佚与考证》(《中国典籍与文化论丛》第10辑，北京：北京大学出版社，2008年)，后修订收入卞东波《宋代诗话与诗学文献研究》(北京：中华书局，2013年)。又施宿《注东坡先生诗序》称，其注"而又采之《国史》，以谱其年，及新法罢行之目，列于其上，而系以诗之先后"，参见郑骞、严一萍编校《增补足本施顾注苏诗》(台北：艺文印书馆，1980年)。

② 李盛铎著，张玉范整理：《木犀轩藏书题记及书录》，北京：北京大学出版社，1985年，第40页。

身老空山,文传海外:日本江户时代的陆诗选本考论

南京大学文学院　李晓田　卞东波

一、引　言

与西方注意理论体系建构的文学批评不同,中国乃至东亚的文学批评有其独特而有意味的形式,张伯伟先生在《中国古代文学批评方法研究》中总结出,选本、摘句、诗格、论诗诗、诗话、评点这六种运用时间较长、运用范围较广,且深具民族特色的古代文学批评方式。①《四库全书总目》卷一八六总集类序称,选本"固文章之衡鉴"②,确非虚语。选本极大的筛选功能包括,入选作家人数、时代、地域,入选文体之范围,入选作品数量之多寡,无不体现出深厚的文学批评意识。美国华裔汉学家余宝琳教授认为:

> 至于中国,众所周知对于选集所扮演的角色的思考于文学史、理论与价值的理解至为重要,因为自它们公元前6世纪的发端之日始,诗集就提供了对于理解中国诗歌传统的一些关键问题来说极为重要的材料。这些选集广泛涉及了文学与文化研究的各个范畴,包括文学的界定及其本质、文学与历史的关系、文学分期与变化的概念、文类的概念及其与个体作者间

---

① 参见张伯伟:《中国古代文学批评方法研究》,北京:中华书局,2002年。
② 纪昀等:《四库全书总目》,北京:中华书局,1965年,第1685页。

的关系、评价的标准和它对诗人的命运的影响以及阐释的模式。①

选本确实对于理解文学史至关重要，而且选本亦是作家经典化的重要方式，很多作家的经典地位是通过选本奠定的，作家能否进入选本，其作品入选的多寡，都影响着后人的接受。

同时，选本也是中国文学批评中最便于扩大影响的批评方式，至晚在南朝梁时，以昭明太子萧统为代表的折中派和以简文帝萧纲为代表的趋新派就分别编选了《文选》和《玉台新咏》两种选本来推进自己的文学主张。周勋初先生指出："这是中国文学批评史的特点：一种文学流派，除了发表理论主张之外，往往同时编选一部总集，通过具体作品的去取，表明宗旨。"② 应该说，选本批评不仅是中国具有民族特色的批评方法，亦是整个东亚汉文化圈影响最大的文学批评方式。受中国文学选本的影响，日、韩等国历史上也出现了自己编选的诗文选集。以日本为例，"从日本汉诗的历史发展来看，每一时期诗风的形成，皆有一种选本作为写作典范；而诗风的转变，也往往靠选本为之推波助澜。选本在日本汉文学史上的重要性，也同样是彰彰在人耳目的"③。本文拟以日本江户时代的汉诗选本为例，讨论南宋诗人陆游（1125—1210）的经典化。

陆游一生勤勉，创作诗篇近万首，为后世留下了丰厚的文学遗产，也奠定了其在诗坛不朽的地位。自宋以降，陆诗受到后辈诗人、评论家的热烈讨论和学习。而值得注意的是，正如陆游晚岁在《放翁自赞》中所言："身老空山，文传海外"④，放翁诗文集也东传至日本、朝鲜等国⑤，特别是在日本江户时代后期，陆游、杨万里、范成大三位南宋中兴诗人受到当时诗坛的普遍欢迎，出现了一系列与"三大家"相关的诗选。南宋中兴"三大家"在江户时代的

---

① 余宝琳：《诗歌的定位——早期中国文学的选集与经典》，乐黛云、陈珏编选：《北美中国古典文学研究名家十年文选》，南京：江苏人民出版社，1996年，第256页。
② 周勋初：《周勋初文集》第5卷《文史探微·梁代文论三派述要》，南京：江苏古籍出版社，2000年，第89页。
③ 张伯伟：《中国古代文学批评方法研究》，第325页。
④ 陆游著，马亚中、涂小马校注：《渭南文集校注》第3册，杭州：浙江古籍出版社，2015年，第27页。
⑤ 按，陆游诗文集何时东传日本、朝鲜，现在并无相关研究成果。严绍璗《日藏汉籍善本书录》记载，日本所藏陆游诗别集如《陆放翁全集》《渭南文集》《剑南诗稿》等基本都是明刊本。据祝尚书《宋人别集叙录》的考证，陆游《剑南诗稿》《渭南文集》等只在南宋和明朝时期刊刻。考日本书目如《日本书目大成》《江户时代所刊书林出版书籍目录集成》等，也并未

流行，与当时诗坛崇尚宋诗的风气相关，特别与提倡宋诗的代表人物市河宽斋（1749—1820）、山本北山（1752—1812）、大窪诗佛（1767—1837）等"江湖诗社"诗人有关。① 流风所及，江户诗坛刊刻出版了大量有关陆游的选本、注本、诗话，尤以选本为多。大量选本的出现，不但促进了陆游诗在江户诗坛的普及，也确立了陆游在东亚汉诗史上的经典地位，同时呈现了日本江户诗坛对陆游等宋代诗人接受的样貌。目前学界对陆游诗歌的研究颇多，但鲜少论及日本江户时代所编的陆诗选本，本文拟对此作深入探析。②

二、宗宋诗风与江户陆诗选本之刊行

陆游、杨万里、范成大等南宋诗人受到江户诗坛的推崇，与当时诗坛宗崇宋诗风尚息息相关，也是江户诗坛发展的结果。在江户时代元禄（1688—1703）至天明（1781—1788）年间，以荻生徂徕（1666—1728）为代表的"古文辞学派"（又称"蘐园学派"）成为当时思想界的主流思想。荻生徂徕等人崇尚明代李攀龙、王世贞的古文辞学说，认为文必周秦之古文，古诗则汉

有宋本陆游诗文别集的相关著录。而南宋罗椅、刘辰翁所选《陆放翁诗集》在日本现存最早有五山版，日本学者甲斐雄一《关于日本所藏〈名公妙选陆放翁诗集〉》（《绍兴文理学院学报（哲学社会科学版）》2015年第6期）曾推断五山版《陆放翁诗集》是在14世纪后半期出版的，而五山版据元本翻刻，元本在14世纪前半期出版，则有可能元本《陆放翁诗集》在14世纪中期左右传入日本。又五山时期江西龙派（1375—1446）编《新选分类集诸家诗卷》、慕哲龙攀（？—1424）与瑞岩龙惺（1384—1460）编《续新编分类诸家诗集》都分别选录了陆游六十多首七言绝句，经笔者考证，其中许多诗只见于《剑南诗稿》，《陆放翁诗集》中并不包含。江西龙派等人的活动年代又早于明毛晋（1599—1659）所刊汲古阁本《剑南诗稿》诞生的年代，则有可能江西龙派等人选诗时参考的就是宋刊本《剑南诗稿》，也即《剑南诗稿》至晚在14世纪后半期已经传入了日本。另外，《老学庵笔记》至迟在五山时期、明英宗天顺八年（1464）后不久就传入了日本。参见葛婷、卞东波：《日本汉籍〈放翁诗话〉考论》，王水照、朱刚主编：《新宋学》第6辑，上海：复旦大学出版社，2017年。

① 参见[日]松下忠著，范建明译：《江户时代的诗风诗论：兼论明清三大诗论及其影响》，北京：学苑出版社，2008年，第50—71页。

② 关于陆游诗歌的日本注本主要有市河宽斋的《陆诗意注》和《陆诗考实》，参见郝润华《市河宽斋及其〈陆诗意注〉》（《文献》2003年第4期）、都轶伦《市河宽斋〈陆诗考实〉研究》（《文献》2015年第1期）、李晓田《市河宽斋〈陆诗意注〉考论》（王水照、朱刚主编：《新宋学》第6辑）；关于日本编纂的《放翁诗话》，参见葛婷、卞东波《日本汉籍〈放翁诗话〉考论》（王水照、朱刚主编：《新宋学》第6辑）。

魏,近体则盛唐。当时的江户诗坛受其影响,开始提倡和鼓吹学习唐诗与明诗,特别是学习明代前后七子的诗歌,伪托李攀龙所编的《唐诗选》也流行一时。在这种学习唐诗、明诗的风气影响下,江户诗坛复古、模拟,甚至蹈袭之风盛行。19世纪初,许多日本汉诗人对诗坛的这种状况颇为不满,开始提倡学习"清新"的宋诗,来反对伪唐诗和明诗。友野霞舟(1791—1849)《锦天山房诗话》下册云:"宽政(1789—1800)已降,世崇宋调,诗风一变。赤羽余焰,几乎灭熄。"① 上文已经言及,一种诗学风尚的流行往往是通过选本来推广的,盖因选本最具有"包容性"②,传播效应亦最好。宽政以后,宋诗的流行与宋诗的选本盛行密切相关,久保善教《木石园诗话》云:"至延天之际,宋诗盛行,《瀛奎律髓》《联珠诗格》几于家有其书矣。"③《瀛奎律髓》《联珠诗格》都是唐宋诗总集,但这两部书所选的宋诗数量远远超过唐诗。④《瀛奎律髓》中陆游诗最多,选五言56首、七言132首;《联珠诗格》亦选放翁4首七绝。随着此类选本的流行,陆游诗歌开始在江户诗坛流行起来。当时书肆的出版广告称:

> 国家文明之化大敷,诗文一变,伪诗废而真诗兴。宋诗者,真也,故应时运,新刻宋诗以行于世,镌书目开列于左方:《苏东坡诗钞》、《黄山谷诗钞》、《陆放翁诗钞》、《范石湖诗钞》、《巾箱本联珠诗格》、《真本联珠诗格评注》、《宋诗钞》、《元诗钞》、《宋诗础》、《增订宋诗础》、《秦淮诗钞》、《三大家绝句》、《宋诗诗学自在》。⑤

《三大家绝句》,即南宋中兴诗人陆游、杨万里、范成大三家绝句。从上文可见,《陆放翁诗钞》《范石湖诗钞》是同《联珠诗格》一起刊行的。

当时,大量的中国宋诗选本通过中日贸易从长崎传入日本,以陆诗选本为例,此时日本读者能够寓目的包含放翁诗的集子有:宋元之际罗椅、刘辰翁《精选陆放翁诗集》,明曹学佺《石仓历代诗选》,清吴之振、吕留良、吴自牧

---

① [日]池田四郎次郎编:《日本诗话丛书》第9册,东京:文会堂书店,1920—1922年,第406页。
② 参见张伯伟:《论选本的包容性》,《古典文献研究》第5辑,南京:凤凰出版社,2002年。
③ [日]池田四郎次郎编:《日本诗话丛书》第7册,第518—519页。
④ 参见卞东波:《南宋诗选与宋代诗学考论》导论,北京:中华书局,2009年,第13—14页。
⑤ [日]长泽规矩也编:《和刻本汉诗集成·宋诗篇》第5辑,东京:汲古书院,1976年,第233页。

《宋诗钞》，乾隆《御选唐宋诗醇》，杨大鹤《剑南诗钞》，厉鹗《宋诗纪事》，周之麟、柴升《宋四名家诗选》，等等。① 此外，以市河宽斋、山本北山、大窪诗佛、菊池桐孙等为代表的日本汉诗人又在享和、文化年间密集刊刻出版了宋诗选集数十种②，其中尤以南宋中兴诗人的诗歌选本为多。现将日本江户时代包含陆游诗歌的诗歌选本按其付梓刊刻的先后顺序排列如下：

序号	选　　本	刊刻年份	编选者	作序者
1	《名公妙选陆放翁诗集》	承应二年（1653）	罗椅、刘辰翁	罗憼
2	《宋诗别裁集》（《宋诗百一钞》）	宽政六年（1794）	张景星、姚培谦、王永祺	傅玉露、山本北山
3	《宋四名家诗选》	享和元年（1801）	周之麟、柴升	周之麟、柴升、山本北山、山本龙
4	《宋三大家绝句》	享和三年（1803）	大窪诗佛、山本谨	山本北山
5	《今体宋诗选》	文化三年（1806）	陆式玉	山本北山
6	《三家妙绝》（《三大家绝句续》）	文化四年（1807）	市河宽斋	大窪诗佛
7	《增续陆放翁诗选》	文化五年（1808）	村濑栲亭	村濑栲亭、释慈周
8	《宋三大家律诗》	文化八年（1811）	菅原老山、梁川星岩	山本北山、丝井榕斋
9	《广三大家绝句》	文化九年（1812）	大窪诗佛、菊池桐孙	市河宽斋；大窪诗佛、菊池桐孙

---

① ［日］山本北山《放翁先生诗钞》序云："今兹庚申夏，予与天民见谨，取清周雪苍、柴锦川《放翁诗钞》，相会谨绿阴茶寮，将本集以下《剑南诗钞》《放翁诗选》前后集雠校，旁及《宋诗纪事》《宋诗钞》《瀛奎律髓》等凡有放翁诗者焉。"［日］市河宽斋《陆放翁诗醇》首卷凡例一云："曹学佺《历代诗选》收陆诗八卷，然其意在笼掠十二代，而非专于陆诗，故去取漫然，固其所也。至崇祯中，海虞毛晋始影刻宋本《剑南诗稿》，于是乎陆诗再现于世，可谓陆诗之忠臣矣。而后选于陆诗者，相继而出。吴孟举《宋诗钞》辑陆诗千百二十二首，杨大鹤《剑南诗钞》二千百八十二首，周之麟、柴升《宋四名家诗》取陆诗六百三十七首。虽诸家各具鉴裁，以余视之，吴氏本意在援宋诗于涂炭，故其于陆诗亦唯举其浩瀚肆撑者，以见其为大宗已；如周柴二氏者，意在为学诗者，故务采纤巧可喜之词，皆非专为陆诗者矣。独杨氏则不然，意专于陆诗，其言云，一家不妨单行也。故所采辑，已过于本集十之二，可称勤矣。然沈德潜《晬语》尚讥之，以为唯收放翁晚年颓放之作。呜呼！选诗固亦难哉。余特爱乾隆《唐宋诗醇》，其书固非为放翁一家者，然其意专在采于感激悲愤、忠君爱国之诚，发扬于诗者。"

② 参见沈津、卞东波编著：《日本汉籍图录》，桂林：广西师范大学出版社，2007年。

日本江户宗宋诗人编选刊刻上述陆诗选本的目的主要有二：

一是为了反驳模拟诗风，宣扬"清新"真诗。而所谓"真诗"即是抒写性灵的宋诗，与"古文辞学派"倡导的规模仿效唐明诗之"伪诗"相对。山本北山序清人张景星等选《宋诗百一钞》云：

> 李于麟《唐诗选》非选唐善者，选其自为善者也，因谓唐诗尽于斯，壮语周世也。尝取唐人本集细读之，其不足以尽唐诗，可知耳。当时诗家多中其毒，千篇一律，百章同趣，陈言相袭，造语皆腐……近来彼邦为此，宋诗大行，其证在《漫堂说诗》曰"《宋诗钞》几于家有其书矣"。然我邦李、王余毒未全瘳，犹有讳言宋，举以相警，唐云唐云，直轻视宋。……云间张二铭钞宋诗，固百中之一耳，未足以尽宋诗也。使初学知宋诗清新足以观者，则可以充解腐毒单方也近。①

山本北山是江户后期推动宗宋诗风的关键人物，从前表可见，很多宋诗选本他都是作序者，则其在当时宋诗风潮中的地位不言而喻。日本文化年间所刊《联珠诗格》跋语云："先生（山本北山）尝唱清新之真诗，海内风靡。"② 在上序中，山本北山对托名李攀龙的《唐诗选》进行了激烈批判，认为"当时诗家多中其毒"。表面上是在批评《唐诗选》，其实句句针对"古文辞学派"，因为《唐诗选》是荻生徂徕弟子服部南郭（1683—1759）考订训点的（末还有荻生徂徕之跋）。山本北山批评《唐诗选》，"千篇一律，百章同趣，陈言相袭，造语皆腐"，这何尝不是"古文辞学派"模拟唐、明诗的后果呢？在此段文字中，山本北山又指出，近来清朝"宋诗大行"，而江户诗坛仍然"李、王余毒未全瘳"，不但"犹有讳言宋"，而且"直轻视宋"。有鉴于此，他和志同道合者发起宗宋之风，目的就是要减少"古文辞学派"拟古蹈袭之风对后辈的荼毒。

二是为了指导读者以陆诗为模板进行学习和诗歌创作。享和元年（1801）翻刻了周之麟、柴升选《宋四名家诗选》中的《陆放翁诗钞》，山本北山《刻放翁诗钞序》云：

> 昔者如选陆诗，若罗椅所选《放翁诗选前集》十卷、刘辰翁所选

---

① ［日］长泽规矩也编：《和刻本汉诗集成·总集篇》第 3 辑，1979 年，第 295—298 页。
② 于济、蔡振孙编集，卞东波校证：《唐宋千家联珠诗格校证》附录一，南京：凤凰出版社，2007 年，第 940 页。

《后集》八卷是也。二人皆有名士，而去放翁未远，故其选非不佳，然是时《剑南诗稿》不敷于世，故二子得诗甚少，其所选仅仅是尔，所谓河伯望洋者也，何如得窥海若之居之水之端耶？附别集一卷，不知何人撰，盖明人摭《瀛奎律髓》中放翁诗而成之。我邦坊间有刻本，不足甚重焉。若鹤芝田《剑南诗钞》，虽名寓抄录放翁诗，实寄其怀明之志深者，于放翁欲恢复之气发于诗词之中，故其撰每取愤激之辞，不专要学诗者轨模矣。抑不若《放翁诗钞》专为诗人设者之善也。是所以不取彼伙而洪，取此简而约，可以沂于渊源而校订翻刻也。①

山本北山认为明刊本《精选陆放翁诗集》所选放翁诗太少，不足以窥豹之一斑；杨大鹤《剑南诗稿》则多取放翁"愤激之辞"，不适合学诗者模仿学习；只有周、柴所选《宋四名家诗选》中的《陆放翁诗钞》在选诗数量、审美风尚方面都很符合日本汉诗人的要求。市河宽斋《陆放翁诗醇》首卷凡例一亦云："如周、柴二氏者，意在为学诗者，故务采纤巧可喜之词。"也即出版发行《陆放翁诗钞》是宗宋诗派为新学后进挑选的一部"规范诗学"的著作，"以教导人们应该如何写文学作品为目的"。② 日本汉诗人认为其是适宜的学诗模板。

上述陆诗选本，或原为中国编纂，或是日本汉诗人自己编选的；或专选放翁诗，或是包含陆诗的宋诗选本。其中最为引人注目的是《宋三大家绝句》、《三家妙绝》（《三大家绝句续》）、《宋三大家律诗》和《广三大家绝句》四种以"宋三大家"为名的选本。江户诗坛宗宋初期以刊刻中国东传的放翁诗选为主，自《宋三大家绝句》始，日本汉诗人便开始自主选编放翁诗选，开创了"宋三大家"系列选本。下文将对这一系列的选本进行考论。

---

① ［日］长泽规矩也编：《和刻本汉诗集成·宋诗篇》第6辑，第74页。
② "规范诗学"一词借用俄国形式主义文学理论。伯里斯·托马舍夫斯基在《诗学的定义》一文中指出："规范诗学以教导人们应该如何写文学作品为目的。"参见［俄］维克托·什克洛夫斯基等著，方珊等译：《俄国形式主义文论选》，北京：生活·读书·新知三联书店，1989年，第80—81页；张伯伟：《论唐代的规范诗学》，《中国社会科学》2006年第4期。

三、"宋三大家"谱系的形成与选本的编纂

（一）"宋三大家"之名

日本诗坛在编选南宋中兴诗人诗选时，将三家合刻，并提出了"宋三大家"的新名称。山本北山《合刻宋三大家绝句序》云：

> 南宋四大家曰范杨尤陆，或曰范杨萧陆，尤萧有出入焉。范杨陆则不移，公论于时归尔。是编特取三家亦以此也。萧诗今存者才数首，若尤有集五十卷，散逸几尽，残篇一卷今亦仅存。虽可窥奇纹一斑，全体粲烂者不可见，则是编所以不能取之也。此取舍竟无损益三家之美。三家者，诗道日月灯也。①

认为世人所言"南宋四大家"中，范杨陆三家得到了公认的称道和赞扬，且尤萧二人诗集散佚，故而只取三家诗。自《宋三大家绝句》开创先河，"镌范杨陆三家绝句，每家百篇。诗合三百，北翁序之。远近争购，家有其书"②，"宋三大家"的提法随即得到了江户诗坛的认可，于是后出的南宋中兴诗人选本也将范杨陆诗合刻，并以三大家为名，形成了江户时代别具特色的"宋三大家"系列诗选。不但选本如此，在日本诗话批评中，"三大家"亦是固定称谓，如小畑行简（1794—1875）《诗山堂诗话》云："余偶读宋三家集，其诗各有得失焉。石湖、诚斋，专恋华美，或鲜余蕴；放翁壹事余蕴，或鲜华美。"③ 菊池桐孙《五山堂诗话》卷四云："杜韩苏，诗之如来也；范杨陆，诗之菩萨也。"④ 杨理论教授认为"宋三大家"之名出现的原因是："中国崇尚数字'四'，所以，尤袤一直列名中兴四大家，以凑足四家之数。而在文化背景不同的日本，就直接将四大家省为了三大家。"⑤ 可以说，"宋三大家"

---

① ［日］长泽规矩也编：《和刻本汉诗集成·总集篇》第 10 辑，第 189 页。
② ［日］菊池桐孙、大窪诗佛编：《广三大家绝句》卷首"自序"，文化九年（1812）刊本。
③ ［日］池田四郎次郎编：《日本诗话丛书》第 3 册，第 478 页。
④ ［日］池田四郎次郎编：《日本诗话丛书》第 10 册，第 495 页。
⑤ 杨理论：《日本江户时代的诗学递变与杨万里接受》，《华中学术》2018 年第 1 期。

这一固定称谓和系列选本的产生，是南宋中兴诗人及其作品东传域外、日本诗坛对其接受过程中特有的产物。

与日本选本呈现出的对三家均衡一体地进行接受不同，中国诗坛对范杨陆三人的接受则随诗风流转而波动不居，下面略作梳理。杨万里《进退格寄张功父姜尧章》诗云："尤萧范陆四诗翁，此后谁当第一功？"① 《千岩摘稿序》云："余尝论近世之诗人，若范石湖之清新，尤梁溪之平淡，陆放翁之敷腴，萧千岩之工致，皆余之所畏者云。"② 他将范成大、尤袤、陆游、萧德藻并列为当时诗坛四大家，首倡"四大家"之说。方回《跋遂初尤先生尚书诗》云："宋中兴以来，言治必曰乾、淳，言诗必曰尤、杨、范、陆。其先或曰尤、萧，然千岩早世不显，诗刻留湘中，传者少。尤、杨、范、陆特擅名天下。"③ 因萧德藻诗歌流传不广，诗名不显，便用杨万里替换萧德藻，提出了新的"中兴四大家"，影响甚巨，渐成定论。但尤袤诗歌多有散佚，故后世言"中兴四大家"者，实指范成大、杨万里、陆游三家。范、杨、陆虽似同岑异苔，彼此媲美争胜，但三人在后世位次则时有进退。南宋时杨万里隐有诗坛盟主之势，"诚斋体"亦颇多效仿者；南宋末期，刘克庄开始推举陆游为南宋诗人第一；至清代，宗宋诗风兴起，放翁诗广受欢迎，"今《渭南》《剑南》遗稿家置一编，奉为楷式"④。最为重要的是《御选唐宋诗醇》（乾隆十五年，1750），以御选的名义，选李白、杜甫、韩愈、白居易、苏轼、陆游六家诗，南宋只取陆游一人，并在序中明言：

> 宋自南渡以后，必以陆游为冠。当时称大家者，曰"萧杨范陆"，杨万里则曰"尤萧范陆"。至刘克庄乃曰"放翁学士似杜甫"，又曰"南渡而下，放翁故为一大宗。"朱子《与徐赓载书》"放翁诗读之爽然，近代惟见此人为有诗人风致"。今诸家诗具在，与游匹者谁也？⑤

以皇家权威的特殊身份肯定陆游为中兴之冠，且征引南宋后期诗坛领袖刘克庄与理学宗师朱熹等文学、思想权威对放翁的高度赞扬，以说明放翁诗超出四家

---

① 杨万里撰，辛更儒笺校：《杨万里集笺校》，北京：中华书局，2007年，第2190页。
② 杨万里撰，辛更儒笺校：《杨万里集笺校》，第3281页。
③ 方回：《桐江集》卷三，《宛委别藏》本，第234页。
④ 李振裕：《白石山房集》卷一四《新刊范石湖诗集序》，清康熙香雪堂刊本。
⑤ 《御选唐宋诗醇》第1448册，文渊阁四库全书本，台北：台湾商务印书馆，1983—1986年，第828页。

之上的观点由来已久,最后一句更隐含着对范、杨、陆三家优劣的评判。其对放翁诗在清代地位的提升有着显著作用,"唐以李、杜、韩、白为四大家,宋以苏、陆为两大家,自《御选唐宋诗醇》,其论始定"①。后出的宋诗选本自然受到影响,据学者统计,在所有的清代宋诗选本中,苏轼和陆游几乎是被选频次最高且被选数目最多的宋代诗人,陆诗受欢迎的程度甚至还在苏诗之上。②放翁诗自身既有"感激悲愤,忠君爱国之诚",又有"渔舟樵径,茶椀炉熏,或雨或晴,一草一木,莫不著为咏歌"③的特色,使得他在清代既得到上层官方肯定褒扬,又受追求娴雅平静审美的中下层文士欢迎,影响远超杨万里与范成大。可见,在中国对南宋中兴诗人的接受中,经历了从"中兴四大家"到以放翁为"中兴之冠"的历程,并未形成如日本一般"范杨陆"三家均衡接受的局面,也未出现三家合刻的诗选。

(二) 选诗来源

日本"宋三大家"系列选本的编选者或作序者等都未曾言明是依据何种文献来对陆诗作拔萃选编的,本文拟对各诗选的文本进行比勘校对,探索其各自的选诗来源。

1. 《放翁百绝》

文化五年(1808)刊刻的村濑栲亭所编《增续陆放翁诗选》前有释慈周序,言:"若舶载《剑南集》价比旧什倍,未出崎嵲,索者竞进,恶狗争骨,约为豪有力者所有,贫士斜睨垂涎尔。"④ 释慈周卒于1801年,则《剑南诗稿》(毛晋汲古阁本)至晚在19世纪初就已传入日本,略早于《宋三大家绝句》编撰刊刻的时间(1803年)。但据此序所言,《剑南诗稿》东传后索价过高,被富贵有力者购去,一般文士很难寓目,表明陆诗选本的编选者在当时面临着文献匮乏的困境,也暗示了编选者们或将另辟蹊径,转从《诗稿》以外的文献资料中择选放翁诗的可能。按,《宋三大家绝句》之《放翁百绝》中有

---

① 梁章巨:《退庵随笔》,《近代中国史料丛刊》第44辑,台北:文海出版社,1966年,第1106页。
② 参见谢海林:《清代宋诗选本研究》,上海:上海古籍出版社,2011年。
③ 《御选唐宋诗醇》,第828—829页。
④ [日]长泽规矩也编:《和刻本汉诗集成·总集篇》第6辑,第177页。

《小轩》（"砧杵声中岁月流"）一诗，此诗见于《剑南诗稿》卷六八①，首句"岁月流"，《剑南诗稿》却作"去日遒"；《放翁百绝》中诗歌大体按编年排序，此诗作于开禧二年（1206）秋，却被置于《寄题朱元晦武夷精舍》（淳熙十年，1183）之前，殊为不解。考之，此诗又仅见于蔡正孙《唐宋千家联珠诗格》卷一八②，《联珠诗格》所载文本正作"岁月流"，正与《放翁百绝》同。由此可见，编选者确实未能参考《剑南诗稿》，且利用了五山时代即已流传至日本的《联珠诗格》。

此外，据笔者考证，《放翁百绝》基本选自清吴之振等编选的《宋诗钞》。③ 首先，《放翁百绝》中，除《小轩》一诗《宋诗钞》未收，其他诗篇都见于《宋诗钞》中《陆游剑南诗钞》。其次，《放翁百绝》的诗歌文本与《诗稿》中文字多有相异处，但与《宋诗钞》中放翁诗文本往往相同。再次，陆游诗歌往往一题多诗，陆诗选本常节选刊落处之，而《放翁百绝》与《宋诗钞》所节选的放翁诗相一致。可见，从诗歌选取、文本差异、诗篇节选等几方面进行比勘考校后，能够确定《宋三大家绝句》中的放翁诗就是从《宋诗钞》中择取的。

另外，《石湖百绝》中《四时田园杂兴》题下有编者注语，云："《田园杂兴》六十首，刊置石湖书院，盖公平生得意之作也，不可取舍一首。而清周雪苍、柴锦川所选《石湖诗钞》节三十一首，向已上梓，与《放翁诗钞》同行于世，故今取其余二十九首云。"周之麟、柴升所编《宋四名家诗选》在大窪诗佛、山本绿阴编选《宋三大家绝句》前两年，已在日本刊刻，此注表明《石湖百绝》在编选时曾参考《宋四名家诗选》中范成大诗，且避其重复而补其阙佚。今考以放翁诗，发现《陆放翁诗钞》中234首七绝，亦未有与《放翁百绝》复出者，当是选者有意避之。上文言及《放翁百绝》选自《宋诗钞》，而后者选放翁七绝214首，其中与《陆放翁诗钞》同者43首，则《放

---

① 陆游著，钱仲联校注：《剑南诗稿校注》，上海：上海古籍出版社，1985年。按，凡本文所引《剑南诗稿》皆出是书，以下不再出注。
② 于济、蔡振孙编集，卞东波校证：《唐宋千家联珠诗格校证》，第813页。
③ 吴之振、吕留良、吴自牧选，管庭芬、蒋光煦补：《宋诗钞》，北京：中华书局，1986年。按，此本《宋诗钞》用民国三年上海涵芬楼影印本（清康熙十年序刊本）为底本，凡本文所引《宋诗钞》皆出是书，以下不再出注。

翁百绝》（99首）即是从《宋诗钞》中与《陆放翁诗钞》不相重复的171首诗中选取的。

2. 《放翁妙绝》与《放翁绝句》

《放翁妙绝》与《放翁绝句》中许多诗都仅见于《剑南诗稿》，诗歌编排亦依照创作先后顺序排列，则选者当是据《剑南诗稿》来拔萃选编的。如果说《放翁百绝》作为"选本的选本"，依据中国宋诗选本以作选编，那此二选就是真正意义上日本编选的陆诗选本了。此外，《放翁妙绝》中与《宋诗钞》相同者仅6首，《放翁绝句》中与《宋诗钞》相重合的诗篇更少至1首。可见，《宋三大家绝句》之后的放翁绝句选本，编选者在选择时可能有意识地避免与《宋诗钞》相复出。

3. 《放翁先生七律》

《宋三大家律诗》选三家律诗各70首，与上述三种七绝选本都基本按照编年排序不同，《放翁先生七律》中诗歌排序较为特殊，如从《春寒连日不出》至《题斋壁》是放翁52—54岁时的作品，按时间先后排序；但从《雪后出游戏作》至《病中夜兴》19首，则打乱了编年顺序，无序而混乱；自《燕堂春夜》以下，是放翁63—85岁时创作的诗篇，又开始按创作先后排序。故而笔者怀疑，《放翁先生七律》中诗并非是从《剑南诗稿》中择取的，其选诗来源也许比较复杂。

通过对诗歌选取、文本差异、诗篇节选等几方面进行比对查考，发现《放翁先生七律》所选70首陆诗中，从《春寒连日不出》至《小疾谢客》共4首选自《宋诗钞》，从《送梅》以下至《夜步》共20首选自《精选陆放翁诗集》，从《病中夜兴》至《山房》共46首又选自《宋诗钞》，超过70%的诗篇出自《宋诗钞》。但选自《精选陆放翁诗集》的20首律诗有三点较为特别：一是《精选陆放翁诗集》在日本有元刊本（日本承应版即翻刻自元本）与明刊本（即弘治版）两种版本，《放翁先生七律》在编选时可能同时参照了两版《精选陆放翁诗集》，当出现两版《精选陆放翁诗集》文字不一致的情况时，编者依据诗意来对诗歌文本作出判断和选择。二是除《上元》《夜抵葭萌惠照寺寓榻小阁》《七月一日夜坐舍北水涯》三诗选自须溪《精选陆放翁诗集》，其余17首皆选自涧谷《精选陆放翁诗集》，这与《精选陆放翁诗集》前后集中诗体收录的情况不同有关。《精选陆放翁诗集》前集共十卷，卷三至卷八收七律共 158 首，而后集共八卷，卷五至卷六收七律共 44 首，则《放翁先生七律》主要从《涧谷精选》中拔选诗歌，也在情理之中。三是上述 20 首诗中部分诗篇的文字与《剑南诗稿》、两版《精选陆放翁诗集》都不相同，如《灯下看梅》（"风雨经旬却倚阑"），此诗见于《剑南诗稿》卷三三、《涧谷精选》卷六，"却"，《剑南诗稿》与两本《涧谷精选》皆作"怯"。考此诗又见于曹学佺《石仓历代诗选》卷一七五[1]，此本与《放翁先生七律》同，亦作"却"。这表明《放翁先生七律》在编选时似乎还参考了《石仓历代诗选》。市河宽斋《陆放翁诗醇》首卷凡例一云："曹学佺《历代诗选》收陆诗八卷，然其意在笼掠十二代，而非专于陆诗，故去取漫然，固其所也。"可见《石仓历代诗选》确已东传日本，宽斋等人也曾寓目，则菅原老山、梁川星岩在编选中参考利用是书也是可能的。[2] 《石仓历代诗选》中 105 首放翁诗皆出自《精选陆放翁诗》，《放翁先生七律》用前者校改后者的文本，或许表明日本汉诗人已经注意到了二书间的此种联系。

按，《三家妙绝》和《增续陆放翁诗选》（详下）已用《剑南诗稿》来作拔萃，此选较二者晚出，却未以放翁全集作选诗来源，不知是否因编者菅原老山、梁川星岩未及睹见全集之故？

另外，文化五年（1808）村濑栲亭编《增续陆放翁诗选》，自序中言其对罗椅、刘辰翁《精选陆放翁诗集》作了改编和增补，将原选中的古诗分成五言古诗、七言古诗后重新作编排，又据《御选唐宋诗醇》和《剑南诗稿》拔萃选编了部分诗歌，对原选作了增补。

综上，日本汉诗人编选陆诗选本时，除《剑南诗稿》外，主要参考了《精选陆放翁诗集》《石仓历代诗选》《宋诗钞》《唐宋诗醇》《宋四名家诗选》等中国编选的诗歌选本，尤以《宋诗钞》的作用殊为显重。又据前文所引山本北山序《陆放翁诗钞》时对杨大鹤《剑南诗钞》选诗特色的总结评论，则日本宗宋诗人在《宋三大家绝句》编选前就曾寓目此书。杨大鹤《剑南诗钞》是清代最流行的陆诗选本，录诗 2276 首，搜罗宏富，远多于《宋诗钞》中

---

[1] 曹学佺选编：《石仓历代诗选》，文渊阁四库全书本，第 1389 册，第 486 页。
[2] 据陈庆元《日本内阁文库藏本曹学佺〈石仓全集〉初探》一文，日本有内阁文库藏本《石仓全集》，计 109 卷，分装 61 册，是目前可见最全的曹学佺全集。参见程章灿：《中国古代文学文献学国际学术研讨会论文集》，南京：凤凰出版社，2006 年，第 460—479 页。

936首放翁诗。但《放翁百绝》与《放翁先生七律》都首先选择从《宋诗钞》中拔萃放翁诗，从中或可窥见《宋诗钞》在日本的流传和影响，及日本诗坛对其典范意义的重视。这也要求我们在今后的研究中，应在整个汉文化圈的视域下对以《宋诗钞》为代表的诗歌总集作重新审视，考察其在东亚范围内的学术价值和文化史意义。

（三）编选特色

1. 编选体例

《宋三大家绝句》，大窪诗佛、山本绿阴同选，取范石湖、杨诚斋、陆放翁七言绝句各百首，诗合三百。其选放翁诗置于范成大、杨万里诗后，题曰"放翁先生百绝"。上引大窪诗佛序言："癸亥岁，行与绿阴相谋，镌范、杨、陆三家绝句，每家百篇，诗合三百，北翁序之。远近争购，家有其书。"① 则是书在日本流传颇广，故而后出的《三家妙绝》《广三大家绝句》与《宋三大家律诗》也受其直接影响，基本沿袭了三家合刻且各选百篇（《宋三大家律诗》各选律诗七十首）的编选体例。

市河宽斋选《三家妙绝》，卷首有大窪诗佛所作序，序后附有三家小传，简要介绍了诗人的字号、籍贯、生平、仕宦、著述等，《宋三大家绝句》中无之，是《三家妙绝》的新创。宽斋还在节选的诗歌题下注明"原X"等字样，表明在《剑南诗稿》中的原有篇数。不同于《放翁百绝》中将放翁自注删削刊落，《放翁妙绝》保留了原诗中自注，用双行小字标出，且与原来位置保持一致。可见，《三家妙绝》在延续《宋三大家绝句》编选方式的同时，又在细节处有所增补完善。而这些细小的措施在一定程度上有助于选本读者了解《剑南诗稿》的全貌及放翁创作的实际情况。其后《广三大家绝句》、佐羽淡斋著《宋三大家绝句笺解》② 亦步亦趋，标明原诗数目，补充自注，延续了《三家妙绝》开创的新传统。可以说，"宋三大家"系列选本中，《宋三大家绝句》是开先河之作，《三家妙绝》在编选体例方面则青出于蓝，是完善之作。

---

① 菊池桐孙、大窪诗佛编：《广三大家绝句》卷首"自序"，文化九年（1812）刊本。
② 佐羽淡斋《宋三大家绝句笺解》为《宋三大家绝句》之注本，文化九年（1812）七月刊行，这是江户时代宋诗接受达到高峰时出现的第一种宋诗注本。佐羽淡斋从学于龟田鹏斋，后者与山本北山又同学于井上金峨。

此外，"宋三大家"系列选本对诗歌体裁的择取亦值得注意——三种选本所选为七言绝句，而七言律诗选本只有一种。至于为何独青睐七绝一体，山本北山序《宋三大家绝句》末云："其取止于绝句者，何也？隐娘剑不过数寸，足以夺千奸万邪之魂，何必用森然长戟大刀耶？诗亦然。"比喻虽巧，解释却有含混之嫌。可能是受到于济、蔡正孙《唐宋千家联珠诗格》，周弼《唐三体诗》等重要选本的影响，同时日本汉文学本身偏好七绝这一诗体，"七绝最所擅场，近市河子静、大窪天民、柏木昶、菊池五山皆称绝句名家"[1]，以及绝句短小精约，便于初学者学习揣摩的诗体特性等因素，导致"三大家"选本偏爱七绝亦是顺理成章。但若结合此三位诗人各自的创作面貌来进行考察，特别是以放翁诗为例，就能发现"宋三大家"系列选本对诗体的择取有不尽合理处。

范、杨、陆三人中，范成大和杨万里皆以七绝擅长，而批评界一般以为放翁最擅七言近体，如陈衍言："剑南最工七言律、七言绝句，略分三种：雄健者不空，隽异者不涩，新颖者不纤。古体诗次之，五言律又次之。"[2] 其中尤长于七律，如陈訏云："放翁一生精力，尽于七律，故全集所载，最多最佳。"[3] 且《剑南诗稿》中七律最多，有3100多首，七绝次之，有2100多首，二者数目相差达1000余首之多。而中国一些重要的宋诗选本对放翁诗的择取，一般皆是七律多于七绝，如《精选陆放翁诗集》共选放翁诗515首，七律202首，七绝123首；《宋诗钞》选放翁诗第一，共936首，其中七律433首，七绝234首；杨大鹤《剑南诗钞》选放翁诗2276首，七律907首，七绝426首等。那么"宋三大家"系列选本偏重七绝的编选特色就与石湖、诚斋的创作实际相一致，而与放翁的创作实相和全貌产生了矛盾，且与中国陆诗选本对诗体的偏重有相异处。这也许是选者为顾全"宋三大家"之名所作的折中调和之举。但不可否认，这一举动在客观上使得放翁的创作个性被日本诗坛形塑的"宋三大家"的群体特性所掩，日本读者通过阅读上述选本所获得的对陆诗创作特色及放翁诗人形象的印象和认识亦会有偏差不全之虞。

---

[1] 黄遵宪：《日本杂事诗》，北京：朝华出版社，2017年，第86—87页。
[2] 陈衍评点，曹中孚校注：《宋诗精华录》，成都：巴蜀书社，1992年，第568页。
[3] 陈訏：《宋十五家诗选》，清康熙三十二年刊本。

2. 编选内容

市河宽斋序《广三大家绝句》云：

> 先是，诗佛、绿阴同编南宋三家绝句，其时也，后生犹追唐明之腐臭，而未熟三家之滋味者多，势不得不示奇险而慑服其胆矣。方余续追妙绝之编也，后生稍知三家可尚，而犹苦门阀之高蹈，不易蹿者多，势不得不示平坦而圆滑其手矣。其所采摘，虽有小异，正其教人知诗本性情，趣当清新，主旨一也。顷诗佛、五山又出示此编，余受阅之，盖务据摭他人口头所不到，而三家易言之者，以示斡旋之妙，主诱掖后生，可谓尽心矣。……自今而后，习读前二编者，重就此编而练熟，则独运自在，清新日出。①

此序表明，宗宋诗派在反对模拟诗风、扩大宋诗影响的过程中，随着诗坛宗宋之风渐次浓烈，针对在不同阶段新学后进学习三家诗时出现的不同问题，对症下药，苦心诱掖，分别编选了《宋三大家绝句》《三家妙绝》《广三大家绝句》三种，以指导初学者学习创作诗歌为一贯宗旨，但所选内容特色各不相同。且宽斋主张读者应将此三种选本作为整体来阅读，如此方能达到"清新"的诗学旨趣。下面结合此序，对上述选本各自选诗的风格特色进行分别论析。

（1）《放翁百绝》

据上文对选诗来源的考察，可知《宋三大家绝句》中放翁诗源自《宋诗钞》中与《宋四名家诗选》不相重复的放翁七绝，则《放翁百绝》的风格特色必然首先受限于《宋诗钞》的陆诗择取标准。《宋诗钞》序放翁诗云："宋诗大半从少陵分支，故山谷云：'天下几人学杜甫，谁得其皮与其骨。'若放翁者，不宁皮骨，盖得其心矣。所谓爱君忧国之诚，见乎辞者，每饭不忘。故其诗浩瀚崒崪，自有神合。"② 则吴之振等选家是从儒家忠君爱国的思想层面来推举放翁，所选陆诗不乏忧国爱民之作。《放翁百绝》中亦存此类悲愤激昂，表达诗人杀敌报国、收复故土的爱国情怀，渴望建功立业、青史留名思想的诗篇。《龙兴寺吊少陵先生寓居》："中原草草失承平，戍火胡尘到两京。"《十一月四日风雨大作》："夜阑卧听风吹雨，铁马冰河入梦来。"诗人报国之

---

① ［日］长泽规矩也编：《和刻本汉诗集成·总集篇》第 10 辑，第 211—212 页。
② 吴之振、吕留良、吴自牧选，管庭芬、蒋光煦补：《宋诗钞》，第 1819 页。

思，力透纸背，振聋发聩。

不过《宋诗钞》与《放翁百绝》中并非全是此类作品。据于北山《陆游年谱》（中华书局，1961 年）对放翁创作所选诗篇时的年龄与诗歌篇目进行统计后发现，《放翁百绝》中所选创作于 80—85 岁时的诗共 53 首，占全选的一半还多。此时是放翁生命的最后时光，他寓居山阴已近 20 年，诗歌风格转入平淡自然，多描写山居闲淡日常的农家生活，就《放翁百绝》中所选诗而言，诗中叙蚕妇、儿童，写莼菜、鲈鱼，画梅花、海棠，描双蝶、布谷，琐碎而饶有诗情的事物皆被揽入笔下，多是"雨来犹可望丰穰""村落年丰鼓吹喧"的丰乐时光，词旨平和，格调娴雅。可见，《放翁百绝》具有雄放宏肆与平淡素雅两种风格，尤以后者为重。

而宽斋序称《宋三大家绝句》所选诗的主要特色在于"奇险"，所谓"奇险"，就《放翁百绝》而言，应与前一种风格的诗作有关。此类作品中有如"铁马冰河""飞栈连云""长刀割巇肩""急雨暗淮天"等豪迈壮烈的语词，读来神情飞扬，为之激荡，故而会产生"奇险"的印象。但用"奇险"来概括后一种风格的故乡田园诗显然是不准确的。总之，《放翁百绝》中所选诗具有"奇险"与"闲淡"两种风格，"奇险"多是壮年之作，"闲淡"为晚岁所写；"奇险"多是报国忧国之心的表露，"闲淡"是宁静山居生活的白描；"奇险"诗用语激烈，豪情万丈，极具感发力量，"闲淡"诗则平和淡然，读之令人生喜。

（2）《放翁妙绝》

《三家妙绝》之《放翁妙绝》所选陆诗，55—60 岁共选 31 首、80—85 岁共选 32 首，占选诗比重较大。此时诗人亦基本闲居在山阴故里。故《放翁妙绝》所选诗以闲居之作为多。与《放翁百绝》中"闲淡"诗里充溢着丰穰喜乐的和平粹美不同，《放翁妙绝》中的山居诗更多谐趣童心，读之令人莞尔。如《春雨绝句》："天公似欲败蚕麰，雨冒南山暮不收。騃女痴儿那念此，贪看科斗满清沟。"以似嗔似喜的口吻写儿童的天真娇憨之态，清新自然，活泼流动。又如《山店卖石榴取以荐酒》，"麴生正欲相料理，催唤风流措措来"，以"麴生"呼酒，"措措"代"石榴"，石榴荐酒这样的琐屑小事经诗人妙笔点化，即成了好友对饮、美人劝酒的风流乐事，调笑流利，涉笔成趣。

大窪诗佛序《三家妙绝》言，《三大家绝句》颇为风行，"模拟钉饾之风废而清新性灵之诗兴,然后世知专尚宋诗也",但"世之学宋诗者,尚未免诡僻险怪、佣琐鄙俚",故而宽斋编《三家妙绝》,"要在拯其弊也"。可见,向者《三大家绝句》以"奇险"夺人,扭转了诗坛模拟之习,宋风大畅,而宗宋诗人又陷入艰涩庸俚之窟,故而宽斋特选"平坦而圆滑"之作,以纠此溺。体现在《放翁妙绝》中,一方面表现为所选诗的语言更质朴,许多都接近口语,如《示小厮》:"晨兴略整案头书,十日庭中始扫除。未免丁宁惟一事,临池莫钓放生鱼。"不施晦词僻字,只将家常闲话裁剪成七字韵语。另一方面如"红蜻蜓点绿荷心""柳染轻黄已蘸溪""雨展芭蕉二尺心","点""染""蘸""展"数字运用极妙,着意提炼而不见雕琢斧凿之痕,使诗歌语言流转圆美,富有动感。

另外,《放翁妙绝》中有《读近人诗》一诗,其言"琢琱自是文章病,奇险尤伤气骨多",反对雕琢修饰,正与宽斋此时提倡平易自然相契合,宽斋显然在借放翁之口来表达自己的诗学主张;而此诗中所反对的"奇险",亦是奇诡俭涩之风气,非是宽斋在反对《宋三大家绝句》中淋漓豪宕的风格。

(3)《放翁绝句》

《广三大家绝句》之《放翁绝句》中选诗涉及放翁创作时段相对很广,对某一段的诗歌并无明显偏好,不过所选诗歌依然以闲居山阴时作为主。《放翁绝句》在对诗歌作节选时,往往过滤掉诗人表达壮怀激烈、为国征战思想的诗篇,如《十一月四日风雨大作》"溪柴火软蛮毡暖,我与狸奴不出门",此诗见于《剑南诗稿》卷二六,原二首,其二正是著名的"铁马冰河"诗,见于《宋三大家绝句》之《放翁百绝》。可见,相比于《放翁百绝》犹重"奇险",《放翁绝句》中几乎没有爱国诗篇,基本都在抒写诗人的日常生活。又相比于《放翁百绝》中的丰年喜乐,《放翁绝句》择选了一些放翁书写贫病的诗歌,如《食晚》:"日高得米唤儿舂,苦雨园蔬久阙供。省事家风君看取,半饥半饱过残冬。"贫病乃人所不欲,但以贫病入诗,却是诗家苦中之乐,所谓诗穷而后工。放翁写贫写病,无牢骚埋怨,不哀叹痛哭,反而能体味到孔颜之乐,困中有味。也许这即是宽斋序中所谓"他人口头所不到,而三家易言之者"。

(4)《放翁先生七律》

《放翁先生七律》选放翁七律70首,所选诗亦多作于山阴闲居时。尽管放翁诗中常引经据典,如儒家经典、史书著作、道书佛经、笔记小说、前人诗作等皆烂熟于心,但此选所取放翁诗语皆平实通俗,无拗腔硬语。如《题斋壁》:"茸得湖边屋数椽,茅斋低小竹窗妍。墟烟寂历归村路,山色苍寒酿雪天。性懒杯盘常偶尔,地偏鸡犬亦翛然。早知栗里多幽事,虚走人间四十年",除"栗里"用陶渊明典故①,其他七句所写皆寻常事物,洗尽铅华,平淡自然。《放翁先生七律》写山居生活,多"棋、琴、药、书"等文人日常生活意象,及"庭井梧桐、星河霜雪"等浅近意境,对闲居山村的文人士大夫清贫而雅致的生活作细微的观察和描摹。诗中更少报国杀敌的激愤之音,代之以寻山问水的闲情逸致与村居田园的怡然雅趣,多游历咏物、流连光景之作;就形式而言,又对仗工稳,字句绵密,精丽雅洁。如"汤嫩雪涛翻茗椀,火温香缕上衣篝"一联分写煮茶、熏衣这样的生活琐事,描写细致,娴静有味,颇有韵外之致。又"蝶穿密叶常相失,蜂恋繁香不记归。欲过每愁风荡漾,半开却要雨霏微",对仗妥帖精工,描写蝶蜂情态,生动鲜活,非闲寂人不知也。

综上,日本"宋三大家"系列选本中所取陆诗,总体而言,多选放翁山居之作,偏好闲淡雅趣、纤巧可喜之词,而较少感激忠愤、忧民爱国之诗。中国的陆诗选本有御选、宗主选和文人选、坊选两类。前者所呈露和表彰的放翁形象是一位心系君国的儒者士大夫,多选其感激豪宕、沉郁深婉之作;后者中的陆游则常是一介文人或隐士,多取其闲适小巧、谐谑平滑之篇。②"宋三大家"系列选本虽是由市河宽斋、大窪诗佛等诗坛宗主或著名诗人所编选,其对放翁诗的编选,却塑造了一位故乡田园诗人的形象,与中国文人选、坊选陆诗选本在趣味上较为一致。"宋三大家"选本择取的"奇险"诗篇亦具有爱国色彩,但是为了以雄奇宏肆之风来吸引读者,从而达到反拨诗坛"古文辞诗派"模拟钅亘钅丁之习的目的,不同于中国御选、宗主所选陆诗选本旨在以诗化人、引导世风。另外,不论中国两类陆诗选本在品评标准上存在怎样的差异,其在序言中都要对放翁忧国爱民之心作一番表彰,如柴升序《放翁先生诗钞》即云:"此其用心与子美何以异?诗云尔哉!"称扬放翁与老杜一般,有"一饭未曾忘君"之心。而日本"宋三大家"选本的序言却无片言只字论及放翁

---

① 《宋书·陶渊明传》云:"江州刺史王弘欲识之,不能致也。潜尝往庐山,弘令潜故人庞通之赍酒具于半道栗里要之"。(《宋书》,北京:中华书局,1974年,第2288页)

② 张毅:《陆游诗歌传播、阅读研究》,上海:复旦大学出版社,2014年,第32—37页。

"爱国诗人"这一在中国被强调的形象,不作任何政治或道德评判,仅以风格存诗。总之,《剑南诗稿》卷帙浩繁流传不易,故放翁诗的阅读与传播都主要依靠选本,而选本的特性即在其选择性,中日选本的此间差异值得留意。

四、日本江户陆诗选本中放翁经典篇目的考察

(一)"宋三大家"陆诗选本中入选次数最多的诗题

尽管《宋三大家绝句》《三家妙绝》《广三大家绝句》中所选的诗篇都无一重复,但三选往往会对同一诗题下的数首诗歌作出不同的节选,从而出现了三种选本中相同诗题频繁出现的情况。笔者对"宋三大家"系列选本中相重合的诗题分别进行了统计,发现了此三选中入选次数最多的诗题,如下表所示:

《放翁百绝》《放翁妙绝》与《放翁绝句》相重合的诗题

诗题	《放翁百绝》	《放翁妙绝》	《放翁绝句》
《贫甚戏作绝句》	处穷上策更谁如,日晏犹眠为腹虚。尚阙邻僧分供米,敢烦地主送园蔬。籴米归迟午未炊,家人窃闷乃翁饥。不知弄笔东窗下,正和渊明乞食诗。	行遍天涯等断蓬,作诗博得一生穷。可怜老境萧萧梦,常在荒山破驿中。	北斋孤坐破三更,庭户无人有月明。数种袴襦秋未赎,羡他邻巷捣衣声。
备注	八之二,八之八	八之六	八之四
	见《剑南诗稿》卷六三、《宋诗钞》卷六八,开禧元年(1205)秋作于山阴,放翁八十一岁。		

放翁《贫甚戏作绝句》在"宋三大家"系列选本中都有入选,是日本编选的陆诗选集中江户汉诗人最钟爱的诗题。此外,在日本诗话中亦有江户汉诗人对《贫甚戏作绝句》("籴米归迟午未炊")的相关讨论条目,如大窪诗佛《诗圣堂诗话》云:

陆放翁诗云"籴米归来午未炊,家人窃闵老翁饥。不知弄笔东窗下,正和渊明乞食诗。"清人魏懋堂《山中积雪》云:"寂寞山涯又水滨,漫天匝地白如银。前村报道溪桥断,可喜难来索债人。"皆极尽贫中之趣者也。夫贫之与病,人之所恶,而入诗则佳。如丝井翼字君凤《春日》诗,以能言病中之况,云:"花开时节身多病,常负寻红拾翠行。知得春光遍原野,近来连听卖花声。"予亦有绝句云:"病躯曾被寒欺得,不出茅檐半月来。知道江村已春好,门前来卖满开梅。"可以与君凤诗并诵。①

又梦亭东裵《鉏雨亭随笔》卷上云:

余携室寓迁斋韩翁隐居,一日米尽,因赋小诗呈凹巷先生云:"炊烟不上竹间扉,聊摘园蔬充晓饥。昨雨米囊花已尽,一双蝴蝶欲何依?"先生即赐白粲一斗。陆放翁诗云:"籴米归来午未炊,家人窃闵老翁饥。不知弄笔东窗下,正和渊明乞食诗。"按,陶潜有《乞食》诗,余不取之为典故,仅借物以达意,陋亦甚矣。后读沈锺彦《罂粟花》诗云"炊烟时或断贫家,晓起俄看五色霞。任尔侏儒夸独饱,篱头已放米囊花。"当时构案之际不知有此,乍及见之,窃喜余诗有据。②

此诗见于《剑南诗稿》卷六三、《宋诗钞》卷六八,两本皆作"籴米归迟午未炊,家人窃闵乃翁饥",而日本诗话中提及此诗时,"迟"作"来","乃"作"老",与诗集中文本不一。夷考文献中只有明徐𤊹《徐氏笔精》卷四"贫况"条中引用了放翁此诗:

陆放翁诗云:"籴米归来午未炊,家人窃悯老翁饥。不知弄笔东窗下,正和渊明乞食诗。"近友人新安吴兆诗云:"釜里生鱼甑里尘,非关久病却关贫。案头但有梁鸿传,闲诱荆妻学古人。"皆深于贫况者,此况难与富儿道耳。③

其中所引放翁诗文字正与日本诗话中文字一致,也许江户汉诗人所据即是此条诗话。中日诗话中都称扬了放翁此诗以贫入诗,生动地写出了文人清贫生活的无奈,但以穷处自高,笔调饶有趣味,格调轻快而不沉郁,能言他人所不能言;而据诗话作者之意,似乎他们自己的生活状态与放翁相似,贫至乏食,又

---

① [日]池田四郎次郎编:《日本诗话丛书》第3册,第455—456页。
② [日]池田四郎次郎编:《日本诗话丛书》第5册,第238页。
③ 徐𤊹:《徐氏笔精》,文渊阁四库全书本,第856册,第513—514页。

写贫病入诗，愈穷愈工，在困乏的物质生活中用诗歌寻求精神的寄托，放翁此诗引发了后世中外下层文人的共鸣。安永（1772—1780）、天明（1781—1788）时期，政治的腐败使得庶民阶层更加穷困。① 在这样的时代，日本汉诗人也在所难免，生活困顿不堪几乎是此时江户诗坛的普遍状况，菊池桐孙《五山堂诗话》卷四云：

> 陆放翁诗云："得米还忧无束薪，今年真欲甑生尘。椎奴跣婢皆辞去，始觉卢仝未苦贫"，近读如亭《贫居》云："贫居除却吟哦外，一泓清泉学老卢。吹火添薪劳赤脚，无如远汲欠长须。"余哂曰："如亭之贫，可谓在季孟之间矣。"②

放翁此诗题作《贫病戏书》，见《剑南诗稿》卷七五。

（二）中日陆诗选本中放翁经典篇目的对比研究

五山时代，五山禅师编纂了很多中国诗歌选集，比较重要的有江西龙派（1375—1446）编的《新选分类集诸家诗卷》（简称《新选》）和慕哲龙攀（？—1424）与瑞岩龙惺（1384—1460）编的《续新编分类诸家诗集》（简称《新编》）。《新选》按天文、节序、地理等门类分为19类，共收诗近1200首，所收诗全部为七言绝句，时代跨度从唐到明初。《新编》是《新选》的续作，其分类与《新选》略有差异，分为25类，共收诗1280余首。此外又有相国寺禅师春溪洪曹（？—1465）所编的唐宋元明诗歌大型诗歌选集《锦囊风月》，该书体式与《新选》《新编》相同，亦分门纂类编排诗歌，但规模更大，收诗更多，有3000余首。③ 后有天隐龙泽（1422—1500）以《新选》《新编》为底本缩编的《锦绣段》、月舟寿桂（1460—1533）继之的《续锦绣段》等小型诗选。《新编》末有九渊龙䞞宝德元年（1449）之跋，从跋文中可以推断，《新选》《新编》大约成书于15世纪初。《锦囊风月》首有春溪永享十一年

---

① 参见［日］松下忠著，范建明译：《江户时代的诗风诗论——兼论明清三大诗论及其影响》，第65—68页。
② ［日］池田四郎次郎：《日本诗话丛书》第10册，第501页。
③ 关于《新选》《新编》，参见卞东波《域外汉籍中的宋代文学史料——以日本汉籍〈新选分类集诸家诗卷〉〈续新编分类诸家诗集〉为例》（《宋代诗话与诗学文献研究》，北京：中华书局，2013年）。关于《锦囊风月》，参见［日］堀川贵司《〈锦囊风月〉解题之翻刻》（《国立历史民俗博物馆研究报告》第198集，2015年）。

（1439）之序，则是书可能成书于此年前后。《锦绣段》有天隐龙泽康正二年（1456）之跋，则其成书亦当在此时。《续锦绣段》后有月舟寿桂大永初年（1521）之跋，成书时亦当在此年之前。

  《新选》《新编》《锦绣段》《续锦绣段》四种五山诗选中选宋人诗最多，其中分别选择了放翁诗63首、62首、20首、42首，数目都为集中第一；所选陆诗以杂赋、草木、儒学、怀古四类为最多，少忠君报国的慷慨之声，多清浅平实、格调高雅之作，其选诗特色与江户"宋三大家"系列陆诗选本基本相近。以上是日本自己编选的陆诗选本，此外日本诗坛也流传着一些中国的陆诗选本，结合上文的研究，可知《精选陆放翁诗集》《宋诗钞》《唐宋诗醇》《陆放翁诗钞》在陆诗东传日本中起到了重要作用。本文将结合五山、江户时代日本所有的重要放翁诗集，探究从五山到江户时代被选次数最多的陆诗。下面是笔者经过查考后得到的排序在前的放翁诗：

	《新选》	《新编》	《锦囊风月》	《锦绣段》	《续锦绣段》	《精选陆放翁诗集》	《宋诗钞》	《唐宋诗醇》	周之麟、柴升《陆放翁诗钞》	《放翁百绝》	《放翁妙绝》	《放翁绝句》	入选次数统计
《三峡歌》（"十二巫山见九峰"）	○				○	○	○	○	○				6
《饮张功父园戏作》	○			○		○		○	○	○			6
《花时遍游诸家园》（"为爱名花抵死狂"）	○		○	○	○		○		○				6
《欲出遇雨》	○	○		○		○		○	○				6
《冬夜闻角声》	○		○	○		○				○			6
《春日绝句》（"怕见公卿懒入城"）	○		○		○	○					○		6
《剑南道中遇微雨》	○					○	○		○	○			5

续表

	《新选》	《新编》	《锦囊风月》	《锦绣段》	《续锦绣段》	《精选陆放翁诗集》	《宋诗钞》	《唐宋诗醇》	周之麟、柴升《陆放翁诗钞》	《放翁百绝》	《放翁妙绝》	《放翁绝句》	入选次数统计
《闻新雁有感》("才本无多老更疏")		○			○		○		○				4

  论者综合历代选本、唱（追）和、评点和现当代研究四方面的数据，排列了陆游前五十首名篇，前十首分别是《示儿》《临安春雨初霁》《小雨极凉舟中熟睡至夕》《书愤》《花时遍游诸家园》《沈园二首》《读书》《梅花绝句六首》《游山西村》。① 其中七律三首，七绝七首。若只根据入选宋元明清历代选本的次数来排序，则放翁诗前十首应是：《临安春雨初霁》（11次）、《花时遍游诸家园》（9次）、《过野人家有感》（9次）、《示儿》（8次）、《遣兴》（8次）、《秋晚登城北门》（8次）、《雪夜感旧》（8次）、《龙兴寺吊少陵先生寓居》（8次）、《书愤》（7次）、《沈园二首》（7次）。

  通过比较中日两国陆诗选本中入选次数最多的放翁诗，发现在这两份有着显著差别的榜单中，《花时遍游诸家园》同时受到中日读者的欢迎。这表明仅就选本而论，此诗是中日两国，甚至可能是东亚范围内入选次数最多、流传程度最广的放翁诗。诗云，"为爱名花抵死狂，只愁风日损红芳。绿章夜奏通明殿，乞借春阴护海棠"，抒写诗人为花痴狂之情态，带有不染世俗的天真、狂放不驯的桀骜和火热动人的赤诚。末二句胎息东坡《海棠》诗"只恐夜深花睡去，故烧高烛照红妆"②，二诗奇妙的想象和惜花爱美之心有异曲同工之妙。苏诗以"更烧高烛"的举动来表达诗人对美的眷恋，陆诗以"夜奏通明殿"的方式来挽留芳华。前者含蓄，后者洒落；前者清丽，后者俊逸；而放翁奇想狂思，沟通天地物我，较之东坡笔下美人深闺，银烛红妆，格局更广，气魄更

---

  ① 黄英：《陆游诗歌五十首经典名篇的考察》，江西师范大学硕士学位论文，2011年。
  ② 苏轼著，王文诰辑注，孔凡礼点校：《苏轼诗集》，北京：中华书局，1982年，第1187页。

大。总之,高超的诗歌技巧、强烈的艺术感染力赋予此诗巨大的魅力,或许此即是其成为入选次数最多的放翁诗的缘故。

而在中国最经典的放翁诗是《示儿》,一般评论家和读者都感动于此诗中放翁期盼收复故土、忧国忧民的一片热忱。放翁近万首诗中有许多篇章表露了他渴望报国复土的情怀,《示儿》恐怕是最能打动读者、传唱最广,也最能代表诗人爱国思想的一篇。但在江户时代所有的陆诗选本中,只有《精选陆放翁诗集》《宋诗钞》《唐宋诗醇》《放翁先生诗钞》等中国诗选选编了此诗,日本本国编选的诗集,从五山到江户时代包含陆诗的选本都没有收录此诗。这也许是因为日本汉诗人偏好清新自然、闲淡有味的诗歌,编选者的诗歌审美会影响对诗篇的择取;且日本编选诗集的主要目的在于蒙童教育,用于指导初学新进写作诗歌,在选取诗歌时更注重能够从作诗技法层面给读者以启发,而《示儿》诗语言直白浅切、流畅自然,犹如一则有韵家训,未见刻意的章法安排,这可能也是日本汉诗人不选它的缘故;此外,虽然儒家强调忠君爱民的思想在东亚汉文化圈中是被普遍认可的,日本汉诗人也在诗话序跋中称扬放翁爱国热忱的伟大,如津阪东阳《夜航诗话》卷五云:

> 翁《示儿》诗曰:"死去元知万事空,但悲不见九州同。王师北平中原日,家祭无忘告乃翁。"此其绝笔,亦有三呼渡河之态。翁之心事,于易箦时,犹睠睠如是,其志节可见已。①

但此种声音毕竟是少数。与中国文学从《诗经》《楚辞》开始就与政治密切相关不同,日本文学的特色之一就是"政治意味淡薄"②,从平安时代以后的选本如《文华秀丽集》就没有入选讽谏美刺诗。放翁此诗虽是个人情志的表达,但诗中"北定中原""九州同"等语,涉及宋金两个不同政权之间的争战与斗争,与政治紧密关联,和日本一贯的文学传统相冲突,可能因此而落选,不见于任何日本编选的诗歌选本。

---

① [日]池田四郎次郎编:《日本诗话丛书》第2册,第487页。
② 张伯伟:《作为方法的汉文化圈》,北京:中华书局,2011年,第70页。

五、结　语

　　江户诗人编选"宋三大家"系列选本是伴随着诗坛宗宋诗风而兴起的，是整个江户汉诗坛演进的一幕，也是东亚汉文学史上宋诗勃兴的一环。本文对日本江户时代"宋三大家"系列选本中的放翁诗选进行了考察，其以"宋三大家"为名对范杨陆三家诗进行均衡接受是日本宋诗接受史中独有的模式，且此种编选模式使得放翁的创作个性为群体特性所掩；而其对放翁诗的择取主要利用了中国东传的重要陆诗选本，所选放翁诗多为山居闲淡之作，较少忧国爱民之篇，塑造了放翁故乡田园诗人的形象，淡化了中国陆诗选本中所强调的爱国诗人形象。这也是江户诗坛强调宋诗"清新"一面的反映。日本陆诗选本对放翁诗歌在日本的经典化历程具有重要推动作用，而经典的放翁诗又引发了日本诗话对诗篇深入细致的分析和讨论。通过对比中日两国选本中入选的放翁之诗，我们可以发现中日两国读者对放翁诗有不同的欣赏与品味，这体现了作为中国伟大诗人的陆游在东亚接受中的不同面向，以及陆游在东亚诗史上经典化的多样性，其背后是各国不同的审美心理与期待视野。

责任编辑：韦玉莲
封面设计：林芝玉
责任校对：徐林香

图书在版编目（CIP）数据

宋代文学评论. 第五辑,文本的生成与传播专辑/曾维刚,刘京臣 主编. —北京：人民出版社,2021.10
ISBN 978-7-01-023828-9

Ⅰ.①宋…　Ⅱ.①曾…②刘…　Ⅲ.①中国文学-古典文学研究-宋代-文集　Ⅳ.①I206.2-53

中国版本图书馆 CIP 数据核字(2021)第 197581 号

宋代文学评论（第五辑）
SONGDAI WENXUE PINGLUN
文本的生成与传播专辑

曾维刚　刘京臣　主编

人民出版社 出版发行
（100706　北京市东城区隆福寺街99号）

北京汇林印务有限公司印刷　新华书店经销

2021年10月第1版　2021年10月北京第1次印刷
开本:710毫米×1000毫米 1/16　印张:19.5
字数:330千字

ISBN 978-7-01-023828-9　定价:62.00元

邮购地址 100706　北京市东城区隆福寺街99号
人民东方图书销售中心　电话 (010)65250042　65289539

版权所有·侵权必究
凡购买本社图书,如有印制质量问题,我社负责调换。
服务电话:(010)65250042